四友斋丛说

[明] 何良俊 撰　李剑雄 校点

图书在版编目(CIP)数据

四友斋丛说 /(明)何良俊撰;李剑雄校点. —上海:
上海古籍出版社,2012.12(2023.8 重印)
(历代笔记小说大观)
ISBN 978-7-5325-6351-7

Ⅰ.①四… Ⅱ.①何… ②李… Ⅲ.①笔记小说-小
说集-中国-明代 Ⅳ.①I242.1

中国版本图书馆 CIP 数据核字(2012)第 044762 号

历代笔记小说大观

四友斋丛说

[明] 何良俊　撰

李剑雄　校点

上海古籍出版社出版发行

(上海市闵行区号景路 159 弄 1-5 号 A 座 5F　邮政编码 201101)

(1)网址:www.guji.com.cn

(2)E-mail:guji1@guji.com.cn

(3)易文网网址:www.ewen.co

常熟文化印刷有限公司印刷

开本 635×965　1/16　印张 16.5　插页 2　字数 230,000
2012 年 12 月第 1 版　2023 年 8 月第 2 次印刷
印数:2,101—3,200
ISBN 978-7-5325-6351-7
Ⅰ·2505　定价:42.00 元

如有质量问题,请与承印公司联系

校点说明

《四友斋丛说》三十八卷，明何良俊（1506—1573）撰。

良俊字元朗，松江华亭（今属上海市）人。嘉靖时曾任南京翰林院孔目。归隐于家，曾侨居苏州，读书著文，赋诗度曲。良俊少好读书，尤好读异书，"藏书四万卷"，"涉猎殆遍"。以博学能文称，所著有《何翰林集》《拓湖集》二十八卷、《语林》三十卷及此《四友斋丛说》等。四友斋者，其书斋名也，何氏自谓，四友者，"庄子、维摩诘（王维）、白太傅（白居易）"与其本人也，其自负如此。

本书三十八卷，凡经、史、杂纪、子、释道、文、诗、书、画、求志、崇训、尊生、娱老、正俗、考文、词曲、续史十七类，内容博杂，多涉明代故实，于松沪吴门人物、掌故，及经史、文艺之考证、评论尤丰，多有可资参考者。述事之中，时显其独到见地。如卷三记明成祖修《五经四书大全》，"悉去汉儒之说，而专以程朱传注为主"以取士，慨叹道："自程朱之说出，将圣人之言死死说定。学者但据此略加敷演，凑成八股，便取科第"，"以此取士，而欲得天下之真才，其可得乎？"批评直指本朝帝王，不可谓缺乏胆识。但琐碎、怪异、无聊及传闻不实之文字，亦杂见书中，《四库总目提要》言之颇是，在读者详审之耳。

本书初刻于隆庆三年（1569），为三十卷。万历元年（1573）补撰八卷。何氏谢世，万历七年张仲颐合刻之，凡三十八卷，行于世。万历四十五年沈节甫辑《纪录汇编》本，节为七卷。《丛书集成初编》及《景印元明善本丛书》本据《纪录汇编》本刊印。1959年中华书局据万历三十八年刻本断句，印入《元明史料丛书》中。今以张仲颐合刻本为底本，参校诸本，择善而从，标点付印。

目　　录

四友斋丛说序 I

卷之一　　经一 I

卷之二　　经二 9

卷之三　　经三 17

卷之四　　经四 23

卷之五　　史一 31

卷之六　　史二 37

卷之七　　史三 43

卷之八　　史四 49

卷之九　　史五 56

卷之十　　史六 62

卷之十一　　史七 67

卷之十二　　史八 72

卷之十三　　史九 78

卷之十四　　史十 84

卷之十五　　史十一 91

卷之十六　　史十二 98

卷之十七　　史十三 106

卷之十八　　杂纪一 114

卷之十九　　子一 119

卷之二十　　子二 130

卷之二十一　释道一 136

卷之二十二　释道二 141

卷之二十三　文 147

卷之二十四　诗一 155

卷之二十五　诗二 164

卷之二十六　诗三 170

卷之二十七　书 178

卷之二十八　画一 186

卷之二十九　画二 192

卷之三十　　求志 197

卷之三十一　崇训 205

卷之三十二　尊生 210

卷之三十三　娱老 216

卷之三十四　正俗一 224

卷之三十五　正俗二 230

卷之三十六　考文 235

卷之三十七　词曲 243

卷之三十八　续史 249

四友斋丛说序

　　《四友斋丛说》三十卷。四友斋者,何子宴息处也。何子读书颛愚,日处四友斋中,随所闻见,书之于牍。岁月积累,遂成三十卷云。四友云者,庄子、维摩诘、白太傅与何子而四也。夫此四人者,友也。丛者,聚也,冗也,言草木之生冗冗然,荒秽芜杂,不可以理也。又丛者,丛脞也。孔安国曰:"丛脞者,细碎无大略也。"聚说者,言此书言事细碎,其芜秽不可理,譬之草木然,则冗冗不可为用者也。

　　何子少好读书,遇有异书,必厚赀购之,撤衣食为费,虽饥冻不顾也。每巡行田陌,必挟策以随;或如厕,亦必手一编。所藏书四万卷,涉猎殆遍。盖欲以揽求王霸之余略,以揣摩当世之故。一遇事之盘错难解者,即傅以古义合之;而有不合,则深湛思之,竟日继以夜。或不得,何子心震掉不怿。如此盖二十五年所,何子年已几四十,无所试。何子遂得心疾,每一发动,则性理错迕,与人论难,稍不当意,辄大肆诟詈,时一出诡异语。其言事亦甚狂戾,不复有伦脊。即此十六卷所载者是也。

　　或者曰:"子之言多谬妄。其有一二中理者,子择而去取之以传,何如?"何子曰:君固未闻元声叟𤢜语之说者耶? 夫"𤢜语"者,寐语也。寐中之语,此诬妄之极也,寤而觉其妄也。针砭薰灼,医疗备至,及寐而𤢜语如故。此则天所授之病,虽没齿不可药而愈者也。然昔人固有昼为乞儿,夜而梦为帝王,处于王宫,衮冕黼黻,南面以临诸侯;亦有昼为帝王,处王宫,衮冕黼黻,临御百辟,夜而梦行乞于市中。

夫以宇宙之大，其间颠倒谬悠，何所不有，余又乌知寱时之君子，其寐而不为小人耶？余又乌知寐时之小人，其寱而不为君子耶？则余说之为寱为寐，为君子为小人，余盖不得而定之也。则是君子小人，交禅于寐寱之间，余既不能辨识而别白之，况寐时之讝语，其孰为是，孰为非，余又安能决择，去取于其中？故欲过而两存之，以俟夫不讳讝语者示之。苟见之者曰："此何子之讝语也。"则良俊之幸也。若必曰："此何子之庄语，盖必有所忧也。"则此书者，良俊之罪也。然其幸与罪，固在诸君子耳。良俊方在寐中，则又乌能定之哉？隆庆己巳九日，东海何良俊书于香岩精舍。

卷之一

经　　一

经者，常也，言常道也。故六经之行于世，犹日月之经天也。世不可一日无常道，犹天地不可一日无日月。一日无日月，则天地或几乎晦矣；一日无常道，则人世或几乎息矣。故仲尼之所以为万代师者，功在于删述《六经》也。先儒言：经术所以经世务。则今之学士大夫，有斯世之责者，安可不留意于经术乎？世又有喜谈性命，说玄虚者，亦经学之流也。故以次附焉，自一以至四，凡四卷。

孔子赞《周易》，修《诗》、《书》，定礼正乐，作《春秋》，故其言曰："假我数年，五十以学《易》。"又曰："兴于《诗》，立于礼，成于乐。""不学《诗》，无以言；不学礼，无以立。"又曰："吾志在《春秋》，行在《孝经》。"其门弟子之所记，则曰："子所雅言，《诗》、《书》、执礼，皆雅言也。"《史记》引孔子曰："六艺于治，一也。礼以节人，乐以发和，《书》以道事，《诗》以达意，《易》以神化，《春秋》以义。"夫"六艺"者，《六经》也。后世以《乐经》合于礼，遂称《五经》。汉《五经》皆置博士，列于学官，而历代皆以之取士。苟舍《五经》而言治，则治非其治矣，舍《五经》而言学，则学非其学矣。今《五经》具在，而世之学者但欲假此以为富贵之阶梯耳。求其必欲明经以为世用者，能几人哉！

唐时则以《易》、《诗》、《书》及《三礼》、《春秋三传》为《九经》，又益以《孝经》、《论语》、《孟子》、《尔雅》四家总为《十三经》，而孔颖达、邢昺诸人为之作正义，谓之《十三经注疏》，今有刻行本。

《孝经》相传谓是孔子作，故孔子以《春秋》属商，《孝经》属参。今观《孝经·庶人章》，以用天之道，因地之利，谨身节用，以养父母，为孝之始；立身行道，扬名于后世，以显父母，为孝之终。则是人子必须自竭其力以养，然后为孝。苟但假于人力，则虽三釜五鼎，不可谓养。

苟不能行道，虽位至卿相，不足为显。使非圣经，其言安能及此。校之后世以窃禄为能养，以叨名爵者为能显其亲，相去何啻天壤。

《尔雅》，世以为周公作，然只是小学之书。但学者若要读经，先须认字。认字不真，于经义便错，则何可不列于学官？闻吾松前辈顾文僖公，其平居，《韵会》不去手，亦欲认字也。

汉世称"五经七纬"。今纬书都不存，而散见于各书者，则有《易纬》，如《乾坤凿度》之类是也；有《诗纬》，如《含神雾》之类是也；有《书纬》，如《考灵曜》之类是也；有《春秋纬》，如《元命苞》之类是也；有《礼纬》，如《含文嘉》之类是也；有《乐纬》，如《动声仪》之类是也；有《孝经纬》，如《援神契》之类是也；有《论语纬》，如《撰考谶》之类是也；有《河图纬》，如《挺佐辅》之类是也；有《洛书纬》，如《甄曜度》之类是也。此皆其篇目，其他篇目尚多，不能悉举。皆是东汉时，因光武喜谶纬，故诸儒作此以干宠，而世遂传用之，其不兴于西京之世，明矣。然据此，则当是十纬。或者汉儒亦以《乐记》并在《礼记》中，而《河图》、《洛书》别自有纬，不在此数，则《五经》、《孝经》、《论语》正合七纬之目矣。

《周易·说卦》云："昔者圣人之作《易》也，幽赞于神明而生蓍。"据朱子《本义》曰："幽赞神明，犹言赞化育。"引《龟策传》"天下和平，王道得，而蓍茎长丈，其丛生满百茎"。余甚不安其说。夫神明、化育，本是二义，如何将来混解？况蓍草亦众卉中之一物，若天下和平，则百物畅茂，蓍草自然茎长而丛密，与群卉等耳。何独于蓍草见得圣人幽赞处？且只是生蓍草，亦把圣人幽赞神明说得小了。不如《注疏》云："圣人幽赞于神明而生用蓍求卦之法。"盖神明欲告人以吉凶、悔吝，然神明无口可以语人，故圣人幽赞其所不及，以阴阳、刚柔配合成卦，又生大衍之数，以蓍扐之，则凡占者吉得吉，占凶得凶。占吉者以趋，凶者以避，则神明所不能告人者，圣人有以告之，而幽赞之功大矣。较之《本义》，其说颇长。

《中孚》上九《爻辞》曰："翰音登于天。贞凶。"《本义》云："鸡曰翰音，乃巽之象。居巽之极，为登于天。鸡非登天之物，而欲登天，居巽之极，而不知变，虽得其正，犹为凶道。"此因《礼记》有"鸡曰翰音"之文，遂以翰音为鸡。然鸡何故遂欲登天？此解牵合，实为无谓。不如

《注疏》云:"翰音登于天,名飞而实不从也。"故朱博拜相,临延登受策殿中,有大声如钟。上以问黄门侍郎杨雄、李寻。寻对曰:"此《洪范》所谓鼓妖。师法以为人君不聪,空名得进,则有声无形,不知所从生。"杨雄亦以为鼓妖听失之象。博为人强毅,多权谋,宜将不宜相,恐有凶恶亟疾之怒。后博果坐奸谋自杀,岂非所谓"虽得其正,犹为凶道"者耶! 故世言"朱博翰音",正谓此也。然则《洪范》征应与《中孚》上九之占正合而必欲以翰音为鸡者,抑又何哉?

《易·噬嗑》九四:"噬乾胏,得金矢。"王弼注:"金,刚也。矢,直也。"程子传云:"金取刚,矢取直,以九四,阳德也。"朱子《本义》乃引《周礼》"古之讼者,先入钧金束矢,而后听之"。黄东发云:"《周礼》出于王莽之世,未必尽为周公之制。若先取出金,而后听其讼,周兴、来俊臣之所不为,况成周之世哉? 盖刘歆逢王莽之恶,为聚敛之囮,旋激天下之乱而不果施行,又可以诬圣经乎?"杨升庵云:"东发之论,亦可为朱子之忠臣也。"

《京房易传》云:"易有太极,是生两仪。两仪生四象,四象生八卦。"固非今日有太极,而明日方有两仪,后日乃有四象、八卦也。又非今日有两仪,而太极遁;明日有四象,而两仪亡;后日有八卦,而四象隐也。太极在天地之先,而不为先;在天地之后,而不为后。杨升庵以为此说精明,可补《注疏》之遗。

四明黄润玉是国朝人,所著有《经书补注》,如云:《易》之道扶阳而抑阴,卦之位贵中而贱极。阳过乎极,虽刚不吉;阴得其中,虽柔不凶。又曰:《易》动而圆,《范》方而静。八卦中虚,故圆;九畴中实,故方。其言多有可取者。

香山黄廷美云:经书《注疏》,《论语》"仁者静",孔安国曰:"无欲故静。"周子取之。《易》:"利贞者性情。"王弼曰:"不性其情,何能久行其正?"程子取之。予谓一人之心,天地之心也;一日之动,一岁之运也。喜怒哀乐未发之前,声色臭味未感之际,所谓人生而静,天之性也,太极,浑沦之体也。及感物而动则性荡而情矣。群动既息,夜气清明,然后情复于性,与秋冬归根复命之时,亦奚异哉? 故君子自修,亦不远复而已。予于《注疏》二言,深有取焉。自永乐中纂修《大全》出，谈名理者，惟读宋儒之书，古注疏自是废矣。

余尝谓《诗经》与诸经不同。故读《诗》者，亦当与读诸经不同。盖诗人托物引喻，其辞微，其旨远。故有言在于此，而意属于彼者，不可以文句泥也。孟子曰："以意逆志，是为得之。"是以子贡言"贫而无谄，富而无骄"，夫子告以"贫而乐，富而好礼"。子贡即引卫诗"如切如磋，如琢如磨"以证之。夫子曰："赐也可与言《诗》。"子夏咏《诗》之"巧笑倩兮，美目盼兮，素以为绚兮"。子曰："绘事后素。"子夏曰："礼后乎？"夫子曰："商也可与言《诗》。"一则许以"起予"，一则许以"告往知来"，乃知孔门之用《诗》，盖如此。他如《大学》引"绵蛮黄鸟，止于丘隅"，则曰："于止知其所止。"又曰："穆穆文王，於缉熙敬止。"引《鸤鸠》篇："其仪一兮，正是四国。"则曰："其为父子兄弟足法，而后民法之。"此曾子之说《诗》也。《中庸》引"鸢飞戾天，鱼跃于渊"，则曰："言其上下察。""衣锦褧衣"，则曰："恶其文之著。"此子思之说《诗》也。孔门说《诗》大率类此，亦何尝泥于文句耶？荀卿子之言善学者，必曰"通伦类"。盖引伸触类，维人所用。汉人说经，盖有师授。故韩婴作《诗外传》，正此意也。自有宋儒传注，遂执一定之说，学者始泥而不通，不复能引伸触类。夫不能引而伸，触类而长，亦何取于读经哉！

《诗·小序》，世以为子夏作。今虽无所考，然梁昭明集《文选》，其于《毛诗·大序》，亦云是子夏作。想汉、晋以来，相传如此。夫《大序》即出于子夏，则《小序》为子夏何疑？夫夫子删《诗》，而子夏亲受业于其门，且夫子亦尝以《孝经》属参，《春秋》属商矣，子夏以文学称，故夫子又以《诗》属之。故子夏为之作序，此可以理推也。今世乃不信亲有传授之人，而必以后世推测臆度者为是，抑又何哉？纵不出于子夏，而为汉儒所作。然汉儒去圣人未远，诸儒之授受有绪，与后之去圣人千五百年，况当绝学之后者，又自有别。故《诗》旨必当以《小序》为据。

《诗·卷耳篇》，《小序》曰："此后妃之志也。当辅佐君子，求贤审官。"故其训"嗟我怀人，置彼周行"为"思得贤人，置周之列位"，亦甚有理。又何必以为文王行役，后妃思之，故不能采卷耳，而置之周道哉？或者以为妇人无壶外之思，则武王有乱臣十人，其一人谓文母，则后妃亦尝助成王业，安得以求贤审官，非后妃之志耶？故《左传》中，楚以公子午为令尹，自右尹以下，皆择贤者，以靖国人。君子谓楚于是乎能官人。官人，国之急也。能官人，则民无觊心。《诗》云"嗟我怀人，置彼周行"，能官人也。杜预注亦云："诗人嗟叹，言我思得贤人，置之遍于列位。"是后妃之志，以官人为急。自汉以来，说《诗》者相传如此。

《木瓜》，《小序》以为"美齐桓公也。卫有狄难，出处于曹。桓公救而封之，遗之车马器服。卫人思欲厚报之，而作是诗"。甚为有据。朱子以为男女相赠答之辞，何耶？

《柏舟》，《小序》以为"仁而不遇。卫顷公时，仁人不遇，小人在侧。故夫子曰：'于《柏舟》见匹夫执志之不易也。'"朱《传》必以为妇人不得于夫之词，岂夫子之言亦不足信耶？

荀子解《诗·卷耳》曰："卷耳易得也，顷筐易盈也，而不可贰以周行。"此是荀子用《诗》耳，盖亦断章取义也。杨升庵以荀为深得诗人之心，而以《小序》"求贤审官"，似戾于荀旨，亦失之矣。

《丘中有麻》，《小序》云："思贤也。庄公不明，贤人放逐，国人思之，作是诗。留，大夫氏，子嗟，字也。子嗟教民农桑，故人思之。施施，难进而易退。子嗟在朝，则能助教行政；隐遁，则使峗埆生物。"第二章"子国"，毛云："子嗟之父"，笺云："言子国著其世贤也。"夫汉世传经有绪，书籍尚多，必有所据。而朱子以为妇人望其所与私者而作。盖夫子删《诗》以垂后世，其有不善，或存一二，以备法鉴可也，岂有连篇累牍，尽淫荡之语耶？

《小雅·鼓钟》，《小序》云："刺幽王也。幽王鼓钟淮上，失礼之甚，贤者为之忧伤。"郑康成《笺》引孔子云："嘉乐不野合，牺象不出门。"然则鼓钟淮上，此是嘉乐野合，正见幽王失礼处。朱子不取，而云"未详"，何也？

《常棣》，《小序》曰："燕兄弟也。闵管、蔡之失道，故作《常棣》焉。"《笺》云："周公吊二叔之不咸，而使兄弟之恩疏，召公为作此诗，而歌以亲之。故周王将以狄伐郑，富辰谏曰：召穆公思周德之不类，故纠合宗族于成周，而作诗曰：'常棣之华，鄂不韡韡。凡今之人，莫如兄弟。'其四章曰：'兄弟阋于墙，外御其侮。'"郑玄答赵商云：凡赋《诗》者，或造篇，或诵古，故杜预以为周公作诗，召公歌之，甚为有据。朱子但作燕享兄弟之乐歌，有甚意义。

杨升庵云："《毛诗》'常棣之华，鄂不韡韡。''鄂'，花苞也，今文作萼。'不'，花蒂也，今文作跗。"《诗·疏》云："华下有萼，萼下有跗。华萼相承覆，故得韡韡而光明也。由花以覆萼，萼以承华，华萼相覆而光明，犹兄弟相顺而荣显。唐明皇宴会兄弟之处，楼名'花萼相辉'，唐诗有'红萼青跗'之句，皆本于此。至宋人解之，乃曰'鄂然而外见，岂不韡韡乎'；非惟不知《诗》，亦不识字矣。汉儒地下有灵，岂不失笑？"余观《注疏》中，毛公《诗》亦作"鄂"，犹鄂鄂然言外发也。则言鄂然外见者，不出于宋人。至郑氏《笺》，始云"不"，当作柎，"柎"，鄂足也。鄂足得花之光明，是韡韡然盛兴者，喻弟以敬事兄，兄以荣覆弟，恩义之显，亦韡韡然，又云：古声"不"、"柎"同，亦不遂训'不'为花足。盖升庵虽甚博，然亦考据欠详也。

《小雅·宾之初筵》，《小序》云："卫武公刺时也。幽王荒废，媟近小人，饮酒无度，天下化之。君臣上下，沉湎淫泆。武公既入，而作是诗。"《笺》云："武公入者，入为王卿士。盖武公为周卿士，见王政之阙而刺之。有关于王室，故列之《小雅》。"若朱子以为卫武公饮酒悔过而作，则是卫武公之诗，当列之《卫风》矣，何得置《雅》中耶？

《大雅·抑之篇》，《小序》云："卫武公刺厉王，亦以自儆也。"《楚语》云："卫武公年九十有五矣，犹箴儆于国，作《懿诗》以自儆。"韦昭云："《懿诗》，《大雅·抑之篇》也。"作刺厉王，因以自儆，方可置之《大雅》中。若只是自儆，则亦卫国风诗矣，朱子偶思不及此耶？

《吉日》，《小序》云："《吉日》，美宣王田也能慎微接下，无不自尽以奉其上。"盖卜日选徒，是慎微，以御宾客，是能接下。《序》与《诗》意正合，不知何故削去？

《庭燎》，《小序》云："《庭燎》，美宣王也，因以箴之。"箴之之意亦好，恐不可去。

《诗·注疏》中，序大、小《雅》云：自《鹿鸣》至《菁菁者莪》二十二篇，皆正《小雅》，六篇亡，今惟十六篇。从《鹿鸣》至《鱼丽》十篇，是文、武之《小雅》。先其文王以治内，后其武王以治外。宴劳嘉宾，亲睦九族，事非隆重，故为《小雅》；皆圣人之迹，故谓之正。自《文王》至《卷阿》十八篇，是文王、武王、成王、周公之正《大雅》。据盛隆之时，而推序天命，上述祖考之美，皆国之大事，故为正《大雅》焉。《文王》至《灵台》八篇，是文王之《大雅》。《下武》至《文王有声》三篇，是武王之《大雅》。如此等言论，皆诗家切实谨要者，不知何故削去？然何可使读《诗》者不知！今之读《诗》者，若问其何谓之《小雅》，何谓之《大雅》？何者为正，何者为变？必茫然不知矣。然则《注疏》其可尽废哉！

郑淡泉长于考索，其《古言》中所论经传，于考究尽有详密处，但于义理无所发明。独言《诗》无《燕风》有《召南》，无《宋风》有《商颂》，鲁亦然。《周南》，周未有天下时诗也，故不曰《雅》而曰《南》，此段甚好。

魏献子为政，分祁氏之田为七县，分羊舌氏之田为三县，以与诸大夫。献子谓成鱄曰：“吾与戊县，人其以我为党乎？”对曰：“武王克商，光有天下。其兄弟之国十有五人，姬姓之国四十人，皆举亲也。惟善所在，亲疏一也。《诗》曰：‘惟此文王，帝度其心。莫其德音，其德克明。克明克类，克长克君。王此大国，克顺克比。比于文王，其德靡悔。既受帝祉，施于孙子。’心能制义曰‘度’，德正应和曰‘莫’，照临四方曰‘明’，勤施无私曰‘类’，教训不倦曰‘长’，庆赏刑威曰‘君’，慈和遍服曰‘顺’，择善而从之曰‘比’，经纬天地曰‘文’。九德不愆，成事无悔，故袭天禄，子孙赖之。主之举也，近文德矣，所及其远哉。”是春秋时，已有说《诗》者矣。

世有《诗传》一本，其篇首题曰：“孔氏传，平声。卫端木赐子贡述。”其《关雎·序》曰：“文王之妃姒氏，思得淑女，以供内职，赋《关雎》。子曰：‘《关雎》哀而不伤，乐而不淫。’能正其心，则无怨嫉邪僻之非。心正而身修，身修而家齐，家齐而国治，国治而天下平。故用之乡人，用之邦国。其奏乐也，必以《关雎》乱之，所以风天下也。《诗》之义六：一曰风，二曰赋，三曰比，四曰兴，五曰雅，六曰颂。《关雎》兼比、兴，以赋而为风之首焉，是王化之本也。”

其《葛覃·序》云:"太姒将归宁,而赋《葛覃》。子曰:'贵而能勤,富而能俭,疏而能孝,可以观化矣。'"

又有《诗说》一册,题为"汉太中大夫鲁申培撰"。其《关雎·序》云:"文王之妃太姒,思得淑女,以充嫔御之职,而供祭祀宾客之事,故作是诗。首章于六义中为先比而后赋也,已下二章,皆赋其事而寓比兴之意。"

二家以为后妃思得淑女,朱《传》以为文王思得后妃,觉二家之义为长。

二家之序与《毛诗》小有异同,《鼓钟》,二家皆以为昭王诗。

《王风》,二家皆作《鲁风》,而《鲁颂》四篇次焉。盖汉儒传经,各尊其师说,如《论语》有《齐论》、《鲁论》,其篇目各自不同。

严粲《诗辑》,近亦刻行。严是朱子同时人,其《诗》旨全用《小序》。

卷之二

经　　二

《左传》用《诗》，苟于义有合，不必尽依本旨，盖即所谓引伸触类者也。余录出数条示读《诗》者，使知古人用诗之例。

周郑交质，君子曰："信不由中，质无益也。君子结二国之信，行之以礼，又焉用质？《风》有《采蘩》、《采蘋》，《雅》有《行苇》、《泂酌》，昭忠信也。"

随叛楚，楚伐之，取成。君子曰："随之见伐，不量力也。《诗》曰：'岂不夙夜，畏行多露。'"杜注云："以喻违礼而行，必有污辱。"则凡违礼者皆然。而《诗》之用斯广矣。

孟明增修国政，赵成子言于晋曰："秦师又至，必将避之。惧而增德，不可当也。"《诗》曰："无念尔祖，聿修厥德。"孟明念之矣。

晋请于王，以黻冕命士会，将中军，于是晋国之盗逃奔于秦。羊舌职曰："吾闻禹称善人，不善人远，此之谓也。《诗》曰：'战战兢兢，如临深渊，如履薄冰。'善人在上也。"

鲁公如晋。晋侯见公，不敬。季文子曰："晋侯必不免。《诗》曰：'敬之敬之，天维显思。'命不易哉。夫晋侯之命在诸侯矣，可不敬乎？"

晋栾书侵蔡，楚退师。栾书从三帅之言，不战而还。《春秋》与之。《诗》曰："岂悌君子，遐不作人。"求善也夫。

吴伐楚，乘其丧也。君子以为不吊。《诗》曰："不吊昊天，乱靡有定。"

管仲请桓公救邢，引《诗》曰："岂不怀归，畏此简书。"简书，同恶相恤之谓也。

晋立夷吾。秦伯问公孙枝曰："夷吾其定乎？"对曰："臣闻之，惟则定国。《诗》曰：'不识不知，顺帝之则。'文王之谓也。又曰'不僭不贼，鲜不为则。'无好无恶，不忌不克之谓也。"

宋人围曹。子鱼曰："文王闻崇乱而伐之，三旬不降。退修教而复伐之，因垒而降。《诗》曰：'刑于寡妻，至于兄弟，以御于家邦。'"

邾人出师，鲁不设备。臧文仲曰："国虽小，不可易也。《诗》曰：'战战兢兢，如临深渊，如履薄冰。'又曰：'敬之敬之，天维显思。'命不易哉。"

鲁跻僖公。传引《鲁颂》曰："春秋匪解，享祀不忒。皇皇后帝，皇祖后稷。"君子曰："礼谓其后稷亲而先帝。"《诗》曰："问我诸姑，遂及伯姊。"君子曰："礼谓其姊亲而先姑。"

北宫文子相卫襄公如楚，过郑。印段迋劳于棐林。冯简子与子太叔逆客，事毕而出，言于卫侯曰："郑有礼，其数世之福也。《诗》云：'谁能执热，逝不以濯。'礼之于政，如热之有濯也。"

秦伯伐晋，自茅津济，封殽尸而还。遂霸西戎，用孟明也。秦穆之为君也，举人之周也，与人之一也；孟明之臣也，其不解也，能惧思也；子桑之忠也，其知人也，能举善也。《诗》曰"于以采蘩，于沼于沚。于以用之，公侯之事"，秦穆有焉；"夙夜匪解，以事一人"，孟明有焉；"贻厥孙谋，以燕翼子"，子桑有焉。

孟明败于殽，左右曰："孟明之罪，必杀之。"秦伯曰："是孤之罪也。芮良夫之诗曰：'大风有隧，贪人败类。听言则对，诵言如醉。匪用其良，覆俾我悖。'贪故也。孤实贪以祸夫子，夫子何罪？"复使为政。

子产以诸侯之币重，寓书于范宣子曰："德，国家之基也。有基无坏，无亦是务乎。有德则乐，乐则能久。《诗》云：'乐只君子，邦家之基。'有令德也夫。'上帝临女，无贰尔心。'有令名也夫。"

周室有王子朝之难，郑伯如晋。子太叔见范献子曰："今王室实蠢蠢焉，吾小国，惧矣。吾子其早图之。《诗》曰：'瓶之罄矣，维罍之耻。'王室之不宁，晋之耻也。"献子惧而与范宣子谋之。

子产有疾，谓子太叔曰："我死，子必为政。惟有德者能以宽服民，其次莫如猛。"及子太叔为政，不忍猛而宽。郑国多盗，兴师徒而尽杀之，盗少止。仲尼曰："善哉，政宽则民慢，慢则纠之以猛；猛则民残，残则施之以宽。宽以济猛，猛以济宽，政是以和。《诗》曰：'民亦劳止，汔可小康。惠此中国，以绥四方。'施之以宽也。'毋纵诡随，以谨无良'，惨不畏明，纠之以猛也。'柔远能迩，以定我王。'平之以和也。又曰：'不竞不绿，不刚不柔，布政优优，百禄是遒。'和之至也。"

齐侯与晏子坐于路寝，曰："美哉室，其谁有此乎？"晏子曰："如君之言，其陈氏乎？陈氏厚施焉，民归之矣。《诗》曰：'虽无德，与女，式歌且舞。'陈氏之施，民歌舞之矣。"

鲁昭公卒于乾侯，赵简子问于史墨。墨曰："鲁君既从其失，季氏世修其勤，民忘君矣。社稷无常奉，君臣无常位，自古以然。故《诗》曰：'高岸为谷，深谷为陵。'三后之姓，于今为庶，主所知也。"

郑驷歆杀邓析，而用其《竹刑》。君子谓："子然于是不忠。苟有可以加于国家者，弃其邪可也。《静女》之三章，取彤管焉。《干旄》'何以告之'，取其忠也。故用其道，不弃其人。《诗》云：'蔽芾甘棠，勿剪勿伐，召伯所茇。'思其人犹爱其树，况用其道而不恤其人乎。"

《左氏传》所载凡列国之大夫聘问邻国者，其主宾于燕享之际，各称《诗》以明志。余爱其辨而雅也，录之以列于左方。

鲁文公与晋侯盟。晋侯享公，赋《菁菁者莪》。庄叔以公降，拜，曰："君贶之以大礼，何乐如之？抑小国之乐，大国之惠也。"晋侯降，辞，登，成拜。鲁公赋《嘉乐》。

晋公子重耳至秦，秦公享之。子犯曰："吾不如衰之文也。"请使衰从。公子赋《河水》，公赋《六月》。赵衰曰："重耳拜赐。"公子降，拜。公降一级而辞焉。衰曰："君称所以佐天子者命重耳，重耳敢不拜？"

季文子如宋致女。复命，鲁公享之，赋《韩奕》之五章，穆姜出拜曰："大夫不忘先君，以及嗣君，施及未亡人，敢拜大夫之重勤。"又赋

《绿衣》之卒章而入。

卫宁武子聘鲁公,与之宴,赋《湛露》及《彤弓》。武子不辞,又不答赋,使行人私焉。对曰:"昔诸侯朝王,王宴乐之。于是乎赋《湛露》,则天子当阳,诸侯用命也。诸侯敌王所忾而献其功。王于是乎锡之彤弓一,彤矢百,旅弓矢千。以觉报宴。今陪臣来继旧好,君辱贶之,其敢干大礼以自取戾。"

范宣子聘鲁,告用师于郑。公享之。宣子赋《摽有梅》,季武子曰:"谁敢哉?今譬于草木,寡君在君,君之臭味也。欢以承命,何时之有?"武子赋《角弓》,宾出,武子赋《彤弓》。宣子曰:"城濮之役,我先君文公献功,受彤弓于襄王,以为子孙藏丐也。先君守官之嗣也敢不承命。"君子以为知礼。

晋伐秦,使六卿帅诸侯之师以进。及泾,不济。叔向见叔孙穆子,穆子赋《匏有苦叶》,叔向退而具舟。

鲁公如晋,谋郑也。公还,郑伯与公宴于棐。子家赋《鸿雁》,季文子曰:"寡君未免于此。"文子赋《四月》,子家赋《载驰》之四章,文子赋《采薇》之四章。郑伯拜,公答拜。

穆叔如晋聘,且言齐故。见中行献子,赋《圻父》,献子曰:"偃知罪矣。敢不从执事以恤社稷,而使鲁及此见。"范宣子赋《鸿雁》之卒章,宣子曰:"丐在此,敢使鲁无鸠乎?"

季武子如晋拜师,晋侯享之。范宣子为政,赋《黍苗》。季武子兴,再拜,稽首,曰:"小国之仰大国也,如百谷之仰膏雨。若常膏之,其天下辑睦,岂惟敝邑。"赋《六月》。

齐及晋平,穆叔会范宣子于柯。穆叔见叔向,赋《载驰》之四章,叔向曰:"肸敢不承命。"

齐侯、郑伯为卫侯故,如晋。晋侯兼享之。晋侯赋《嘉乐》;国景子相齐侯,赋《蓼萧》;子展相郑伯,赋《缁衣》。叔向命晋侯拜二君,曰:"寡君敢拜齐君之安我先君之宗祧也;敢拜郑君之不贰也。"国景子又使晏平仲私于叔向,叔向以告晋侯。晋侯言卫侯之罪,使叔向告二君。国子赋《辔之柔矣》,子展赋《将仲子兮》。晋侯乃许归卫侯。

　　郑伯享赵孟于垂陇，子展、伯有、子西、子产、子太叔、二子石从。赵孟曰："七子从君，以宠武也。请皆赋，以卒君贶，武亦以观七子之志。"子展赋《草虫》，赵孟曰："善哉，民之主也。抑武也不足以当之。"伯有赋《鹑之贲贲》，赵孟曰："床笫之言不逾阈，况在野乎？非使人之所得闻也。"子西赋《黍苗》之四章，赵孟曰："寡君在，武何能焉？"子产赋《隰桑》，赵孟曰："武请受其卒章。"子太叔赋《野有蔓草》，赵孟曰："吾子之惠也。"印段赋《蟋蟀》，赵孟曰："善哉，保家之主也，吾有望矣。"公孙段赋《桑扈》，赵孟曰："匪交匪敖，福将焉往？若保是言也。欲辞福禄，得乎！"卒享。文子告叔向曰："伯有将为戮矣。《诗》以言志，志诬其上，而公怨之，以为宾荣，其能久乎！"叔向曰："然已侈，所谓不及五稔者，夫子之谓矣。"文子曰："其余皆数世之主也，子展其后亡者也，在上不忘降。印氏其次也，乐而不荒。乐以安民，不淫以使之。后亡，不亦可乎。"

　　楚令尹享赵孟，赋《大明》之首章，赵孟赋《小宛》之二章。享毕，谓叔向曰："令尹自以为王矣。"

　　赵孟、叔孙豹、曹大夫入于郑，郑伯兼享之。子皮戒赵孟，赵孟赋《瓠叶》。子皮遂戒穆叔，且告之穆叔曰："赵孟欲一献，子其从之。"子皮曰："敢乎？"穆叔曰："夫人之所欲也，又何不敢。"及享，具五献之笾豆于幕下，赵孟辞，私于子产曰："武请于冢宰矣。"乃用一献。赵孟为客，礼终乃宴。穆叔赋《鹊巢》，赵孟曰："武不堪也。"又赋《采蘩》，曰："小国为蘩，大国省穑而用之，其何实非命。"子皮赋《野有死麕》之卒章，赵孟赋《常棣》，且曰："吾兄弟比以安，尨也可使无吠。"穆叔、子皮及曹大夫兴，拜，举兕爵曰："小国赖子知免于戾矣。"饮酒乐。赵孟出，曰："吾不复此矣。"

　　韩宣子起为政，聘鲁，公享之。季武子赋《绵》之卒章，宣子赋《角弓》。武子拜，曰："敢拜子之弥缝敝邑。"武子赋《节》之卒章。既享，宴于季氏，有嘉树焉。宣子誉之，武子曰："宿敢不封殖此树，以无忘《角弓》。"遂赋《甘棠》。宣子曰："起不堪也。"无以及召公。遂聘卫。卫侯享之，北宫文子赋《淇澳》，宣子赋《木瓜》。

　　郑六卿饯韩宣子于郊，宣子曰："二三君请皆赋，起亦以知郑志。"

子蠆赋《野有蔓草》，宣子曰："孺子善哉，吾有望矣。"子产赋《羔裘》，宣子曰："起不堪也。"子太叔赋《褰裳》，宣子曰："起在此，敢勤子至于他人乎？"子太叔拜，宣子曰："善哉子之言是，不有是事，其能终乎！"子游赋《风雨》，子旗赋《有女同车》，子柳赋《萚兮》，宣子喜曰："二三子以君贶起，赋不出郑志，皆昵燕好也。二三君子皆数世之主也，可以无惧矣。"宣子皆献焉，而赋《我将》。

小邾穆子朝鲁，公与之燕。季平子赋《采菽》，穆子赋《菁菁者莪》。昭子曰："不有以国，其能久乎！"

吴伐楚，申包胥如秦，乞师。立依于庭墙而哭，日夜不绝声，勺饮不入口，七日。秦哀公为之赋《无衣》，包胥九顿首而坐，秦师乃出。

传曰：九能可以为大夫。其一曰登高能赋。当春秋时，尚未有赋，亦未必人人作诗，即如前之所赋是也。盖但以明志而已。

《春秋经》如公、榖、胡氏之传，特孔子书法之发明耳，若晋、楚、齐、鲁、郑、卫之事，皆赖左氏作传，而孔子之经始有着落。故孔子称素王，丘明称素臣，不虚也。虽其言诸侯之威仪言语，其征应有若卜筮然，故韩子以浮夸病之，然孔子所谓"其事则齐桓、晋文"，而齐桓、晋文之事所以得传于后世者，皆左氏之功也，岂诸传可得而并哉！然汉初唯用《公》、《榖》，至刘歆移书太常，而《左传》始列于学官。

《礼记》一书，后人疑其出于汉儒附会，若《檀弓》、《经解》诸篇是也。即《檀弓》所载，如："孔子闻伯高之丧，曰：'师，吾哭诸寝；朋友，吾哭诸寝门之外。所知，吾哭诸野。'于野则已疏，于寝则已重。夫由赐也见我，吾哭之赐氏。遂命子贡为之主而哭之，曰'为尔哭也'。来者拜之，知伯高而来者，勿拜也。"又"子上之母死而不丧，门人问诸子思，子思曰：'为伋也妻者，是为白也母。不为伋也妻者，是不为白也母。'"只此两节，不但文章之妙，非后人可及，求之典礼，亦岂后人所能议拟哉！

"经解"，世疑其非本经，或后人所撰，然所论诸经要旨，亦恐非后人所能道。纵出于汉儒，当时必有所本，必非出于凿空杜撰者。诸篇不能尽述，聊举此以例之耳。

古人言《仪礼》为经,《礼记》为传,岂有废经而传单行者乎? 则《仪礼》何可不列于学官?

张南园曰:"予为稽勋员外时,江夏刘主事绩以陈皓《礼记集说》涂去什四,因与之议。其说良是。后孙九峰知之,谓予曰:'陈说朝廷已颁降天下,不可以刘言改易语人也。'予遂弃之。今追思其言,诚有补陈之不足,正陈之舛误者。只缘刘狂诞自高,又制行不捡,任情放言,不久遂出守镇江府。镇江府仍不率矩度,遂去官。而其说礼之善,人不及知,而予亦遂忘之矣。"

《谈苑醍醐》云:"《一统志》载:刘有年,沅州人,洪武中为监察御史,永乐中上《仪礼逸经》十八篇。则知古经之残缺多矣,不知有年何从得之? 意者圣经在世如日月,终不可掩耶! 然当时庙堂诸公,不闻有表章传布之请,今求内阁亦不见其书。出非其时,亦此书之不幸。今人大言,动笑汉、唐。汉、唐求逸书,赏之以官,购之以金,焉有见此奇书而付之漠然者乎!"世之重经学者如升庵者,可多得乎?

《谈苑醍醐》云:"《礼记·聘义》说玉云:'孚尹旁达,信也。'郑注:'孚,一作殍。尹,读竹箭有筠之筠。'盖谓玉之滑泽如女肤,致密如筠膜也。陈皓云:'孚,正也。尹亦正也。'按《尔雅》:'尹,正也。'邢昺谓《尔雅》为解《诗》而作,则所谓'尹,正也',以解'赫赫师尹'则合,若借以解'孚尹',何异指白犬以为羊,捉黄牛而作马乎? 甚矣,陈皓之不通文理也。"

朱子作诸经传注,尽有说理精到处。若《书经》注出于蔡沈,《礼记》注出于陈灏,其何可尽去古注,而独行之耶?

《诗经》有《吕东莱读诗记》,世有刻行本,学者亦宜参看。

高皇帝以《尚书》"咨羲和"与"唯天阴骘下民"二简,蔡沈注误,命礼部试右侍郎张智与学士刘三吾改为《书传会选》,札示天下学子。

今之学者易于叛经,难于违传,宁得罪于孔、孟,毋得罪于宋儒,此亦可为深痼之病,已不可救疗矣。然莫有能非之者。

《子见南子》章,栾肇曰:"'见南子'者,时不获已,犹文王之拘羑里也。'天厌之'者，言我之否屈，乃天命所厌也。"蔡谟曰："矢，陈也。夫子为子路陈天命也。"《论语正义》曰："寂然至无则谓之道，离无入有，而成形器，是谓德业。"

卷之三

经　　三

太祖时，士子经义皆用《注疏》，而参以程、朱传注。成祖既修《五经四书大全》之后，遂悉去汉儒之说，而专以程、朱传注为主。夫汉儒去圣人未远，学有专经，其传授岂无所据？况圣人之言，广大渊微，岂后世之人单辞片语之所能尽？故不若但训诂其辞，而由人体认，如佛家所谓"悟入"。盖体认之功深，则其得之于心也固。得之于心固，则其施之于用也必不苟。自程、朱之说出，将圣人之言死死说定，学者但据此略加敷演，凑成八股，便取科第，而不知孔孟之书为何物矣。以此取士，而欲得天下之真才，其可得乎？呜呼！

朝廷求士之心，其切如此，而有司取士之术，其乖如彼。余恐由今之日以尽今之世，但用此辈布列有位，而欲致隆古之治，是犹以酖毒愈疾，日就羸惫，必至于不可救药而后已耳。呜呼惜哉！

杨升庵云：《注疏》所称"先郑"者，郑众也，"后郑"者，郑玄也。观《周礼》之注，则先郑与后郑，十异其五。刘向治《春秋》，主《公羊》，刘歆主《左氏》，故有父子异同之论。由是观之，汉人说经，虽大亲父子，不苟同也。孔子以"一贯"传道，而曾子以"忠恕"说一贯，曾子受业孔子，作《大学》，而子思受业曾子，作《中庸》，则知圣贤虽师弟子，亦不苟同也。今言学者，撝拾宋人之绪言，不究古昔之妙论，始则尽扫百家而归之宋人，又尽扫宋人而归之朱子，谓之因陋就简则有之，博学详说则未也。噫，曾子、子思，吾不得而见之矣，安得二郑、二刘而与之论经术哉！

近时之人皆言："祖宗以经义取士，恐不足以尽天下之才，又以为作古诗文甚难，经义直浅浅耳。"此大不然。盖经义皆圣人精微之蕴，使为古诗文，则稍有聪明之人，略加檃括，便能成章。若圣人之言，非有待于蕴藉真积之久,其何能以措一辞乎?况必有待于蕴藉真积,则利根之人沉郁既久,化轻俊为敦厚,钝根之人磨砺已深,矫颓惰为奋迅,故贤智者不见其有余,愚不肖者不见其不足。盖以养天下之才,正欲得其平而用之。愚以为自汉以后,取士之科,莫善于此。但今读旧文字之人一用,则躁竞之徒一切苟且,以就功名之会,而体认经传之人终无可进之阶。祖宗良法美意,遂天渊矣。其流之弊,一至于此,痛哉痛哉!

南京道中,每年有印差道长五人,例有赃罚银数千。丁巳年,屠石屋、叶淮源管印差,要将赃罚银送国子监刻书,因见访及。尔时朱文石为国子司业,余与赵大周先生极力怂恿,劝其刻《十三经注疏》。此书监中虽有旧刻,然残阙已多,其存者亦皆模糊不可读。福州新刻本复多讹舛,失今不刻,恐后遂至漫灭,所关亦不为小。诸公皆以为是。大周托余校勘。余先将《周易》校毕,方校《诗》、《书》二经,适文石解官去,祭酒意见不同,将此项银作修《二十一史》板费去,其事遂寝。

夫用"传注"以剿取科第,此犹三十年前事也。今时学者但要读过经书,更读旧文字千篇,则取青紫如俯拾地芥矣。夫读千篇旧文,即取青紫,便可荣身显亲,扬名当世,而体认圣经之人,穷年白首,饥冻老死,迄无所成,人何不为其易且乐,而独为其难且苦者哉!人人皆读旧文,皆不体认"经传",则《五经四书》可尽废矣。呜呼,有天下之责者,可不痛加之意哉!

余在南都时,尝与赵方泉督学言:欲其分付上、江二县,将书坊刻行时义尽数烧除,仍行文与福建巡按御史,将建宁书坊刻行时义亦尽数烧除。方泉虽以为是,然竟不能行,徒付之空言而已。

有司以近来学者全不理会"经传",但读旧文字以取科第,近闻欲专以后场策论为主。呜呼,是见树木之枝干蠹蚀,便欲拔其本根而去之。殊不知拔去本根,则枝干将曷从生哉?夫经术所以经世务。故经术,本根也,世务皆由此出。不由经术而求世务之当,得乎?故今时但当严立科禁,一切学者有应台试、省试者,凡用旧文字之人,痛加黜罚。如能体贴圣人旨意,虽行文或未尽善,亦须曲为褒举。庶几可以挽回此风。然今之主司，未必非读旧文字之人，又安得此理会经传者而为之辨识哉？

我朝留心经术者，有杨文懿、程篁墩、蔡虚斋、章介庵诸人。

余以为《十三经注疏》板头既多，一时工力恐难猝办，但得将古注《十三经》刻行一部，则大有功于圣学，而于圣朝政治，不为无补，且亦可以嘉惠后学。其费不上一二百金，但得一有意太守便可了此，惜无可与谋者。

《纬书》出于东汉，盖因光武好谶，故东汉诸儒伪造此书。今《周易·乾坤凿度》、《礼·含文嘉》诸书，皆有传写本。大率皆言符谶占候之事，于本经无所发明。但古书难得，今不可不存其本也。

朝廷于有关经术之书，当遍加访求。士大夫一遇此类，亦须极力购之。若有力便当刻行。盖去圣日远，则经教日湮，而后之谈经者将日下一日矣。纵有小疵，亦当过而存之，使后世学士犹可取以折衷。今小说杂家，无处不刻，何独于经传而靳惜小费哉？

汉人说经，皆有师法，不泥文字。盖于言句之外，自出意见，而终不失本旨。世之所行如焦赣《易林》、孔安国《尚书大传》、韩婴《诗外传》、《大戴礼》，是经之别传，而皆可与之并行者也。较之后世因文立义，泥而不通者，何啻天壤！今乃欲尽废彼而从此，抑又何耶？

《诗》有《细》，《春秋》有《微》，此书今皆不传。闻李中麓家藏书甚多，亦有意搜访诸经。各家传注，想亦有世所不传本，恨无从一访求之耳。

《京房易传》一书，今虽有刻行本，但以五乡、六亲、世应、生刻立说，正类今占卦家之言，恐是后人附会。然京房喜言祸福，或者是其本书，不可考也。

宋人说经，始于刘原甫。刘有《七经小传》，言简理畅，尚不失汉儒之意。余始得抄本，甚珍重之。后以与朱文石司成，已刻板于南太学。

刘原甫又有《春秋权衡》一书，甚好。余有一册，乃宋板，今亦在文石处。

宋世名贤如范文正公、欧阳公、吕晦叔、王介甫、司马文正公、苏东坡、黄山谷,皆言学,但皆本之经术,以求实用,不空谈心性。此其所以为有用之儒耶!

东坡云:《春秋》之学,自有妙用,学者罕能理会。若求之绳约中,乃近法家者流,苛细绞绕,竟亦何用? 惟丘明识其妙用。然不能尽谈,微见端兆,欲使学者自见之。

汉儒尚训诂,至唐人作正义,而训诂始芜秽矣。宋人喜说经,至南宋人作传注,而说经遂支离矣。

黄山谷在当时不甚讲学,然学问皆有切实工夫。又其言甚有理趣,如其言"以我观书,则随处得益;以书博我,则释卷而已茫然"。宋儒亦甚称之。余观集中言论,更有出此上者,今尽拈出以示后人。

黄山谷与苏大通书云:"'既在官,则难得师友,又少读书之光阴。然人生竟何时得自在饱闲散耶? 三人行必有我师,此居一州一县求师法也。读书光阴,亦可取之鞍乘间耳。''凡读书法,要以经术为主。经术深邃,则观史易知人之贤不肖,遇事得失,易以明矣。'"此皆切实近里工夫,其言迥出宋儒之上。又云:"公家二父,学术跨天下,公当得之多。辄复贡此,此运水以遗河伯者耶!"则大通乃东坡之子侄也。

"读书须一言一句自求己事,方见古人用心处。如此则不虚用功。又欲进道,须谢去外慕,乃得全功。"

"江出汶山,水力才能泛觞。沟渠所并,大川三百,小川三千,然后往与洞庭、彭蠡同波,下而与南溟北海同味。今足下之学,诚汶山有源之水也。大川三百,足下其求之师,小川三千,足下其求之友,方将观足下之水波,能遍与诸生为德也。"山谷又云:"读书须精治一经,知古人关揵子,然后所见书传,知其指归,观世故皆在吾术内。古人所谓'胆欲大而心欲小',不以世之毁誉爱憎动其心,此胆欲大也;非法不言,非道不行,此心欲小也。文章乃其粉泽,要须探其根本。根本固则世故之风雨不能漂摇。古之特立独行者,盖用此道耳。"

陈履常正字,天下士也。读书如禹之治水,知天下之络脉有开有塞,而至于九川涤荡,四海会同者也。

汶山之水滥觞,及其成江,横绝吴、楚,涵受百谷,以深其本源故也。

精于一,则不凝滞于物;鞭其后,则无内外之患;胸次宽,则不为喜怒所迁;人未信,则反聪明而自照。颜渊曰:"舜何人哉?"隰朋愧不如黄帝。夫设心如是,岂暇与俗人争能哉。

富贵在天,安可以人力计较耶? 知寸心不与万物同尽,则在此不在彼矣。人当开拓胸次,以天地为量,求舜禹比肩,则衡门之下,古人不远。

我朝薛文清、陈白沙、吴康斋、王阳明,好谈理性,岂是不长于经术? 但既托之空言,遂鲜实用。其门弟子又蹈袭其师说,各立门户,深衷厚默,剽取道学之名,以为进取之捷径。自是经术、道学,始岐而为二矣。

今朝廷若欲求经术之士,庙堂诸公集议行之,亦甚不难。盖翰林院元设有五经博士,而翰林院亦有秀才名色。当精选深于经术者为博士,招集天下之能通经者皆隶焉。公家月廪饩之,日省月试,必待精深,然后官之。则庶乎可以广求士之门,而学者竞趋于经术,亦不长文词浮艳之习,此选举之佳事也。盖祖宗元有此门,举而行之,在当事诸公有意与无意耳。如欲访求经术之人,当令各郡太守,凡遇考满之期,各选三四人自随,如古之所谓计偕者,与之俱至京师,送礼部考选。如计偕之人果能通经,即算任内功绩。若非其人,举主即加黜罚。其无者听,然亦必以有无为殿最。或庶几可望得人。

章介庵先生为南畿督学,是年岁考,某适领案,后以事谪授松江贰守,遂为相知。曾以公事至海上,访余敝庐。见堂中悬马西玄见赠诗,介庵指之曰:"此公正人也。"余亦数至府衙,即相留,竟日所谈皆学业,不及公事。尝言少年时读书,《五经四书大全》书眉上,标写皆满。又言"《圆觉经》说理精到,是与孔子对床睡的。宋儒《传注》,只在孔子床脚底下钻,如何会识得!"又痛黜词章之学。

时余字登之,尝对郁子江言:"我闻何登之喜读《文选》与《艺文类聚》诸书,纵读得精熟,有甚用处?"然文章亦学者之事,故孔子曰:"行有余力,则以学文。"某意以为力或有余则兼之,未必不是。

介庵是临川人,想其学亦出于象山。然只谈经学,未尝旁及理性,其议论自立意见,不随人可否。尝言:"王荆公'三不足'之言皆是。盖为治当法尧舜，则祖宗何足法？能修德以弭灾，则天变何足畏？若我之所行果是，则人言何足惜？”又言：“南宋秦桧力主和议，盖因当时国势已蹙，中原未必可复。而诸军所过残暴惨酷，甚于胡虏，则休兵息民，亦何可尽非？”其言盖自有见。

余家旧藏书几四万卷，后皆毁于倭夷。近日西亭殿下以为余家藏书尚存，托蔡州守以书目寄来，假索抄录。皆是诸经各家传注，余细阅之，《易》有五十四家，《诗》十九家，《书》二十七家，《春秋》六十三家，《周礼》十二家，《仪礼》四家，《礼记》十一家，皆与《文献通考》、《经籍考》相出入，亦有《经籍考》所无者。恨无以应其求矣。又尝见西亭所撰李鼎祚《周易集解序》，亦有发明处，盖亦留心经术者。今士大夫一登甲第，都美官，则不知视经传为何物矣。使士大夫皆能如西亭之留心经传，何患经术不明？经术明，何患天下无善治乎？余所撰《语林》，山东各王府亦时时差人买去，则知河间献王何代无之。今议者欲用宗子人才，未必无见。

卷之四

经　　四

　　阳明先生拈出"良知"以示人，真可谓扩前圣所未发。盖此"良知"，即孔子所谓"愚夫愚妇皆可与知"者，即孟子所谓"赤子之心"，即佛氏所谓"本来面目"，即《中庸》所谓"性"，即佛氏所谓"见性成佛"。乃得于禀受之初，从胞胎中带来，一毫不假于外，故其功夫最为切近。阳明既已拈出，学者只须就此处着力，使不失本然之初，便是作圣之功。其或杂以己私，则于夜气清明之时，反观内照，而其虚灵不昧之天，必有赧然自愧者。因此渐渐克去，损之又损，而本体自无不具矣，又何必费许多辞说哉！夫讲论愈多，则枝叶日繁，流派日广。枝叶繁而本根萎，流派广则源泉竭。岐路之多，杨朱之所以下泣也，其于理性何益哉。

　　今世谈理性者，耻言文辞，工文辞者，厌谈理性。斯二者皆非也。盖文以纪记政事，诗以宣畅性情，此古之文词也。后世专工靡曼，若春花艳发，但可以装点景象，于世道元无所补。及其浮艳之极，或至于导欲宣淫。若夫谈理性，则玄虚要眇间，有能反观内照，则澄汰之功，于身心不无所补。然其静默之极，遂至于坐忘废务。夫宣淫导欲，过止一身；坐忘废务，祸及家国。而况乎理性未易窥测，苟有毫厘之差，乃所谓以学术杀天下者，此也。则亦岂细故哉！故学者莫若留心于经术。夫经术，所以经世务，而况乎成性存存之说，精一执中之传，使后世最善谈理性者，亦岂能有加于此哉。

　　《岩下放言》云：三代绝学之后，心性之说唯老、庄、佛氏能窥测一二，其言亦似有见。

　　昔吕申公当国，申公好禅学，一时缙绅大夫竞事谈禅，当时谓之"禅钻"。今之士宦有教士长民之责者，此皆士风民俗之所表率，苟一倡之于上，则天下之人群趋影附，如醉如狂。然此等之徒，岂皆实心向学？但不过假此以结在上之知，求以济其私耳。浇竞之风，未知所届。既入其笠，又从而招之，在上诸公，恐亦不得逃其责也。

晋人喜谈玄虚，南宋诸公好言理性。卒之典午终于不竞，宋自理宗之后，国势日蹙，而胡虏乘衅，得以肆其窃据之谋。故当时有识者云："遂使神州陆沉，王夷甫诸人不得不任其咎。"宋人亦言"不讲防秋讲《春秋》"，盖深以为失计也。此非所谓游谈妨务，祸及家国者耶？或者晋、宋当偏安之朝，人主无意恢复，而豪杰之士无以展其所抱，故退处里巷，讲明学术，以启迪后进，固无不可。岂有当此盛朝，土地之广，生聚之众，政事之繁多，既委身于国，受民社之寄，日勤职业，犹惧不逮，而乃坐糜廪禄，虚冒宠荣，终日空谈，全废政务，岂非圣世之所必诛者哉！

心性之学，吾辈亦当理会。盖本源之地，理会得明白，则应事方有分晓。然亦只是自家理会，间有所得，则札记之，以贻同志可也。岂有创立门户，招集无赖之徒，数百为群，亡弃本业，竞事空谈。始于一方，则一方如狂；既而一国效之，则一国如狂；至于天下慕而效之，则天下如狂。正所谓处士横议，惑世诬民；即孔子所诛少正卯，所谓"言辨而伪，行僻而坚"者，正此类也。其何以能容于圣世耶。

我朝薛文清、吴康斋、陈白沙诸人，亦皆讲学，然亦只是同志。薛文清所著《读书录》，康斋、白沙俱有《语录》，正门人札记之以贻同志者，何尝招集如许人？唯阳明先生，从游者最众。然阳明之学，自足耸动人。况阳明不但无妨于职业，当桶冈、横水用兵之时，敌人侦知其讲学，不甚设备，而我兵已深入其巢穴矣。盖用兵则因讲学而用计，行政则讲学兼施于政术，若阳明者真所谓天人，三代以后，岂能多见？而后世中才，动辄欲效之，呜呼，几何其不贻讥于当世哉！阳明同时，如湛甘泉者，在南太学时讲学，其门生甚多。后为南宗伯，扬州、仪真大盐商亦皆从学。甘泉呼为行窝中门生。此辈到处请托，至今南都人语及之，即以为谈柄。甘泉且然，而况下此者乎？宜乎今之谤议纷纷也。

庄子比舜为"卷娄"。卷娄，羊肉也。以为舜有膻行，故群蚁聚之。今若在外之两司,与郡县守令,凡士子之升沉,人家之盛衰,胥此焉系,则又岂但如卷娄而已哉。故今两司、郡县诸公,尤不宜讲学。盖以其声势之足以动人,而依倚声势之人进也。夫依倚声势之人进,则持身守正之士远矣,尚何怪乎? 今世士君子之耻言讲学哉。

今之讲学者,皆以孔子言"有教无类",又以为佛家言"下下人有上上智",故云人人皆可入道,讲学不当择人。是不然。盖孔子亦尝言之矣:"民可使由之,不可使知之。"故记曰:"道非明民,将以愚之。"夫所谓"无类"云者,盖指专心求道者而言也,然今世岂有专心求道之人? 夫求道者惟愚鲁之人,其心最专,故最易入道,若曾子竟以鲁得之者是也。今之所当辨者,正惧其智巧过人耳。佛氏谓"下下人"者,亦指混沌未凿者而言,六祖盖混沌未凿者。今之初地人,其能道"菩提本无树,明镜亦非台。本来无一物,何处惹尘埃"之语耶? 正以今世无不凿之人故也。是恶可以不择哉!

朱子作《传注》,其嘉惠后学之功甚大,但只是分头路太多,其学便觉支离,《论语》首篇"学而时习之"一章,便说差了。盖因有三个"乎"字,遂把三章分作三段看,以"不亦君子乎"属在"人不知而不愠"一句上,非惟失了夫子之意,亦且不知夫子作文之法矣。此"学"字说得甚大,盖即是"学为圣人"之学,即复其初就是除此外别无学。夫学而至于时时习之,则功夫无有间断矣。夫颜子不能无违于三月之后,今时时习之,无有间断,至于中心喜悦,则完全是一个圣人体段。故程子曰:"义理浃洽于中则说。"此言甚好。然功夫全在此一句,后面两节只轻轻说过去,以见圣人之全体。夫学已到至处,由是人知之则乐,人不知亦不愠,岂不为君子乎。盖君子即圣人,悦乐不愠三字是对待说,而"君子"一句总说到"学而时习之"。今朱子以为"人知之而乐"者,顺而易,"不知而不愠"者,逆而难,则是以为到"不愠",方才成得君子,是岂圣人之意哉? 且学以为己,人之知与不知,于我何与? 何不知而遂以为逆? 以此分别难易浅深,终是未安。

大凡读书,须要通前彻后看,始得圣人之意。如《论语》一书,乃孔子平日所以教人者,其第三章即曰:"巧言令色,鲜矣仁。"后又曰:"巧言令色足恭,左丘明耻之,丘亦耻之。"又曰:"是故恶夫佞者。"又曰："不有祝鮀之佞，而有宋朝之美，难乎免于今之世矣。"盖佞是巧言，美是令色，及圣人之所取者，则曰"刚毅、木讷近仁"。盖刚毅则非令色，木讷则无巧言，正是相反处。又曰"恭近于礼，远耻辱也"。夫巧言、令色、足恭，皆是忘己以媚悦人者。想周末衰世，多有此等人，故夫子深恶而痛绝之。至许仲弓以"南面"，则取其"居敬而行简"之一言。他日又称之曰："雍也仁而不佞。"孔门最重者仁，未尝轻以许人。想仲弓亦是个刚毅木讷，恭而有礼的人，故孔子以仁与南面许之。今世大率以柔颜媚语者为仁，以直言厉色者为不仁，其去圣人之意远矣。

门人之记孔子曰："子温而厉，威而不猛，恭而安。"盖温近于令色，厉则非令色矣。恭近于足恭，安则非足恭矣。威非作威，只是"君子不重则不威"之威。故夫子所称五美，其一曰：君子正其衣冠，尊其瞻视，俨然人望而畏之。斯不亦威而不猛乎？威亦近于刚毅，实则何尝猛。合此数处而观之，可以见圣人之意矣。

《六经》之言含畜深远，如《庄子·逍遥游》，其言理性最活泼处，然反覆数百言，只做得"鸢飞戾天，鱼跃于渊"的注脚。

《易》曰："君子体仁足以长人，嘉会足以合礼，利物足以和义，贞固足以干事。"孟子所谓"四端"，盖本于此。孔子但杂出之，未尝并论。其所雅言者，只一"仁"字，如曰："君子去仁，恶乎成名。""君子无终食之间违仁。""人而不仁如礼何？人而不仁如乐何？"又曰："好仁者无以尚之。"盖人能全体得一个"仁"，此心纯是天理，则四德皆并包其中，盖自有不期合而合者。

孔子只说仁。《乾卦·文言》曰："元者，善之长也。"此是人心之生意，万善皆从此出，生生不穷。今人以果子核中之物谓之曰"仁"最好，如言桃仁、杏仁、瓜仁之类是也。盖造化之妙，包于此中，而发生长养，皆从此出。以此言仁，亲切有味。有子曰："君子务本，本立而道生。""孝弟也者，其为仁之本欤？"正有若之言似孔子处。盖仁必自孝弟始。人能孝弟，则仁根焉，而道自此生矣。至孟子以仁为事亲，义为从兄，便觉又生一个枝节。及其说到"智之实，知斯二者弗去；礼之实，节文斯二者；乐之实，乐斯二者，乐则生矣。生则恶可已？恶可已,则不知手之舞之,足之蹈之"。此是孟子自得之最深处,学者体认此章,须到有不知手舞足蹈处,方是有得。

孔子答群弟子问仁,皆因病而药,独颜渊问为仁,则真有切实力行之意,故孔子亦以切实力行告之,曰:"克己复礼为仁",继之曰:"非礼不视,非礼不听,非礼不言,非礼不动。"此是为仁最切要的功夫。《心经》言:"无眼、耳、鼻、舌、身、意,无色、声、香、味、触、法。"其原盖出于此。虽佛家,亦以为第一义谛,然谓之曰"无",便觉有着。

夫子许仲弓以"南面",仲弓以子桑伯子为问。盖二人皆简者也,其气质相类,因遂及之。夫子对以"可也简",则未深许之也。夫简者,多失之诞傲,故夫子他日又曰:"归欤,归欤,吾党之小子狂简,不知所以裁之。"及仲弓问仁,夫子告以"出门如见大宾,使民如承大祭"。正欲裁之以敬也。则居敬行简之对,其在问仁之后欤?

《孟子》"深造之以道"章曰:"欲其自得之。自得之,则居之安;居之安,则资之深;资之深,则取之左右逢其原。"皆是实际的说话。苟非身到其地,安能为此言?孔门诸子皆所不逮。

《中庸》"尊德性"章,此是圣人全体工夫。盖德性乃吾所受于天之正理,尊者所以体而全之也。若欲全此德性,必待问学以充之。问学而非广大,则规模狭隘,将泥而不通,故必致广大。广大者,易至于阔略,故必尽精微。非高明则志意沉滞,将郁而不畅,故必极高明。高明者,常失于亢厉,故必道中庸。涵养寻绎,此温故也,然于旧知之中,又能引伸触类,潜滋暗长,故曰知新。淳庞磅礴,此敦厚也;然于混沦之中,又能节目周详,文理密察,故曰崇礼。工夫大约有此数者,然于数者之中初无差别,亦无渐次,必欲会其全功,又须打做一片,方是圣人之学。如何分做存心、致知两截,又云"盖非存心,无以致知"。而存心者又不可以不致知。此解支离破碎,全失立言之意。况曰"日知日谨",加一日字,便有渐次之意在。

杨升庵云:"骛于高远,则有躐等凭虚之忧;专于考索,则有遗本溺心之患。故曰:'君子以尊德性而道问学。'盖高远之蔽,其究也,以《六经》为注脚,以空索为一贯,谓形器法度皆刍狗之余,视听言动非性命之理。所谓其高过于大学而无实,世之禅学以之。考索之蔽,其究也,涉猎记诵以杂博相高,割裂装缀,以华靡相胜。如华藻之绘明星,伎儿之舞迓鼓。所谓其功倍于小学而无用,世之俗学以之。"

《论语》"先进于礼乐"章,子曰:"先进于礼乐,野人也;后进于礼乐,君子也。"朱子以为先进于礼乐,文质彬彬,今反谓之野人,亦失圣人之意。夫野人未必便会文质彬彬。盖周虽尚文,始也承殷之弊,故先进尚质,多于文,世遂谓之野人。及其后,渐过于文,世遂谓之君子,均之为失中也。及夫子酌其中而言之,则曰"质胜文则野,文胜质则史。文质彬彬,然后君子"。今后进之君子,则据时世而言,其与彬彬者异矣。然孔子之用礼乐,乃舍君子而必欲为野人者何耶?亦只是"丧与其易也,宁戚"之意。盖欲循其本耳,所以救时之失也。

朱子好将功夫分开说,如所谓"省察"、"存养"之类。终难道教学者撇了"省察"方去"存养",撇了"存养"又去"省察"?头路忒多,如何下手,极是支离。陆象山只教人静里用功,若存养得明白,则物欲之来,如镜子磨得明净,自然照得出。故后人以象山之学近于释氏。然为学本以求道,苟得闻道,则学者之能事毕矣,又何必计其从入之路耶?昔朱、陆尝会于白鹿洞,两家门人皆在。象山讲"君子喻于义"一章,言简理畅,两家门人为之堕泪,亦多有去朱而从陆者。则知功夫语言,元不在多也。

余小时读经书,皆为"传注"缠绕,无暇寻绎本文,故于圣人之言,茫无所得。今久不拈书本,"传注"皆已忘却。闲中将白文细细思索,颇能得其一二。乃知"传注"害人,亦自不少。

在留都时,赵大周先生入觐。反留都,语良俊曰:"在京师曾一见何吉阳。吉阳问余曰:'大周,这些时,何故全不讲?'余曰:'不讲。'吉阳又问曰:'若不讲,何所成就?'余应之曰:'不讲就是我成就处。'吉阳无以应。"盖大周先生之学,已到至处,是即庄子所谓"目击而道存"者。夫佛家犹有打圈,有喝棒,有许多使人悟入处,吾儒只会弄口舌。口舌纵弄得甚伶俐,作么用处?此正如佛家云:"别人弄了刀,又弄枪,件件弄到都不会杀人。我家只有这把刀,提起来便会杀人。"昔文殊师利往维摩处问疾,文殊师利问维摩诘云:"何者是菩萨入不二法门时?"维摩诘默然无言,又手向本位立地。文殊师利叹曰:"是真入不二法门者也。"今之讲学,若悟得此意,便是进得一步。今世岂有此等人哉!

壬子年至京师。是年冬,聂双江先生进大司马。先生在部中,每日散衙后,即遣人接良俊至火房中闲谈。先生但问吴中旧事,与吴中昔日名德,绝口不及讲学。盖这个东西,人人本来完具,但知得者,自会寻得出,何须要讲?况中人已下者,但可使由之,又不必讲。惟可与言者,始与之言。此所谓因材而笃,正双江之一大快也。若今之讲学者,不论其人之高下,拈着便讲,而其言又未必有所发明。其视双江与大周先生,盖天壤矣。

余授官南归,双江作文送行,而其举以相告者,惟"自反于子臣弟友之间",今载在集中者是也。夫能自反于事亲事君,从兄处友之间,而能言顾行,行顾言,则学者切实近里之功,孰有能加于此者哉!又以见子思发明道之费隐,正是其吃紧为人处。然际鸢之所戾,莫高匪天矣;际鱼之所跃,莫深匪渊矣,皆道之所在也。夫道极于天地,而实不出于愚夫愚妇之所与知与能者。及其至也,则圣人有所不知不能。故曰君子之道四,丘未能一焉,则自反于子臣弟友者是也。然此不出乎日用之常,苟于此而能言顾行,行顾言,则慥慥乎君子矣,而道夫岂远哉。今之讲道者,率舍近而求之远,抑又何也?

我朝陈白沙、王阳明二公之学,功夫简捷,最易入道,世或病其出于象山。余谓射者期于破的,渡者期于到岸,学者期于闻道而已。苟射者破的,渡者到岸,斯能事毕矣,又何必问其所从入哉!今存斋先生刻《学则》二书,独象山之言简明快畅,其吃紧为人处甚多,读之令人有感发猛省处。

程篁墩有《道一编》,大率言朱、陆之学本出于一。愚谓颜子最明敏,孔子称其"闻一知十",则是颜子闻道以敏。又曰"参也鲁",则是曾子闻道以鲁。然皆可入道,即孟子所序前古圣人,此皆道统授受所系。然禹以"拜善言",汤以"执中",文王以"视民如伤,望道未见",武王以"不泄迩忘远",周公以"思兼三王",孔子以作《春秋》,各有其道,不相沿袭,然皆能上继道统,未必尽同。夫千蹊万径,皆可以入国。《易》曰:"殊途而同归,百虑而一致。"正此之谓也。则古人之所未必尽同者,安用强而同之哉!

　　阳明先生之学,今遍行宇内。其门弟子甚众,都好讲学,然皆粘带缠绕,不能脱洒,故于人意见,无所发明。独王龙溪之言,玲珑透彻,令人极有感动处。余未尝与之交,不知其力行何如? 若论其辩才无碍,真得阳明牙后慧者也。

.

卷之五

史　　一

　　史之与经，上古元无所分。如《尚书》之《尧典》，即陶唐氏之史也；其《舜典》，即有虞氏之史也；《大禹》、《皋陶谟》、《益稷》、《禹贡》，即有夏氏之史也；《汤誓》、《伊训》、《太甲》、《说命》、《盘庚》，即有殷氏之史也；《泰誓》、《牧誓》、《武成》、《金縢》、《洛诰》、《君牙》、《君奭》诸篇，即有周氏之史也。孔子修书，取之为经，则谓之经。及太史公作《史记》，取之以为五帝、三王纪，则又谓之史，何尝有定名耶？陆鲁望曰："《书》则记言之史，《春秋》则记事之史也。"记言、记事，前后参差，曰经曰史，未可定其体也。案：经解则悉谓之经，区而别之，则《诗》、《易》为经，《书》与《春秋》实史耳。及孔子删定《六经》之后，天下不复有经矣。而周天王及各国皆立史官，如周有史佚、太史儋、内史过、内史叔兴、叔服，虢有史嚚，卫有史华，晋有史苏、史狐、史墨，鲁有史克，世掌史事，而遂有专史矣。当时各国皆有史，鲁史偶经孔子笔削，寓一王之法，故独传耳。汉兴，司马谈、司马迁世为太史令，东汉则班彪父子世领史职，而二氏卒能整齐汉事，成一家言，今亦与六经并行矣。后世虽代有纪言、纪事之官，然作史者又未必即若人也。今二十一代史具在，其得失是非，可考而知也。至于近代之事，其世道之盛衰，人物之升降，风俗之隆替，皆史之流也。其大者则领史职者载之，若夫识其小者，则不贤者之责也，故备录以俟史氏之阙文，自五以至十四，共十卷。

　　历代之史，其不在十九代正史之数者，在古则有《帝王世纪》，在两汉则有司马彪《续汉书》、谢承《后汉书》、华峤《后汉书》、袁山松《后汉书》，在魏则有鱼豢《魏书》、《江表传》，在晋则有王隐《晋书》、臧荣绪《晋书》、陆机《晋书》、曹嘉之《晋书》、《晋中兴书》，在宋则有徐爰

《宋书》。

其编年之史，在两汉则有荀悦《汉纪》、《东观汉记》、张璠《汉纪》、袁宏《汉纪》、薛莹《汉纪》、《汉晋春秋》、《献帝春秋》，在三国则有《魏氏春秋》、《魏氏春秋异同》、《魏武帝杂事》、《魏略》、《蜀记》、《吴历》、张勃《吴录》，在晋则有孙盛《晋阳秋》、檀道鸾《晋阳秋》、干宝《晋纪》、徐广《晋纪》，在宋则有裴子野《宋略》、《南史》、《北史》，此皆载一代之事耳。至司马文正公，遂起自周威烈王，迄于隋之显德，通作一史，名为《资治通鉴》，而天下始有通史矣。李焘《长编》则继司马公而作者，宋七朝之史也。后又有《续长编》，朱晦庵作《通鉴纲目》，大率即《通鉴》之事，而稍寓以书法，纲以法经，目以法传，盖欲以继《春秋》之笔也。

如应劭《汉官仪》、《汉旧仪》、《汉旧事》、《汉杂事》、《汉官典职》、《齐官职仪》、《晋公卿礼秩》、《大唐六典》之类，此皆杂载各代之典章，以备作史者也。

古称国灭史不灭，故虽偏霸之朝，亦皆有史。古有《吴越春秋》、《越绝书》、《华阳国志》、《蜀王本纪》。汉末有《九州春秋》，载袁绍、公孙瓒诸人事。晋有崔鸿《十六国春秋》载五胡之事。又有车颖《秦书》、《赵书》、《燕书》，有《秦记》、《凉记》、《蜀李雄书》。南唐有马令《南唐书》、陆务观《南唐书》，大率皆霸史也。余家旧得一抄本，乃载安禄山与史朝义时事，共三卷。又宋徽、钦北狩，亦有《窃愤录》诸书，乃知史固未尝一日灭于天下也。

壬子冬到都，首谒双江先生。先生问：“别来二十年，做得甚么功夫？”余对以：“二十年惟闭门读书，虽二十一代全史，亦皆涉猎两遍。”先生云：“汝吴下士人，凡有资质者，皆把精神费在这个上。”盖先生方谈心性，而黜记诵之学故也。余口虽不言，心甚不然之。盖经术所以经世务，而诸史以载历代行事之迹。故《六经》如医家《素》、《难》，而诸史则其药案也。夫自三代而下，以至于今，越历既久，凡古人已行之事，何所不有？若遇事变，取古人成迹，斟酌损益，庶有依据。苟师心自用，纵养得虚静，何能事事曲当哉！寻常应务犹可，至于典章仪式，名物度数，其亦可以意见处之哉？故一经变故猝集，则茫无所措，遂至于率意定方,误投药剂。非但无救于病,其人遂成疢痼矣。可无惧哉!

太史公《史记》,为历代帝王作十二本纪,为朝廷典章作八书,为年历作十表,为有土者作三十世家,为贤士大夫作七十列传。其凡例皆以己意创立,而后世作史者举不能违其例,盖甚奇矣。

《史记》起自五帝,迄于汉武,盖上下二千四百一十三年之中,而为诸人立传,仅仅若此。今观书中诸传欲去一人,其一人传中欲去一事,即不可得,真所谓一出一入字挟千金。其藏之石室,副在人间,实不为过。若后人作史,芜秽冗滥,去一人不为少,增一人不为多。今宋、元史中,苟连去数十传,一传中削去数事,亦何关于损益之数哉。

魏其、武安,其事相联,故并作一传,然终始只一事。

范蠡列在《货殖传》,本传只载货殖事。若霸越诸谋画,与越事相联者,则附见《越世家》中。其救中子杀人事,亦附其后,此皆太史公作史法也。

人谓太史公为孔子立世家非是。盖以为论道德则孔子为帝王师,不当在诸侯之列;语其位则孔子未尝有封爵,不当与有土者并。是大不然。盖方汉之初,孔子尚未尝有封号,而太史公逆知其必当有褒崇之典,故遂为之立世家。夫有土者以土而世其家,有德者以德而世其家。以土者,土去则爵夺;以德者,德在与在。今观自战国以后,凡有爵土者,孰有能至今存耶? 则世家之久,莫有过于孔子者。《史记》又以孔门七十二弟子与老子、孟子、荀卿并列为传,则其尊之至矣。孰谓太史公为不知孔子哉。

《史记》序六家要旨,进道德,绌儒术,诚有如班孟坚所讥者。然其述六家之事,指陈得失,有若案断,历百世而不能易。又其文字贯串,累累如贯珠,粲然夺目。文章之奇伟,孰有能过此者耶。

太史公作《五帝本纪》,其尧舜纪全用二《典》成篇,中间略加点窜,便成太史公之文。左氏之文非不奇,但嫌其气促耳。至《史记》季札观乐一段,全用《左传》语,但增点数字,而文字便觉舒徐。乃知此老胸中,自有一副炉鞲,其点化之妙,不可言也。

《史记·游侠传序论》,至取季次、原宪读书怀独行之君子,义不苟合当世者，以此两者相形以较短长，似为太过，世亦以此非之。然其文章之抑扬出入，若神龙变幻，有非人之可能捉摸者，盖甚奇矣。《汉书·游侠传序》，其说稍近正，文章则去太史公远甚。二篇不可并观矣。

《史记·游侠传序论》，此正是太史公愤激著书处。观其言，以术取宰相、卿大夫，辅翼世主，功名俱著者为无可言，而独有取于布衣之侠；又以虞舜井廪，伊尹鼎俎，傅说板筑，吕尚卖食，夷吾、百里桎梏饭牛，以至孔子畏匡之事，以见缓急人所时有，世有如此者，不有侠士济而出之，使拘学抱咫尺之义者虽累数百，何益于事！又引鄙语"何知仁义，已享其利者为有德"，盖言世之所谓有德者，未必真有德也。故窃钩者非，诛之是矣，而窃国者天下之大非也，则宜为诛首矣，而为诸侯。夫为诸侯，则天下之为仁义者争趋之，仁义所往，遂谓之仁义，不复计其昔之大非矣。此不曰"侯之门，仁义存"耶？故曰："已享其利者为有德。"然则世之所是者，果真是耶？世之所非者，果真非耶？此正如《庄子》之俶诡博达，谬悠其说，以舒其轻愤不平之气，而世之不知者，遂以为此太史公之庄语也。岂所谓痴人前说梦耶！

班孟坚书虽无太史公之奇，然叙事典赡，亦自成一家之言。故世之言史者，并称《史》《汉》，盖以为《史记》之后便有《汉书》。

《汉书·东方朔传》不承袭褚先生之语，而自立论。其序董偃事，亦周匝顿挫，宛如画出，能用太史公法。其取《设客难》与《非有先生论》二篇，文章亦甚奇伟。如谏罢上林苑与对武帝"朕何如主"诸语，其剪裁去取皆妙，便可与《史记》角立。

班固书《杨王孙传》，汉以后未必有如此人，纵有之，作史者亦未必能为之立传。盖此事虽无大关系，然能达大道之本，不可使后世不知此等议论。

《胡建传》，其事亦甚俊伟，不知《史记》何故不为之立传？传中言孝武天汉中为军正丞，或者是太史公得罪以后事也。

《杨子幼传》，载子幼与戴长乐辨诘狱辞，仿佛《魏其武安侯传》，《东汉书》路粹诬奏孔融语，远不逮也。

《霍光传》废昌邑王一事，序得舒徐，详委亦得太史公法。

太史公以贾谊与屈原同传。故但载其《吊屈原文》与《鵩赋》二篇而已。然谊所上政事书，先儒称其通达国体，以为终汉之世，其言皆见施用，又其所论贮积与铸钱诸事，皆大有关于政理，是何可以不传？班固取入《汉书》传中，最是。或者太史公未及整齐汉事，故但取其似屈原者附入耳。

唐子西言："太史公敢乱道，却好；班固不敢乱道，却不好。"亦是名言。

黄山谷言："每相聚辄读数叶《前汉书》，甚佳。人胸中久不用古人浇灌之，则尘俗生其间，照镜则面目可憎，对人亦语言无味也。"

又云："班固《汉书》最好读，然须依卷帙先后，字字读过。久之，使一代之事参错在胸中，便为不负班固矣。"

相传谓欧阳公不喜《史记》，此理之不可晓者。观苏子瞻与黄山谷，亦只称班固书，不常道着《史记》。盖子瞻出欧公之门，而山谷则苏公之友也。

范蔚宗《汉书》虽则已落宋、齐绮靡之习，然子长、孟坚世领史职，故自司马谈、班彪以来，皆撰述汉事，而子长、孟坚不无所因。若蔚宗则取华峤、张璠诸书而整齐之，首尾贯串，勒成一家。其叙东汉二百年事，简而不漏，繁而不芜，亦可称名史。故世以与班固书并行，似不为过。

陈寿作《三国志》，与丁梁州索米，又因诸葛武侯尝黜其父，故传中言临敌制胜非其所长，世遂称为秽史。然其叙事简严质实，犹不失史家体格。自寿之后，作史者殆无足言矣。

自唐以前诸史，唯《晋书》最为冗杂，正以其成于众人之手也，此之谓百家衣、骨董羹。夫布褐虽至粗恶，然使其为完衣，则犹可适体。今或以布褐与锦绮杂缀成服，其得为观美乎？盖经五胡云扰之后，晋事或多遗失，而王隐之书，晋人元陋其浅鄙，唐之诸公遂以郭颁《世语》、刘义庆《世说新语》诸小说缀缉成书，其得谓之良史乎？

沈约作《宋书》，虽非当行家，然约本文士，出自一手，终是可观。

《新唐书》，欧阳公诸志序论甚好。宋子京作列传，但做自家文字，故唐事或多遗漏，世以为不如刘昫之书为胜。

　　自陈寿《三国志》后，惟欧阳公《五代史》平典质直，最得史家之体，即欧阳文字中亦无有能出其上者。这便是当行家。

　　杨升庵云："苏老泉曰：'唐三百年文章，非两汉无敌。史才宜有如丘明、迁、固，而卒无一人可与陈寿、范晔比肩。'其论当矣。盖虽韩退之《顺宗实录》，亦在所不取也。宋之琐儒乃以《五代史》并迁，此不足以欺儿童，而可诬后世乎！"然以诸史较之，《五代史》固是史笔，亦难以尽诬也。

　　史至宋、元、辽、金四家，而鄙猥极矣。余在南都时，赵大周先生尝议欲删改《宋史》，余以为非同志三四人不可。盖列传中有事不关于朝廷，又非奇伟卓绝之行或武臣之业非以劳定国以死勤事而其功但在一方者，皆不得立传，须削去数百人。其有一事或相关数人，而彼此互载，重复大甚者，当尽数抹去。或一人传中，其一二事可录，而因及他事，有猥琐不足纪载者，亦尽数抹去。然后以宋朝诸名公小说可以传信者，以次添入，则庶乎其书可传。大周深以为是。后大周以内艰去，余亦羁旅落拓，无可共事者，其事遂寝。

　　双江先生在兵部时，尝欲托某修《兵部条例》，盖我朝不设丞相，而朝廷之事，皆分布六部。凡历朝大典章大刑政，但取六部陈年案牍查之，事事皆在。若将六部案牍中有关于政体者一一录出，修为一书，则累朝之事，更无遗漏矣。余观两汉有《会要》、《唐会要》，宋各朝皆有《会要》，大率即此类也。王守溪《笔记》言："我朝不设《起居注》，而所谓左史记言，右史记事者，皆阙，恐后代修史无所依据。"殊不如今皇帝临朝，原不曾有言。凡批出旨意，即为记言，所行之事，即为记事也。若各部《条例》一修，则欲考祖宗旧制，易于检寻，且甚有关于作史。双江此举，可谓极善。会余补官留都，刻日南下，遂不克就。余归后，双江尚在部中五六年，不知曾有人与之了此一事否。

卷之六

史　　二

　　宸濠谋逆时，王晋溪在本兵。时王阳明差南赣都御史，方赴任。至丰城闻变，即走吉安，与太守伍文定檄会袁州、临江、赣州四郡兵讨之。报至，京师人情汹汹，且外议籍籍，皆云阳明任数，其去留不可必。晋溪力主其说，以为阳明必能成功，朝廷不必命将出师。时晋溪之婿侯莎亭为某部主事，入告晋溪曰："外间人言若此，而老爷坚持此议，倘事有不测，则灭族之祸不远。不若别有处分，以为身家计。"晋溪曰："王伯安，我能保其无他，且其谋略足以了此。不久，捷音至矣，何多虑为。"既而阳明擒宸濠，定江西，不旬月，果报捷。

　　方阳明先生差汀赣巡抚时，汀赣尚未用兵。阳明即请旗牌以行，而晋溪即给以旗牌；阳明又取道于丰城。盖此时宸濠之反形已具，二公潜为之计，庙堂之方略已定。人疑阳明之去留者何耶？

　　王晋溪在本兵时，适湖州孝丰县汤麻九反，势颇猖獗。浙江巡按御史解冕奏闻。朝廷下兵部议。晋溪呼赍本人至兵部，大言数之曰："汤麻九不过一毛贼，只消本处差数十火夫缚之。此何足奏报！欲朝廷发兵，殊伤国体。此御史不职考察，即当论罢矣。"赍本人回浙江，传说此语，一时皆以为湖州江南重地，朝廷不肯处分，岂置之度外耶？倘贼势蔓延，猝不可扑灭，本兵甚为失策。贼人亦侦知此语，恣意劫略，不设隄备。先是户部为查处钱粮，差都御史许延光在浙江，晋溪即请密敕许公讨之，且授以方略。许公即命宪副彭姓者，潜提民兵数千余，出其不意，乘夜而往。贼人方掳略回，相聚酣饮。兵适至，即时擒斩，无一人得脱者。尔时若朝廷命将遣兵，彼必负固拒命，淹顿日久，不但胜负未必，纵胜而劳兵费财，亦已甚矣。晋溪此举，盖不烦一旅，不损一财，而地方寻定。谋之堂庙之上，而定难于数千里之外，若身履其地。所谓折冲于俎豆者,非耶?

嘉靖初年,北虏尝寇陕西,犯花马池。镇巡惶遽请兵策应。朝廷命九卿会议。时王晋溪为冢宰,王荆山宪在本兵。荆山以为必当发兵,不然恐失事。众皆不敢异同,独晋溪不肯画题,曰:“吾意以为兵不必发,我当别有一疏。”即题奏曰:“花马池是臣在边时所区画,防守颇严,虏必不能入。纵入,亦不过掳略,彼处自足守御。不久当自退。若遣京军,远涉边境,道路疲劳,未必可用。而沿途骚扰,害亦不细。傥至彼而虏已退,则徒劳往返耳。臣以为不发兵便。”然兵议实本兵主之,竟发六千人,命二游击将之以往。至彰德,未渡河,已报虏人出境矣。一日入朝,张罗峰与晋溪相遇于朝堂,罗峰举手贺晋溪曰:“古人称老成谋国,公前日料敌如见,亦甚奇矣。”即于报捷本上票旨,赏晋溪四表里银二十两。吕沃洲曰:“正尔人品或自不同。若论晋溪筹边之才,不知韩魏公、范文正之在西夏,果能过之否也。”

王晋溪在西北,修筑花马池一带边墙,命二指挥董其役。二指挥甚效力,边墙极坚,且功役亦不甚费。有羡余银二千余两,二指挥持以白晋溪。晋溪曰:“花马池一带城墙,实西北要害去处。汝能尽心了此一事,此琐琐之物何足问! 即以赏汝。”后北虏犯边,即遣二指挥提兵御之。二人争先陷阵,一人竟死于敌。已上四事,闻之吕沃洲。

余在南馆时,府公王槐野先生喜谈西北事。一日,言王晋溪总制三边时,每一巡边虽打中火,亦费百金,未尝折乾。到处皆要供具,烧羊亦数头,凡物称是。晋溪不数脔,尽撤去,散与从官,虽众头目亦皆沾及。故西北一有警,则人人效命。时东南适有倭寇,余与陆祠部五台相遇于舍弟家。祠部方有赞画之命,余举似之。余曰:“盖当时法网疏阔,故晋溪得行其意。使在今日,则台谏即时论罢,不能一日容矣。”舍弟云:“近闻总督有驼数皮箱银去者,不闻有人论之。”余曰:“此数皮箱之物未必尽以自私,必有同其利者。既同其利,谁复言之? 若如晋溪所为,则论者交至矣。但昔之当事者损己之奉以悦犯难之人,今之当事者割犯难者之肉以饲权贵,尚何怪偾事之不旋踵耶!”

己巳之难,英宗既北狩,挞虏将犯京城,声言欲据通州仓。举朝仓皇无措,议者欲遣人举火烧仓,恐敌之因粮于我也。时周文襄公适在京，因建议令各卫军预支半年粮，令其往取。于是肩负者踵接于道，不数日，京师顿实，而通州仓为之一空。一云己巳之变，议者请烧通州仓以绝虏望，于肃愍曰："国之命脉，民之膏脂，顾不惜耶？"传示城中有力者恣取之，数日粟尽入城矣。

武宗末年，当弥留之际，杨石斋已定计擒江彬。然彬所领边兵数千为彬爪牙者，皆劲卒也，恐其仓猝为变，计无所出，因谋之于王晋溪。晋溪曰："当录其扈从南巡之功，令至通州听赏。"于是边兵尽出，而江彬遂成擒矣。

乔白岩参赞南京机务，时方宁藩谋逆，声言取南京。兵已至安庆，而白岩日领一老儒与一医士，所至游燕，兼以校奕。实以观形势之险要，而外若不以为意者。人以为一时矫情镇物，有费祎、谢安之风。

武宗在南京，江提督所领边卒躯干硕硕，膂力拳勇，皆西北劲兵也。白岩命于南方教师中取其最矮小而精悍者百人，每日与江提督相期，至校场中比试。南人轻捷跳趫，行走如飞，而北人粗笨，方欲交手，被南人短小者或撞其胁肋，或触其腰胯，北人皆翻身倒地，僵仆移时。江提督大为之沮丧，而所畜异谋亦已潜折其二三矣。

武宗南巡时，乔白岩为参赞机务，寇天叙为应天府丞。时缺府尹，寇署印，太监王伟为内守备。三人者同谋协力，持正不挠，故保南京无虞。不然，祸且不测矣。

寇亦山西人，与白岩同乡，躯体硕硕，膛眼，微近视。每日带小帽，穿一撒坐堂，自供应朝廷之外，一毫不妄用。若江彬有所需索，每差人来，寇佯为不见。直至堂上，方起坐立语，呼为钦差，语之曰："南京百姓穷，仓库又没钱粮，无可措辨。府丞所以只穿小衣坐衙，专待拿耳。"差人无可奈何，径去回话。每次如此，江彬知不可动，后亦不复来索矣。

王伟太监是小时与武宗同读书者，时适为南京内守备，武宗呼为伴伴而不名，从小相狎，唯其言是听，遂得从中调护，故乔、寇二公得行其志。是虽适然之会，亦可以占社稷灵长之福矣。

武皇在牛首山经宿，江彬欲行异志，而山神震吼达曙，彬惧慑，不敢举事。次日归，抵聚宝门时已深夜。江传旨开聚宝门迎驾，白岩坚闭不纳。是夜，武皇宿于报恩寺。若白岩者，镇重不挠，真可谓以死卫社稷者矣。

江彬所领边卒骄悍之极，行游市中，强买货物，民不堪命。寇府丞亦选矬矮精悍之人，每日早晚至行宫祗候，必命以自随。若遇此辈，即与相搏。边卒大为所挫，后遂敛迹。亦所以折江彬之谋也。

武宗在南京行宫，诸司朝参时，景前溪为国子司业。景腹大而矮，几不能俯，颇失朝仪。江彬即大声问曰："第几班第几人是某衙门官，若司业，亦是该拿人数。"白岩即应声曰："是南京国子监堂上官。"遂不拿问。盖出于白岩一时权宜，而能全朝廷儒官之体。古人云："此人宜在帝左右。"

武宗驾至淮安，太守薛赟沿河皆拆去民房，以便扯船。纤皆索民间绢帛，两淮为之大扰。过扬州，蒋瑶为扬州太守，独不拆房，曰："沿河非圣驾临幸之地，扯船自有河岸可行，何必毁坏民居。有罪，知府自当之。"江彬传旨，要扬州报大户。蒋曰："扬州止有四个大户，其一是两淮盐运司，其二是扬州府，其三是扬州钞关主事，其四是江都县。扬州百姓穷，别无大户。"江又传旨云："朝廷要选绣女。"蒋曰："扬州止有三个绣女。"江问："今在何处？"蒋曰："民间并无，知府有亲女三人。朝廷必欲选时，可以备数。"江语塞，其事遂寝，扬州安堵如故。后武宗驾崩，薛赟治罪，蒋累官至工部尚书。蒋是湖州人。

王阳明既擒宸濠，因于浙省。时武宗南幸，住跸留都。中官诱其令阳明释放还江西，以待圣驾亲征。差二中贵至浙省谕旨，阳明责中官具领状。中官惧，其事乃寝。

阳明自言，与宁藩战于鄱阳湖，部署已定，初亦不甚诪张。但罪人既得，而圣驾忽复巡游。上意叵测，为之目不交睫者数夕。二中贵至浙省，阳明张宴于镇海楼，酒半，撤去梯，出书简二箧示之，皆此辈交通之迹也，尽数与之。二中贵感谢不已。返南都，力保阳明无他，遂免于祸。若阳明持此挟之，则祸且不测。此之谓推赤心置人腹，诚而不动者，未之有也。

武宗大渐之时，既诛戮江彬，人心未定，国未有君。方迎立外藩，而女后承制，若谗邪交构其间，稍有异同，则国事几殆。时杨石斋秉政，卒能缉睦宫闱，镇安中外，使虚宁数月，天下晏然，真可谓社稷之臣矣。古人谓天子门生，石斋成捧日之功，以议礼不合，无故而去，天下惜之。今上即位，赐谥文忠，易名之典，出自庙堂，可谓合万世之公矣。

石斋当武皇大渐之时，其调度区画，取办俄顷。命中书十余人操牍以进，石斋一一口授，动中机宜，略无舛错。此真有宰相之才，虽姚崇何以过之。

庚戌之事，赵大周力排和议，抗论于朝。言朝廷养士二百年，今一旦有事，遂言无人，岂祖宗立国之意哉？且何代无才，苟以朝命命之，激以忠义，谁敢不尽力效命？况虏人用兵，气之盛衰，视月盈缩。今十八日矣，更一二日，则月渐亏，虏必退，宜不动以观其衅。城下之盟，春秋耻之。一与之盟，则要劫君相，求索金帛，何所不至。于是和议遂息，虏人果以二十日退去。苟当时果与之盟，则岁遣重使，输以岁币，终不能塞虏人无厌之求，而召戎启衅，其祸有不可胜言者。今边衅不开，而国势日尊者，皆大周之力也。此实功在社稷，然举世受其利而莫有能言之者，岂真所谓曲突徙薪者耶！

大周既论列于朝，继上疏陈三事。其一，开损军之令。盖祖宗之制，但边将，有损折军士者，即谓之失机，百姓虽尽为掳去，亦所不论。故虏人一入内地，则兵将皆入保城堡，纵其剽掠，而百姓遂为鱼肉，此最为失策者。开损军之令，庶边将始敢提兵出战，稍为百姓之卫。其二，录周尚文之功。周尚文，边将之有功，而方论罪者。其三，释放杨爵、杨继盛。盖二人皆以劾奏权贵论死，久禁狱中者。遂以此忤权贵。大周时为国子司业，即命带金都御史职衔，赍银数万两，出城赏军，又不给以敕印，实陷之也。大周至西城，请敕印，元宰衔恨，不许。论辩既久，义颇正，不能夺，遂给敕印以行。既出城，至仇咸宁营。咸宁希中旨，不肯收银，令大周遍历各营，唱名给散。大周窘迫无计。是夜宿咸宁营中，至明旦，虏人退去，果如大周所料，幸免于难。不然，则立为虀粉矣。后以前事责某县典史。

　　大周先生言："我上疏后，在顺门上待捉。同年与同馆诸公，无一人来视者，唯张瓯江陪坐竟日，商榷言论，皆侃侃可听。"瓯江，罗峰子，以恩荫补官。此足以见罗峰立朝正色，而其遗范犹有可观。

卷之七

史　　三

　　余在南都时,张石川通政时已致仕,因倭寇之变来南都漫游,有一相识内臣,适管十库。张往拜之,约余同行。余欲因此以访太祖旧迹,遂相携而往。入西华门,即访丞相府。府在西华门内,北向,规模甚宏壮。太祖诛胡惟庸、汪广洋,后府遂废。今所存者,惟危垣倾栋,断烟荒草而已。

　　太祖自诛胡、汪之后,遂不设丞相,而朝廷之事皆分布六部。阁下诸臣,但以备顾问而已。故解缙与胡广诸人,皆以讲读入阁办事,杨文定亦但以太常少卿入,不兼部臣,亦无散官。故其权甚轻,然各衙门章奏,皆送阁下票旨。事权所在,其势不得不重。后三杨在阁既久,渐兼尚书,其后散官,加至保傅,虽无宰相之名,而有宰相之实矣。

　　唐诗云:“三省官僚揖者稀。”盖唐、宋设官,并置三省。三省皆宰相也。一曰中书省,二曰门下省,三曰尚书省。中书省则置中书令,而中书侍郎、左丞、右丞、左右司郎中、中书舍人皆其属也。门下省则古唐虞纳言之官,今之通政司是也。省中则置仆射,侍中、门下侍郎、中常侍、武骑常侍、散骑常侍、给事中皆其属也。尚书省则置尚书,而六曹皆设子部,其属则选部、考功、仪部、驾部、金部、仓部、比部、虞衡、水部之类,皆设郎中、员外郎是也。凡朝廷有大政令,则由门下省奏上,发中书省看详,仍发门下省下尚书省施行。今给事中每日在六科廊接本,犹古之遗意也。给事中原非谏官,掌在封驳。中书省看详未当,虽诏旨已下,皆得封上。苟事体未妥,虽十反不已也。故尚书拜相,则曰“同中书门下平章事”者是也。当时政体,互相钤辖,事权常分。使门下尚书二省坚持官守,不相阿纵,则宰相之权初亦甚轻。但看详由于中书,则主张庶事皆由其手,若给事中不能封驳,尚书奉行唯谨，其权安得不日渐隆重哉！故唐、宋时即有宰相如元载、卢杞、秦桧、贾似道者，盖由此也。今各部之事，皆听命于阁下，所不待言。虽选曹有员缺，亦送揭帖与阁下看过，然后注选。此不知胡、汪当国时，有此事否？夫威权日盛，则谤议日积；谤议日积，则祸患日深。故自世宗以来，宰相未有能保全身名而去者，岂亦其威权太盛致然耶！

唐时，以舍人年深者谓之阁老，今直以宰相为阁老，亦传袭之误也。

我朝相业，独称三杨与李文达。然文贞不死建文之难，而文达夺情一节，皆于大节有亏，他复何论耶？独文贞不肯移兵征赵府，李文达当英宗复辟时，能调停中外，此二事乃二公之卓然可称者也。

宣德中，鲁穆为福建佥事，持宪甚严，不避强御。杨文敏公家有一家人犯罪，鲁置之于法，略不少贷。文敏知，即荐为佥都御史。

正统初，范理为江陵知县。杨文定公之子上京师，沿途官司供奉甚至，范独不为礼。文定即荐为德安太守。范，台州人。以二事而律之近事，则二公者，虽欲不谓之贤宰相，得乎？

杨文贞公之子居家暴横，乡民甚苦之，人不敢言。王抑庵直是文贞同乡，且相厚，遂极言之。后文贞以展墓还家，其子穿硬牛皮靴、青布直身，迎之于数百里外。文贞一见，以为其子敦朴善人也，抑庵忌其功名，妄为此语，大不平之。后事败，乡民奏闻朝廷，逮其子至京，处以重典，文贞始知其子之诈。然文贞犹以旧憾，抑庵在吏部十余年，终不得入阁者，人以为文贞沮之也。由前二事观之，则三杨之中，文贞为最劣矣。

郑淡泉《今言》中载西杨诬方逊志语，若果有此，文贞为千古罪人矣。

杨文贞独喜荐士，故其声誉藉甚。苏谈云："杨文贞公荐达士类，多践清华。如吾苏一郡，盖有三人，则天下从可知也。三人为尚书杨仲举、都御史吴讷、五经博士陈嗣初。仲举与文贞在武昌为患难之交；讷，黑窑匠，以一文；嗣初教书儒生，以一诗见知。皆入启事，悉登台阁。今人虽曰诗文百篇，谁复闻有荐一人者哉！"

我朝宰相，清淳则河东之薛，学业则琼山之丘，刚方则淳安之商、溧县之岳，博大则宜兴之徐，清介则全州之蒋，严正则陈留、洛阳之二刘、余姚之谢，风流文雅则长沙之李，有才断肯担当则新都、京口之杨、永嘉之张，此则列圣甄陶，英贤辈出，皆卓然可称而无愧于前代诸人者也。

河东薛文清公瑄，名德硕学，海内推重。尝为御史，巡按山东，建言内外宪官缄默不言，顾都宪佐恶之。后公考满，顾署下下，不称职。公未尝介意少见于颜色。景泰辛未秋七月，以大理右寺丞乞致仕。户部侍郎兼翰林学士江公时用渊言于上曰：薛瑄历官，罢而复起，始终不易其操。昨者奉命督四川、云南粮饷，以给贵州之师，日夜劳心思，竭筋力，以底有功。今年才逾六十，耳目聪明，未觉衰耗。臣愚以为瑄之学之才，宜置之馆阁，以资其助，不宜俯徇其情，听之去也。于是诏留复职，寻升南京大理寺卿。未几，果入内阁。顾公在都察院，清刚有重望，为先朝名臣，然以江公爱惜人材之心较之，其优劣何如也？

《双槐岁钞》曰：弘治己卯春二月戊午，少保丘公薨于位。概其平生，不可及者有三：自少至老，手不释卷，其好学一也；诗文满天下，绝不为中官作，其介慎二也；历官四十载，俸禄所入，惟得指挥张淮一园而已，京师城东私第，始终不易，其廉静三也。家积书万卷，与人谈古今名理，衮衮不休。为学以自得为本，以循礼为要。自学士为祭酒，最久任。所著有《大学衍义补》、《世史正纲》、《家礼仪节》诸书。每遇名流，必质问辩难，以求至当。故其书皆足传世。成化癸卯，陈白沙至京，与谈不合，人谓公沮之，不得留用。然公此时犹未入阁，安有沮之之事？及入阁，与太宰王三原皆太子太保，公偶坐其上，三原啧有烦言。会太医院判刘文泰失职，奏三原变乱选法，以所刻传封进，内多详述留中之疏。上责其卖直沽名，三原致仕去，人以教讦议公，公实不知也。

成化四年六月，慈懿皇太后钱氏崩。宪庙嫡母也，诏大臣议葬所。众相视莫敢先发，大学士彭时谓同朝曰："梓宫当合葬裕陵，主当祔庙，无可议者。"即与礼部尚书姚夔定议具疏，引汉文帝合葬吕后、宋仁宗合葬刘后故事，"乞念纲常之大，体先帝之心，必求至当。此莫大典礼，万一有违，在廷百辟将有言之，宗室亲王将有言之，天下万世亦将有言之，岂能保其终无据理改而从正者乎？"上犹重违母后之意，未允。彭率群臣伏文华殿以请，号哭不起。上闻，使中官宣谕，命众官退。翰林中有呵叱中官使还者。众官皆曰："死不敢奉诏，且不得命，不敢退。"彭与学士商辂、刘定之进曰："人心如此，实天理所在。望朝廷俯从。"于是中官入奏。上感动，母后亦悟，即传旨谕群臣曰："卿等昨者会议大行慈懿皇太后合祔陵庙，固朕素志。但圣母疑事有相妨，未即俞允，朕心终不自安。再三据礼陈乞，所幸圣慈开喻，特赐允诺。卿等其如前议施行，勿有所疑。故谕。"众闻命，咸呼"万岁"而退。

《双槐岁钞》载宪庙时事，颇为详实。今录出之，以俟作史者。成化间，恊邪杂进，左道乱政，然赖有六臣焉。内阁则商公辂、刘公珝，都宪则王公恕、郑公时，府丞则杨公守随，刑部则有林公俊，忠说格君，遂得无损于圣政。丙申七月，黑眚伤人，京城骚动，人持兵刃，昼眠夜作。说者曰"阴盛之状"，曰"胡虏之兆"。旬余无敢建言者。刘公首请开言路，上嘉纳之。已而妖狐夜出，山西妄男子侯得权诡姓名李子龙，谋入内为逆，伏诛。乃开西厂于灵济宫前，诏太监汪直领官校百余人刺事，立威恣肆，京官三品以上，擅自抄札，内外恟恟。商公疏直十罪以闻。上不省，刘公复疏言："东厂之说，实自建立北京之初，专为缉访谋逆妖言、大奸大恶等事。止令内臣提督，若干犯法典，仍下所司究治。一时权宜，因而不易。今增设西厂，非旧制也。立厂之后，事情纷扰，于国家安危，关系非小。伏望革罢，以安人心。不避震怒，再此申渎。"上使怀恩诘责，二公力辩，始诏革去。而商公遂见几告归。太监梁芳进淫巧以荡上心，收买奇玩，引用方术，以录呈异书为名，夤缘传旨与官，已官者辄加超擢。不择儒吏兵民，工贾因奴，至有脱白除太常卿者，名曰传奉官，多至数千人。而僧道乐工之蹑其侪者，又不足数。李孜省、僧继晓尤尊显用事。妖人王臣尝为奸盗，被楚伤胫，号王瘸子。凡物经其目，即能窃去。或手取人财物投水中，辄自袖出。内竖王敬挟臣采药江南，横索货宝，痛棰吏民，吴越大被其害。尝觅金蜈蚣，拷讯无有，里胥通贿乃喜。令置酒游山，酒半，烨烨树间,皆此物也。其幻术类此。至苏州拘诸生,录妖书,陆完辈忿欲击之,走匿以免。敬方具奏,适王端毅公以巡抚至,疏其罪恶大致激变,攫取财物,元宝至二千余锭。诏审敬,僇臣于市,传首江南,人皆快之。陕西大饥,郑公巡抚赈济,多所全活。因疏利国伤民五事:尽诚敬以回天意,明理义以杜妖妄,减进贡以苏民困,息传奉以抑侥幸,重名器以待有功。辞多切直,上命谪贵州参政。陕西人哭送,若失父母。传闻至京,上稍厌芳所为。癸卯冬旱,百祷不应。科道交章论芳,上命中官袁琦传旨:"今后内官传奉除官,不问有无敕书,俱复奏明白方行。"即日召吏部降四人,黜九人,下六人于狱,皆逃自军囚者。余尚未斥,而人已称快。厥明,大雪,人益欢,谓纳谏绌邪,格天之应。十二月廿八日也。孜省者,江西人,为吏坐赃,杨公以御史巡按,逮问充军。后孜省逃至京师,以符水得幸,授太常丞。比公还朝,即劾孜省罪恶,不宜典郊庙百神之祀。命改上林苑监。久之,擢礼部侍郎,掌通政事,受密旨访察百官贤否,书小帖,以所赐图书封进。因谮杨公。会公以应天府丞述职,既辞朝矣,忽中官传旨,问吏部何不黜守随?部以廉能对。令具履历揭帖。明日又问吏部服阕添注之由,复令奏闻。乃调外任,左迁知南宁府。孜省自是引进奸党,排摈忠良。后以工部尚书伏诛。僧继晓者,始以淫术欺诳楚府,事败,走匿京师。其术得售,尊为法王,出入禁御,赐美姝十余,金宝不可胜纪。发内库银数十万两,西华门外拆毁民居,盖大镇国永昌寺。大臣谏官默默,林公以刑部员外郎备劾芳荐进继晓过恶。上怒,下锦衣狱,责三十,降云南姚州判官。后府经历、吉水张兼素黻论救,亦下狱,贬石州知州。乙巳正月元日,星变。王公为吏书,言俊、黻忠直。上悟,传旨俱复原职,南京用,而黻已卒于家矣。林公今为云南按察副使。行部至鹤庆活佛寺,岁久放光,男女争施金箔,即拽而镕之,得金八百两,归诸库。其持正皆此类也。

刘公在内阁,有酒德,善讲经,多谈论,不知者或目为狂躁,然实刚介敢言,潜格君心,后为同官万安刘吉所诬,使逻卒吓之求退。即疏致仕归养,乙巳九月也。

汪直新坐西厂,立威拟于至尊,内外诸臣卧不帖席。商文毅公辂疏十罪以闻，且云："用此人实系天下安危。"上恚曰："用一内臣，焉得危?"太监怀恩传旨，诘责甚厉。公正色曰："朝臣无大小，有罪皆请旨收问。渠敢擅抄札三品以上京官;大同宣府，北门锁钥，一日不可缺人守者，渠一日擒械数人;南京，祖宗根本重地，留守大臣，渠敢擅自收捕;诸近侍，渠敢擅自损易，此人不黜，国家安乎? 危乎?"怀恩闻之，吐舌而退。即日撤去西厂。公后致仕归。刘文安公见其子孙多贤，乃叹曰："某与公同处若干年，未尝见公笔下妄杀一人。宜乎子孙若是。"公应之曰："实不敢使朝廷妄杀一人也。"

商文毅公辂在内阁时，太监钱能镇守云南，恃宪宗之宠，大肆贪虐，滇人如在水火，而无敢言者。公独奏请，推举刚正有为、智识超卓大臣一员，巡抚云南。遂得三原王公，以南京户侍改副都御史以行，滇民为之少苏。及王公举劾能罪，而眉山万公安、大名王公越受能略而沮之。同一任事大臣，而贤不肖相远如此。只此二事，则我朝当事大臣，其功业孰有能与之并者? 张南园谓世不传其功业，何耶!

卷之八

史　　四

　　徐谦斋作相,终始孝庙一朝。当时治教熙洽,可以比隆三代。盖一时正人如王端毅、马端肃、刘忠宣、倪文毅、张东白、杨文懿、张庄简、韩贯道诸人,布列六曹,戴简肃掌都察院事,章枫山、谢方石为两京祭酒,百僚师师,真可谓朝无幸位,野无遗贤。虽则主上明圣,而谦斋之休休有容,诚有所谓"若己有之,中心好之",不啻若自其口出者,故能佐成孝庙十八年太平之治。至武宗初,谦斋已去位,中更逆竖乱政,其所以镇压而扑灭之者,犹先朝之旧臣也。故我朝相业,当以谦斋为第一。使北人作相、正直刚果则有之,必求其宽裕弘远若此者,恐亦不可多得也。然所以致此者,盖由孝宗信任之专,而谦斋久于其位故也。苟责效于旦夕,亦安敢望此哉。

　　我朝列圣修德,皇天眷佑,凡遇国家有一大事,必生一人以靖之。如英宗北狩,则生一于肃愍;刘瑾谋逆,则生一杨文襄;宸濠之变,则生一王阳明;武宗南巡,则生一乔白岩;武宗大渐时,江彬阴畜异谋,则生一杨文忠、王晋溪,皆对病之药,手到病除,真若天之有意而生之者。此则祖宗在上,於昭于天,而国家千万年灵长之祚,亦可以预卜之矣。

　　闻刘瑾之事武宗,偏听几不可夺。张永太监与杨文襄同提兵讨安化王。文襄在军中语及,因以危言动张永。永回,密陈于武宗,遂从中制之,故得不露,而瑾遂成擒。若患在肘腋而谋之外廷,是速其变,而祸且不测矣。

　　《震泽长语》云:刘瑾虽擅权,然不甚识文义,中外奏疏处分,亦未尝不送内阁。但秉笔者自为观望,本至阁下,必先与商量,问此事当云何? 彼事当云何? 皆逆探瑾意为之。有事体重大者,令堂候官至河下问之，然后下笔。故瑾益恣肆，若当时人人据理执正，牢不可夺，则彼亦不敢大肆其恶也。

刘瑾擅国日，人皆责李文正不去。盖孝宗大渐时，召刘晦庵、李西涯、谢木斋三人至御榻前，同受顾命，亲以少主付之。后瑾事起，晦庵去，木斋继去，使西涯又去，则国家之事将至于不可言，宁不有负先帝之托耶！则文正义不可去，有万万不得已者。西涯晚年，有人及此，则痛哭不能已。此一事，顾东江言之。

李文正当国时，每日朝罢，则门生群集其家，皆海内名流。其坐上常满，殆无虚日。谈文讲艺，绝口不及势利，其文章亦足领袖一时。正恐兴事建功，或自有人。若论风流儒雅，虽前代宰相中，亦罕见其比也。

李西涯晚年致政家居，至临殁时，其门生故吏满朝。西涯凡平日所用袍笏束带、砚台书画之类，皆分赠诸门生，东江亦分得数件。东江子顾伯庸亲对余言之。即书籍所载古之宰相，亦未有如此者。

李西涯当国时，尝冬月五更入朝。至长安街，值崔后渠方在道上酤饮。后渠拱立于轿前，曰："请老先生少饮数酌，以敌寒气。"西涯即下轿，连进数觥，升轿去。时后渠尚为翰林院编修。王元美《艺苑卮言》亦载此一事。夫宰相怜才爱士，脱略势位，如此风流，世岂能多见。

刘野亭自制墓志，其略曰："归之日，有先公敝屋数楹。城之南有别墅一区，田百亩，桑枣榆柳百余株。继又于居舍后凿小池，放一舟其中。每当春暖秋晴，病起意适之时，或驾舆登墅，或张席命舟，徜徉自放于水云林月之际。其所获赐余，则岁分十之三四，以颁诸流离贫饿者。间尝进元嗣，谕之曰：'吾老且病，没之日，勿请葬祭谥赠，勿干名笔为诔文诗挽。有一于是，吾不汝子矣。'文成，或者乃曰：'公筮仕几四十年，所历非一官，各有所职，今何为不书？'盖予虽以文翰著衔，其所职则启沃辅翼，有关于上下者颇重大，予于是无一能效焉，书之徒以自贻愧也。公孤穹阶，而居之若不能一日安者。盖予性峭直狷介，既无功业以为显明之资，又乏低昂以为植立之地，不即去，则罪日大，愧日集，士夫清议，并以先所有者而夺之矣。其归而居家，虽杜门谢客，然犹有车马游从之乐，有贫饿周恤之惠，若未能绝意于世者。盖游从之乐，所以章君上之赐，周恤之惠，所以侈君上之恩，外此则非所知焉。其不敢有恤典文诔之请者，盖无实德而尚虚名，此予平日所深耻者。今若是使予昭昭累士夫之余议，冥冥为地下之愧魄矣，尚幸有不死，可持之以见先祖考于九泉者，自揣平生无大过尤，此心无少负焉耳。其铭曰：呜呼野亭，胡为而生？胡为而仕？胡为而归？胡为而死？盖其生也，穷天地之委和；其仕也，滥皇明之介祉。考诸己，考诸人，则归有余裕。委者还，滥者收，则死获所止。呜呼，世有为野亭嘻者；曰：‘如斯如斯。’后有为野亭嗟者，曰：‘乃尔乃尔。’”余披诵再三，不觉清风袭人。盖其于大臣进退之义，可谓极明洁矣。考其进阁，是丁卯九月，正晦庵与木斋去国之日也。是时瑾之恶逆方炽，不闻野亭有所论列。或者新至政府，事权尚不在我耶？然九月大拜，十月即以病老乞休。章凡七八上，上以春宫讲读恩，温旨勉留，甫一年余。至己巳春，而瑾败。辛未春，公求去益力，遂得请而归。时野亭年方六十。未悬车之辰，想亦但以其志不得行，故决于去耳。夫陈力就列，不能者止。即圣人所称“绰绰有余裕”者，盖不过此。则野亭者，岂特近代所无，盖加于古人一等矣。

邹东郭为野亭序《摘稿》云：“正德辛未，益试南省，受知于野亭刘公。逾月，公赐敕扫先茔，亟趋以别。公握手语曰：‘吾归，不复来矣。子，国器也，善自爱。宁直无媚，宁介无通，宁恬无竞。’只此三言，可以观野亭矣。”

野亭归乡，不见客。或劝之，答曰：“谀词巧说，不曾习学，卑礼谄态，不曾操演。知者谓为粗鄙，不知者且以为简傲。”东廓云：“即公肮脏于山林，其能脂韦于朝著耶！”

余姚士夫与朋友皆言：谢木斋致仕还家，每日与诸女孙斗叶子以消日，常买青州大柿饼、宣州好栗，戏赌以为乐，不问外事。由今观之，木斋真一愚痴老子耳。

张罗峰如取回各省镇守太监，他人虽得君最专者，亦不肯如此担当，独大狱一事，遗万世笑端。

今世宰相何尝不格外用人，但若非纳其重贿，则私其亲妮，唯李文正用潘南屏，张罗峰用叶幼学，世服其公。

近代宰相，不由中人援引，则是营求而得，唯赵大周入阁，出自圣裁。盖穆宗皇帝初登极时，大周为国子祭酒。旧制：天子幸学，则祭酒讲书。是日，大周进讲，言多讽谕，甚为切直。圣上大悦，遂加眷注。然其人秉心持正，且刚直有口，遇事辄发，不能藏垢。大臣有不合且忌之者，即打发至南京矣。圣上数问："前日讲书这老儿如何不见？"左右对以"今任南京礼部侍郎。"圣上即有召还之命。不久，遂真拜矣。然一直不容于群枉，故不久而以论罢。大周每事泥古，不通时变，诚亦有之。然其忠诚许国，奋不顾身，何可掩也。夫山有猛兽，藜藿不采。朝廷岂可一日缺讽议之臣，留之以箴儆于国可也，何故群挤而力排之？昔晁错喜言事，遂为袁盎所陷。后人作《忠鸟传》以哀之。李令伯言："仕无中人，不如归田。"盖从古而然矣。

董紫冈每称上海王弘洲圻在道中，敢言肯任事。不久，弘洲即升，出为某省佥事。时赵大周以阁臣署都察院事，紫冈曰："岂赵大周亦不能容一好御史在衙门中耶？"余亦甚不平之，谓大周不宜有此。后壬申岁，见陆敬斋，始得其详。敬斋言："大周平日深愤边政紊乱，每年将官与挞虏买和，总督虚张报捷，当事者纳其重贿，即滥冒功赏，岁以为常。而包藏祸患，将来有不可胜言者。是岁，陈其学为总督，有报捷本云：'某月某日挞虏犯边，总兵赵苛与之抵敌，连胜数阵，即时逐出塞外矣。'继而巡按御史燕儒宦亦奏：'某处于某日失事。'此时将官关节已到京师，又赵苛者，一大臣门下人也，遂置不问。王弘洲发其事，疏中言颇切直。大周即昌言于朝曰：'衙门中有一王御史，方才成个都察院。'且言'台省诸人身任国家之重，今分受几车白银黄鼠，即不顾朝廷利害，大臣固当如是耶！'诸老一闻，遂衔之切齿，虽同乡一大臣，亦与抵牾。适有沧州一差住扎京城，以时出巡，乃道中第一美差也。资次正该弘洲，论者以为大周私于弘洲，弘洲即升佥事，继遭贬谪，而大周亦蹵言官论罢矣。"大周每事持正，言论侃侃，此诚曲突徙薪之计。苟突决栋焚，若一时扑灭，犹可言也；或火势太盛，至于蔓延，则将奈何？一犯众怒，遂群挤而力去之。孰谓隆庆一朝，刑政果无缺失耶？

　　赵大周在内阁日，如杨虞坡冢宰、王南岷都宪，大周皆直呼其名。或以为言，大周曰："昔微生亩谓孔子曰：'丘何事栖栖者欤？'无乃为佞乎？当时人亦称孔子之名，则我岂得为薄待二人哉！"尝观《双槐岁钞》云：王忠肃翱自总督两广入为太宰，马恭襄昂代公总督。后恭襄入为大司马，忠肃犹呼其名，恭襄未尝不敬诺也。乃知此事，前辈常有之，不以为异。若大周欲行之于今日，岂能一日容哉！

　　壬子年秋，余谒选至京。时在政府者，乃严介溪与存斋先生、吕南渠三人也。介溪前为南宗伯，时余蒙其赏识。存斋是郡中先达名德，南渠，某是其为南京国子司业时旧门生也，且附其家嗣葵阳官船到京。葵阳好古重贤，相与款密，故余亦时时往来于三公之家。见介溪之门，每日如市，庶僚之来谒事于小相者，肩摩踵接，与其家人争先出入。时时有三四家人在门外蹵球，视庶僚如无物，唯各堂上至，少逊去耳。有时庶僚满堂，一堂上至，则分投到其家人门房中坐。其家人或弹琴，或围棋，或博塞，分局嬉戏，喧哄竟日，每日如此。存斋先生则其门如水，真可罗雀。某虽其晚进，且姻家，亦未尝见其家人之面。有时下直各官来谒，其通谒者唯李班头一人而已。古人云："安得门亭长如郭林宗耶？"此人或庶几近之。盖其于众官之高下大小，与亲识之疏密贤否，其接对之间，无不各当其分。盖虽此人之不易得，亦足以见先生之知人善任使也。有时至西城，必经先生之门，亦不见其门上有家人出入往来，此亦恐近古所未有者。南渠之门则喧寂相半，然其门下往来者，皆旧亲识也。盖余姚士子皆出外谋生，鲜有家居者。时孙忠烈长子锦衣公在朝，故余姚人丛集于京师，皆出入于二家。余每造南渠，见其乡人满坐，有时葵阳以小饭见留，则余以一人杂厕于众余姚人之中，殊觉无意。其或以公事而来者，余见亦罕矣。则其家往来虽多，益见其厚。此皆余所目击者，故直书之，以示后人，而其得失邪正，可以观矣。

　　隆庆初政，独纂修《实录》一节，殊为率略，恐后日不能无遗憾也。尝记得小时，余年十六岁，为正德辛巳，武宗升遐，至次年壬午，世宗皇帝改元嘉靖。武宗好巡游，其政迹本少，又世宗以藩王入继，然犹差进士二员来南直隶纂修。二进士皆徐姓，余犹能记之。若世宗皇帝在位最久，又好讲求典礼，故四十五年之中，其大建置、大兴革，何所不有。况昔年海上如秦璠、王艮作耗，近来倭奴犯境，用兵两次，其有功与死事之人以及冒破钱粮临阵败北者，何可枚举。倘一时军门奏报不实，或史局传闻失真，专赖纂修官博采舆论，奏闻改正，庶为实录。又如松江府分建青浦县，其分建之由，必有所为：初建议者何人？后废格不行者又何人？当建与否？博访民间之论，一一修入，庶朝廷有所考据持循，何至建而废，废而复建，议论纷纭，漫无画一哉！是皆纂修率略之故也。昔年纂修《武宗实录》，时苏州府聘杨仪部循吉主之。杨长于修书，其立例皆有法。其所修有《吴郡纂修实录志》一册，旧是刻本，后毁于回禄，板不存矣。余闻世宗宾天，即多方购之，后得一本，甚喜。以为倘修《实录》，其凡例据此为式可也。后闻不差纂修官，亦不聘问郡中文学掌故，但发提学御史。御史行郡县，郡县行学，学官令做，礼生秀才，扭捻进呈。此是朝廷大典章，便差一纂修官，所费几何？乃靳惜小费，而使世宗四十五年大政令，与夫郡县官师人物，地方大事，不知写作甚么模样也。

　　尝观唐时诏令，凡即位改元之诏，其先朝贬窜诸臣，即与量移。量移后方才牵复，牵复后方始收叙。夫此辈皆忠诚许国之人，即日用之犹恨其晚，然必待徊翔二三年者，正以默寓三年无改之道也。既收叙，则升进不论矣。况诸臣当谪居思过之余，蒙恩得释，优游渐进，殊有趣味。若一旦骤致尊显，则岂臣子送死事君之义，其心必不自安。盖不忘旧君者，臣子送死之义，而仰体新君三年无改之情者，乃事君之礼也。岂有旧君尚未卒哭，而其素所不喜之人，觍然处于高位，譬如人家有一干仆，偶得罪于其主，谴逐在外。其主既死。尸肉未寒，而新主即招之使来，任以家政。意气扬扬，倨然自得，揆之人情，于上下彼此，举有未安。

　　杨虞坡在吏部日，我太府李葵庵先生以礼部郎中升延平太守，时论甚不平之。先是，杨虞坡之子亦以礼部郎中升提学副使。一日，大周面语杨曰："我四川李郎中，如何升他做太守？"杨曰："李在部中，亦无甚才望。"大周曰："想是你儿子，因有望，故升做提学。"杨语塞。余观近世士大夫，皆以巧言令色，互为容悦，做成套子，而大周独以古道行之，是可谓疾风之劲草矣。其何以容于世哉！后高中玄在吏部，葵庵以调繁改松江。中玄去位，葵庵亦以考察去，百姓皆孺慕，送者拥路至不得行。夫冢宰为朝廷择守令，以子育万民。今乃夺民之慈母，苟四方皆若此，可不为之寒心哉。

朱象玄司成说，有一顺门上内臣，尝语余曰："我辈在顺门上久，见时事几变矣。昔日张先生进朝，我们多要打个弓，盖言罗峰也。后至夏先生，我们只平着眼儿看哩。今严先生与我们拱拱手，方始进去，盖屡变屡下矣。"

卷之九

史　　　五

　　《菽园杂记》云:"僧智眂涉猎儒书而有戒行,永乐中尝预修《大典》,归老太仓兴福寺。予弱冠见之,时年八十余矣。尝语坐客曰:'此等秀才,皆是讨债的。'客问其故,曰:'洪武间秀才做官,吃多少辛苦,受多少惊怕,与朝廷出多少心力,到头来小有过犯,轻则充军,重则刑戮,善终者十二三耳。其时士大夫无负国家,国家负天下士大夫多矣。这便是还债的。近来圣恩宽大,法网疏阔,秀才做官,饮食衣服,舆马宫室,子女妻妾,多少好受用,干得几许事?事来到头,全无一些罪过。今日国家无负士大夫,天下士大夫负国家多矣。这便是讨债的。'夫还债讨债之说,固是佛家绪余,然谓今日士大夫有负朝廷,则确论也。省之不能无愧。"

　　朝廷于诸大臣有饰终之典,易名锡谥,极其优矣。古者凡定谥,则考功上行状,太常博士作谥议。有不合者,给事中驳奏再议,必求允当,不使名浮于实。其人或有未善,则若荒若炀,皆所不讳。唐、宋以来,此恒典也。我朝稍变其制,大率礼部定谥,而阁下看详施行。列圣亦皆慎重,虽有讳恶之义,然必求其实。如李文达贤、钱文通溥、刘文和珝、汪荣和铉,皆仿佛其素,不过于褒饰。先帝虽英断特出,独于此不甚加意,故一时之谥,不无逾滥。今上登极,凡先朝大臣未有谥者,皆赐谥,如王阳明之谥文成,杨石斋之谥文忠,可为至当。昔张良谥文成,孔子亦加大成。阳明之文事武功,可谓成矣,石斋则功在社稷,安得不谓之忠?虽至百世,谁复有异议哉!盖由当事者识见卓绝,一出于至公故也。

　　国初,承宋、元之后,诸公皆讲学,然人人有物议,独薛文清、王阳明二公,虽使之从祀庙廷,可无愧色。

永乐己丑,有令,自正月十一日为始,赐元宵节假十日。后壬辰年正月,赐文武群臣宴,听臣民赴午门外观鳌山,岁以为常。户部尚书夏原吉侍母往观,上闻,遣中官赉钞二百锭,即其家赐之,曰:"聊为贤母欢。"此真太平盛事,前古所未尝有者。

王忠肃翱,尝至东阁议事。有一从行主事,与左顺门内竖谈笑。公望见,呼之,谓曰:"曾读《论语·乡党篇》乎?过位,色勃如也。此地近奉天门御榻,岂臣子嬉笑处耶!"乃知前辈读书,真有身体力行之意。且属官有过,即以直言相正。皆非近时所有也。

邹吉士汝愚,名智,四川合州人。秀伟聪悟,弱冠领解首,丁未连第,入翰林。其年十月丙子五鼓,有大星飞流,起西北,亘东南,光芒烛地,蜿蜒如龙,朝宁之间,人马辟易。盖阳不能制阴之象也。适诏天下大小衙门,政务如有利所当兴,弊所当革者,所在官员人等,指实条具以闻。汝愚疏言:"正天下之衙门,当自内阁始。以利弊言之,莫利于君子,莫弊于小人。少师万安,恃权怙宠,殊无厌足;少师刘吉,附下罔上,漫无可否;太子少保尹直?挟诈怀奸,恬无廉耻,皆小人也。南京兵部尚书致仕王恕,素志忠贞,可任大事;兵部尚书致仕王竑,秉节刚劲,可寝大奸;巡抚直隶右都御史彭韶,学识醇正,可决大疑,皆君子也。然君子所以不进,小人所以不退,岂无自哉?宦官阴主之也。陛下法太祖以待宦官,法太宗以任内阁,则君子可进,小人可退,而天下之治出于一矣。陛下岂不知刑臣之不可弄天纲哉?然一操一纵,卒无定守者,正心之功未之讲也。早朝之后,深居法宫,此心之发,一如事天之时,则天下幸甚。"疏上,不报。弘治己酉,御史汤鼐坐事连及,遂下锦衣狱。议坐大辟。刑部侍郎彭公韶辞疾不判案,始获免。卒以谪死,时年二十六。

邹汝愚谪雷州石城千户所吏目。苍梧吴献臣廷举尹顺德令,邑民李焕于古楼村建亭居之,扁曰"谪仙"。其父来视,责以不能禄养,棰之。泣受而不辞。弘治辛亥十月卒,献臣往治其丧。适方伯东山刘公大夏至邑,不暇出迎。廉知其故,反加礼待,共资还其丧。献臣自是知名。

吴献臣在正德初,以劾奏逆瑾,枷号午门前一月,谪戍。瑾诛,起官为松江同知。后嘉靖初,历官至都御史,巡抚南直隶。余小时初入学,适值公行部至松,尝一望见其颜色。其人躯干短小,黑瘦骨立,且举动轻率,俨然一山猴也。察院中常畜小鸡,自种瓜茄。有时正坐堂,忽念及鸡雏,或瓜茄当灌汲,虽徒众盈庭,即弃之入内,俄顷而出,人以为痴。然政体清严,人莫敢犯。且博极群书,至孔庙行香讲书毕,问诸生"五眼鸡"、"三脚猫"故事,诸生无以应者。又《薛子粹言》、《胡子粹言》分赐诸生,与今之俗吏迥然不同。

吴献臣号东湖,为松江同知。时适刘德滋琬为太守。刘,江西人,亦能吏也。故事:太守升堂后,各佐贰官散至公馆,或私衙中理事,此旧规也。献臣独不去,即侧坐于府堂上。凡太守举动有不当者,即正言不避。性复多虱,有时与太守燕居,辄扪一虱置卓上,周围以唾作一大圈,直视太守曰:"看你走到那里去。"其刚傲凌物如此。此是余先公为粮长,在府县中祇应,盖亲闻见之。

庐陵孙先生鼎,初为松江府学教授,后以御史提督南畿学校。每阅诸生试卷,虽盛暑,或灯下,亦必衣冠,焚香朗诵,而去取之。侍者请先生解衣,先生曰:"士子一生功名富贵,发轫于此。此时岂无神明在上,与各家祖宗之灵森列左右,小子岂敢不敬!"故事:士子台试见录而赴举者,提学必插花挂红,鼓乐导送。时茂陵北狩之报方至,先生语诸生曰:"天子蒙尘在外,正臣子泣血尝胆之时。小子不敢陷诸生于非礼,花红鼓乐今皆不用。"乃亲送至察院大门而还。

《南园漫录》曰:"左都御史浮梁戴公珊,当考察时,吏部只欲凭巡按御史考语黜退,公不从。吏部曰:'我不能担怨。'公私谓志淳曰:'果欲如此,吾与子先将御史考核,从其贤者斯可。不可如贵堂上一概从之。'由是果有所得。公可谓公无私矣。宜孝庙之重之也。"余谓弘治当人才极盛之时,然吏部尚不肯担怨,今日之事,又何待言。

王端毅恕巡抚云南,不挈僮仆,唯行灶一,竹食罗一,服无纱罗,日给唯猪肉一斤,豆腐二块,菜一把,酱醋皆取主家结状,再无所供。其告示云:"欲携家僮随行,恐致子民嗟怨。是以不恤衰老,单身自来。意在洁己奉公,岂肯纵人坏事。"人皆录其词而焚香礼之。

王端毅巡抚云南,回钱塘,吴公诚代之。太监钱能遣都指挥吴亮迎宴于平夷。亮回,能问:"这巡抚比王某何如?"亮曰:"这巡抚十分敬重公公,与王某不同。"能微笑曰:"王某只不合与我作对头,不然,这样巡抚只好与他提草鞋。"

《南园漫录》曰:"王端毅为吏书时,署于门曰:'宋人有言:"凡仕于朝者,以馈遗及门为耻;受任于外者,以苞苴入都为羞。"今动辄曰"赞仪""赞仪",而不羞于入我,宁不自耻哉。'一时帖然无异议。使非真诚积久而孚,亦自不敢书,书之适足以增多口也。余见先后为吏书凡几人矣,竟不敢署门如此,亦各自知也。"

《南园漫录》曰:"弘治初,三原王公为吏书,钧州马公为兵书,同朝。王公长马公十岁。及王公以太子太保致仕后,马公以少师兼太子太师为吏书,每对予言及王公,不官不姓不号,但曰'老天官'。前辈之谦己敬德如此。"

《南园漫录》曰:"三原王公为吏书时,天台夏进士镤以省亲违限,例当送问。镤以为母不服,且以诗风贡郎中钦。时予为主事,钦据法白公,必欲送问。镤急,因言曰:'必欲问,有死而已。'镤尝以所为文献公,公甚惜之。命予劝镤,镤曰:'果不可免,则以进士还官,长归养母而已。'予解之曰:'子节诚高矣,然已中进士,则不比隐者,可行其志。今公惜才好文,故遣某相告,果不服而长归,任子归矣。倘据法行浙江巡按御史提子,顾不惊令堂乎!'夏遂语塞。还以白公,公喜见于色。即遣官持手本引镤送刑部。又丁宁所遣官善慰谕之。及官回,召予引官面问曰:'镤去云何?'曰:'送至刑部门外,发叹而易衣进矣。'公微笑曰:'汝在道还使之衣冠乘马否?'官曰:'然。'公又笑谓予曰:'此年少有文而不知法,故当委曲成之。'公于一进士爱惜保护之如此,法亦不少屈也。可谓难矣。"

孔子曰:"臧文仲,其窃位者欤? 知柳下惠之贤而不与立也。"《秦誓》言:大臣一无他伎,但休休有容。人之有伎,若己有之,遂能保我子孙黎民。则大臣爱才,岂细故哉。若端毅公者,非但近代之所绝无,虽古人亦以为难矣。以余所见,近来唯顾东桥、马西玄二公,见人有一言一字之可取者,即称誉不绝口,诚有若己有之之意。夏镤,天台人,号赤城,王石梁先生乡人也。石梁甚重之。尝忆得石梁举其七言律二句云："双禽自卧青苔巷，一杖惊飞翠竹墙。"此诗亦失之尖新，似南宋人语。惟《咏麻姑酒》二句云："紫泥四尺高于躯，使我未饮先愁无。"颇迭荡可诵，大率是有才者。端毅公爱惜而成全之如此。惜东桥、西玄不曾当事，未得行其意耳。二百年来，宰相唯杨东里、李西涯肯荐士，故二公之贤声特著，亦是百世不朽之业也。严介溪为南宗伯时，余尝见之。其谦虚爱才之意，優然可掬。及在政府，但以言语诱人，未曾着实举行。或者其夺于小相欤？昔秦桧当国，其子秦熺用事，当时称为小相。大抵骨肉情深，恩能掩义。若不以义自克，能不夺于小相者鲜矣。

冢宰耿公裕，尝曰：吾为礼书时，暮自部归，必经过王三原之门。过必见其老苍头持杆买油于门首。因自念入官至今，初不知买油点也。故每过，辄面城墙而行，盖愧之也。时耿方代王为冢宰，而心服其贤如此。余谓此特端毅公之一节，亦其最小者耳。然观人正当于其小者，盖其打点不到处也。只此一事，而王公之清严，耿公之服善，皆前辈之盛事也。今有如三原公者，宁不群诋而讪笑之耶！

张南园云："华容刘东山为兵书时，极意荐才。时张綵为稽勋员外，欲求越次之举，适值北虏火筛张甚，遂以谈兵动刘，刘极推许。余素知綵奸险无学，贪财好色，其谈兵亦妄也，颇不谓然。东山曰：'吾无才而居此，故急于取才耳。'余言：'就才之中，须少有行检。若通无行，恐亦不可任。'刘不怿。后竟以金都御史荐。时泌阳焦公芳为吏书，吴郡王公鏊为吏侍，灵宝许公进初为兵书。焦亦才綵，王、许固不可，乃止。后綵附刘瑾，起为文选郎中，升金都御史，即转吏侍，竟以瑾事伏诛。忠宣为张綵所欺，固是一时之误。然其言曰：'吾无才处此，故急于取才。'故是万世之利也。张曲江犹为安禄山所误，于公也何尤。"

刘吉丁外艰，诏赍以羊酒、宝钞，起复视事如故。吉三上疏辞，托贵戚万喜得不允。陈编修音上书，劝其力辞。吉不答。弘治新政，万安尹直以次罢去，吉独不动，倚任尤专。虑科道言之，乃倾身阿结，昏夜款门，蕲免弹劾。建言欲超迁科道，待以不次之位。会诏书举用废滞，吉特为奏升原任给事中贺钦、御史杨珍、部属员外郎林俊，此时吏部已次第拟用，而吉为此以媚众，自是人无复有言之者矣。弘治改元，风雹发自天寿山，毁瓦伤物，震惊陵寝。上戒谕群臣修省，遣官祭告。于是左春坊庶子兼翰林侍读张昇疏言："应天之实，当以辅导之臣为先。今天下之人，敢怒而不敢言者，以奸邪尚在枢机之地故也。"因数吉十罪，且谓"李林甫之蜜口剑腹，贾似道之牢笼言路，合而为一，其患可胜道哉？伏望陛下奋发乾刚，消此阴慝。拿送法司，明正其罪。则人心悦而天意回矣。"科道交章劾昇，指为轻薄小人。上命谪昇南京工部员外郎。其同乡何乔新赠以诗曰："乡邦交谊最相亲，忍向离筵劝酒频。抗疏但求裨圣治，论思端不忝儒臣。自怜石介非狂士，任诋西山是小人。暂别銮坡非远谪，莫将辞赋吊灵均。"由是人目吉为"刘绵花"，以其耐弹也。吉闻而大怒。或告以出自监中一老举人善恢谐者，吉奏凡举人监生三次不中者，不许会试。其擅威福如此。辛亥九月。

　　上命撰皇亲诰券，吉稽迟俟贿。始恶之，使中官至吉家，勒令致仕。吉疏上，即允。犹令有司月给米五石，岁拨人夫八名，降敕护之还乡。频行，京城人拦街指曰："唉，绵花去矣。"昇寻被召，擢少詹事。

　　我朝状元以直谏而被谪者三人：罗伦、张昇、舒芬也。罗伦论李文达夺情起复，张昇论刘吉，舒芬谏武宗南巡。此三人者，真可谓不负大科矣。然三人皆江西，亦奇事也。罗一峰之高风大节，昭如日星。独张、舒二公，世或有不知之者，余故表而著之。

卷之十

史　　六

　　我朝列圣培养，贤才辈出，当宪、孝二朝，名臣极多。一时如王端毅、马端肃、彭幸庵诸公，皆有物论。独薛文清、刘忠宣、章文懿三公，虽妇人女子皆知其贤，无毫发可议。

　　倪文毅公岳，弘治中为冢宰，极有风力，诸司畏奉之恐后。自南转北，假一锦衣官之宅以居，以价偿之，坚不肯受。但云："有盐在淮上，乞一书与张都堂获支，足矣。"时在淮上者，张简肃敷华也。张得书云："我知倪冢宰风裁，且吏部，外官所宜奉。第某老矣，行且谋归，不能屈法以奉也。"倪大悔沮。

　　吴少君，名孺子，能诗，无营无欲，一萧然物外人也。是兰溪人。其言章枫山、唐渔石、方寒溪之事甚详。枫山祖居渡渎，在兰溪城外十五里。后去官家居，过客与上司至兰溪者，必出城访之。至者必留饭，虽鸡肉三四品，枫山力不能备，皆族人营办。每一月凡数次，族人甚苦之。偶有一废尼寺，上司送与为宅，枫山遂徙居城中，唯旧屋数间而已。寺旧有小楼二间，其卑至于碍冠，枫山终日宴坐其中。枫山作文构思，必起坐绕室中行，纱帻数为所触，枫山亦不知。后年八十六，竟哭于斯，别无营构。

　　枫山官止祭酒，后以侍郎，尚书起之，皆不应命。家有田二十亩。食指亲丁与家人男妇只十口，每口日食一升，终岁当得米三十六石。金华所收又薄，岁入不够其半。客来相见者馈赠，因主人从来不受，而来者亦忘致之矣。时常缺米，则以麦屑置粥饭中。吴少君之父名一源，岁贡生，少从学于枫山。有时往见。枫山是大胡子，饭后必拂须而出，麦屑尚沾滞须上，拂拭不尽。吴盖亲见之。

　　章文懿移居城中，宅后有天福山。一日，本县勾摄一罪犯，经文懿门前过,迳走入文懿家,从天福山逸去。差人在文懿家作闹,谓藏匿此人。文懿令其自至内中寻索,差人直进文懿卧房内寻。不见,亦从后门上天福山追赶而去。文懿与夫人略不动于色。

　　章文懿之诚朴,出于天性。吴少君言:其家居,每岁请门生二次,清明一次,冬至一次,皆其祭先之福物也。两人共一席,有不至者文懿自专一席,狼餐而尽。若门生续至,则夫人自来益之。夫人平日与门生皆相见。文懿他时只蔬食。盖文懿初非矫强,亦无意必。其诚朴之性,以为有则吃,无则已,顺其自然,适当如是而止耳。今士宦之家,皆积财巨万,犹营求不已。夫人于禀受之初,其财帛金宝皆有分限。如万斛之舟,只可容万斛,更加数斛,则沉矣。唐人小说中,有"掠剩使"之语,言人命中财物,皆有定数,少过其数,则天遣一使掠去之,但适满其命中之数而止。夫士夫之意,以为人孰无事,若财货有余,则缓急有济,殊不知今世人亦有散财获福之说。夫散财何以获福?亦只是言人积财太多,过其分限,则冥中之神以横事耗蠹其财,若适满其数,则事亦不至矣。然与其先因事以储财,不若预疏财以弥事,此皆先贤权教,欲人之好义而疏财也。夫读书之人。正欲明理。今世士夫读书万卷,而独昧于此,有至死而不悟者。吁,可叹哉!

　　吴少君曰:"兰溪人言:'我金华深山中,此等人甚多,恐章文懿亦未足为异。'余语之曰:'君所谓知其一不知其二也。'夫岂谓今世无此辈人?盖人生之初,其本来面目,无不如此。但一读书知事,涉于世网,富贵之心一动其中,则无所不至,而本然之初,毫发无复存矣。故山中时有此等人。君试言仕宦中,如此等者有几人哉?孟子曰:'大人者,不失其赤子之心者也。'唯大人而不失赤子之心,此其所以可贵耳。"

　　章朴庵名拯,枫山之侄。释褐为给事中,后官至工部尚书。清操淳朴,略与枫山等。其致仕回家,有俸余四五百金。枫山知之,大不乐,曰:"汝此行做一场买卖回,大有生息。"朴庵有惭色。

　　王阳明广东用兵回,经兰溪城下过时,章文懿尚在。阳明往见,在城外即换四人轿,屏去队伍而行。盖阳明在军中,用八人轿,随行必有队伍也。至文懿家,阳明正南坐。茶后有一人跪在庭下,乃文懿门生，曾为广中通判，以赃去官，欲带一功以赎前罪。文懿力为之言，阳明曰："无奈报功本已去矣。"然本实未行，人以为文懿似多此一节。余谓诚朴之人，易为人所欺，然心实无私，言之益见其厚。

世之人，大率才大者多阔于拘捡，故杨邃庵、石斋、张罗峰物议甚多，如王晋溪者，世遂以小人目之，然其才固不可掩也。

朱玉峰希周，状元登第，为南京吏部尚书。适当考察期，时张罗峰当国，有欲庇者三人，欲去者二人，托人喻意于玉峰。玉峰不听，但以己意行之。考察后，罗峰言："南京考察不公。"令从公再考。玉峰即上疏言："臣备员南吏部已四年矣。南吏部职业，唯考察一事最为重大。故臣自到任以来，即留心体察，颇得其实。今命臣从公再考，则是臣四年留心者，未必可信。若一时所访者，又岂能尽公？显是臣之不职，乞即罢臣，别委一贤明者任之，则庶无亏损于圣政。"即解官去。余昔在衡山斋中，适玉峰来访衡山。余在屏后窃窥之，见其言若不出口，步履蹜蹜如有循，盖恂恂一长厚君子也。其当事之时，刚毅如此，乃知仁者固有勇哉。

衡山常对人言："我辈皆有过举，惟玉峰混然一纯德人也。"

林见素，嘉靖初再起为刑部尚书。方到京，适文衡山应贡而至，见素首造其馆，遍称之于台省诸公。时乔白岩为太宰，素重见素，乃力为主张授翰林待诏。见素曰："吾此行为文徵仲了此一事，庶不为徒行矣。"

吴匏庵为吏部侍郎时，苏州有一太守到京朝觐，往见匏庵。匏庵首问太守曰："沈石田先生近来何如？"此太守元不知苏州有个沈石田，茫无所对。匏庵大不悦，曰："太守，一郡之主。郡中有贤者尚不能知，余何足问。"此犹是盛朝事，若在今日，则举朝讪笑，以为迂妄不急矣。

祖宗以来，最重国学，慎选贡徒文行兼备者，积分自广业堂，升至率性堂，即得铨选京职，方面与进士等。洪武乙丑，会试下第举人，与赴礼部不及试，及辞乙榜不就职者，皆得入监。永乐初，翰林庶吉士沈升建言："滥预中试者，近年数多，宜加精选，方升国学。"盖亦选俊法也。景泰改元，诏以边围孔棘，凡生员纳粟上马者，许入监，限千人而止，然不与馈饩。人甚轻之。成化己丑，进士安邑张瓒当在首甲，以援例抑置二甲第一。成化甲辰，山西、陕西大饥，复令纳粟入监，两阅月放回依亲。有告愿自备薪米寄监读书者听。寻令监生年二十五岁以上，方准食粮收拨。其省费如此。丘文庄以礼侍掌监事，季考以南城罗玘为首，曰："此解元才也。取之者其惟李宾之、程克勤乎。"是年丙午，京闱，果二公主文柄，论题"仁者与物为体"。玘以"无我则视天下无非我"立说，理既明畅，词亦奇古，参以前后场俱称，遂置首选。连第，入史馆。文名震海内。于是援例之士增价矣。

许仲贻縠言：东桥在承天督工时，尝以事至京。介老设燕待之。是日，许适至介老家，介老语许曰："今日请东桥，无人可陪席。子是其门生，可在此一坐。"俄而东桥至，介老南面设一席，在堂之中，北面设一席，在堂之左，偏侧设一席。东桥略不请主人迁席相对。既入坐，东桥嫌酒冷不堪饮，主人命取热酒。酒至，东桥又嫌太热，指顾挥霍，不知有主人，而主人执礼愈恭。一则能笃于下贤，一则能不怵于贵势，当时盖两贤之。

南京顾横泾璘，字英玉，乃东桥之弟，亦有文章。登正德甲戌进士，有重名，为南京兵部武库郎中。格去徐东园锦衣卫带衔之俸。有一兵官缘事在部，亦亲家也，托其尊公一言。横泾重加谴责，立正其罪。在官清严之极，豪发无所私。其先家业亦厚，有槽坊二处，然自奉颇丰。其侄孙孝常云：吾家叔祖，每日厨中如干饭、水饭、糜粥之类，无一不备，唯其所指。历官数年，卖来用尽。后以宪副致仕家居。去官后，惟居临街一小楼，扁"寒松斋"，训蒙童数人以自给。霍渭厓是其同年，为南京礼部尚书，拆毁无名庵观。怜其贫，以废寺田百亩资之，坚拒不纳。有时绝粮，东桥赒以斗斛，亦不肯受。东桥日有燕席，绝足不往。有邻家二老人，其小时朋友也，隔数日则召之来，略备蔬薪，三人相对，尽三四坛而去。

《今言》中载：万治斋《勘处湖广山夷疏》，甚得夷人情状，可著令甲，以为南方用兵者之戒。

《今言》论崔后渠、王浚川二公，朱象玄摘二事议之。余谓后渠淳朴天至，终瑕不掩瑜。若浚川唐神仙一事，诚风德之衰也。

　　吴官童，译使也。正统十三年使虏，拘为奴。十四年，英宗蒙尘，官童闻之泣。方为人牧放，适也先至，叩马以故谕之。久之，也先下马曰："尔识若君耶？"官童曰："我君岂有不识者。"于是令从者引见上。上曰："吴某至，吾无忧也。"相对泣。官童因告也先："吾中国为君者甚众，失一君，复立一君，执之何为？"时英庙与也先不曾相见，盖未有定其礼者。官童复以理谕也先，曰："尔父某年来朝受某赐，某年又受某赐。尔亦臣也，岂可为宾主礼。"也先设五拜稽颡，复进膳。英庙饮而赐其余，也先饮之。如是者三。也先以车载其妹为英庙配，问于官童，曰："焉有万乘君而为胡婿耶？后史何以载。却之则拂其情。"乃绐之曰："尔妹朕固纳之，但不当为野合。待朕还中国，以礼聘之。"也先乃止。又选胡女数人荐寝，复却曰："留俟他日为尔妹从嫁，当以为嫔御。"也先益加敬。我朝译使中，乃有此人。

　　北京功德寺后宫，像设工而丽。僧云正统时，张太后尝幸此，三宿乃返。英庙尚幼，从之游。宫殿别寝皆具。太监王振以为后妃游幸佛寺，非盛典也，乃密造此佛。既成，请英庙进言于太后曰：母后大德，子无以报，已命装佛一堂，请致功德寺后宫，以酬厚恩。太后大喜，许之。复命中书舍人写金字《藏经》，置东西房。自是太后以佛及经在，不可就寝，遂不复出幸。当时名臣尚多，而使宦者为此，可叹也。

　　阿丑乃钟鼓司装戏者，颇机警，善谐谑，亦优旃敬新磨之流也。成化末年，刑政颇弛。丑于上前作六部差遣状，命精择之。既得一人，问其姓名，曰："公论。"主者曰："公论如今无用。"次得一人，问其姓名，曰："公道。"主者曰："公道亦难行。"最后一人，曰："胡涂，"主者首肯，曰："胡涂如今尽去得。"宪宗微哂而已。若宪宗因此稍加厘正，则于朝政大有所补正。太史公所谓谈言微中，亦可以解纷，则滑稽其可少哉！惜乎宪庙但付之一哂而已。若在今日，则胡涂亦无用处，唯佻狡躁竞者乃得进耳。

卷之十一

史　七

　　乙卯年，倭贼从浙江由严、衢过饶州，历徽州、宁国、太平，而至南京，才七十二人耳。南京兵与之相对两阵，杀二把总指挥，军士死者八九百，此七十二人不折一人而去。南京十三门紧闭，倾城百姓皆点上城，堂上诸老与各司属，分守各门，虽贼退，尚不敢解严。夫京城守备，不可谓不密。平日诸勋贵骑从呵拥，交驰于道，军卒月请粮八万，正为今日尔。今以七十二暴客扣门，即张皇如此，宁不大为朝廷之辱耶。

　　倭贼既杀败官兵，此日即宿于板桥一农家。七十二人皆酣饮沉睡，此农家与顾彭山太常庄邻，并其庄上人亲见之。此时若有探细人侦知其实，当夜遣一知事将官潜提三四百人而往，可以掩杀都尽。但诸公皆不知兵，闻贼至，则盛怒而出，一有败衄，则退然沮丧，遁迹匿影，唯恐不密。殊不知一胜一负，乃兵家之常，古人亦有因败而为功者。此正用计之时也，而乃甘于自丧，何耶？且又不用细作，全无间谍，遇着便杀，杀败即退，不知是何等兵法也。

　　甲寅、乙卯年，倭子已焚劫常州，传言欲窥南京，京城震恐。有言丹阳为南京咽喉之地，南京之守，守在丹阳，须筑一坚城以扼之。余曰此所谓知其一不知其二也。夫丹阳之所以有关于南京要害者，使丹阳有城，贼人攻丹阳城不下，必不敢越之而至南京。何也？恐丹阳兵之蹑其后也。苟不得丹阳城，越之而来，则南京兵当其前，丹阳兵蹑其后，句容出一兵捣其中，此之谓腹背受敌，兵家所忌，乃必败之道也。故能遥为南京声援。譬如倭子越嘉兴而至苏州，使苏州兵迎敌，嘉兴兵蹑之，吴江兵从而捣之，则岂能如此得志哉！今贼至嘉兴，嘉兴坚闭城门，与之一战城下。任其过去，则吴江、苏州当其冲，嘉兴方安坐相庆以为无事矣。若但如此，则丹阳虽有城，亦何益于南京胜负之数哉。然此等调度，全在总督，而当事诸公曾无一人及此者，可叹可叹！

倭寇既去之后，司寇景山钱公在大理，余与之言曰："夫倭寇之来，大江之外，有三路可达南都。从常、镇来，则句容其一路也，从宜兴来，则秣陵关其一路也；从太平而来，则江陵镇其一路也。夫古之用兵，须得地利。今参赞与守备诸公，当亲至其处，相度地形，如某处可以屯兵，某处可以会战，某处可以设伏，皆默识于心。倘一日有警，则差某将官豫先提兵扎营于某处拒敌，某将官于某处策应，某将官于某处设伏。待其既至，则与之争利。先占山头，则我为主彼为客，我以逸彼以劳，所以制敌者在我矣。万一不利，则策应兵与伏兵俱起，左右合击，此兵法之至要，而我之所谓庙胜者，盖不越此。今必待敌人既至，然后遣兵出城，猝然而遇，即与合战。夫猛虎食人，使其人神全，虎必不能伤。若忽与虎遇，苟非至人，神未有不去者，神去而虎始能食之矣。今出战之兵气未及定，猝与敌遇，神安得不去？神去则万万必败，又岂待智者而后知耶。公当可言之地，可与当事诸公一言之。"景山果白之诸公，后亦颇用其说。余初不知之，一日偶见守备何太监，余谢山田舍，即何太监旧庄也。何云："公庄上杨树，何萧疏若此？"余云："公无事不出城，何由见之？"何云："前日与诸公看埋伏耳。"夫既谓之伏，当使人不得知之。但宜托以游行，潜觅其处，岂可显言于众曰"吾往寻设伏处"耶？谓之机务，恐不如此。

张蒙溪在参赞时，颇好兴建。其所置振武营，后遂启黄林原之变。其他如仙鹤营、望江楼等处，所费动以数十万计。然使一朝有事，实分毫无补于朝廷，无救于地方。又以南都形势与各营垒，刻一石碑以传，中间刻城南十二伏，城东十二伏，城北十二伏。刻成，江荆石以一本见遗。余语荆石曰："《老子》云：'国之利器，不可以示人。'昔唐太宗征高丽，命元万顷为檄文。檄中有'不知守鸭绿之险'之语，高丽即移兵守鸭绿江，兵不得渡。太宗遂贬谪万顷。夫谓之曰伏，当使鬼神亦不得而知，顾可传刻以示人耶？公在部中，当即白之，亟毁其石，无贻有识者之诮。"江亦不言，石至今存。此岂虞诩增灶之意？

盖有余者示之不足，不足者示之有余，诸公或自有见，然非愚陋者之所知也。

甲寅岁，倭寇到柘林，即以余兄弟三家为巢穴，屯扎将一年。本地方劫掠既尽，后往嘉兴、湖州劫掠，空巢而出。去旬日，复归。府县闻之，即遣人纵火，而三家百年营构，尽付烈焰矣。初报至南都，舍弟颇不平，余意色恬然。盖此宅既为倭寇所据，已非我之所有。若烧去房室，彼不能驻足，必往他处，则此处田土尚有人耕种。不然则方将安居乐业于此，而居民远避，田卒污莱，宁有穷已时耶。顾不如烧之为愈。但当事诸公不能烧于倭贼方在之时，而乃烧于倭贼既去之后，此则深为可忿耳。

陆五台从总督幕中回，余问之，曰："倭贼之在柘林与在周浦寺中者，屯住甚久，不知其亦有斥候否？夜中亦令人巡警否？四周设绊索响铃否？"云皆无之。余以为使当事者用计，周遭以铁蒺藜密布，命细作二三人深夜入贼中举火，大军在二里外但鸣锣发喊，则此辈惊动，自相攻击，可以歼尽矣。夫山林险阻不以屯兵，正防火攻也。岂有贼住在人家，淹顿日久，不知用计焚之，但欲白日与之较力，几何其不败衄也哉！

张半洲为总督时，余尝条列数事。时选部属为赞画。仪制郎中盛南桥亦在选中，条列中有肃威刑一事，曰：总督受命出师，朝廷给与旗牌，正欲假以生杀之柄。今逗挠军机，与临阵畏缩，未闻有斩一人以徇者，如此而欲致胜，难矣。盛即吐其舌，曰："乃欲使我辈杀人耶？"殊不知杀一人，乃所以全千万人也。今独惜败残数十卒，而不念东南被杀者数千万人。此数千万人，独非民命乎？可叹！可叹！

陆五台自赞画幕中返南都，余戏之曰："公平昔论兵，智略辐辏，此行何寂寂如此？"五台言："总制公初不令吾辈画策。"余问："然则要公辈何用？"曰："终日只理会各处文移耳。"昔日李文饶因维州之事，造筹边楼，终日上楼计算敌人，无论用兵。即今人有构讼者，遇一硬对头，则梳头也计算此对头，吃饭也计算此对头。岂有工夫管闲事？况用兵乃朝廷大事，地方之得失，百姓之存亡所系，岂有不专心计算敌人，而终日理会文移哉！文移纵理会得甚详密，亦何益于胜败之数？则无怪乎总制诸公偾事之接踵也。

今世将官，皆受制于总督，无论赏罚，虽出师之期，亦必请命而行，此甚无谓。盖用兵机宜，在于呼吸之间，正须出其不意，使彼不虞我至，而我适至，则彼之气先夺矣，夫然后可以制胜。今必请之总督，请之巡按，请之兵备，我未及发而彼先知，已自有备。况正合机宜，而或相沮挠，未合机宜，而或加督促，则我之气已夺。虽韩信、李靖复生，欲其制胜，难矣。闻祖宗朝遣大将提兵，则设一都御史，与之督粮，不与兵事，此甚得任将之道。

古称王公设险以守其国。若南都之险，唯在长江。夫倭寇入海口，抵龙江关，但四五百里；设中原有警，从襄樊顺流而下，直捣建康，或自淮扬而来，只一水之隔，使守在江上，犹有险可据，若已渡江，奄至城下，则我已失其险，而朝廷所设重兵十万之众，如鼠在穴中，坐而待毙耳。今江上之守，独操江有少兵，亦甚单弱。南京兵部略不干与，而宿重兵于无用之地，甚非长算。余尝与赵大周先生言之，大周谋于六科诸公。科中即建言要以兵部侍郎带管操江。然此议亦未允当。盖操江都御史亦不可革，但当开府于仪真，督率镇江、仪真等卫军，专一校阅水战。南京于京营中抽选一万余人，给以行粮，以兵部一侍郎领之，亦在江上教习水战。苟一时有事，彼此策应，则长江之守，庶几如常山之蛇，首尾相救，而祖宗根本之地，始为有恃矣。科中建白，既欠周详，后朝廷下南京大小九卿议报，兵部推奸避事，惧其委任责成，担子颇重，多方阻之，其议遂寝。

夫以长江之势言之，荆门为之首，狼山为之尾，而九江、安庆是其脊。当使其如常山之蛇，击首则尾应，击尾则首应，击其中则首尾俱应。然后长江之险始为我有，人不得而共之矣。观古来战争之时，自中原窥长江者，凡有数处。由南阳、邓州以至襄阳，其一道也，昔刘玄德投荆州，将出樊、邓，三顾孔明于南阳者是也。由夷陵、荆门以出荆州，其一道也，昔刘玄德迫于曹公，走当阳、长坂者是也。自东西蜀出峡，顺流而下，其一道也，昔司马氏既定蜀，遂取吴，所谓"王濬楼船下益州"者是也。由公安、夏口以出武昌，其一道也，由寿春、合肥出濡须，又一道也，昔孙权徙治秣陵，闻曹公将来侵，作濡须坞以拒之。又自公安都鄂，改名武昌。魏乃命曹休出洞口，曹仁出濡须，夏侯尚围南郡者是也。自凤阳、盱眙道滁州，由和州渡，又一道也，我高皇帝之取金陵者是也。自淮安而南越高邮，以至仪真，又一道也，昔魏文帝观涛于广陵，临江而叹曰“长江天堑，固天之所以限南北者”是也。其他如常德、沔中，皆沮洳之地，若由鄱阳湖出湖口而来，亦一道也，昔陈友谅兵夜至石头城者是也。今虽以社稷灵长之福，四海宁晏，固万万无虞，然岂可不预为之虑耶？夫留都，祖宗根本重地，所关固甚大，况隔岸即饷道之咽喉也。昔孙恩、卢循，广中之寇，数至京口，尝贻宋武帝以益智粽，宋武帝以续命汤报之，用相嘲调。今广中之寇，颇为猖獗。倘或流劫他处，由福建而犯浙直，则自狼山以抵京口，一帆可至，特顷刻间耳。万一稍侵饷道，能不遗当宁南顾之忧耶？然祖宗所以宿重兵于都城，而不为江上设备者，盖以高皇帝当定鼎之初，南有张士诚、方谷珍，西有陈友谅、陈友定，皆患在肘腋。况元之遗孽尚在朔漠，明玉珍在蜀，梁王在云南，方事讨除，未遑远略。至建文朝，则齐黄以书生当国，欲效贾生更制度，定章程，改易官名，裁损宗藩，不三年而难作。成祖既靖内难，即徙都于燕，又将拓定三边，经制宣大、榆林、延绥诸处，以为门庭之卫，视南方之事为稍缓矣。况天下当二祖创造之始，威德宣布，四方慑服，罔敢干纪，故承平以至于今。然治久防乱，则讲之正在今日也。盖操江须假以重权，于北京都察院择一有才力者任之，其开府当在仪真，若以为去上流稍远，则或于九江、安庆诸处。其宛子城与沿江各卫，皆以属之，湖广与九江、苏、常兵备，亦听其调遣节制。则彼得以稍展其效，而江上有事，朝廷亦可以责成之也。今仍住扎南京，而江上卫所与之绝无相关，其所理者唯江上群偷耳。夫缉捕盗贼，乃一县尉之任，何必设都御史哉？况沿江之守，分布虽密，略无总统。万一有警，则首尾腹背，分为数截，彼此推调，莫肯用命，而祖宗根本之重，朝廷馈饷之急，顾当责之谁耶？则亦不可谓之细故也。此固杞人之忧，知不足为社稷至计，聊书之以备采择耳。

卷之十二

史　　八

　　庚申岁，南京兵变，殛杀黄侍郎懋官，悬其尸于大中桥牌坊上，大众喧哄，憾犹未释，自下攒射之。南京大小九卿，集议于中府。大众拥至中府，诸公惶遽无措，逾垣而出，去冠服，傲蹇驴，奔迸逸去，人情汹汹。是日苟不定，若至夜中，一放火烧劫，则事不可解，而贻祸于朝廷者不小矣。幸刘诚意招诱至小校场，户部出银四万分给之，众稍定。是日，余适携酒于鸡鸣寺，请袁吴门尊尼，在寺后冈上，亲望见军士以枪杆击魏国纱帽，诚意慰谕，移时乃稍稍散去。此事余在南都，备知其始末。盖黄侍郎在户部，不知大体，但欲为朝廷节省。是岁南京适大疫，死者甚众，各卫支粮时，军士有死者，则报开粮。黄侍郎见各卫粮数内无开粮者，则怒责掌印指挥曰："各卫死人，汝卫中独不死人耶？"此语喧传于里巷中。又军士娶妻，收妻粮者，每一查勘，动经数月。故军士怨入骨髓，则黄侍郎之死，实不为过。但系是朝廷大臣，而军卒擅自杀之，此亦坚冰之渐也，安可置而不问。苟以为罪不加众，当先下一诏令，暴黄侍郎之罪，赦诸军无死。继遣科道二人勘处，封御杖，杖为首者数人其乱逆尤甚者。杖死，然后抚谕诸军，申明约束，晓以大义，则人心自定。若守备与参赞机务者，则受朝廷重寄，祖宗根本之地，系以安危，如户部果刻减军粮，当豫先闻奏。若素能抚驯将士，结之以恩，临时晓谕，人必帖服。今既不能发奸于未变之先，又不能弥乱于既变之后，国家大事，几为所败，此虽挫尸，犹不足赎罪。纵时宰私其亲昵，或纳其重贿，犹当逮至京师，罪而释之。余时在南京，日使人侦探，问驾帖曾到否。乃竟寂然不问，使国法大坏。何以警各镇？何以告四方？何以示来世耶？

　　余在南都时，家中因倭寇之变，避难来依，家口颇众。时籴仓米以继食，买军家筹，到仓会支。初到时，每支米一石，量出一斗，米皆精好。至丙辰年，止够正数。后渐减少，一石只九斗四五升矣，而糠谷几半。又加以黄侍郎之苛细，遂启庚申之变。继此吕沃洲为总督，因见访及，余告之故。沃洲遂校勘斗斛，时时到仓巡视。各管仓主政初皆遵守约束，收米皆不苟。后一年余，一主政徽州人，在仓收粮，纳乡人之贿，粮只二百余石，而入糠谷几三四十担矣。此仓中人亲为余道之。

　　余致仕后，住南都又五年，浮沉里巷中，与乡人游处甚久，故知南京之事最详。大率两京官各有职掌，与百姓原不干涉。所用货物，皆是令家人和买。余初至时尚然，至戊午、己未以后，时事渐不佳，各衙门官虽无事权者，亦皆出票，令皂隶买物，其价但半给。如扇子值二钱者，只给一钱，他物类是。铺户甚苦之。至于道中诸公，气焰熏灼，尤为可畏。有一道长，买橙丁一斤，其价和买只五六分耳，皂隶因诈银五六两。南京皂隶，俱是积年，其票上标出至本衙交纳，其头次来纳者，言其不好，责十板发出。此皂隶持票沿门需索，其家计算：若往交纳，差人要钱；至衙门中，门上皂隶要钱，书办要钱，稍有不到，又受责罚，不如买免为幸。遂出二三钱银与之。一家得银，复至一家，京城中糖食铺户，约有三十余家，遍历各家，而其人遂厌所欲矣。时潘笠江为工部尚书，钱景山为大理卿，余告之曰："公朝廷大臣，凡生民惨舒，地方利病，安得坐视而不言！南京大小九卿衙门堂属官，几二百余员，此风一长，民何以堪？不但军家杀黄侍郎，百姓亦将操戈矣。"二公毅然任之。后月余，往见笠江。笠江问："近来外边事体何如？"余对以："仍旧如此。"笠江曰："吾极口与王印岩言之，已出榜文禁革矣。"然此须竖一牌于都察院前，令被害人捧牌告首，官即参奏革职，皂隶问发边卫充军，庶可以少息此风。但出榜文，何益于事。王掌院亦号清严，有风力，然竟不能了此。

　　南京有印差道长五人，与巡视京城道长俱与上、江二县有统属。凡有燕席，俱是两县坊长管办。有一道长请同僚游山。适坡山一家当直，是日十三位道长，每一个马上人要钱一吊，一吊者，千钱也，总用钱一万三千矣。尚有轿夫、抬扛人等，大率类是，虽厨子亦索重赂。

若不与，或以不洁之物置汤中，则管办之人立遭谴责。且先吃午饭，方才坐席，及至登山，又要攒盒、添换等项。卖一楼房，始克完事。不一月，而其家荡然矣。继此县，家定坊长一人自系死，一人投水死。国家之事，可为寒心。此事余亲见之。

南京一家造厅堂，买过梁一对，乃柏桐者，美材也。巡城某道长方欲制卓，闻之甚喜，即起朵颐之心。遣一人谕意。其家不欲与，不待卜吉，当夜即竖柱，以梁置柱头上，以为可绝其望矣。此道长闻知，即差皂隶领夫役于柱头上放下，一直抬去。

南京各衙门摆酒，吏部是办事官吏，户部是箩头与揽头，礼部六科是教坊司官俳，兵部是会同馆马头，刑部、都察院、大理寺是店家，工部是作头，太常寺是神乐观道士，光禄寺是厨役。大率摆酒一卓，给银二钱，刻剥者止给钱半，但求品物丰备，皆秽滥不可入口。席散客起，则诸客皂隶攘臂而至。客行稍速，碗碟皆破失无遗。名虽宴客，实所以啖皂隶也。衙门中官员既多，日有宴席，人甚苦之。时杨昆南在科中，余语之曰："公之嚬笑，即可以转移风俗矣。公请各堂上官，但用果五顶，肴五事，令家人买办，于本衙供具。则堂上官谁敢差人办酒？堂上官既不差人，则各属官谁敢差人办酒？如此，则南京之人受公之惠不资，人人将焚香戴公矣。"此事虽小，然颇任众怨，故卒不得行。

南京各衙门，唯翰林院最清苦，既无职掌，亦无夫役。如公堂酒之类，是自家出银，令家人买办。乙卯年摆瀛洲会，亦是自备银十两，央东城罗兵马设席。

南京考察，考功郎中或有寄耳目于皂隶者，故其人狞恶之甚。纵考功不以之为耳目，然此辈皆积年狡猾之人，好生唇吻，群类又多转相传播，其言易售。故各衙长官，但能打皂隶，则为有风力者矣。然数十年来，无一人也。

南京考察，大率以苛细责人，而不问其大者。夫天之立君，与人君之所以求贤审官，布列有位者，无非为万万生灵计也。今贪残之人，赃贿狼藉，鱼肉百姓，至于靡烂而不已者，一切置而不问，好以闺房细事，论罢各官。夫闺房之事，既暧昧难明，流闻之言，又未必尽实。纵或得实，则于名教虽若有亏，于朝廷设官之意，亦未大戾，较之贪墨之徒，相去盖万万矣。今之进退人才者，顾详于此而略于彼，未知何谓也。

金子坤大舆善诗。乃父为掌科。子坤，南都佳士也。尝对余言："王思献瓒为南祭酒日，尝值秋夜，月色明甚。其夫人约司业夫人同往鸡鸣寺看月。当时法网尚宽，科道无论之者，王亦不以此损名。后官至礼侍，卒谥文定。使在今日，则论者交至矣。"

两京小九卿衙门，首领官皆有印，惟翰林院独无印。见南京翰林院掌院先生，自金名回各司手本，于事体颇觉有碍。或以为翰林院原隶于礼部，然太常寺、詹事府、国子监皆隶礼部，亦只是首领官行，不应翰林院独是堂上官与各司对行。盖翰林院乃朝廷司笔札文翰之臣，分局供职，讲读有讲读厅，修撰、编修在史馆，检讨有检讨厅，五经博士则以专经待问，典籍则掌中秘书，侍书则以善书者充，待诏则或以工画，或以能棋，各守技业，以备祗应。独孔目无专职，总领一院之事，以听掌印学士之政，则孔目实首领官也。但翰林院最为近幸，若品级又尊，恐嫌于逼。故学士秩止五品，其下以次递降，至待诏秩从九品，则孔目正应为未入流官。然六部是二品衙门，司务只九品，则孔目只应未入流。此皆朝廷亲幸之臣，岂当以品秩为崇卑耶？若以未入流官，不当有印，则给以条记行亦无不可。

余授官后，见吕南渠先生。南渠曰："我衙门中，凡有公举，则自介翁书名起，至汝而止。有公会，则自介翁坐起，至汝而止。此是我衙门中旧规也。"后至翰林访沙孔厅，沙不在，呼衙门中人，访以衙门故事。渠云：正南三位皆虚设，惟阁下老爷到任，或考满日来坐之，余日无人坐。掌印老爷亦只坐侧边第一位。则知此正是大学士衙门，部寺皆带衔，东阁乃其直房耳。又闻孔目常在阁下祗候，凡各官至阁下见阁老者，皆孔目为之通谒。此得之所闻，然南北事体不同，余不曾在北，不知其果尔否也。

余在南翰林，独吏部各司以孔目是中见官，欲其避马。余曰："岂有朝廷司笔札文翰之臣，乃下马入委巷小人之家，避一郎署耶？要参便参，要考察则考察去耳，不能委琐以苟全也。某不足惜，所惜者朝廷之体。"卒不避。后吏部亦无奈我何。

余尝元旦至各衙门投刺,刺上书"侍生"。时杜拯为文选郎中,独不受谒,令皂隶送还原帖。因旧规,小九卿衙门属官皆送晚生帖也。余曰:我与彼同是朝廷侍从之臣,且科贡皆正途,即我岁贡时,不知此辈曾入学否?夫取科第,固有幸不幸,其学业未必尽能出我上。岂有白头一老儒,向新进小生处称晚生耶?此则某所未能也。然既在仕途,不宜得罪于当事者。明日,书官衔帖,遍送吏部诸公。时赵大周尚在吏部,见官衔帖,怪问之。余语之故。大周曰:"诸人亦大俗,乃欲向公处索事分耶。"

大周先生尝语某曰:"我在南都,下榻以待者,惟公一人而已。"故先生每来访,上午辄至,至午将吃饭始去。某造见亦然。每一遇则亹亹论辨,留连不能已。旧规:凡小九卿之属,见小九卿堂上官,皆侧坐。余欲执此礼,先生曰:"人生处世,岂无朋友?我与公,朋友也,幸勿以此处我。"

沈十洲转南祭酒,吏部推大周署翰林院印,某至通政司,请先生到衙门署事。先生曰:"有公在,何须我往。"竟不至。后数月,全九山自北来掌院印。

余初至南京,时见五城兵马尚不敢用帷轿,惟乘女轿。道上遇各衙门长官,则下轿,避进人家,虽遇我辈亦然。不三四年间,凡道上见轿子之帷幔鲜整,仪从赫奕者,问之,必兵马也,遂与各衙门官分路扬镳矣。其所避者,惟科道兵部各司官而已。盖因有一二巡城道长,欲入苞苴,有事发五城兵马勘处,兵马遂为之鹰犬,即为其所持而莫敢谁何之。故托道长之势而恣肆无忌,若此,乃知朝廷之体,皆为此辈人所坏,可惜可惜!

许尚宝仲贻言:"吾幼年做秀才时,见亲识人家有事,则以几百钱谢兵马。今则大天平兑银子矣。大是可骇事。"

余尝以除夕前一日偶出外访客,至内桥,见中城兵马司前食盒塞道,至不得行。余怪问之,曰:"此中城各大家至兵马处送节物也。"余与各部诸公往来,初不见有此。一日,张一梧设客,客满坐。余戏语之曰:"你们兵马司缺官,可容我翰林院致仕孔目权三四个月印否?"

众皆哄堂。

南京各衙门长官，客至供茶，皆用瓷瓯，其宴客行酒，亦只是瓦盏。独盛仪制唐、张兵马凤冈供茶用银箱瓯，行酒用银杯盘，此亦得之创见者也。

辛酉年，余移家来苏后，有人从南京来，余问之，皆言：自贵处上海艾公在道，已上诸不法事大加禁革，今百姓已稍得息肩矣。盖天下之事，未有极而不反者。极而不反，则将奈何？然袪奸革弊，亦自不易。盖非大有才力之人，肯担当，能任怨，不计毁誉，终不能了。

南都之事，有一至大而且要者，尚未裁正。盖祖宗之法，特设立三法司，凡各衙门之事，干系刑名者，即参送法司，而各衙门不得擅自定罪，无非详刑慎狱之意。今各衙门尚参送，而巡城有事，径发兵马司取供。此则道中之新例，而非祖宗之成法矣。然事关科道，谁敢言之。

卷之十三

史　　九

朝廷之官，莫重于冢宰。冢宰贤则百司得职，而天下之事理矣。余观中世以下，士鲜全才：其严于律己者，每伤于刻；其宽以应物者，常失之通；聪明者，见事速而短于持循；敦笃者，守法坚而缺于裁变；迟钝之士，可以固而有常；佻狡之徒，亦能权以济事。苟当其材，则尺寸之木皆适于用，若违其任，则虽合抱亦无所施。故必有崔琰、毛玠之公，山巨源之识，然后可以无憾。魏刘邵作《人物志》，以九徵论人，其言曰：凡人之质量，中和最贵矣，中和之质，必平淡无味，故能调成五材，变化应节。是故观人察质，必先察其平淡，而后求其聪明。聪明者，阴阳之精。阴阳清和，则中睿外明。圣人淳耀，能兼二美，自非圣人，莫能两遂。故明白之士达动之机，而暗于玄虑，玄虑之人识静之原，而困于速捷。若官人者能以刘邵之言参之，则庶乎司其契矣。

皇甫司勋言：我初入仕途时，见吏部四司，皆推有德望者充之，故其人必仪貌凝重，或神宇清澈者，与诸司官不同。今不问其人，但资性伶俐，巧于进取者，即推吏部四司矣。昔日提学御史，必推有文名，或科第高者充之。今不问其人，但御史肯开口讲道学者，即点提学矣。夫铨综群才，使贤愚各得其任，布列有位，而庶务毕举者，此吏部事也；能明经术，养士气，使英贤辈出，以需朝廷他日之用者，此提学事也。故此二者，所关最大。今乃若此，是孰司其咎耶？或势之所趋，虽贤者不能挽之也。

董幼海转北京吏部主事，北上时，过吴门见访。余语之曰："当今第一急务，莫过于重守令之选，亦莫过于守令久任。盖守令，亲民之官，故缙绅辈凡有志与朝廷干事，与百姓造福者，独守令可行其志，若迁转太速，则自中才以下，一切怀苟且之念。且初至地方，必一二年后,庶乎民风土俗,可以周知。今守令迁转不及三年,则是方知得地方之事,已作去任之计矣。故虽极有志意之人,不复有政成之望,亦往往自沮。及至新任一人复是。不知地方之人如此,则安望天下有善治哉! 第二,考选科道,当于部属中推举,不当迳用新行取诸人。盖取到天下推官、知县,分置各部郎署,待一二年后,选其有风力者任科道,则在辇毂之下,与吏部声问相及,其人易知。且扬历中外,必老成练达,与新进骤至通显者不同。或者以为在京城则易于钻刺,恐长奔竞之风。人但知在京城者易于钻刺,而不知在外者物力殷盛,其钻刺尤易为力耶。况在内钻刺者,显著而易张,在外钻刺者,隐晦而难见。且往往由径路而进,骤至科道,上司虑其如此,大相假借,故皆恣肆,无所顾忌,于政体不无有妨。第三,吏部诸公,当日与天下士大夫相接。古人云:‘只须简要清通,何必插篱竖棘。’今浇竞之徒,凡至吏部打关节者,岂相见时纳贿耶? 尽是怀暮夜之金耳。则白昼显然交接,有何不可? 况与士大夫接见,其君子小人,固自易辨。与之言论,或试之以事,或探之以情,则长短亦可立见。又因可以周知天下地方之利害,生民之惨舒,其有益于朝廷政体者甚大,又何必以闭关谢客者为得耶?”幼海深以为然,惜乎在吏部不久,即转太仆少卿去矣。

宋世特重赃吏之罚,观《宋史》中某人犯赃,诏于某处弃市者,盖不一书而足。故宋自南渡之后,虽偏安浙左,日有军兴之费,犹立国一百七十年。正以赃禁之严,百姓易于过活,不思乱耳。

古称刑乱国用重典,故曰刑罚世轻世重是也。孔子曰:“政宽则纠之以猛,猛则施之以宽。宽猛相济,政是以和。”我太祖立国之初,当元季法度废弛,专用重典,以肃天下,而人始帖服。今承平二百余年,当重熙累洽之后,士大夫一切行姑息之政,而祖宗之法已荡然无遗。苟不以重典肃之,天下必至于丛脞而不可为矣。则所谓“纠之以猛”,孔子岂好为苛刻者哉!

余历观前后郡县之政,大率慈仁与刚明者,其得失常相半。盖慈仁之人,子惠黎庶百姓,家家蒙泽,此正牧民者之第一善政也。但一切姑息,则吏缘为奸,不无冤抑,而强暴恣肆,侵侮小民。亦有衔怨切骨,而不得伸理者,则保奸养蠹,所害不小。若刚明之政。则奸宄畏威，豪右敛迹，野无冤鬼，狱无滞囚，其施设岂不截然可观？然方其震怒之下，一撄其锋，鲜不摧折。然亦有误及善类者，则使人亦自难当。故必有慈仁之心，以出其刚明之政，然后为纯全之治，而可与龚、黄、卓、鲁方驾矣。然岂可以易言哉。

《书》云："罔违道以干百姓之誉，罔咈百姓以从己之欲。"此皆古圣人之言，载之于经，又以二事相对待而言，正以见二者之均为未善，元无毫厘差别。今之士宦，若咈人以从欲者，世犹以为不是；至于磨棱姑息，侥幸以取一时之誉者，举世皆以为是，失圣人之意矣。

今之抚按先生，有第一美政所急当举行者，要将各项下赃罚银，督令各府县尽数籴谷。其有罪犯自徒流以下，许其以谷赎罪。大率上县每年要谷一万，下县五千。南直隶巡抚下有县几一百，则是每年有谷七十余万，积至三年，即有二百余万矣。若遇一县有水旱之灾，则听于无灾县分通融借贷，俟来年丰熟补还，则东南百姓，可免流亡，而朝廷于财赋之地，永无南顾之忧矣。善政之大，孰有过此者哉！

《周文襄公年谱》与顾文僖公《傍秋亭杂记》，凡作吏于苏、松，而与有钱粮之责者不可不人置一册于左右。

荀子曰："士大夫众则国贫，工商众则国贫，无制数度量则国贫。"由今日论之，吾松之士大夫、工商不可谓不众矣，民安得不贫哉！海刚峰欲为之制数度量，亦未必可尽非。但海性既偏执，又不能询谋谘度，喜自用，且更革太骤，故遂至于偾事耳。

海刚峰不怕死，不要钱，不吐刚茹柔，真是铮铮一汉子。但只是有些风颠，又寡深识，动辄要煞癫，殊无士大夫之风耳。

海刚峰第一不知体，既做巡抚，钱粮是其职业，岂有到任之后，不问丈田均粮，不清查粮里侵收，却去管闲事。

海刚峰之意，无非为民。为民，为朝廷也。然不知天下之最易动而难安者，人心也。刁诈之徒，禁之犹恐不缉，况导之使然耶？今刁诈得志，人皆效尤，至于亡弃家业，空里巷而出，数百为群，阂门要索。要索不遂，肆行劫夺。吾恐更一二年，不止东南之事，必有不可言者。幸而海公改任，此风稍息，然人心动摇，迄今未定也。

海刚峰爱民，只是养得刁恶之人。若善良百姓，虽使之诈人，尚然不肯，况肯乘风生事乎？然此风一起，士夫之家不肯买田，不肯放债，善良之民，坐而待毙，则是爱之，实陷之死也。其得谓之善政哉！

海老既去之后，复有辨本，疏中言："今满朝皆妇人也。"其言虽为切直，然岂可谓秦无人？夫卿相则雍雍，百僚则侃侃，古盛朝事也。岂有满朝之人，终日忿忿，为足以了公家事耶？且大臣去国，固自有道，岂有既斥之妇，依栖门庭，但去寻闹。古无此事，亦是不识体耳。

皇甫司勋子循尝语余曰："小时见林小泉（廷㭿）为太守日，小泉有大才，敏于剖决。公余多暇日，好客，喜燕乐。每日有戏子一班在门上伺候呈应。虽无客亦然，长、吴二县轮日给工食银伍钱。戏子既乐于祗候，百姓亦不告病。今处处禁戏乐，百姓贫困日甚，此不知何故也。"余应之曰："公奕叶簪缨，处通都大邑之中，所见如此，固不为异。余农家子也，世居东海上，乃僻远斥卤之处。自祖父以来，世代为粮长，垂五十年，后见时事渐不佳，遂告脱此役，此髫龀时也。后余兄弟为博士弟子，郡县与监司诸公皆见赏识，此役遂不及矣。然尝忆得小时见先府君为粮长日，百姓皆怕见官府，有终身不识城市者，有事即质成于粮长，粮长即为处分，即人人称平谢去。公税八月中皆完，粮长归家安坐。至十月初，又办新岁事矣。先府君每对人言：'我家五十年当粮长，自脱役之后绝足，无一公差人到门者，盖以五十年内钱粮，无升合亏欠也。'此时百姓十一在官，十九在家。亦家富人足，日勤农作，至夜帖帖而卧。余家自先祖以来，即有戏剧。我辈有识后，即延二师儒训以经学。又有乐工二人，教童子声乐，习箫鼓弦索。余小时好嬉，每放学，即往听之，见大人亦闲晏无事，喜招延文学之士，四方之贤日至。常张燕为乐，终岁无意外之虞。今百姓十九在官，十一在家，身无完衣，腹无饱食，贫困日甚，奸伪日滋，公家逋负日积，岁以万计。虽缙绅之家，差役沓至，征租索钱之吏，日夕在门，其小心畏慎者，职思其外，终岁惴惴，卧不帖席。此于民情之休戚，世道之惨舒，君子可以观变矣。"

正德十年以前，松江钱粮分毫无拖欠者，自正德十年以后，渐有逋负之端矣。忆得是欧石冈变"论田加耗"之时也，先府君即曰："我当粮长时，亦曾有一年'照田加耗'，此年钱粮遂不清。第二年即复

'论粮加耗',而钱粮清纳如旧。"夫下乡粮只五升,其极轻有三升者,正额五升,若加六则正、耗总八升。今每亩加耗一斗,则是纳一斗五升,已增一半矣。夫耗米反多于正额,其理已自不通。若上乡,譬如正额三斗,加六则每亩该纳米四斗八升,今论亩加一斗,则是止纳四斗,已减八升。若是正额四斗,已减一斗四升矣。夫下乡增重,钱粮不清,亦自有说。若上乡减去已多,而亦每年不清,此不知何故也。盖周文襄公巡抚一十八年,常操一小舟,沿村逐巷,随处询访。遇一村朴老农,则携之,与俱卧于榻下,待其相狎,则咨以地方之事,民情土俗,无不周知。故定为论粮加耗之制,而以金花银、粗细布、轻赍等项裨补重额之田,斟酌损益,尽善尽美。顾文僖作《文襄年谱》,所谓循之则治,紊之则乱,盖不虚也。今为欧石冈一变"论田加耗"之法,遂亏损国课,遗祸无穷。有地方之责者,可无加之意哉!

府县若要钱粮起总,第一须禁粮里侵收。苟能搜访侵收之人,籍没其家产,从重问遣,则钱粮逐年起总矣。盖各里派征钱粮,譬如本户该征白银十两,但纳串二三两与粮里,收去银三四两,则粮里绝不敢至其家催办矣。其间刁猾之徒。又皆观望,以此挟持粮里,粮里复不敢至其家催办,则钱粮何日得清?此皆朝廷血脉,百姓脂膏,今但以资此辈渔猎,或累年侵收,买田造房,家至殷富,而逋负日积,每岁以十数万计。其有告首在官者,但发老人查勘,夤缘买免,复不深究,则何所畏而不侵收乎?故今闾阎无赖之徒,有用银二三十两,买充公务粮长者,上亏国课,下残民命,此天地间一大蠹也。不知官府亦何爱于此辈哉。

余谓正德以前,百姓十一在官,十九在田,盖因四民各有定业,百姓安于农亩,无有他志。官府亦驱之就农,不加烦扰。故家家丰足,人乐于为农。自四五十年来,赋税日增,繇役日重,民命不堪,遂皆迁业。昔日乡官家人亦不甚多,今去农而为乡官家人者,已十倍于前矣;昔日官府之人有限,今去农而蚕食于官府者,五倍于前矣;昔日逐末之人尚少,今去农而改业为工商者,三倍于前矣;昔日原无游手之人,今去农而游手趁食者,又十之二三矣。大抵以十分百姓言之,已六七分去农。至若太祖所编户口之数,每里有排年十人,分作十甲,每甲十户,则是一里,总一百户。今积渐损耗,所存无几。故各里告病,而有重编里长之说。则当就其中斟酌损益,通融议处。或并图可也,或以富实者佥替可也。今一甲所存无四五户,复三四人朋一里长,则是华亭一县,无不役之家,无不在官之人矣。况府县堂上与管粮官四处比限,每处三限,一月通计十二限,则空一里之人,奔走络绎于道路,谁复有种田之人哉?吾恐田卒污莱,民不土着,而地方将有土崩瓦解之势矣。可不为之寒心哉!

卷之十四

史　　十

　　夫量田必须先正经界，孟子之论井田，亦曰："正经界。"先须令各区粮长踏勘，报出某区某图有田几丘。盖东西两乡之田，皆有界水，以界水所限为一丘。每丘编作一号，逐丘画作图本。其尖斜凸出凹进之处，照地形画出，攒册，一样二本送道。然后差官丈量，留一本在道，发一本与丈量官。但总量一丘大数，不必逐片细量。夫总量一丘，则官既省力，亦易明白。况一丘之田，业户非止一人。虽最狡猾之徒，亦谁肯预先出银与众人买嘱耶？则亦可免作弊矣。然后将逐丘步口细数，一一填注送官。官府令善算者总算其图。天字号一丘田几百几十亩，地字号田几百几十亩，逐丘既有总数，然后撮各丘之数为一图总。有图总则撮各图之数为一区总。有区总则撮各区之数为一县总。如是，我已执左契，而一县之田尽在我指掌间矣。然后责令各图里长，聚集业户，眼同丈量，一人不到，即不作准。若里长有业户不到而朦胧量报者，许人告首，处以重罪，亦要取业户连名执结。夫既有一丘总数在官，后须要合着总数。况业户公同在此，若让别人一步，则自家吃亏一步矣，岂有毫发之弊，容于其间哉！余以为力省而功倍，不数月而定矣。

　　西乡之田，地低而水广，易于车戽。一丘之田，有多至数百亩者，故虽包岸一步，而腹内之田尚多，亦不甚吃亏。若东乡之岸甚高，去水几一丈，田塍稍阔，则车水不行。故相隔七八丈，即有一沟溇间之。若每边包岸一步，则去一丈二尺，所存唯十之六七矣。得业之田，能几何哉？其势断不可行。

　　西乡之田甚得水利，每鱼断一节，常年包银，有多至五六十两者。其寻常河港，与人牵网，亦取利一二十两，今略不问及。而东乡之田，岸下略有菱芦，即飞弓一步。夫些少菱芦，但可以供数日烧柴而已，有何利息，而便作实田起粮？如此冤苦，当何所控诉耶？况业户用钱者，则有菱芦者算作无菱芦，便不飞弓；不用钱者，虽无菱芦，算作有菱芦，便要飞弓。小民无知，何从辨别？是自立名色，自开孔隙，以与公正、良民作骗局矣。东乡又立积水河与鱼池二样名色。积水河则四亩作一亩，鱼池则二亩算一亩。夫积水河本为旱岁救田高乡，若一月无雨，苗必槁死，则国课从何而出？故积水救之，无非为朝廷计也。又不出米，又不出柴，如何算作实田？今四亩亦包一亩之税矣。鱼池则积水河之稍大者，以其稍宽，可以养鱼，遂用工本银买鱼苗畜之。若数年多雨，鱼或生息，亦有微利。或一年无水，则数亩之池，车戽立尽，而鱼即槁死。且五六月中，无处可卖，皆臭腐弃去，虽本钱亦无觅处。与西乡鱼断不下种子，而坐收数十金之利者，盖天壤不同矣。今二亩作一亩实田征粮，则人心其何能堪？况今试以积水河为鱼池，鱼池为积水河，即使公廉清正之官亲至其地踏勘，亦何从辨之？今但凭公正与良民开报，使良民、公正皆伯夷、史鱼则可，今叔季之世，人心滋伪，而望一区之中即有一伯夷，一史鱼，则何伯夷、史鱼之多耶？况成此大事，不戮一人，吾恐终不能无遗憾也。

　　夫均粮，本因其不均而欲均之也。然各处皆已均过，而松江独未者，盖各处之田，虽有肥瘠不同，然未有如松江之高下悬绝者。夫东西两乡不但土有肥瘠，西乡田低水平，易于车戽，夫妻二人可种二十五亩，稍勤者可至三十亩。且土肥获多，每亩收三石者不论，只说收二石五斗，每岁可得米七八十石矣。故取租有一石六七斗者。东乡田高岸陡，车皆直竖，无异于汲水。稍不到，苗尽槁死。每遇旱岁，车声彻夜不休。夫妻二人极力耕种，止可五亩。若年岁丰熟，每亩收一石五斗，故取租多者八斗，少者只黄豆四五斗耳。农夫终岁勤动，还租之后，不够二三月饭米，即望来岁麦熟，以为种田资本，至夏中只吃䴵麦粥，日夜车水，足底皆穿，其与西乡吃鱼干、白米饭种田者，天渊不同矣。文襄巡历既久，目见其如此，故定为三乡粮额加耗之数，以为一定而不可易。不然，则文襄于东乡之民非有亲故，何独私厚之耶？夫既以均粮为名，盖欲其均也。然未均之前，其为不均也小，既均之后，其为不均也大，是欲去小不均，遂成大不均矣。为民父母者，可不深惟而痛省哉！

苏州太守王肃斋仪牵粮，颇称为公。然昆山县高乡之田，粮额加重，田皆抛荒，而甪直一带熟区与之包粮，华亭县清浦荒田亦是熟区包粮。今下乡之粮加重，则田必至抛荒。若要包粮，又未免为上乡之累矣。

孟子曰："夫贡者，校数岁之中以为常。"今岁均粮之时，偶值水灾，故又创为低薄之说。祖宗时不闻有此，周文襄时不闻有此，何故从空生出？而不知西乡水年之低薄，即旱岁之膏腴也；东乡水年之成熟，即旱岁之斥卤也。然祖宗时与文襄时不立此名色者，盖因校数岁之中，今时立此名色者，但据一时所见也。据一时之见，而欲立万世之规，恐终非谋国之长算也。况东乡田本瘠薄，故粮额原轻，西乡田本膏腴，故粮额原重，今东乡已与西乡包粮甚多，而独于膏腴之中，又立低薄之说以益之，是必有力者主之也。然天灾流行，水旱大率相半，若遇旱岁，东乡之田一望皆斥卤，则又将重均一番，更立斥卤之名耶？

郑九石为同知时，某甚蒙其知爱。时某尚寓苏州，每归往见，即再三言曰："公高人也。久寓他郡，此有司之耻也。必强公归，以为地方之重。"己巳年，余移家还松，而九石适有量田之命，余即语人曰："九石举止详雅，是一儒者。常煦煦然仁爱人，亦欲人人仁爱之，但少刚决，易为人所欺。此举不但松江百姓不蒙其惠，亦恐终为九石之累也。"后始事之日，即率公正、良民人等至城隍设誓。余闻而笑曰："信不由中，质无益也。况要盟者无信乎。此朝廷大事，苟一心持正，而峻法以行之，谁敢不肃？乃必假之盟誓耶？夫朝廷赫然显著之法彼不知畏，犯者接踵，若但怖之以冥漠无据之神，彼亦何惧哉！"卒之法不画一，弊孔百端，公正、良民，肥家润屋，而粮额加重，小民家家受祸，谤议喧腾。今上司与府县先生非不知之，但皆重更革，乐因循耳。然百姓疲困日甚，极而必反。上天眷佑，有一任事者出，岂无厘正之日耶？

人言：始创低薄之说，盖因当事之人要做人情，奉承权势，寻思无计,因与吏胥商榷。一杨姓者偶进此说,遂奋然行之。然此系是朝廷大计,送者固不通,而受者亦岂有天道人心者哉。自此门一开,而此胥遂囊橐其中,纳贿几万。今查低薄之田,非豪家即富室,可以知矣。余谓纵使官府贪残,不过害及一人。稍滥及,亦只是一时而已。若钱粮作弊,飞洒各区,则是家至户到,无不受其荼毒,而子子孙孙,赔贩日久,至于转死沟壑,皆由于此。人但言众轻易举,而不知积羽之能折轴耶? 阴隲之大,莫甚于此。且此系是朝廷血脉,百姓脂膏,若蔑视国法,任其私情,转移自由,轻重在手,则是侮弄神器矣。夫侮弄神器者,其法当与无上者等。则是太祖剥皮楦草之刑,岂非专为此辈耶? 若非及今改正,则民怨未息,而将来之事,有不可胜言者矣。

近闻太府李葵庵先生欲革去低薄之说,将田上所免粮补东乡鱼池、积水河之额,俄有调官之报,遂不果行。此是东乡百姓无福也。

余始创为经、纬二册之说,今亦采用之。但当时不曾讲求,失其初意。盖经册是户册,即太祖黄册,以户为主,而田从之。户有定额,而田每年有去来。纬册乃田册也,以田为主,而户从之。田有定额,而业主每岁有更革。田有定额,则粮有定数。每年只将经册内各户平米总数,合着纬册内田粮总数,照会计轻重派粮,则永无飞走隐匿之弊矣。

经册图式:

一户某人。

人几丁。

田几顷几十几亩。

上乡田若干。

若干坐落某区某图。

若干坐落某区某图。

中乡田若干。

若干坐落某区某图。

若干坐落某区某图。

下乡田若干。

若干坐落某区某图。

若干坐落某区某图。

此户册也。即太祖所定黄册。凡征粮编役用之。每年推收过割，各图逐一开注，送县会计其数，查算明白，攒造一册，据此征收，庶无脱漏。若一户而各区纳粮，则吏书得以出入隐弊，而其弊不可胜言矣。是即旧规所谓白册，至十年后大造黄册之时，亦有依据，将第九年之册为主，再加查审，不甚费力。二册俱要各圩里长编造。盖一圩之田，亦不甚多，其业户、佃户，里长必自知之。若佃户还此人之租，而田在别人名下，即系诡寄，极易稽查。若里长造册，通同容隐，严为禁约，处以重罪。亦可以革诡寄、影射之弊矣。

纬册图式：

上乡某区田总若干亩。

某人田若干，系某区某图人。

某人田若干，系某区人。

中乡某区田若干亩。

某人田若干，系某区人。

某人田若干，系某区人。

下乡某区田若干亩。

某人田若干，系某区人。

某人田若干，系某区人。

此田册也。各区各圩之田，皆有定额。如有买卖易主，即照经册各人户内扣改佃户姓名，各图查算明白，送县攒造，发与管粮官，将经册内各户上乡田粮合着纬册内上乡粮数，经册内各户中乡田粮合着纬册内中乡粮数，经册内各户下乡田粮合着纬册内下乡数，查算明白，务要相同，则安得有弊容于间？今不放收除，必要逐区还粮，正恐吏胥作弊耳。然今之征收，甚至一户之田有数十处分纳者，其各户田少之处，亦有止纳一二钱者。烦费百出，且头项太多，官府稽查，亦自不易。若二册之式一定，则奸弊可以尽革，官府何不从其省而便者哉！

大抵东乡之民勤而耐劳，西乡之民习于骄惰，东乡若经旱灾，女人日夜纺织，男子采梠而食，犹可度命。西乡之人一遇大水，束手待毙，此则骄惰害之，实自取也。然长民者无术以驱之勤，独奈何哉。

初立清浦县时，余偶至南京，即往拜东桥。东桥问曰："贵府如何又新创一县？"余对以："青龙地方近太仓州，离府城甚远，因水利不通，故荒田甚多。有人建议，以为若立一县，则居民渐密，水利必通，而荒田渐可成熟矣。故有此举。"东桥即应声言曰："如此则当先开河，不当先立县。毕竟立县后水利元不通，而荒田如故，县亦寻废。"乃知前辈论事，皆有定识，不肯草率轻有举动也。

青龙，自唐宋以来，是东南重镇也。相传有亭桥六座，亦通海舶，由白鹤江导吴淞出海。宋时设水监于此，盖以治水利，兼领海舶也。宋时卖官酒，酒务亦在此处。江南所卖官酒，皆于此制造。入我朝来，水道湮塞，而此地遂为斥卤矣。

祖宗时，松江旧有水利通判一员，谓之治农官。嘉靖中以为冗员，已经裁省。夫朝廷粮饷，取给东南，然其生之之源，全在于农。农之耕种，全赖水利，则治农官其可以为冗员而裁革之耶？今清浦县既立不成，当奏复水利通判，于青龙镇设一衙门，令其住扎，上司不得别有差委，专管水利，则庶乎有所责成，而松江之农事可以无忧矣。

松江之田，高下悬绝。东乡最高，畏旱，西乡最低，畏水。但东乡每年开支流小河，西乡每年筑围岸，而水利之事尽矣。

吕沃洲旧为苏松巡按，后在南京与某交款，喜谈经济。自谓巡按时，以为苏松急务，莫重于水利。故吴松江、白茅塘、七汊港等处，皆亲至相度，得其源委，逐一画成图本，今藏在苏州府库中。锐意欲开浚诸大河，后不曾到苏、松行事，遂不得行。前年海刚峰来巡抚，遂一力开吴淞江。隆庆四年、五年，皆有大水，不至病农，即开吴淞江之力也。非海公肯担当，安能了此一大事哉。

白茅塘，是李充嗣巡抚时，曾一开浚。是嘉靖初年，其所费不赀。今吴淞江之费，特十之二三耳。由海公清白，不妄用，又用法严也。然白茅塘不二十年，即已湮塞。盖海中皆浑水，潮来时浑水涌入，潮平后，停一时始落，浑泥皆淀在河底，河焉得不湮塞哉？夏忠靖治水时，均繇内原编有淘河夫银，今不知作何项支销去矣。

江南自有倭夷之变，用兵六七年中，更总督数人，所费钱粮数百万,然毫发无用。唯胡梅林稍能建功,如擒徐明山,掳麻叶,诱致汪直,皆其谋也。其破冒钱粮虽多,然其功亦何可终掩哉?一时如曹东村,任复庵,忠勇绝人,然卒无所成。正以其量小惜费,不能用人耳。今不能成功之辈,一切置之不问,而独将任事之人置之于死,籍没其家,则此后谁复与朝廷任事哉?失政刑矣。

沿海防守之处,起自吴淞,所历川沙、南汇、青村、柘林,而西抵金山卫营堡,凡五处。中间所设之兵,虽多寡不同,大率每处五百名,五处总二千五百名。亦有稍多之处,大约不出三千名。每名月给银八钱,则一年总计兵饷银三万两矣。但所募之人皆非土著,恐一朝有事,人皆瓦解,此其所可虑者一也。每领兵饷,则吏胥、队长,蚕食其中,而兵无实惠,此其所可虑者二也。兵人坐食兵银,渐成骄惰。散操之余,游手生事,因而乱法,此其所可虑者三也。常年春汛之后,五百之兵革去其半,待来春重募,亦为重惜兵饷也。然每年新兵,教习武艺,亦自不易。况革去之人,素习骄悍,不能保其无他,此其所可虑者四也。今海上无警,宿兵无用之地,而每年秋粮中加派银数万,使百姓坐而待困,此其所可虑者五也。故为今之计,莫善于屯田。某尝计之,每兵一名,给田二十亩,若此处有兵五千,当买田一万亩,大率每年兵银五千,则田价将榖一半,如少,则以各项下赃罚银买添,或更少,则以入官田足之。权其重轻,则所费者少,所省者多,一劳而永逸矣。其所募之兵,皆要本地人,凭里长开报,必须海防府官与把总、指挥,公同拣阅,令其夏秋务农,冬春讲武,是即古人寓兵于农之意。如是则兵皆土著,且终岁力作,无暇游手,则不至骄悍。各兵既已受田,每年至秋,亦不必裁省,而百姓每岁亦省加派银数万。是一举而五虑可以尽去,则何故不遂行之?昔袁泽门在任时,余偶论及之。泽门曰:"我近日条陈八事,申呈上司,已准行五件。屯田是头一件,独不肯行,不知何也。"

卷之十五

史 十 一

余最喜寻前辈旧事。盖其立身大节,炳如日星,人人能言之,独细小者人之所忽,故或至于遗忘耳。然贤者之一嚬一笑,与人自是不同。尝观先儒如司马文正公《涑水纪闻》、范蜀公《东斋日记》、《邵氏闻见录》、朱弁《曲洧旧闻》,与诸家小说,其所记亦皆一时细事也。故余于前辈之食息言动,虽极委琐者,凡遇其子弟亲旧,必细审而详扣之,必欲得其情实。况识其小者,又不贤之责也。故就其所闻,聊记一二云耳。

刘瑾擅国日,邵二泉先生与同官一人以公事往见。此人偶失刘瑾意,瑾大怒,以手将卓子震地一拍,二泉不觉蹲倒,遗溺于地。二泉甫出,而苏州汤煎胶继至。瑾与汤最厚,常以兄呼之。瑾下堂,执汤手而入,因指地下湿处,语汤曰:"此是你无锡邵宝撒的尿。"盖二泉本正人,但南人恇怯,一震之威,乃可至此。则《宋史》载杨文公便液俱下,事庸亦有之,然杨公亦正人也。人言瑾元无反谋,只此一事,虽族灭亦岂为过?此事闻之王雅宜。

顾东桥文誉藉甚,又处都会之地,都下后进皆来请业,与四方之慕从而至者,户外之屦常满。先生喜设客,每四五日即一张燕,余时时在其坐。先生每燕必用乐,乃教坊乐工也,以筝琶佐觞。有小乐工名杨彬者,颇俊雅,先生甚喜之。常诧客曰:"蒋南泠诗所谓'消得杨郎一曲歌'者,正此子也。"先生每发一谈,则乐声中阕,谈竟,乐复作。议论英发,音吐如钟。每一发端,听者倾座,真可谓一代之伟人。

王文恪鏊自内阁归时,石田先生已病痖。文恪即遣人问之。石田书一绝为谢,诗曰:"勇退归来说宰公,此机超出万人中。门前车马多如许,那有心情问病翁。"字墨惨淡,遂为绝笔。后二日而卒。文恪之重贤而存旧，今亦不复有此风矣。

衡山先生在翰林日，大为姚明山、杨方城所窘，时昌言于众曰："我衙门中不是画院，乃容画匠处此耶？"惟黄泰泉佐、马西玄汝骥、陈石亭沂与衡山相得甚欢，时共醉唱。乃知薰莸不同器，君子小人固各以其类也。然衡山自作画之外，所长甚多，二人只会中状元，更无余物。故此数公者长在天地间，今世岂更有道着姚涞、杨维聪者耶？此但足发一笑耳。

东桥一日语余曰："昨见严介溪，说起衡山。他道：'衡山甚好，只是与人没往来。他自言不到河下望客。若不看别个也罢，我在苏州过，特往造之，也不到河下一答看。'我对他说道：'此所以为衡山也。若不看别人只看你，成得个文衡山么？'"此亦可谓名言。

许石城言：介老请东桥日，许亦在坐。堂中悬一画，是"月明千里故人来"，乃吴小仙笔也。作揖甫毕，东桥即大声言，曰："此摹本也。真迹在我南京倪清溪家。此画妙甚，若觅得真迹才好。"后上席，戏剧盈庭，教坊乐工约有六七十人。东桥曰："相别数年，今日正要讲话。此辈喧聒，当尽数遣去。"命从人取银五钱赏之。介老父子大为沮丧。后数日，介老即请北京六部诸公，亦有教坊乐与戏子。诸公听命如小生，乐工赏赐各二三两。是日亦请石城在坐，盖所以示意于石城也。不一月，蹙南京长科万枫潭劾罢东桥。万名虞恺，江西人。

刘瑾，陕西人，与康浒西同乡。康在翰林，才望倾天下，瑾欲借之以弹压百僚，故阳为尊礼之。康本疏诞，遂往来其门，实未尝干与政事也，遂终以此废弃，天下共惜之。后自放于声乐，亦简兮诗人之意。吕泾野、马溪田敦厚严正，无所假借，竟与终好，盖亦能亮其心也。

李空同与韩贯道草疏，极为切直。刘瑾切齿，必欲置之于死，赖康浒西营救而脱。后浒西得罪空同，议论稍过严刻，马中锡作《中山狼传》以诋之。

康对山以状元登第，在馆中声望藉甚。台省诸公得其謦咳以为荣。不久，以忧去。大率翰林官丁忧，其墓文皆请之内阁诸公，此旧例也。对山闻丧即行，求李空同作墓碑，王渼陂、段德光作墓志与传。时李西涯方秉海内文柄，大不平之。值逆瑾事起，对山遂落籍。

东桥言："何大复傲视一世，在京师日，每有燕席，常闭目坐，不与同人交一言。有一日，命隶人携圊桶至会所，手挟一册坐圊桶上，傲然不屑。客散，徐起去。"

李空同作朱凌溪墓志中，其言是卖平天冠者，与作诗到李杜，亦一酒徒耳。此刘晦庵语也。晦庵敦朴质实，不喜文士，故有此语。同时唯李西涯长于诗文，力以主张斯道为己任。后进有文者如江石潭、邵二泉、钱鹤滩、顾东江、储柴墟、何燕泉辈，皆出其门，独李空同、康浒西、何大复、徐昌毅自立门户，不为其所牢笼。而诸人在仕路，亦遂偃蹇不达。

康浒西得罪，虽则出于罝误，亦由其持身不严，心迹终是难明。昔王振擅朝，以薛文清是其乡人，擢授大理卿，且令人谕旨，必欲其往谢。薛大言拒之曰："拜官公朝，谢恩私室，岂薛瑄之所为？"越数月，绝足不往。振衔之甚，必欲置之死。后以事论死，临诣西市，振家厨下一烧火老仆，素淳谨，振颇信听之。忽放声大哭，振问其故。此仆曰："我闻乡里薛卿，人皆呼为薛夫子，若今日论死，满朝必不能容吾辈，明日亦当就戮矣。"振亦感动，文清遂得释。若浒西之去就如此，则罝乌得而累之哉。

余在南馆，尝问府公槐野曰："老先生曾与浒西相会否？"槐野言："吾为检讨时，因省觐至家，对山妻家在华州，适来探亲，吾造之。时值其生朝设客，随送一帖见召。吾至妻叔东侍御家，侍御问曰'明日对山设客，有汝否？'吾曰：'昨送至一请帖。'侍御曰：'明日对山之客有汝，则不当有我辈，有我辈则不当有汝，何忽如此？'沉吟久之。后对山遣人来致意，云：'明日家主要与老爹讲话，须侵晨即来。'吾依期而往，少间，设两席对坐。近午，对山起曰：'今日老夫贱降，客不可无公。然吾与令亲辈每燕，必有妓乐，不当以此累公。今诸公将至，不敢久留矣。'吾辞出。侍御辈至，歌妓并进，酣饮达旦。"

赵大周先生言：其尊公以岁贡为武功学官。大周随任，读书于武功学舍中，少识康对山。今《武功志》中所称赵先生者，即大周尊公也。对山小时即任诞不羁，其所娶尚夫人甚贤。对山每日游处狭斜中，与夫人大不相洽。后遣之归。而此夫人每日三餐，具淆蔌精酒饭，遣一婢子持至对山家，进其舅姑，无间于寒暑风雨，历三年如一日。大周尊公廉知之,召对山立堂下,噍呵之。故志中云:"余亦数年不直赵先生"者,盖谓此也。后赵先生曲为劝谕,譬之以理,且为康长公道其新妇之贤,无终绝之道。长公夫妇又曲为劝谕,始悔悟,迎夫人归,复为夫妇如初。而志中感赵先生成就之恩,盖不一言而足也。

吕沃洲言:"吾巡按陕西,到武功日,公事毕,命县中携酒夜造康对山。对山以吾持宪,不设乐。相与论文,因及时事,始甲夜至二鼓,殊慨慷可听。乃知此公志业不遂,共抑郁之抱,寓之词曲,将无以此掩之也。"

辛卯年,与舍弟至南京科举,各携所业见东桥先生。适王雅宜养病于东桥爱日亭中,东桥即携余辈行卷,坐雅宜床前,相与披诵,极口赞赏。故雅宜赠余兄弟诗中备言之。次日即手书帖子来谢云:"今英流自远之日久矣,乃荷高贤谦损之义,倡复古道,钦属钦属。即辰家尊小倦,不获奉谈宴,书帕先致谢私,余容求晤,以尽所怀。不宣。"爱才好士,今亦不复有此风矣。

衡山先生于辞受界限极严,人但见其有里巷小人持饼饵一筐来索书者,欣然纳之,遂以为可浼。尝闻唐王曾以黄金数笏,遣一承奉赍捧来苏,求衡山作画。先生坚拒不纳,竟不见其使,书不肯启封。此承奉逡巡数日而去。

余受官归,双江先生遣一兵官护送而南,托寄衡山与王阳湖二公书,且嘱之曰:"汝归道苏,当为我求衡山一画,汝自作一长歌题其上,寄我可也。"余至苏,首见衡山,致双江之书,坐语欢甚。后及双江求画一事,衡山即变色言,曰:"此人没理,一向不曾说起要画。如今做兵部尚书,便来讨画。"意甚不怿。衡山于士夫中,与阳湖最厚,后见阳湖,道双江拳拳之意,且托其一怂恿之。阳湖摇手云:"此老我不惹他。"遂不复敢言,竟负双江之托矣。

张石磬鳌山为南直隶提学,其所取文字,专尚清新,一时陈腐者皆被黜。江南文体为之一变。在南京,取文衡山与宗伯昭辈。修书时,吾松徐存翁相公与张掌科方在弱冠,即拔在优等。其巡历松江,适一巡抚刘姓者在松,刘先发石磬,设席钱之,赠以诗曰:"我送中丞君,黄梅三月雨。紫燕语雕梁,滑莺坐春渚。风便快轻帆,花落怨东主。人生贵适意，适意应如许。"诗甚清逸，即当代名家，不能远过。书亦俊健，今写在李塔汇寺壁。石磬乃简肃之子，少为翰林庶吉士；其子凤林名秩者，又在翰林。三代皆闻人，亦国朝一盛事也。

东桥一日问曰："元朗过苏州，曾见杨南峰不曾？"余对以"不曾"。东桥曰："若见此老，不要就指望与他做相知。然如此人，亦不可不一见之。我与南峰旧日相与，我升浙江布政时，道出苏州，特往拜之。次日，南峰来答拜。此日府中偶设席相请，南峰坐谈半日不去。吏人再三催促，此老怫然抽身便起。我送至门外，亦不相别，上轿迳去。我送与雷葛一疋，书一部。明日侵晨，令其子持书、葛送还，我曰：'昨日府中自来催促，不出老夫之意。尊公何故迁怒如此？书、葛不受也罢，贤侄且请坐吃茶去。'其子曰：'家父有命，教学生不要吃茶。'亦不坐而去。其性气大率如此。然接其议论，亦自亹亹可听，何可不一见之。"余旧知此老生狞，且某气性疏诞，平生交知中，便少此一人，亦不为欠事，终不见之。

南峰喜著书，其所撰次，有《宋史》，有《奚囊手镜》，有《皇明文宝》，有《地记》诸编，其帙皆数百卷，凡例既备，采摭详博，盖数百年所未见者也。故世皆重之，惜乎皆不传矣。

尝以一素卷求东桥先生书旧作后，题云："云间何元朗暨其弟叔皮，今之二陆也。雅道未丧，其在兹乎！"承以此卷问余旧作，辄录数篇，求为商定。后留雅宜处，作一跋语。雅宜亡后，遂失去。今不知流落何处矣。

余求衡山作《语林序》，序中曰："元朗贯综深博，文词粹精，其所论撰，伟丽宏渊，自足名世，此特其绪余耳。辅谈式艺，要不可以无传也。"先生方严质直，最慎与可，苟非其人，必不肯轻许一字。某误蒙奖饰，实为过当。故每自砥砺，期以无负先生知人之明。乃今筋力衰惫，竟无可称。每一思之，面赤发汗。

衡山精于书画，尤长于鉴别，凡吴中收藏书画之家，有以书画求先生鉴定者，虽赝物，先生必曰："此真迹也。"人问其故，先生曰："凡买书画者，必有余之家。此人贫而卖物，或待此以举火。若因我一言而不成，必举家受困矣。我欲取一时之名，而使人举家受困，我何忍焉?"同时有假先生之画,求先生题款者。先生即随手书与之,略无难色。则先生虽不假位势,而吴人赖以全活者甚众。故先生年至九十,而聪明强健,如少壮人。方与人书墓志,甫半篇,投笔而逝,无痛苦,无恐怖,此与尸解者何异? 孰谓佛家果报无验耶。

王南岷为苏州太守日,一月中常三四次造见衡山,每至巷口即屏去驺从,及门下轿,换巾服,径至衡山书室中,坐必竟日。衡山亦只是常饭相款,南岷虽蔬食菜羹,未尝不饱,谈文论艺,至日暮乃去。今亦不见有此等事矣。

唐人有言:"吾不幸生于末世,所不恨者识元紫芝。"余运命蹇薄,不得踔厉霄汉,然幸而当代诸名公每一相见,即倾尽底里,许以入室。如顾东桥、文衡山、马西玄、聂双江、赵大周、王槐野诸公皆是。昔蜀湛严君平、谷口郑子真,唯一杨子云知之,遂不泯于世,余幸有数公之知,亦庶乎可无恨矣。

杨南峰少年举进士,除仪制主事,即欲上疏请释放高墙建庶人子孙。匏庵知之,语南峰曰:"汝安得为此族灭事耶?"夺其疏,不得上。南峰以志不得行,即日弃官归。径往小金山读书,数年不入城。其陈义甚高,如此举措,即古人何远? 至晚年,骚屑之甚。武宗南巡时,因徐髯仙进《打虎词》以希进用,竟不得志。此正所谓"血气既衰,戒在苟得"者耶!

王雅宜自辛卯秋在东桥处见余兄弟行卷,是年秋南归,卧疴于石湖之庄,连寄声于张王屋、董紫冈,欲余兄弟一往相见。余与舍弟叔皮即移舟造之。雅宜相见甚欢,饭后送至治平寺作宿。寺距其庄三四百步所,寺有石湖草堂,乃蔡林屋与雅宜兄弟读书处也。适陆幼灵芝亦在寺中,遂相与盘桓数日。每日必请至庄中共饭。尔时雅宜虽病甚,必起坐共谈。雅宜不喜作乡语,每发口,必官话,所谈皆前辈旧事,历历如贯珠,议论英发,音吐如钟,仪状标举,神候鲜令,正不知黄叔度、卫叔宝能过之否。可惜年四十而卒,今眼中安得复见此等人。

孙季泉转南宗伯,赵大周先生曰:"季泉留心于诗,此来当必与君结社矣。"后季泉至,果时相酬唱。又以《孙王唱和集》命某作序,极为相知。然终日相对,唯谈作律诗之法,不及其他。夫官至宗伯,其所当讲者多矣，余心不谓然。然其以清谨持己，以严正守官，一时士宦，罕见其俪。

南京前辈如徐髯仙、许摄泉诸人，许即太常卿仲贻之父，其神情高远，绝无都城纨绮市井之习，亦一时胜士。东桥、石亭诸公甚重之。余小时至南都，数与游处。后窃禄时，二公已亡。每思其人，辄为惆然。

徐髯仙豪爽迭宕，工书能文章，善为歌诗，有声庠序间。后以事见黜，遂为无町畦之行。先朝荐绅中如储柴墟瓘、庄定山昶，皆严正之士。见《柴墟集》中有《与徐子仁书》，极相推与。又见其家藏写真，乃柴墟、定山、徐承之及徐子仁四人，共作一轴，上各书赞。又有以见前辈持己极严，而责人甚恕，犹有古宽大博厚之风。

唐六如中解元日，适有江阴一巨姓徐经者，其富甲江南，是年与六如同乡举，奉六如甚厚，遂同船会试。至京，六如文誉藉甚，公卿造请者阗咽街巷。徐有戏子数人，随从六如，日驰骋于都市中。是时都人属目者已众矣，况徐有润屋之资，其营求他径以进，不无有之，而六如疏狂，时漏言语，因此挂误，六如竟除籍。六如才情富丽，今吴中有刻行小集。其诗文皆咄咄逼古人，一至失身后，遂放荡无检，可惜可惜。

宸濠甚慕唐六如，尝遣人持百金至苏聘之。既至，处以别馆，待之甚厚。六如住半年余，见其所为多不法，知其后必反，遂佯狂以处。宸濠差人来馈物，则保形箕踞，以手弄其人道，讥呵使者，使者反命，宸濠曰："孰谓唐生贤，直一狂生耳！"遂遣之归。不久而告变矣。盖六如于大节，能了了如此。

余尝访之苏人，言六如晚年亦寡出，与衡山虽交款甚厚，后亦不甚相见。家住吴趋坊，常坐临街一小楼。惟求画者携酒造之，则酣畅竟日。虽任适诞放，而一毫无所苟。其诗有"闲来写幅青山卖，不使人间作业钱"之句，风流概可想见矣。

卷之十六

史 十 二

吾松江与苏州连壤,其人才亦不大相远。但苏州士风,大率前辈喜汲引后进,而后辈亦皆推重先达,有一善则褒崇赞述,无不备至,故其文献足征;吾松则绝无此风,前贤美事,皆湮没不传,余盖伤之焉。今据某闻见所及,聊记数事,恨不能详备也。

太祖时,吾松江始以征聘仕宦于朝者,有朱孟辨。尝观《洪武圣政记》,孟辨以翰林院编修改中书舍人,则知国初尚有中书省为政府。故中书舍人官在编修上也。朱号沧洲生,能诗,工四体书,亦善画。

顾禄字谨中,为太常典簿,以事当法,时太祖初行《洪武正韵》,世人尚未遵用,禄自陈所作诗皆《正韵》。太祖取视之,果然,遂得释。故其诗至今称为《经进集》云。

永乐十八年闰正月,天下取到人材十三人,擢左布政使四人:马麟,湖广;盛颐,江西;俞景周,山东;周克毅,广西。右布政三人:孙豫,山西;江润,河南;艾瑛,浙江。左参政二人:陆免,四川;吴衡,陕西。右参政二人:杨敬,福建;李泰,广东。右参议二人:赵瑛,江西;金恕,山西。皆以布衣而跻方面极品,尤异事也。相传文皇夜梦十三人共扶一殿柱,又一马遍身生鳞,明日引见,其数正合,而麟居首,故有是命。其山西右布政孙豫,松江人,家住郡城东南五十里观河庵之西,即余太夫人之曾大父也。历官省辖,毫发不苟,家甚贫薄,子孙至不能自存,今依余家以居。

二沈学士以善书供奉成祖朝,与中书舍人无锡王孟端同时,三人皆能诗文,且人品清高。今之以甲科在翰林者,未必能过之。乃知前辈有人。大沈名度,字民则,号自乐;二沈名粲,字民望,号简庵。

蒋性中为给事中,甚清介,贫苦刻厉。家居时,尝驾一小舟入城,止带村仆二人。遇潮落水逆，船不得进，遣二仆上岸牵挽，蒋自到舟尾刺船。适一粪船过，偶触之。蒋本村朴，乡人不知，大加窘辱。二仆厉声言曰："此是蒋老爹，如何无礼!"蒋骂家人曰："奴材哄人，此处那得个蒋老爹?"促家人牵船径去。

蒋给事曾因公差，泊舟江浒。有一官船继至，相并，即过船共弈。适有一女子至江边洗圊桶，官随呼隶人缚之。此女甫到家，即闻岸上有哭声。蒋谓是此女畏责而哭耳，不知其已死矣。再三劝解，寻命释之。俄而此女复苏，临别语给事曰："明日我先去，公且未可行。"次日侵晨，见一舟陵风而去，上有旗号，曰："江湖刘节使。"公遂不敢解维。是日开船者皆覆没。盖公之素行通于神明，故此神来告之耳。

太祖定鼎金陵，其宫殿牌额，各衙门与诸敕建寺观题署，皆詹希源笔也。成祖迁都北平，其宫殿牌额皆朱孔阳笔也。孔阳，松江人，工署书，兼善画。其子晖亦能书，官中书舍人。

吾松不但文物之盛可与苏州并称，虽富繁亦不减于苏。胜国时，在青龙则有任水监家，小贞有曹云西家，下沙有瞿霆发家，张堰有杨竹西家，陶宅有陶与权家，吕巷有吕璜溪家，祥泽有张家，干巷又有一侯家。吕璜溪即开应奎文会者是也。走金帛，聘四方能诗之士，请杨铁崖为主考。试毕，铁崖第甲乙。一时文士毕至，倾动三吴。瞿氏即志中所谓"浙西园苑之盛，惟下沙瞿氏为最"者是也。曹云西即所谓"东吴富家唯松江曹云西、无锡倪云林、昆山顾玉山，声华文物，可以并称，余不得与其列者"是也。杨竹西即有"不碍云山楼"者是也。余尝见其像，吴绎写像，倪云林布景，元时诸名胜题赞皆满。干巷侯家亦好古，所藏甚富。一日遭回禄，其家有盈尺玉观音，白如凝脂，乃三代物，至宝也，拾袭藏之楼上。火炽，主人至楼上取观音，为烟所蔽，不得下，抱观音焚死于楼梯者是也。张氏即有三昧轩者是也。想吾松昔日之盛如此，则苏州亦岂敢裂眼争耶？今则萧索之甚，较之苏州，盖十不逮一矣。

吾松文物之盛，亦有自也。盖由苏州为张士诚所据，浙西诸郡皆为战场，而吾松稍僻峰泖之间，以及海上，皆可避兵，故四方名流汇萃于此，薰陶渐染之功为多也。

孙道明家于泗泾，乃一市井人也。在胜国时，日唯以抄书为乐。其手抄书几千卷，今尚有流传者，好事者以重价购之。

钱文通小时即有文誉。郡中有一僧名善启，字东白，号晓庵，亦有诗名，能书，乃十大高僧之流亚也。永乐中，召至京，修《永乐大典》。初居延庆寺，后为僧官，住持南禅。周文襄公为巡抚，甚重之。每公事稍暇，即往南禅与启公谈晤。时钱文通为秀才，亦与启公交款。一日，学中散堂后，文通过诣，启公以蓝衫置栏楯上，继而文襄适至，屏当不及。文襄问：是某秀才蓝衫？启公因称文通之才。文襄即请相见，索其旧作观之，大加赏识，遂为相知。后文通登第，入翰林，文襄尚在任，因送郡东东仓基与文通作第宅。今钱氏东门之居，即旧仓基也。

志中言启东白永乐戊子主郡之延庆寺，戊子是永乐六年，则文通为秀才时，正东白修《永乐大典》回，为僧官，住南禅日也。

钱文通，宣德十年登第。在翰林日，文才敏赡，书学宋仲温，入能品，文誉藉甚，四方以得其文与字者为荣，一时碑版照四裔，可谓盛矣。曾在内学堂教书，怀恩太监出其门下。后恩得时，遂援引以至要路。当时亦有入阁之议，而时望皆归吕文懿、岳蒙泉，毕竟用此二公。盖交结内臣，文通之得力处在此，而损名处亦在此，士君子深当以此为鉴。

黄汝申名翰，永乐九年进士，于文通为前辈，其诗比文通更为警拔。书学宋克，亦遒劲，其署书端楷庄重，真有佩玉冠冕之意。曾见其"传桂"二字，乃张庄懿登第时所赠扁也，今子孙尚榜于楼中，比詹希源稍丰肥，然自是有丰韵可爱。但其人苛刻刚忿，颇不为乡评所归。志中谓其居家颇自恣，乡邻畏之，常骑白骡入城，见者敛避。盖实录也。

正统间，王雪航桓、陆梦庵润玉同时皆工诗，王有《雪航集》，陆有《梦庵集》。时相城沈氏贞吉、恒吉弟兄同居，家饶于财，是苏州名家，慕陆名，招致家塾，教其子弟。沈石田，贞吉子，即其门生也。

张庄懿是英宗朝进士，选某道御史，方廿七岁，差山东巡按。初到临清，三朝行香，偶酒家酒标挂低了，掣落其纱帽。时初到官，失去元服，人以为非吉兆，左右为之失色。公恬不为意，取纱帽带了，径去。明日，知州锁押此人，送察院请罪。公徐语曰："此是上司过往去处，今后酒标须挂得高些。"亦不与知州交一言，遂遣出。盖公之宽大仁恕，出于天性，不假修习。

张庄懿为刑部尚书时，散衙后回家路上，遇一醉汉。此人素酗酒无赖，旁一人哄之曰："你若夺得这老爹藤棍，方见你手段。"此人夺去其一，公亦不问，遂归。此人酒醒，问其妻曰："昨日醉归，有甚事故？"其妻曰："汝带一藤棍回。"其夫取视之，曰："此文官棍子也。"访之，是张尚书。明日侵晨，头顶此藤，跪在长安街上。少顷公至，双藤缺其一。此人即扣头请死，公命隶人取其棍，竟不问。公之器度如此，其去王子明、韩稚圭何远。

张庄简悦在宪、孝两朝，声望甚重，孝庙深知之。为吏部侍郎时，尝缺尚书，孝庙注意，欲用之。中官揣知上意，即差人来言："爷爷要你做天官。我知张侍郎是清官，与人没往来，然手帕亦须送我们一对，在爷爷面前好说话。"庄简不往。中官又差人来言："张侍郎既无人事，帖子亦送我们一个。"竟不往。后马端肃托人去讲，遂补冢宰，张升南京吏部尚书。

张庄简，号定庵，曹宪副时中亦号定庵，盖慕向庄简也。曹居乡严重既不减张，加之乐易和厚，济以风雅，后辈皆乐亲之。寿至八十六。中秋是其诞辰，八十二时，西涯作《清光八十二回圆》诗来贺，朝贤属和者数人。后每岁寿日，即押前韵寄至。晚年不与人事，客至则留饮，写字作诗，有萧然物外之意。盖吾松一伟人也。

张庄简致仕家居，端重严毅，与亲识少恩，虽宗族亦不肯假借毫发。庄懿官至兵部尚书，以太子少保致仕居家，坦荡和易，不设城府，亲友皆蒙其惠。庄简今子孙单弱，亦无显者，独庄懿子姓繁衍，一女一女孙，皆至一品夫人，一曾孙登进士，曾玄孙已四十余，在国学庠序者几十人，郡中称为名族。则知庄简虽持身严正，但保全一己，终鲜及物之仁。庄懿在刑部时，其所奏行新例数十条，至今用之，则知仁恕所及，其所活者众矣。是以于定国之家，高门待封，严延年之母扫地，以望其丧之至，史册所载报应之速，盖未有显明如此者。夫上帝以好生为德，而法家苟一轻重其手，人之死生立判，岂非天之最重者耶。则庄懿之报，实天有意于厚之也。

夏止轩留心经济，其建白甚多，今载在郡志与《名臣录》中。读书有文，亦好古，其家所藏有《太清楼帖》二三卷，是宋拓，奇品也。后归之其婿沈氏。沈名霁，字子公，中进士，是南道御史。

钱文通之后则有陈一夔章、侯公矩方、侯公绳直三人，一时皆有诗名。杨君谦《雨夜七人联句记》，一夔、公绳皆与焉，余五人则杨君谦、赵栗夫，吴人；王古直、王敬止，台州人；徐栗夫，杭人。皆名士也。

《联句记》中，杨君谦七人，每一人作一小传。《一夔传》中称其好作诗，蕴藉典则，时有真诣语。如咏秋怀云：“人老渐惊生白发，家贫未办买青山。”余以为自然妙句。君语余曰：“作诗须发得自家意思出，乃佳。”余久有此意，口不能道得，君言遂添一悟境。盖其推一夔也，可谓至矣。余谓非一夔不能为此言，非君谦不能知此言之妙。

郡志中载：一夔，天顺壬午举乡。会父丧，家居教授，不出者十年。至成化戊戌登进士第，释褐为刑部主事。其平反之政甚多。

《联句记》中七人，各有互相赠答诗。一夔赠赵栗夫云：“菜市街西新卜居，豆棚瓜蔓共萧疏。胸中富有书千卷，谁笑家无担石储。”栗夫得诗，连称妙甚。众客传观皆赏，以为雅制。栗夫答云：“风流故与时情别，樗散偏于酒趣深。未老便怀投绂计，知公天性在山林。”注云：“时公雅有长往之志。又王敬止赠一夔云：“君家垣西低草堂，常有数斗白银浆。五十官卑人不识，时时诗里吐虹光。”一夔答云：“梅黄诗句可争能，素操兼看冷似冰。他日期君何处是，龙门寺里一枝藤。”一时七人之中，一夔自当称雄。

侯公绳名直，华亭人，与徐栗夫同年进士。凡待选者将及五年，而后授刑部河南司主事，与赵栗夫同司。初，君为进士时，余访君于安福寓楼，一见君，知为君子。及君既官后，余复两差出，不得恒访君。余在都下日少，及差还，性又懒诣人，尝不得数数。余自知其过。然懒已入骨，不能改也。京师酬酢既多，又开目则有尘土，骑马往来稠人中，殊无趣向。余性又不解记路及人寓处，皆骤在骤易，非久在京师者，虽问得，不能记也。余尝作手折疏之，然久亦不耐，遂亦废。

而诣人家门下问人，苦无健仆。仆亦作南音对人，人答之，殊不肯了了。京师人欲得官人自问，乃肯乐言，余以为难，故多失礼于人。受人刺，有所未答，则终日念之，而京师以此为礼最重，至系喜怒。余深知之，然恒延缓，不能尽一一办也。余以为立马人家门下，投三指一刺，惟恐主人出，主人亦惟恐客入，此有何意哉？故三年来，惟得诣侯君者二。余以为遇侯君未厚，而君自余初授主事时卧病在家，即与一夔、存敬、栗夫来贺，留连入夜乃去，心窃以为君过遇余，不敢当。及会后，余病加益，不出门，未尝遣一介持数字谢君，而近者存敬诸君初欲来时，余未尝敢望君至。及至，则君亦在，余益德君，君真厚德人也。君和易自然，无贵贱长幼，宜皆知爱之。赵栗夫赠君诗，以为如坐春风中，诚然，诚然。君向与余会赵栗夫家时，亦有一夔、存敬同在，相与谈咏，时将及鸡鸣，未散，君次日当引囚，例必早入朝候事，而君未尝有先去之色。及散，遂上马朝去，众皆以为难及。诸君言：君每会必陪人坐，虽甚久不去，处处如此。推此一事，君之存心近厚，可以见矣。于此一传，可见公绳立朝，无时俗之态，故见重于南峰如此。然于弘治之间，而士风已自如此，于今也何尤。

　　郡志中于侯公矩下，称其有文名，不载侯直能诗。今观七人联句中，公绳诗时有佳句，亦无忝于此六人者，乃知前辈皆有实学，不虚事表襮。今吾松为诗文者甚众，笃而论之，未必尽能出公绳右也。

　　张东海为南安太守，在郡日，有某布政将入觐，缄纸一箧，索公草书，为京中人事。公笑曰："此欲以书手役我也。"止书四纸，以塞其请，余纸悉封还。

　　钱文通旧祀乡贤祠中。郡人以公尝以大红云布作吉服入朝，内竖见而悦之，言于上前，故织染局遂有岁造大红布之例，贻华亭永害。嘉靖中斥去之。此二事，张西谷所记。

　　夫名宦、乡贤二祠，盖所以崇德报功，激劝来者，血食庙廷，夫岂细故！名宦则载在祭统，原以五者定之。我朝唯夏忠靖、周文襄有大功劳于江南；府官则太守樊莹经制粮运，同知王源奏减税额，此皆所谓法施于民者；又教授胡存道身卫庙学，以死勤事，此数公者以祀典律之，可以无愧。其余虽循吏辈出，然无关于五者，但当于郡志中载之《名宦传》而已。乡贤则须有三不朽之业，谓立德、立功、立言三者是也。若但做文字，亦非立言之谓。我朝唯张庄简、蒋给事性中、曹定庵、顾东江、孙文简五人。东江人虽病其少隘，然刚方清介，特立独行，亦自难到；文简则厚德绝伦，皆可以为世法。此可谓立德。张庄懿在刑部，奏行条例数十件，著在令甲，夏止轩建白，如临清设兵备，以联络两京之势，朝廷至今行之，可谓立功。如夏止轩作政监，亦足垂世立训。此可谓立言。钱文通则原无此三者，且多物议，故嘉靖初年，余新入学时，每一祭丁，则众议沸腾，有轻俊好讥议者，临祭时，常以文通神主置于供桌之下，而西谷所谓斥去之者，不知果于何年也。衡山先生，凡我辈在坐，辄戒其子孙曰："吾死后，若有人举我进乡贤祠，必当严拒绝之。这是要与孔夫子相见的，我没这副厚面皮也。"今吾松士大夫子弟亦有为其父祖营求入乡贤祠者，无非欲尊显其父祖之意。此皆贤子孙也，但不入不为辱，苟既入而一有异议，或遭斥去，则辱及其父祖甚矣，是可不详审之哉。万历癸酉，冯南江入乡贤祠，余随郡中诸士夫往奠，见钱文通牌位尚俨然在列，不知西谷何从有此言？或既黜而后有姑息者，复仍旧设之耶？然不可考也。余遍观诸贤，自汉历宋、元千二百余年，不过十余人，我朝二百年中，几四十有赢，乃知列圣陶镕，贤才辈出，固宜彬彬如此。世或谓今人不及古人，抑又何耶？然其中不能无臧否优劣，后必有能辨之者。

隆庆辛未十月，太府李葵庵先生行乡饮酒礼。府学推举士夫二人申请：一显宦，一外官有厚赀者，葵庵皆不准行。即于申文后批发云："郡中有里选仕官，积学励行，可范后学者，该学不知其人乎？"庠友陆云山者，有识之士，曰："此必为何柘湖无疑。"遂作一呈子申府，葵庵批允。行学敦请，余往面辞二次，葵庵坚欲致之。余是狂生，本不足以尘渎朝廷大典，然余尝谓凡郡县有一善政，及一切禁令，士夫皆当率先遵行，以为百姓之望。乡饮固不足为某之重轻，但迩年乡饮皆以请托行贿而得，故非高爵，即富室也。今太府皆废阁不行，而独垂念一寒贱之士，不由学校推举，迳自批行，某何敢自爱，而不成全其美政乎？故勉强应命二次。然当读法升歌之际，仰窥圣祖垂世立训，举此巨典，而敬老尊贤之礼郑重如此，则凡与斯饮者，能不感发思奋耶？某以谫劣，叨坐介位，默自循省，不觉面赤发汗。故今已辞谢，不敢复出，以久玷清列矣。

卷之十七

史　十　三

李希颜字原复，与东江同年进士，为人公正刚方，东江甚重之。为云南按察使，卒于官。其属圹时，滇中人见其穿大红袍，乘大轿，抬出衙门。皆以为平昔正直，阴司召作冥官也。

顾东江清，于弘治六年以解元会魁登第。李西涯当国，甚爱之。时吾乡张庄简为吏部侍郎，东江首往谒之。时尚未考馆选，庄简有意欲留在吏部，语之曰："我部中缺主事一员，今留汝在我部中亦好。"东江曰："某是个书生，但会读几句书耳。于政体恐有未谙。"庄简曰："汝但能照书本上行，几曾见错了。"亦可谓名言。

顾东江丁内艰回日，钱鹤滩以修撰去官家居，一日来作享，不同诸士大夫，惟约旧朋友四五人沈惟馨、王大用辈。其一人姓张，忘其名，在白龙潭后住，以染作为业，家颇温厚，学虽不逮诸公，然其家好贤，常馆穀诸公者。人持银一钱，买三牲祭物，其猪首一枚，不能掩豆，鹅一鱼一，及香楮等物而已。祭文亦是鹤滩来东江家，以片纸起草，取大纸书之者。祭毕，鹤滩坐待，令主人治福物来共食。东江出语云："不得陪诸公坐。"遂进去，诸人食毕而去。可见前辈举动，其真率简质类如此。

东江居丧，既祥后，鹤滩来访，东江留饭，惟杀一鸡，买鱼肉三四品而已。时鹤滩已有酒病，畏见腥气。两人对饮，直至更深。鹤滩要吃黄蚬，时深夜已无卖者。适东江一叔开蚬子行，遂往扣门，取数升烹食，至夜半而去。此二事是其弟顾鹤泾说。顾小时为庠生，年八十余，诚笃人也。余每访以旧事，亲为余道之。

东江居家时，不甚与士大夫来往，虽同年如宋大参恺、张掌科弘，至亦不数相见，独喜与顾味芩曦、戚龙渊韶、张一桂冕诸布衣游处，而与顾尤厚。顾是一老儒,善诗如横云山。诗"野人月黑偷金盎,山鬼天寒泣夜萝"之句,尚为人诵传。东江于士夫中独重周北野佩。东江家居,不泛然交与。其所常会饮者,有张鸿胪东园,乃庄简任子。刘南村先世以琴供奉,人呼为刘弹琴者。陈约庵以举人官至州守,居常苦节。诸人皆薄宦,清贫无位势。或者东江之所重,又在此而不在彼也。

东江致仕还家,即筑一傍秋亭在西园中,乃次子伯庸新造宅。尚未徙居,中多隙地,可以莳蔬也。东江日处其中,课僮仆锄灌。尝见其《农桑辑要》一书,涂抹删改,细书于行间及额上,皆满。余妹婿引至其书房中,见其以药瓢贮各色菜子,悬之梁栋间,无下数十种。夫以侍郎家居,绝足不与外事,闭门闲适,学为老圃,若将终身焉,终始不倦。东江之风流大节,亦过于寻常万万矣。周北野以郎中致仕,其父舆,字廷参,解元登第,为翰林编修,两世通显。家居北郭,有田不上数顷,室庐荒敝,常闭门不与外事。父子皆善诗,今所传有《周氏世鸣集》。

东江小时从张友兰学,后受经义于任孝友先生。二公在东江童幼时,即识拔爱重之。后至显贵,作祠堂于超果寺,岁时奉祀,亦可谓笃于故旧之义矣。

任氏自浙徙松,松乡以来,世代读书。后有勉之,太祖开进士科,松郡登第者自勉之始,官至参政。后又有孝友先生。孝友中乡举,历官长史,居乡亦简重。前辈如张果庵诰者,其人本无可称,然每一上司至,必约孝友同往相见。孝友不至,终不先入。此尚有前辈之风,今不复见矣。是徐长谷言之。

杨玉峰素刚正,为郎署时,过家。时喻子乾时为松江太守,张燕待之。喻颇风流,与戏子合吃酒,杨即厉声言曰:"喻子乾,此是何等模样!"喻失色。

玉峰名玮,字伯玉,武宗朝为光禄少卿。武宗好养画眉,中官每日至光禄寺索子鹅头几十,作画眉食。杨对中官言:"今天下民穷财尽,何处讨许多子鹅头?"大加裁损。武宗怒,遣中官诘责,令杨自来回话。杨穿白布褶,跪午门外,遂传旨降二级,调外任用,谪泸州知州。时邓茂七反，林见素方提兵征剿，见素命杨招抚。杨单骑入贼巢，喻以祸福。茂七即时降。

其弟朴庵名粲，嘉靖初为南京考功郎中。时丰南禺为本司主事。丰多才，颇放旷，不守官箴。尝公差过江，带妓女而行。是年适当考察，科道皆在。杨当堂大语曰："本司主事丰坊颇多物议，当去。"人闻之皆痛快。一时服其严正。

陆文裕在翰林时，充经筵日讲官。一日，讲罢，面奏曰："今日讲章，非臣原撰，乃经阁臣改纂者。陛下有尧舜之资，当令诸臣各陈所见，则圣德日新，庶无壅蔽之患。"时桂见山当国，文裕责授山西提学副使。

陆文裕公为山西提学时，晋王有一乐工，甚爱奉之。其子学读书，前任副使考送入学。文裕到任，即行文黜退之。晋王再四与言，文裕云："宁可学校少一人，不可以一人污学校。"坚意不从。观此二事，文裕之刚决，亦近代之所仅见者也。

孙文简公，盛德绝伦。余家姑女为其甥唐科之妇，唐是都宪公之孙。后科早世，余表姐寡居。文简在京时，每岁时寄至家中节物，如绸绢簪珥之类，余表姐亦皆沾及，未尝不从厚。每年如此，无一年空缺。

东江先生，其堂中有春帖云："才美如周公旦，着不得半点骄；事亲若曾子舆，才成得一个可。"又一春帖云："以义处事，义既立而家亦有成；以利存心，利未得而害已随至。"皆可为近代格言。其孙子龙，至今悬之堂中。

孙文简言若不出口。在南京主试时，某亦在场屋中，是年偶下第。后相遇于南都，文简语余曰："主司在场屋中欲求得佳士，甚于士子之求主司，但一时不能知，无可奈何。"言罢，面色通赤。

文简在家，家人或有生事者，人言文简纵之，实不然。盖文简天性凝重，虽盛怒亦发恶不出。其有生事者，非纵之，实不能禁也。故自雪岑公来，两世通显。雪岑官至延平太守，文简历官四十余年，位至宗伯。而临殁之日，几不能殓。此岂可以易言哉。

雪岑公在朝，所交与者皆一时名士。诸公与雪岑往来尺牍，其孙汉阳太守允执勒之于石,其词翰皆可传者也。

磊塘张氏,庄懿公之后,世有厚德,与余家姻连。近因小儿之丧,见其行礼二次,皆可为世人法。盖不但江南所无,当此薄俗,恐海内近亦不能多见也。受所乃磊塘仲子,以甲科官至宪副,可谓通显矣。头七时即来吊。受所戴青方巾,穿白绢直裰,到门,易白绢巾,与四兄弟一同行礼。冲玄、少塘,其亲弟,玄朗其从弟也,拜罢而去。受所兄弟六人,余二人则长兄泾泉,余女孙之舅;从弟冲宇,余侄婿。二人不至,则别欲举奠也。近时人一登甲科,则羞与其弟兄同事,必一人自行。凡吊丧,则穿品服,乘显轿,至人家始易素服。此习俗尽然。今受所与弟兄一同行礼,此见其处族党之厚;微服小轿而吊,此可见其处亲戚之厚。士大夫苟欲以厚自处者,要当以此为法。

后数日,泾泉来举奠,陈设祭品。后泾泉行礼,凡酒与汤饭之类,皆泾泉执奠。其子于善接受捧,置灵几前不用。从人且相惯习,不烦言喻。余问之,则张氏家庙中时享皆子姓,有事不用外人,此亦得之创见者。是虽庄懿遗范之善,然子孙能守,亦自不易。

冲宇名仲颐,字士正,在诸昆季中,尤蕴籍有雅致。家有广庭修竹,其书室中窗槛轩敞,书史堆案。每文士至,即延纳谈晤;遇一酒徒,即与倾倒,颇不择类,有刘公荣、石曼卿之风。若以俗事来告者,非惟不入于心,亦且不关于听,原无此根在内也。盖出尘离垢之士,近代亦罕见其比。且酒茗皆精美,饮酒数升后,益温然可爱。余每入其室,不觉鄙吝都尽。

沈凤峰堂中有《春帖》云:"身入儿童斗草社,心如太古结绳时。"凤老和易坦荡,真有苏长公眼中未尝见一不好人之意,遇儿童走卒,亦煦煦然仁爱之。每早起,即作诗写字。稍暇,则粘碎石为盆池小景,令人悠然有林壑之思。凡燕席中有戏剧,即按拍节歌,有不叶,则随句正之。终日无一俗事在心,终岁无一俗人到门。"寿登八十,常如小儿"。此二言盖其实录也。

余《正俗篇》中,极言今世用楪架增高,与竞相崇饰金玉酒器之非。一日,范中方太卿设客,余亦在坐,见其陈设,除去此等,果子用竹丝合散置数枚,行酒皆瓦盏,虽罚觥亦用新瓷爵。盖狂瞽之言,一时陈其所见，本无足取，而中方遂能相信如此，可以见其勇于从善。苟人皆若此，何患天下无善俗耶？盖士君子读书出身，虽位至卿相，常存得一分秀才气，方是佳士。

吾松近日唯王西园最有胜韵，仿佛古人，余小时犹及见之。王以岁贡为太顺训导。其人黑瘦骨立，善书画，亦足奔走人。每一入城，好事者争趋之，其舟次常满。喜歌曲，曾教妆戏者数人，名丹桂者亦有声。其室中畜侍姬三四人，昔年路北村为太守，时升任去。余与王大参道甫、杨节推运之蒙其赏识，求书画赠行。此日，西园留饭，有堂屋三楹，中间坐客，两边即寝室。中着侍姬，饭毕，作画。其供笔砚图书者，皆侍姬也，盖有姜白石之风。今无复有此风流矣。

王海槎，今大参白谷之父也。读书博古，为本府医学正术。延名师教其子。昔日存翁相公与大参联业，即游学于其家塾，馆待甚厚。存翁相公登第后，大参即与余兄弟会文。每余兄弟至其家，必延款恳到，出前辈诗文评校竟日。余小时受其教甚多。今白谷名位尊显，为贤士大夫，则海槎好士之报也。

余家二府君，长君讳嗣，字宗彛；次君讳孝，字宗本。兄弟同居七十年，虽白首犹不异财，以孝友称于郡中。兄弟必共食，虽妯娌亦未尝异餐，七十年如一日。次君尤好学，余兄弟小时，府君每提携游行，必教读《诗》、《书》二经，皆口授，至终卷不须揭本。后延名师，虽重费不惜，郡中诸贤达亦必延致。或具束修，令余兄弟往见，凡可以教余兄弟者，无不曲尽。故舍弟亦忝登甲第，惟良俊最下劣，鞭策不前，以负二府君之教，其何以自立于天地间耶！

自汉以后，松江之以诗文著载在郡志者七十五人，其出处载郡志，兹不录。

吴二人：

　　陆绩　陆景

晋二人：

　　陆机　陆云

陈一人：

　　顾野王

唐一人：

　　陆敬舆

宋十八人：

　　陈舜俞　　任尽言　　卫泾

　　王泰来　　任仁发　　赵孟侗

　　卫谦、谦孙刚　　朱之纯　　许尚

　　胡琚　　田畴　　林至

　　高子凤　　朱允恭　　卫宗武

　　储泳　　叶汝舟

元十八人：

　　凌喦　　陆鹏南　　陈宏

　　徐顺孙　　曹庆孙　　庄萧

　　周之翰　　沈腾　　陆居仁

　　王文泽　　陆侗　　任晖

　　董纪　　吴哲　　管讷

　　杜隰、隰弟桓　　顾彧

国朝二十九人：

　　袁凯　　顾禄　　朱芾

　　陈璧　　钱骥　　王应隆

　　周彦才　　焦伯诚　　陆宗善

　　任勉之　　陈询　　沈粲

　　黄翰　　钱溥、溥弟博　　夏寅

　　金铉　　张弼　　侯方

　　陈章　　陆润玉　　王桓

　　曹泰　　朱应祥　　钱福

　　夏宗文　　徐叔琪　　陆厚

　　张年

僧四人：

　　船子和尚　　僧如隐　　僧清澧

　　僧德然

《大雅集》二十八人，志中不载者廿一人：

孙华元实　沈存肯堂　俞镐孟京

钱璧伯全　黄璋仲珍　宋处仁智民

俞俊子俊，号云东　俞庸子中，号凝清

胡谦彦恭　冯以默渊如　钱元方彦直

张以文　沈震伯修　全思诚希贤

许璞叔瑛　张守中子政　郑昕彦昇

释原瀞天镜　释静慧古明

释永彝古鼎

陶南村《家乘》共廿四人，各集未见者十二人：

孙莘季，野华弟　曹宗儒，号鹤林山人

卫仁近叔刚　陆裵有章　倪枢德中

沈铉文举　余寅景晨　曹绍继善

钱应庚　卫仁复　倪权

王应亨嘉会

《鼓吹续编》廿一人，别集未见者二十人：

邵伯宣，复孺子　章昞如　钱士修

钱复亨，号讲馀，教授　钱子良

沈度　黄黼　邵永宁昇远

李昇　章公瑾　张宸，号端居

陆铉鼎臣　吴凯原凯，号芸碧

赵楫　蔡廷珪仲全　王徵

董源长源　陈景祺　陈景容

李彦文，号敢斋

《江湖耆旧集》二人：

许穆　蔡昶上海

《明诗粹选》五人，俱已见志中。

《诗家精选》廿一人，诸集所未见者十二人：

陶振子昌　张逢吉　奚伯镇

夏正　陆宗　潘克温

姚民　　谈甫　　沈骥

孙怡　　刘瑜　　张迪

《声文会选》十五人，俱已见别集。

《皇明风雅》廿二人，诸集未见者二人：

董佐才　　王良佐

《皇明珠玉》四十一人，诸集未见者廿九人：

张璞廷采，号友山　　陈机应辰，号草亭

金锐汝潜，训导　　林荣廷宠，同知

焦善可欲　　曹鼎时用　　计琼

吴晟汝器　　姚舜民，号默轩

张衍敬先，主事　　孙怡廷愉，学正

曹元复初　　曹椿希彩　　杨显德昭

张元凯舜臣　　陆铨以行_{俱华亭}

邵弘远，号桐江　　黄宏，号病鹤

强顺，号勤斋　　刘恒，号听潮

钱祐汝吉　　朱恩泽民　　黄谨韬庵

陆殷尚质　　高云汝升　　姚谏，正言

陆晋卿，号松云　　姚谟嘉言_{俱上海}

释瑞永常

《明音类选》共九人，诸集未见者二人：

顾清　　朱豹

自国初以来诸集未见者七人：

曹知白贞素，号云西　　任叔实，有《松乡集》

陶九成，号南村　　邵亨贞复孺

钱鼒，号艾衲　　李至刚

周舆　　张悦，有《定庵集》

曹时中，有《宜晚集》　曹时信

凡游寓如任叔实、邵亨贞、陶九成、李至刚遂家松江者，已入郡人。内若杨铁崖、钱曲江、张梦辰、张思廉辈暂寓者，不录。

卷之十八

杂　纪　一

传言："一张一弛，文武之道。"古之贤者，于大节断无亏损，然小闲出入，或多有之。此皆亵漫之事，非有关于作史。然贤者之嚬笑，与人自是不同。昔袁粲见王景文而叹曰："景文非但风流可悦，虽饷啜亦复可观。"故于诸公细事，亦复记之，以示来者。作《杂纪》一卷。

《中庸》之举九经，其一曰："体群臣"，又曰："体群臣，则士之报礼重。"余观唐宋以来，仕宦皆有旬休。盖治官九日，则赐一日洗沐，今世所言上瀚、中瀚、下瀚，即本于此。盖以初旬休日为上瀚，中旬休日为中瀚，下旬休日为下瀚也。夫人生处世，孰无取乐自适之心，难道一入仕路，即使之剖杯杓，弃交游，一切皆禁绝之耶？故洗沐一日，乃使之少得自适其私。其体之也，可谓至矣。故古之在官者，皆有善政。其即吾圣人所谓报礼重者，非耶？

白太傅之诗，亦可称诗史。唐人旬休事，他小说皆不载，独《长庆集》有之。其《郡斋旬假命宴呈坐客示郡僚》诗云："公门日两衙，公假月三旬。衙用决簿领，旬以会亲宾。公多及私少，劳逸常不均。况为剧郡长，安得闲晏频。下车已二月，开筵始今晨。初黔军厨突，一拂郡榻尘。既备献酬礼，亦具水陆珍。萍醅箸溪醑，水脍松江鳞。侑食乐悬动，佐欢妓席陈。风流吴中客，佳丽江南人。歌节点随袂，舞香遗在茵。清奏凝未阕，酡颜气已春。众宾勿遽起，群僚且逡巡。无轻一日醉，用犒九日勤。微彼九日勤，何以治吾民。微此一日醉，何以乐吾身。"此诗亦自情真语实。

其《初到郡斋呈吴中诸客》云："待还公事了，亦拟乐吾身。"

其《宿湖中诗》云："十只画船何处宿，洞庭山脚太湖心。"

《泛太湖寄微之》诗云："报君一事君应羡，五宿澄波皓月中。"

《夜游西武丘寺落句》云："摇曳双红旆，娉婷十翠娥。"自注云："容满蝉态十妓从游也。""香花助罗绮，钟梵避笙歌。领郡时将久，游山数几何。一年十二度，非少亦非多。"观此诸诗，白太傅可谓无隐情矣。虽由当时法网疏阔，亦足以见白傅之诚心直道。故白公所至，皆有惠政。苏、杭二郡至今尸而祝之，今之守郡者一有于此，则论者交至矣。是岂朝廷之意，皆由当事者不知大体，不顺人情，好以苛细责人？卒之近世，亦鲜以循吏称者，岂上之人所以体之者，有不至欤？然不知责其细，适所以遗其大也。

昔孝宗皇帝尝问一内侍云："今各衙门官每日早起朝参，日间坐衙，其同年同僚与故乡亲旧，亦须燕会，那得功夫饮酒？"内侍答云："常是夜间饮酒。"孝宗曰："各衙门差使缺人，若是夜间饮酒，骑马醉归，那讨灯烛？"今后各官饮酒回家，逐铺皆要笼灯传送，两京尽然，虽风雪寒凛之夕，半夜叫灯，未尝缺乏。乃知孝庙体悉群臣，可谓备极。故德泽在人，至今犹念之不忘。若今之当事者，皆能推广此心，每事如此，则诸人有不尽心王事者耶。

东桥好谑。余丁酉春至南都，见东桥，求先公墓文，即往见西玄。此时西玄为南祭酒，东桥升湖广巡抚，方戒行。次日，二公皆见过。西玄先来，后东桥继至。二公因讲六科原是通政司属官。坐良久，二公有碍，不可同行。西玄先起去，东桥复留坐。少顷，东桥问曰："元朗晓得西玄的诨名么？"余对以不知。东桥曰："翰林唤做马二姐。"盖东桥阔大爽朗，于小闲处不甚点检也。一日与存老偶话及，存老云："丁丑年，凡入翰林者，皆有一诨名，如陈石亭唤做陈木匠，邝某唤做邝响马，皆以其状貌相似而言也。西玄文弱可爱，状若处女，故有此称，而东桥偶及之，盖非谑西玄也。"

存斋先生为编修时，进京。过吴门时，王南岷为苏州太守设席相款，独请衡山同席，盖重存斋先生也。衡山见余，每道存斋与罗念庵资质纯粹，独不喜唐荆川。

余造衡山，常径至其书室中，亦每坐必竟日。常以早饭后即往。先生问："曾吃早饭未？"余对以"虽曾吃过，老先生未吃，当陪老先生再吃些"。上午必用点心，乃饼饵之类，亦旋做者。午饭必设酒。先生不甚饮，初上坐，即连啜二杯。若坐久，客饮数酌之后，复连饮二杯。若更久，亦复如是。最喜童子唱曲。有曲则竟日亦不厌倦。至晡，复进一面饭，余即告退。闻点灯时，尚吃粥二瓯。余在苏州住数日，必三四往，往必竟日。每日如此，不失尺寸。

戊午年到家，返南京，过无锡。与华补庵约来岁同至苏州，与衡山先生做九十，时余尚住南京。己未三月，依期而发。至无锡，已昏黑，即差人往补庵家问讯。云："老爹往苏州去了。"余曰："岂补庵负约，乃先期而往耶？"再往问之，曰："文老爹作故，我老爹待老爹不至，已往吊丧去了。"次日早发，抵暮到射渎口，遇补庵，即过补庵舟，相与伤叹者久之。补庵命置酒，复回舟至虎丘，携壶榼，饮剑池上。余时携一善筝歌者，补庵令人遍至伎家觅筝，竟不能得。留连倾倒，半夜别去。

钱同爱少年时，一日请衡山泛石湖，雇游山船以行。唤一妓女匿之梢中。船既开，呼此伎出见。衡山仓惶求去，同爱命舟人速行，衡山窘迫无计。同爱平生极好洁，有米南宫、倪云林之癖，衡山真率，不甚点检服饰，其足纨甚臭，至不可向迩。衡山即脱去袜，以足纨玩弄，遂披拂于同爱头面上。同爱至不能忍，即令舟人泊船，放衡山登岸。

徐髯仙少有异才，在庠序赫然有声，南都诸公甚重之。然跅弛不羁，卒以诖误落籍。后武宗南巡，献乐府，遂得供奉。武宗数幸其家，在其晚静阁上打鱼，随驾北上。在舟中，每夜常宿御榻前，与上同卧起。官以锦衣卫镇抚，赐飞鱼服，亦异数也。后武宗晏驾，几及于祸。赖诸公素知之，力为保全，遂得释放还家。

北方士夫淳朴有古风，不虚作声势。余受业师沈人杰以举人为临颍县教谕，其子庠生沈公勇随父在任，县中如南坞贾阁老则希出其下，如赵光是南道御史，杜楠、杜桐，一至卿寺，一至宪副，亦有文章，刻《研冈集》者是也，皆以进士官至通显，然佻脱之甚。时时从学前过，则呼沈公勇曰："沈二哥，我们大家去打个瓶伙。"即同至酒店中，唤酒保取酒。酒保持黄酒一大角，下生葱蒜两盘，即团坐而饮。沈曰："我南方人，吃不得寡酒，须要些下饭。"三人曰："这噇子吃下饭，占了肚肠，怎生吃酒？"命酒保炒半斤肉来，沈自吃肉，三人都不下箸。

陆俨山尝至关中，以对山旧同在馆中，特往诣之相见，共谈旧事，即取琵琶鼓二三曲，欷歔者久之。

康对山常与妓女同跨一蹇驴，令从人赍琵琶自随，游行道中，傲然不屑。

王渼陂《杜甫游春》杂剧，其所谓李林甫者，盖指西涯也。

尝问大周云："老先生与杨升庵同乡，亦常相见否？"大周曰："升庵在家时余尚幼，故家中未曾相见。后升庵谪戍住札泸州，是云南、四川交界之地，乃水次埠头也。四川士夫进京。皆至此处下船，在泸州尝一见之。升庵下笔则亹亹不竭，然不善谈，对人言甚謇涩。其服饰举动，似苏州一贵公子。"

有客从山东来者，云："李中麓家戏子几二三十人，女妓二人，女僮歌者数人。继娶王夫人，方少艾，甚贤。中麓每日或按乐，或与童子蹴球，或斗棋。客至，则命酒。宦资虽厚，然不入府县，别无调度。"与东南士夫求田问舍，得陇望蜀者，未知孰贤？

王元美言："余兵备青州时，曾一造李中麓。中麓开燕相款，其所出戏子，皆老苍头也，歌亦不甚叶。自言有善歌者数人，俱遣在各庄去未回。亦是此老欺人。"

西北士大夫饮酒，皆用伎乐。余偶言及之，朱子价曰："马西玄丁忧回去。亦与唱家吃酒。"余谓："西玄方严清谨，必无此事。或者流传之言，不可信也。"

北方士大夫家，闺壶女人，皆晓音乐。自江以北皆然。扬州人言，朱射陂夫人，琵琶绝高。

孙太初过江，人未有知者。方寒溪一见，大为延誉。太初诗格本高，又仪状轩举，丰神俊异，后声望遂出寒溪之右。

寒溪是好名之人，其举动故为诡异，亦欲以沽名也。尝见黄淳父言："寒溪初至苏州时，其尊翁五岳甚重之。每四五日，则一延致。寒溪不用主人肴膳，命主人买肉一斤，取行灶至前。一童子炽薪，手自烹饪调齐。或以小罗椠贮干脯一二物出之，与主人共饮。其音吐谈议，亦能动人。留连竟日，至暮然后去。"

方寒溪好洁，举动皆异于人，其坐处常铺一鹿皮簟足。

　　寒溪颇尚气，其所居与章朴庵住宅相近。方氏门前有一皎皎滩，朴庵与有司讨来种芦，以供一年之薪。寒溪大不平之，乃鸠聚族人与章家大哄，朴庵不敢与争。

　　方寒溪有口好辩。唐渔石以养亲还家，有一女孙，其母族朱氏求婚，渔石坚意不许。朱氏无计，乃谋之于寒溪。寒溪往见，问曰："令亲朱氏求婚，公何故不许？公以养亲乞归，今不许母家之婚，恐伤太夫人心，非乞归本意也。"渔石无以应，勉强许之。后渔石起官，有一秀才与寒溪邻居，平日于渔石素疏，且其人亦不足往别者。渔石过往造之，经寒溪门，不投一刺，乃所以示意于寒溪也。寒溪作一诗送行，中一联云："富贵当风烛，功名下濑船。"语亦涉讥。

　　风俗日坏，可忧者非一事。吾幸老且死矣，惟顾念子孙，不能无老妪态。吾家本农也，复能为农，上策也，杜门穷经，应举听命，次策也；舍此则无策矣。吾儿玄之，略涉经史，乐亲善人，似可与进者。第其性不谐俗，故归而结庐海上，修我末耜，期不失先人素业耳。旧有一春联云："诵诗读书，由是以乐尧舜之道；耕田凿井，守此而为羲皇之民。"庐成，携子孙同处其中，尤不负初志。但时事惨恶，恐不能逸此暮景也。

　　松江旧俗相沿，凡府县官一有不善，则里巷中辄有歌谣或对联，颇能破的。嘉靖中，袁泽门在郡时，忽喧传二句云："东袁载酒西袁醉，摘尽枇杷一树金。"盖泽门有一同年，亦袁姓者，住府之东，颇相厚妮，时有曲室之饮，故当时遂有此谣。人以为沈玄览所造，遂以事捕之，瘐死狱中。沈平日有唇吻，善讥议，然此谣实不知其果出于沈否也。余尝记得小时闻有一对云："马去侯来齐作聂张；仲贤良是太守喻公。"时沈尚未生，盖马骧、侯自明为同知，聂瓒、齐鉴为通判，而知县则张仲贤也，一句之中，而五人之臧否莫遁。后孔太守在任时，聂双江初到，只有"三耳无闻，一孔不窍"之谣。近年又有"松江府同知贪酷，拚得重参；华亭县知县清廉，允宜光荐"之对。时潘天泉为同知，潘名仲骖，倪东洲为华亭尹，倪名光荐故也。是非之公，毫发不爽，岂当时皆沈子所造耶？然古贤圣之君，则令士传言。庶人谤子产之不毁乡校，正欲以闻谤也，今乃陷之以死，是何无人道耶？

卷之十九

子　一

自《六经》之外，世之学者，各以其道术名家。虽《语》、《孟》、《学》、《庸》皆子也，但孔子之学最正，而其言与《六经》相参，当与《六经》并行矣。若曾子、子思、孟子亲得孔氏之传，而《大学》、《中庸》、《孟子》三书，则《论语》之翼也，故今世亦与《论语》并行。自余枝分派别，太史公定著为六家，则道德、儒、墨、名、法、阴阳六者是也。后此枝渐繁，流渐广益，以纵横、兵、农、医、卜之类，又别为九流，而其目遂不可胜举矣。余取其最著者论之，仲长统有言："百家杂碎，请用从火，虽无讥焉，可也。"凡子之类，自十九至二十，共二卷。

《老子》首章读法：

"道，句。可道，非常道。句。名，句。可名，非常名。无，句。名天地之始；句。有，句。名万物之母。句。故常无，句。欲以观其妙；句。常有，句。欲以观其窍。此两者，同出而异名，同谓之玄。玄之又玄，众妙之门。"今世之读者皆作："道可道，句。非常道。句。名可名，句。非常名。句。无名，句。天地之始；句。有名，句。万物之母。句。故常无欲，句。以观其妙，句。常有欲，句。以观其窍。"此读于义颇不协，必当以前所读者为正。

王弼《易经注》渊微玄着，正所谓要言不烦者也，至其注《老子》，便觉冗长，如出二手，此不知何故。而《世说》以为何平叔见王注精奇，乃神伏者，何耶？或者今《道藏经》所传非辅嗣旧本也。何平叔《道》、《德》二论，世亦不传矣。

太史公论六家要旨，其言道家曰："其为术也，因阴阳之大顺，采儒墨之善，撮名法之要，与时迁移，应物立变，化俗施事，无所不宜。指约而易操，事少而功多。"则尊之也至矣。故班固讥其进道德而黜儒术。然孔子之所欲明者，亦道也，谓之曰"道"，正合尊之。夫所谓道云者,如黄帝、广成子之类皆是也。今世并不传其说,独老子《道德》五千言,翼以《庄子》一书,遂与《六经》并行,谓之三教,历万世而不灭,则亦何可轻议之哉!

阮籍《通老子论》曰:"道法自然,《易》谓之太极,《春秋》谓之元,《老子》谓之道。"

"玄之又玄"注,钟会曰:"幽冥晦昧,故谓之玄。"

《谷神不死》章注,王弼曰:"谷神者,谷中央无者也。"傅奕曰:"谷幽而通者也。"司马光曰:"虚故曰谷,不测故曰神。"

《玄牝之门》章注,王弼曰:"门,玄牝之所由也。本其所自,与太极同体,故谓天地之根也。欲言存耶,不见其形;欲言亡耶,万物以生。故曰'绵绵若存,无物不成而不劳'也,故曰'不勤'。"

严君平注《老子》,其文甚奇,世多未见。如云:"肝胆为胡越,眉目为齐楚。"又云:"生不枉神,死不幽志。"又云:"天地亿万而道王之,众灵赫赫而天王之,倮者穴处而圣人王之,羽者翔虚而神凤王之,毛者蹠实而麒麟王之,鳞者水居而神龙王之,介者深处而灵龟王之,百川益流而江海王之。"又云:"言为福匠,默为害工,进为妖式,退为孽容。"尝鼎一脔,可知其味也。

《其上不皦》章注,钟会曰:"光而不耀,浊而不昧,绳绳其无系,泛泛乎其无薄也。微妙难名,终归于无物。"

《归根曰静》章注,王弼曰:"凡有起于虚,动于静,故万物虽并动作,卒复归于虚静。各反其始,归根则静也。"

《绝圣弃智》章注,司马光曰:"属,着也。圣智、仁义、巧利,皆古之善道,由后世徒用之,以为文饰,而内诚不足,故令三者皆着于民,而丧其实也。"

《重为轻根》章注,王弼曰:"凡物轻不能载重,小不能镇大,不行者使行,不动者制动,是以重必为轻根,静必为躁君。"

《上德不德》章注,钟会曰:"体神妙以存化者,上德也。"

《老子·生之徒十有三》章,诸家注皆不能发其义。《韩非·解老》卷中亦有论"生之徒十有三"一段,语亦未明。唯苏子由注云:"天之生人,大率以十分言之。能尽其天年,以正命而终者,此生之徒也。

常十分中有三，其孩抱夭折，或以疾病中岁而亡者，此死之徒也。常十分中有三，或以兵革，或以压溺，或以生生之厚，自贼其生，是皆暴横，不以正命而死，此民之生动之死地者也，亦常十分中有三。岂非生死之道九，其入于不生不死者一而已乎。《老子》言其九不言其一，使人自得之以寄无思无为之妙。"其义甚长。

《老子》曰："知其雄，守其雌，为天下溪；知其白，守其黑，为天下式，知其荣，守其辱，为天下谷。"若不能雄而但守雌，不能白而但守黑，不能荣而但守辱，则《老子》乃一无识无用之人矣。唯能雄而不为雄，知白而不为白，能荣而但守其辱，然后为《老子》之妙用也。溪谷亦只是能受之物。

《老子》注绝无佳者，唯严君平《道德指归论》二卷，颇能发《老子》之趣。余家旧有抄本，今久已失去。近代王顺渠、薛西原有《老子忆》、《老子集解》二书刻行。

庄子盖本于老子，则知老子者，宜莫若庄子矣。《庄子·天下篇》，其论诸家道术，则以关尹与老子并列，其言曰："以本为精，以物为粗，以有积为不足，澹然独与神明俱。古之道术，有在于是者。关尹、老聃闻其风悦之，建之以常无有，主之以太一。以濡弱谦下为表，以空虚不毁万物为实。关尹曰：'在己无居，形物自著，其动若水，其静若镜，其应若响。芴乎若亡，寂乎若清。同焉者和，得焉者失。未尝先人，而尝随人。'老聃曰：'知其雄，守其雌，为天下溪；知其白，守其黑，为天下谷。人皆取先，已独取后，曰受天下之垢。人皆取实，已独取虚。无藏也，故有余，岿然而有余。其行身也，徐而不费。无为也，而笑巧。人皆求福，已独曲全，曰苟免于咎。以深为根，以约为纪，曰坚则毁矣，锐则挫矣。常宽容于物，不削于人，可谓至极。'关尹、老聃乎，古之博大真人哉！"

庄子自叙其道术，则曰："芴漠无形，变化无常。死与生与？天地并与？神明往与？芒乎何之？忽乎何适？万物毕罗，莫足以归。古之道术，有在于是者。庄周闻其风而悦之，以谬悠之说，荒唐之言，无端崖之辞，时恣纵而不傥，不以觭见之也。以为天下为沈浊，不可与庄语，以卮言为曼衍，以重言为真，以寓言为广，独与天地精神往来，而不敖倪于万物,不谴是非,以与世俗处。其书虽瑰玮,而连犿无伤也;其辞虽参差,淑诡可观。其充实不可以已。上与造物者游,而下与外死生、无终始者为友。其于本也,弘大而辟,深闳而肆;其于宗也,可谓稠适而上遂矣。虽然,其应于化而解于物也,其理不竭,其来不蜕。芒乎昧乎,未之尽者。”

黄帝、广成之说,唯《庄子》中载其数语,如言“至道之精,窈窈冥冥;至道之极,昏昏默默。无视无听,抱神以静,形将自正。必静必清,无劳尔形,无摇尔精,乃可以长生。目无所见,耳无所闻,心无所知,女神将守形,形乃长生。慎女内,闭女外,多知为败。我为女遂于大明之上矣,至彼至阳之原也;为女入于窈冥之门矣,至彼至阴之原也。天地有官,阴阳有藏。慎守女身,物将自壮。我守其一,以处其和。故我修身千二百岁矣,吾形未尝衰”。其言皆与《老子》相出入,亦是《庄子》书中精神最发露处。

罗勉道《庄子循本序》曰:“《庄子》为书,虽恢诡谲怪宕于《六经》外,譬犹天地日月,固有常经常运,而风云开阖,神鬼变幻,要自不可阙。古今文士每奇之,顾其字面自是周末人语,非后世所能晓。然尚有可征者。如‘正获之问于监市履狶’,乃大射有司正、司获,见《仪礼》。‘解之以牛之白颡者,与豚之亢鼻者,与人之有痔病者,不可以适河’,乃古之天子春有解祠,见《汉·郊祀志》。‘唐子’乃掌堂涂之子,犹周王侯之子称‘门子’。‘义台’乃仪台,郑司农云:‘故书仪为义。’‘其脰肩肩’,见《考工记》‘梓人为簨虡文数目顅脰’。肩即顅字。如此类不一,而士无古学,不足以知之,漫曰:‘此文字奇处妙绝’,又乌识所谓奇妙。千八百载作者之意,郁而未伸,剽窃之用,转而多误。”

《庄子·逍遥》,旧是难处,诸名贤不能拔理于郭向之外。后支道林卓然标新理于二家之表,立异义于众贤之外,皆是诸名贤寻味之所不得,后遂用支理。

向子期、郭子玄《逍遥义》曰:“夫大鹏之上九万,尺鷃之起榆枋,小大虽差,各任其性,苟当其分,逍遥一也。然物之芸芸,同资有待,得其所待,然后逍遥耳。唯圣人与物冥,而循大变,为能无待而常通,岂独自通而已,又使有待者不失其所待。不失,则同于大通矣。”

支氏《逍遥论》曰："夫逍遥者，明至人之心也。庄生建言大道，而寄指鹏鷃。鹏以营生之路旷，故失适于体外；鷃以在近而笑远，有矜伐于心内。至人乘天正而高兴，游无穷于放浪，物物而不物于物，则遥然不我得，玄感不为。不疾而速，则道然靡不适，此所以为逍遥也。若夫有欲，当其所足，足于所足，快然有似天真，犹饥者一饱，渴者一盈，岂忘烝尝于糗粮，绝觞爵于醪醴哉。苟非至足，岂所以逍遥乎？"此向、郭注之所未尽。

《庄子》注莫过于郭象，世谓"非郭象注《庄子》，乃庄子注郭象"。此不知言之甚也。盖以其不能剖析言句耳，然郭象妙处正在于此。夫《庄子》之言，谬悠奔放，莫识端倪，非俗学之所能窥。而郭象之注，直以玄谈发其旨趣。盖晋人之谈，略去文词，直究宗本，非若后人之章句，但句解字释，得其支节而已。苟以是求之，则郭象之言，可迎刃而解。浅见者不知，遂为此过谈，可笑可笑。如吕惠卿、王雱、陈祥道、陈碧虚、赵虚斋、刘概、林疑独、吴俦诸人之注，与成法师《疏》、范无隐《讲语》、林鬳斋《口义》，皆是章句之流。若王文正公旦又有《庄子发题》、李士表《十论》，恐亦不足以发南华老仙之趣。唯山谷《内篇论》能见一斑。

杨升庵言："邵康节云：《庄子·盗跖篇》，言事之无可奈何者，虽圣人亦无之何。'庖人虽不治庖，尸祝不越尊俎而代之'，言君子之思不出其位。杨龟山曰：《逍遥》一篇，子思所谓'无入而不自得'，《养生主》一篇，《孟子》所谓'行其所无事'。愚谓能以此意读《庄子》，则所谓圆机之士。若世之病《庄子》者，皆不善读《庄子》者也。"

黄山谷《庄子·内篇论》曰："庄周《内书》七篇，法度甚严。彼鹍鹏之大，鸠鷃之细，均为有累于物，而不能逍遥，唯体道者乃能逍遥耳，故作《逍遥游》。物之不齐，物之情也。大块噫气，万窍殊声，吾是以见万物之情状。俗学者心窥券外之有企尚，而思齐道之不著，论不明也，故作《齐物论》。生生之厚，动而之死地，立于羿之彀中。其中也，因论以为命，其不中也，因论以为智。养生者，谢养生而养其生之主，几乎无死地矣，故作《养生主》。上下四方，古者谓之宇；往来不穷，古者谓之宙。以宇观人间，以宙观世，而我无所依。彼推也故去，挽也故来。以德业与彼有者，而我常以不材，故作《人间世》。有德者之验，如印印泥。射至百步，力也；射中百步，巧也。箭锋相直，岂巧力之谓哉！予得其母，不取于人而自信，故作《德充符》。族则有宗，物则有师，可以为众父者，不可以为众父父，故作《大宗师》。尧、舜出而应帝，汤、武出而应王，彼求我以是，与我此名，彼俗学者因以尘埃秕糠据见四子，故作《应帝王》。二十六篇者，解剥斯文耳。由庄周以来，未见赏音者。晚得向秀、郭象，陷庄周为齐物之书，闵闵至今悲夫。"

山谷云："方士大夫未读《老》《庄》时，黄几复数为余言：'庄周虽名老氏训传，要为非得，庄周后世亦难入其斩伐。俗学以尊黄帝尧舜孔子，自杨雄不足以知之。'"

黄几复《消摇义》曰："消如阳动而冰消，虽耗也而不竭。其本摇者，如舟行而水摇，虽动也，而不伤其内。游世若此，唯体道者能之。"

东坡《庄子祠堂记》云："《史记》言'庄子其学无所不窥，然要本归于《老子》之言，著书十余万言，大抵率寓言也。作《渔父》、《盗跖》、《胠箧》以诋訾孔子之徒，以明老子之术'。此知庄子之粗者。余以为庄子助孔子者，要不可以为法耳。楚公子微服出亡，门者难之，其仆操棰而骂曰：'隶也不力！'门者出之，事固有倒行而逆施者。以仆为不爱公子，则不可，以为事公子之法，亦不可。故庄周之言皆实予而文不予，阳挤而阴助之，其正言盖无几，至于诋訾孔子，未尝不微见其意。其论天下道术，自墨翟、禽滑厘、彭蒙、慎到、田骈、关尹、老聃之徒，以至于其身，皆以为一家，而孔子不与，其尊之也至矣。然余尝疑《盗跖》、《渔父》则若真诋孔子者，至于《让王》《说剑》皆浅陋不入于道。反覆观之，得其寓言之意，终曰：'阳子居西游于秦，遇老子，曰："而睢睢，而盱盱，而谁与居？大白若辱，盛德若不足。"阳子居蹴然变容。其往也，舍者将迎，其家公执席，妻执巾栉，舍者避席，炀者避灶，其反也，舍者与之争席矣。'去其《让王》、《说剑》、《渔父》、《盗跖》四篇，以合于《列御寇》之篇，曰：'列御寇之齐，中道而反，曰："吾惊焉。吾食十浆而五浆先馈"'然后悟而笑曰：固一章也。庄子之言未终，而昧者剿之，以入其言。余不可不辨。凡分章名篇。皆出世俗，非庄子本意。此解非但能明庄子之心，亦所以尊孔子也。”

《让王》、《盗跖》、《渔父》、《说剑》四篇，真是后人剿入者。盖《庄子》之书，其妙在于谬悠俶诡，不可以常理窥，不可以言筌得。而四篇之文太整，一为苏公勘破，今若细观，则迥然自别，盖不待论而知其伪矣。

朱子曰：“庄周是个大秀才。他都理会得，只是不把做事。观其第四篇《人间世》及《渔父》篇以后，多是说孔子与诸人语，只是不肯学孔子，所谓知者过之也。如说《易》以道阴阳，《春秋》以道名分等语，后来人如何及得！直是以利刀快斧，劈截将去，字字有着落。”

《关尹子》，余家旧有一刻本，是宋板，只十来叶，今已失去，亦不能举其词。观庄子数言，大率不出此矣。

尝得苏东坡注《广成子》一抄本，只五六板，余手录而藏之，今亦已亡去矣。

宋时只“五子”，至元增入《列子》遂为“六子”，老、庄、列是道，荀、杨、文中，儒家也。

杨升庵云：“庄子愤世嫉邪之论也。人皆谓其非尧舜，罪汤武，毁孔子，不知庄子矣。庄子未尝非尧舜也，非彼假尧舜之道，而流为之哙者也；未尝罪汤武也，罪彼假汤武之道而流为白公者也；未尝毁孔子也，毁彼假孔子之道而流为子夏、子张氏之贱儒者也。”此升庵为庄子文饰。然庄子本意，实不如此。盖庄子之论，恢谲博达，自有此一种道术，又何必与之文饰？文饰而庄子之意鏊矣。孰谓升庵为知庄子者哉！

升庵云：“庄子曰：‘百世之下，必有以《诗》《礼》发冢者矣。’《诗》《礼》发冢，谈性理而钓名利者以之。其流莫盛于宋之晚世，今犹未殄。使一世之人吞声而暗服之，然非心服也。使庄子而复生于今，其愤世嫉邪之论将不止于此矣。”

杨升庵云：“庄子曰：‘各有仪则之谓性。’此即《诗·烝民》之旨也。后人未易可到。贾谊曰：‘少成若天性’，又曰：‘性者，神气之所会。性立，则神气晓晓然发而通行于外矣，与外物之感相应，故曰“润厚而胶谓之性”。’其所谓‘润厚而胶’者，今人名物之坚者曰‘有性’，不坚者曰'无性'之谓也。王辅嗣曰：'不性其情，可以久行其正。'《礼运记》曰：'六情所以扶成五性也。'《孝经纬》曰：'魂者，芸也，情以除秽；魄者，白也，性以治内。'赵台卿曰：'情性相与表里。'唉助曰：'情本性中物。'韩婴曰：'卵之性为雏，不粥不孚则不成为雏。茧之性为丝，不瀹不练则不成为丝。'陈抟曰：'情者性之影。'凡此言性，皆先于伊、洛，其理无异，而辞旨尤渊。宋人乃谓汉、唐人说道理如说梦，诬矣。"

　　杨升庵云："洪容斋尝录《檀弓》注之奇者于《随笔》。予爱郭象注《庄子》之奇，亦录出之。如《逍遥篇》云：'大鹏之与斥鷃，宰官之与御风，同为累物耳。'《养生主》注云：'向息非今息，故纳养而命续；前火非后火，故为薪而火传。'又'以死生为梦寐，以形骸为逆旅'。又曰：'多贤不可以多君，无贤不可以无君。'又云：'通彼而不丧我，即所谓惠而不费也。'又云：'天性在，天窦乃开。'又云：'尧有亢龙之喻，舜有卷娄之谈，周公类之走狼，仲尼比之逸狗。'又云：'律吕以声兼刑，玄黄以色兼质。'又云：'生之所以为者，分外物也；知之所奈何者，命表事也。'此语尤精，可比于《荀》《孟》。又云：'草不谢荣于春风，木不怨凋于秋天。'"

　　"坏植散群"，说者不一。范无隐云：植者边境植木以为界，如榆关柳塞之类。"坏植散群"则撤戍罢兵，邻封混一，此尚同之俗也。《乐毅书》云："蓟丘之植，植于汶篁。"徐广注谓："燕之疆界移于齐之汶水。"按此范说为长。"解其天弢，堕其天帙。"林疑独云："人生束缚于亲爱，如弓之在弢，如玉之在帙。"吕惠卿曰："解弢则弛张莫拘，堕帙则卷舒无碍。"庄子曰："古之治道者，以恬养知，知生而无以知为也，谓之知养恬。知与恬交相养，而和理出，其本性也。"《大学》曰："安而后能虑。"《中庸》曰："诚则明矣，明则诚矣。"佛氏之所谓"定""慧"，亦是理也。司马子微曰："'恬''知'则'定''慧'也，'和理'则'道德'也。"

　　杨升庵云："安，虑也；诚，明也；恬，智也；定，慧也，一也。理之会族玄通，无古今，无华夷，而符合浑融，谓其窃吾说以文彼挟，夫琐儒之见也。"

夫子之告叶公者,下颜子一等矣。蘧伯告颜阖,又下于夫子告子高一等。惟颜子至命尽神,故足以发夫子"心斋""坐忘"之论。叶公子高则未免以得失利害存怀,故但告以谨传命、全臣节而已。然子高未至于徇人忘己也。阖则既知蒯聩之不可传,而欲传之,伯玉见其势不可止,立此苟全之论,非为传之道也。此虽《庄子》寓言,然皆因人而为论高下,孰谓《庄子》之漫为此语邪。

林疑独曰:"临人以德,则未能冥乎道;画地而趋,则未能藏其迹。"

郭象注《庄子》云:"暖焉若春阳之自和,故深荣者不谢;凄乎如秋霜之自降,故凋落者不怨。"又云:"舍之悲者,操之不能不栗。"又云:"寄去不乐者,寄来则荒矣。"杨升庵曰:"此皆俊语也。"晋人语本自拔俗,况子玄之韵致乎?

张光叔曰:"《庄子》云:'夔怜蚿,蚿怜蛇,蛇怜风,风怜目,目怜心。'盖言天机所动,何可易邪? 夔止一足。蛇虽无足,行疾于蚿。蛇行虽疾于蚿,岂如风之蓬然起于北海,入于南海之疾,风虽疾而胜大,岂若目视所到,为最疾。目视若疾,又不若心之所之更疾也。大率推广大胜,唯圣人能之之意。晦翁先生答人论心之问,曰:'心之虚灵无有限量,如六合之外,思之则至。前乎千百世之已往,后乎千百世之未来,皆在目前。'又曰:'人心至灵,千万里之远,千百世之上,一才发念,便到那里。神妙如此,却不去养他。自旦至暮,只管展转于利欲之中,都不知觉。'此说通远极妙。《庄子》是从譬喻上说来,故今人猝看难晓。余谓《庄子》不肯说破心字,欲令人自悟也。"

古称八儒三墨;以居环堵之室,荜门圭窦,瓮牖绳枢,并日而食,以道自居者,为有道之儒,子思氏之所行也;衣冠中,动作顺,大让如慢,小让如伪者,为矜庄之儒,子张氏之所行也;颜氏传《诗》为道,为讽谏之儒;孟氏传《书》为道,为疏通致远之儒;漆雕氏传礼为道,为恭俭庄敬之儒;仲梁氏传乐为道,以和阴阳,为移风易俗之儒;乐正氏传《春秋》为道,为属辞比事之儒;公孙氏传《易》为道,为洁净精微之儒。而《荀子·非十二子篇》又以禹行而舜趋,为子张氏之贱儒;欻然终日不言,为子夏氏之贱儒;无廉耻而嗜饮食,必曰"君子固不用力"者,为子游氏之贱儒，则是八儒之外，又有子夏、子游二人。乃知孔子之后，其门弟子各得圣人之一体，自立门户，则吾道亦自枝分派别矣。即子夏教于西河，一传而为田子方，再传而为荀卿，至其徒李斯用秦，坑儒焚书，其毒遂流于天下。吾圣人之末流，犹或如是，况其下此者乎！

《墨子》，今世有其书，而禽滑厘、晏子，皆墨之道也。其所谓"三墨"者，则以不累于俗，不饰于物，不尊于名，不忮于众，为宋钘、尹文之墨；裘褐为衣，跂蹻为服，日夜不休，以自苦为极者，为相里勤之墨；其弟子五侯之徒，南方之墨。若苦获、已齿、邓陵子之属，俱称《墨经》，而背谲不同，相谓"别墨"，以"坚白"同异之辩相訾，以觭偶不仵之辞相应，以巨子为圣人，皆愿为之尸，冀得为其后世，至今不决。《庄子》则以不侈于后世，不靡于万物，不晖于度数，以绳墨自矫，而备世之急为墨，而以不累于俗，不饰于物，不苟于人，不忮于众，愿天下之安宁，以活民命，人我之养毕足而止，以此为别是一种道术，而以宋钘、尹文当之。《韩非子》之别"三墨"，则曰："有相里氏之墨，有相夫氏之墨，有邓陵氏之墨。"《荀子·非十二子》亦以墨翟、宋钘并言，则是二家道术元相近，互为出入者也。

《庄子》之论墨，曰："墨子称道曰：'昔者禹之湮洪水，决江河，而通四夷九州也，名山三百，支山三千，小者无数，禹亲自操橐耜，而九杂天下之川，腓无胈，胫无毛，沐甚风，栉疾雨，置万国。禹，大圣人也，而形劳天下也如此。'使后世之墨者多以裘褐为衣，以跂蹻为服，日夜不休，以自苦为极，曰：'不能如此，非禹之道也。不足谓墨。'"《汉书》云："墨家者流，盖出于清庙之守。茅屋采椽，是以贵俭；养三老五更，是以兼爱；选士大射，是以上贤；宗祀严父，是以右鬼；顺四时而行，是以非命；以孝视天下，是以尚同，此其所长也。及蔽者为之，见俭之利，因以非礼，推兼爱之意，而不知别亲疏。"其论墨氏之道术，不出此矣。

自三代而降，道散于殊涂，诸子百家盖甚众矣，未有与孔子并称者。然独称"孔、墨"，又云"儒、墨"者，何耶？盖诸子之中，独墨氏最近于儒，但俭而太固，又兼爱而略无等差，一失其中行，遂与吾儒大戾耳。

墨子之学，其道大觳，有类于禹，故亟称禹之道，犹许行治农，而遂为神农之言者也。其始皆本于古之圣人，至其末流之弊，遂愈远而愈失其真矣。

《史记》曰：墨子，盖墨翟，宋大夫，善守御，为节用。或曰并孔子时，或曰在其后。

荀子以子弓与仲尼并称，而尊之甚至。子弓或者即仲弓欤？盖孔子于诸人中，独许仲弓以"南面"，知不同于群弟子矣。同时又有馯臂子弓，他无所见，恐不足以当此。

孔丛子，乃魏安厘王时人，孔子之后。其道术守其家法，盖儒家者流也。

春秋时有《曾子》、《子思》二书，或者出于其门人所记，言多舛驳，故不行于世耳。

又有《邓析书》、《王孙子新书》、《阙子》、《尸子》、《鲁连子》、《文子》、《范子计然》、《田俅子》、《燕丹子》、《符子》，大抵皆名、法、纵横之流也。

卷之二十

子　二

自三皇降而为帝，天下不复有皇矣；五帝降而为王，天下不复有帝矣；三王降而为霸，天下不复有王矣。然霸之后，岂复有霸哉？仲尼之门，羞称五霸，盖以其疑于王，故严为之辨耳。自王而降，即称霸，则霸亦岂可以易言哉！今世开口便说纯王之政，然究其所至，不知于霸者何如也？然五霸以齐桓为称首，而齐桓之所以霸者，管仲之力也。故孔子称之曰："微管仲，吾其被发左衽矣。"又曰："桓公九合诸侯，一匡天下，不以兵车，管仲之力也。如其仁，如其仁。"孔子未尝以仁许人，独称管仲曰"仁"，盖深与之也。然三王治天下之道，著于《六经》，齐桓定霸之迹，载在《管子》。今观《管子》一书，自《牧民》以至《轻重》，凡二十四卷，其中有《经言》、《外言》、《内言》、《短语》、《区言》、《杂言》、《管子解》、《管子轻重》，共八十五篇，而桓公之所以富国强兵，取威定霸者，具在于是，是皆施之而有实效者也。则春秋战国诸子，其能若是班乎？

太史公《史记·伯夷传》之后，即立《管夷吾传》，传中载其所称，曰："仓廪实而知礼节，衣食足而知荣辱。""上服度则六亲固。""四维不张国乃灭亡。""下令如流水之源。令顺民心，故论卑而易行。""俗之所欲，因而予之；俗之所否，因而去之。""其为政也，善因祸而为福，转败而为功。贵轻重，慎权衡。"《管子》八十五篇，大要不出此数语矣。

《管子》又曰："形不正者，德不来；中不精者，心不治。正形饰德，万物毕得。翼然自求，神莫知其极。昭知天下，通于四极。故曰：毋以物乱官，毋以官乱心，此之谓内得。是故意气定。"此数言，亦似道家语。

《管子》曰："国有四维。一维绝则倾，二维绝则危，三维绝则覆，四维绝则灭。倾可正也，危可安也，覆可起也，灭不可复错也。何谓四维？一曰礼，二曰义，三曰廉，四曰耻。"战国诸人，唯功利是图，其能知礼义廉耻者，盖亦鲜矣。

又曰："错国于不倾之地，积于不涸之仓，藏于不竭之府。下令于流水之源，使民于不争之官，明必死之路，开必得之门，不为不可成，不求不可得，不处不可久，不行不可复。"错国于不倾之地者，授有德也。积于不涸之仓者，务五谷也。藏于不竭之府者，养桑麻，育六畜也。下令于流水之原者，令顺民心也。使民于不争之官者，使各为其所长也。明必死之路者，严刑罚也。开必得之门者，信庆赏也。不为不可成者，量民力也。不求不可得者，不强民以其所恶也。不处不可久者，不偷取一世也。不行不可复者，不欺其民也。其言皆切于治理，使有天下者举而措之，可以保常治矣，又岂特霸齐而已哉！

《管子》以为士农工商四民者，国之石民也，不可使杂处。杂处则其言咙，其事乱。是故圣王之处士，必于闲燕，处农必于田野，处工必于官府，处商必就市井，使旦暮从事于此，以教其子弟，少而习焉，其心安焉，不见异物而迁焉。是故其父兄之教，不肃而成，其子弟之学，不劳而能。呜呼，由今之世，苟四民皆有定业，则民志定矣。民志定而天下有不治者乎？

晏子则有《晏子春秋》。其所以治齐者，未必专于用墨，然观其宗庙之祀，豚肩不掩豆，瀚衣濯冠以朝，则亦俭而过苦，其术则本之墨氏。

法家者流，韩非、申不害、商鞅诸人是也。名家者流，彭蒙、田骈、慎到诸人是也。韩非有《韩非子》，申不害有《申子》，商鞅有《商君书》，慎到有《慎子》，世皆有其书。

慎子曰："法之功莫大使私不行，君之功莫大使民不争。今立法而行私，是与法争，其乱甚于无法；立君而尊贤，是贤与君争，其乱甚于无君。故有道之国，法立则私善不行；君立则贤者不尊。民一于君，断于法，国之大道也。"慎子之言如此，而庄子以概乎皆尝有闻许之。余观其说，大率李斯之柄秦用此道也。夫其说固自有此种道理，故人之生性刻急,而速于就功者,不觉入于其中。然言法立而行私,是与法争者,是矣。至以尊贤为贤与君争者,是何等语耶?李斯信之,遂启坑儒之祸。呜呼,此所谓以学术杀天下者,非耶?

余观《慎子》之书,亦有切实最关于治理处。其言曰:"投钩分财,投策分马,非以钩、策为均也,欲使得美者不知所以德,得恶者不知所以怨,此所以塞怨望也。故蓍龟所以立公言也,权衡所以立公正也,书契所以立公信也,法制礼籍所以立公义也。凡立公,所以弃私也。"真可谓善于言名者矣。

《文子》曰:"川广者鱼大,地广者德厚。"其言博大,不专于刻急。

又曰:"水虽平必有波,衡虽正必有差。"

《文子》曰:"文子问老子:'法安所从生?'"曰:"法生于义,义生于众,适合乎人心,此治之要也。法非从天下,非从地出,发乎人间,反己自正。"其说甚平,名法之近道者。

世又有五子,盖《鬻子》、《关尹子》、《尹文子》、《子华子》、《鹖冠子》是也。鬻熊是文王师,但其书不似周初人语,或者是伪书也。

太史公之论韩非曰:"引绳墨,切事情,明是非。"可谓深得韩非之要矣。

韩非病治国者,不务求人任贤,反举浮淫之蠹,而加之功实之上;以为儒者用文乱法,而侠者以武犯禁。宽则宠名誉之人,急则用介胄之士。所用非所养,所养非所用,廉直不容于邪枉。观往者得失之变,故作《孤愤》、《五蠹》、《内外储说》、《说难》五十五篇,十余万言。人或传其书至秦,秦王见《孤愤》、《说难》之书,曰:"嗟乎! 寡人得见此人与游,死不恨矣。"

韩非与李斯俱事荀卿。夫荀卿本儒术,而二子俱以名法显,竟以刻急自灭其身者,何也? 或者得志之后,遂大背其师说耶!

太史公作《史》,以老子与韩非同传,世或疑之。今观《韩非》书中,有《解老》、《喻老》二卷,皆所以明老子也。故太史公于论赞中曰:申、韩苛察惨刻,"皆原于《道德》之意,而老子深远矣。"则知韩非元出于老子。

《韩非子》云:"孔、墨俱道尧、舜而取舍不同,皆自谓真尧、舜,尧、舜不复生，将谁使定儒、墨之诚乎？殷、周七百余岁，虞、夏二千余岁，而不能定儒墨之真，今乃欲审尧、舜之道于三千岁之前，意者其不可必乎！无参验而必之者，愚也；弗能必而据之者，诬也。故明据先王必定尧、舜者，非愚则诬也。愚诬之人，学杂反行，明主弗受也。"其意以为尧、舜既无参验，是不足为，而但欲急近功以取效于目前者为得。呜呼，其卒至于亡国灭身，不亦宜哉。

《韩子》曰："规有磨而水有波，我欲更之，无奈之何。"《纬文琐语》曰："战国文章，孟子、庄周而下，孙武、韩非所为最善，余人莫及。"

《申子》与《商君书》皆《韩非》之类，然其连类比事，不逮《韩非》远甚。

《商君书》曰："凡人主所以劝民者，官爵也；国之所以兴者，农战也。今民求官爵，皆不以农战，而以巧言虚道，此为劳民。劳民者，其国必无力；无力者，其国必削。"则是其术专以急功利为首也。

阴阳家有《洪范五行传》、《黄帝占》、《师旷占》、《京氏占》、《甘氏星经》、《石氏星经》，及《天官书》、《律历志》、《五行志》诸篇。

纵横家，今《鬼谷子》、《苏子》、《樗里子》、《战国策》诸书皆是。

兵家莫过于《孙武子》，其余《六韬》、《黄石公》、《三略》、《太公兵法》、《玄女战经》、《尉缭子》、《吴子》、《李卫公问对》、《素书》之类，皆出其下。

《史记》中有环渊、接子、邹衍、邹奭之徒，注云："《接子》二篇，《邹奭》十二篇。"

《史记》又有《劇子》、《尸子》。刘向《别录》曰："尸子名佼，秦相卫鞅客也。鞅谋事画计，立法理民，未尝不与佼规也。书二十篇，凡六万余言。"

《艺文志》有《公孙龙子》十四篇，赵人；有《吁子》十八篇，名婴，齐人；又有《李子》三十二篇，即李悝也，相魏文侯，富国强兵。

医家如《素问》中《内经》与《灵枢经》之类，盖深明于阴阳之数，而深文隐义，亦非后人可及。纵不出于岐伯、雷公，或者是秦越人、仓公所传，而本之于岐伯、雷公者也。其次则《八十一难》，亦皆古先圣贤之书，皆能知气运之流变，血脉之盛衰，病因之浅深，治疗之先后。必能知此,则处方投剂,可以取效。今世但以朱丹溪为儒医,学医者皆从此入门,而不知《素》《难》为何物矣。正如学者不体认经书,但取旧人文字,模仿成篇,欲取科第,亦有幸而偶中者。然学者以误国,医以杀人,其祸亦岂小小哉!

汉有张仲景,世称为医之圣。盖以其深明《素》《难》,兼晓气运也。王叔和有《脉经》,则精通脉理;刘河间专言火,有《原病式》;张子和论汗、吐、下三法,有《儒门事亲》;李东垣以脾胃为主,有《脾胃论》;朱丹溪则言气、血、痰,皆因前人所未发,各申其见,以补其所不及,学者当会其全可也。今但以丹溪为主,则是气、血、痰三者,为足以尽天下之病哉。

世有《神农书》,盖孔门如樊迟请学稼,孟子时则许行为神农之言,或者是此辈假托为之耳。元魏贾氏有《农桑要术》,后有东鲁王氏《农书》,大率皆农家者流也。

世有京房《易传》与焦贡《易林》、郭璞《洞林》、《风角占》诸书,此皆卜者之流。

世又有《唐子书》,《艺文类聚》引用,当是唐已前书也。所言是相法,或本之唐举。

《吕氏春秋》乃吕不韦之客所著。盖吕不韦既柄秦,遂招致天下之客,欲著书以自名家。故门下之客,共成此书。大率亦名法之流。然文字尖新,不似先秦人语;又出于众人之手,言多舛驳。

汉兴,高祖时则陆贾上《新语》,每奏一篇,帝未尝不称善。其言谓秦以暴虐亡,著秦之失,欲高祖之以王道致理也。

《新语》曰:"君子为治也,混然无事,寂然无声;官府若无人,亭落若无吏;邮无夜行之卒,乡无夜召之正;耆老甘味于堂,丁男耕芸于野。"若果能此,则去皞皞之风不远矣。

袁子《正部》云:"《淮南》浮伪而多恢,《太玄》幽虚而少效,《法言》杂错而无主,《新书》繁文而鲜用。"

文帝时有《贾谊新书》,大率皆论治,即以《政事书》演绎而广之者也。先儒谓谊通达国体,又其书所言如《铸钱》、《储蓄》、《劝种》、《宿麦》诸篇,则其学或本于《管子》。

　　董子《天人策》，其道术最正，此儒家者流也。今世所行《春秋繁露》，人谓其出于董子，然其言多机祥谶纬，或者其本之《春秋》，而杂出于《洪范·五行》者耶？

　　《淮南子》亦是淮南王好客，而四方之客如太山、小山、八公之徒来从之游，遂共为此书。盖杂出于儒、道、名、法诸家，天时、地理，无不贯综；博大弘衍，可谓极备。但其言舛驳不伦，亦以其成于众手也。

　　桓次公《盐铁论》，盖次公见桑、孔言利太急，故假诸文学与之辩难，言兴利固自有源，不专在刻。其言盖亦本之《管子》。

　　刘向《说苑》、《新序》，盖儒家者流。其所载春秋战国之事，连类比事，成一家之言。于汉儒中最为雅驯。

　　汉末有杨子云。子云默而好深湛之思，作《太玄》，以拟《易》，作《法言》，以拟《论语》。而韩昌黎至比之荀子。其言曰："孟氏，醇乎醇者也；荀与杨也，大醇而小疵。"

　　苏子瞻云："杨雄好为艰深之词，以文浅易之说，若正言之，则人人知之矣，此正所谓'雕虫篆刻'者。其《太玄》、《法言》皆是物也，而独悔于赋，何哉！终身雕虫，而独变其音节，便谓之经，可乎？"

　　东汉有桓谭《新论》、王节信《潜夫论》、崔寔《政论》、仲长统《昌言》、王充《论衡》，魏有徐幹《中论》。所言虽各有意见，然不以道术名家，谓之曰"论"，固自别于诸子矣。

　　隋末有文中子，其所著又有《续诗》，有《元经》，以续《春秋》，其《中说》亦所以拟《论语》。观其所论，皆本之王道，当亦不在荀卿、杨雄之下。其道虽不得大行于世，至其门人薛收、房乔、魏徵、李靖辈，遂以其学用之于唐，佐太宗开太平之业。

　　古人有言，譬《文中子》之于"六籍"，其犹奴隶也。夫"六籍"，《六经》也，苟得为其奴隶，则亦得以窥圣人之门墙，而非离经叛道者矣。

　　汉有《邹子》，书中言董仲舒事，或者即邹长倩与公孙弘书者是也；有《秦子》，载孔文举刑哭父、赏盗麦者二事；有《玄晏春秋》，乃玄晏先生皇甫谧书也；有《郭子》，载"未闻孔雀是夫子家禽"语，及刘道真事；又有《袁子》，皆汉晋时人也。有《抱朴子》，葛洪所著。葛洪以仙术闻，盖道家者流。

卷之二十一

释　道　一

列儒、释、道为三教，不知起于何时。尝观北齐时，有问"三教优劣"于李士谦者，士谦曰："佛，日也；道，月也；儒，五星也。"问者不能难；又唐时，凡皇帝万寿节，则择吾儒中之有慧辩者，与和尚、道士登坛设难。则是其来已千二百年矣。夫历千二百年以至今日，而其教卒不能灭者，是岂欲灭之而不能？将无能之而其道自不可灭耶？黄山谷言："王者之刑赏以治其外，佛者之祸福以治其内，盖必有所取焉耳。"孔子曰："人能弘道，非道弘人。"然释教之所以大明于世者，亦赖吾儒有以弘之耳。梁时有僧祐者，作《弘明集》，二十卷，大率所载皆吾儒文字中之阐扬释教者。宋张商英亦有《护法论》，唐、宋人文章妙丽，而深明内典者，莫过于白太傅、苏端明、黄太史，其言亦足以弘明大教，故取其文数首，著之篇。若道家之语，则载在《老庄篇》中，兹不录。自二十一以至二十二，共二卷。

佛氏之教，自东汉末流入震旦，遂芽蘖于此矣。其初犹未蔓延，然其道实清虚玄远，士君子之性资高旷，易为所染，不觉浸浸入于其中。至典午氏，一时诸胜流辈，喜谈名理，而佛氏之教奕奕玄胜，故竞相宗尚。如王丞相父子、谢太傅叔侄、刘尹、王长史、郄嘉宾、许玄度诸人，与支道林、竺法深、法汰、于法开、高座、法冈诸道人，往复论难，研核宗本，其理愈为精深，而佛教始大行于中国矣。

清谈肇于东汉末，至魏而盛。魏时如何晏、王弼、钟会、傅嘏之徒，但言《老》、《易》，至嵇、阮、向秀辈，乐于诞傲，遂专崇《庄子》。盖《庄子》虽老氏之旁出，然其汪洋自恣，去封畛，混是非，齐得丧，正与诞放者合。及其诞放之极，卒致五胡之祸，而过江诸公遂以清虚玄远为宗，而盛谈释典矣。

夫杨氏为我，拔一毛而利天下不为，即老氏之教；墨子兼爱，摩顶放踵利天下为之，即释氏之教也。今世不谓二氏与杨、墨同，然天地间自有此二种道理。吾圣人之教，其即所谓执中而能权者耶！

夫佛氏所谓"三乘"者，一曰"声闻乘"，二曰"缘觉乘"，三曰"菩萨乘"。声闻者，罗汉也；悟诸谛而得道缘觉者，辟支佛也；悟十二因缘而得道菩萨者，佛也，大道之人也，行六度而得道。罗汉得道，全由佛教，故以声闻为名；辟支佛得道，或闻因缘而解，或听环佩而得悟，神能独达，故以缘觉为名；菩萨方便，则止行六度，真教则通修万行，功不为己，志存广济，故以大道为名。

夫释家不但"三乘"以菩萨乘为大乘，而诸经亦以《法华经》为大乘法宝者，盖诸经皆有所主，各执一偏，如《金刚经》只说空，《小品经》只说智慧，《圆觉经》只说平等，《维摩经》只说净名，此所谓一支半解之悟也。而《法华经》所言者"六波罗蜜"也。六者，六度。波罗蜜者，此言到彼岸也。经云：到者有六焉：一曰"檀"。檀者，施也。二曰"毗黎"。毗黎者，持戒也。三曰"羼提"。羼提者，忍辱也。四曰"尸罗"，尸罗者，精进也。五曰"禅"。禅者，定也。六曰"般若"，般若者，智慧也。然五者为舟，般若为导，导则俱绝有相之流，升无相之岸矣。六者皆登彼岸，斯则通修万行，广济一切，岂一支半解之悟可得并语哉！

佛氏所谓"六通""三明"，经云："六通"者，三乘之功德也。一曰天眼通，见远方之色。二曰天耳通，闻鄣外之声。三曰身通，飞行隐显。四曰他心通，水镜万虑。五曰宿命通，神知已往。六曰漏尽通，慧解累世。"三明"者，解脱在心，朗照三世。然天眼、天耳、身通、他心、漏尽，此五者，皆见在心之明也；宿命则过去心之明也；因天眼发未来之智，则未来心之明也。乃知佛氏神通，无所不有。如《维摩经》说富楼那为新学比丘说小乘法时，维摩诘为富楼那言："此比丘久发大乘心，如何以小乘法而教导之？"时维摩诘即入三昧，令此比丘自识宿命，曾于五百佛所殖众德本，即时豁然，还得本心。此所谓宿命通者，非耶？佛图澄乳傍有一孔，以絮塞之。夜间读经，拔去此絮，则光照一室；又以麻油杂燕脂涂掌，千里外事，彻见掌中，此所谓天眼通者,非耶? 鸠摩罗什听塔上铃声,则知国之兴废,此所谓天耳通者,非耶? 达摩知梁之将亡,遂踏芦渡江而去。宝誌公每行游市中,其锡杖上常悬剪刀一把,尺一条,拂子一柄,镜一面。夫剪者,齐也;尺者,梁也,拂者,陈也;镜者,明也。盖言其身历齐梁陈三朝。誌公本葬灵谷,至我朝,太祖因其处与孝陵有妨,遂迁其骨塔于鸡鸣山。皆以先识其身后之事,越千年而不爽毫发,此所谓未来心之明者,非耶? 盖其神通灵异,有不可以理推者,则所谓六通三明,岂顾神其说以欺后世哉? 然此佛家谓之幻,正法藏中正不以此为贵也。

　　《金刚经》云:"应无所住,而生其心。"今人多作一句念。此二句是经中要旨。昔有人于五祖处参学回,偶诵此二语,六祖惠能于道中闻之,有动于中,遂往参礼。时五祖道场中法侣云集。惟惠能了悟,遂传心印。今世人作一句念,殊失经文之义。盖"应无所住"是一句,"而生其心"是一句,若串做一句念,则是不生其心。然此心何可一刹那不生? 一刹那不生,即入断灭相矣。故要时时生心,但不可住耳。夫此心本玲珑透彻,应变无方。若有所住,即为有主。有主则碍,故不可住。至后又云:"应生无所住心。"此义晓然易见矣。此所谓毫厘之差,千里之谬,安得不辨正之哉!

　　今世人所谓《心经》者,亦是不知出经之由,故谬呼之耳。盖此本是《大般若经》,因其卷数太多,猝难寻究,故撮其旨要而为此经。以"心"为名,盖言其至要如人之有心也。昔《晋世出经目》亦有《阿毗昙心出经》,序云:"阿毗昙心者,三藏之要领,咏歌之微言。源流广大,管综众经,领其宗会,故作者以心为名。况'般若'者,为六度之导师,而此经亦领其宗会,故亦以心名之。"言其为《大般若经》之心,则心字属在上,当呼为"般若波罗蜜多心",而"经"字则其总称耳,何故直呼为《心经》? 今举世人皆念《心经》,失其本旨,则义何由明? 惟晁文元深于内典,其《法藏碎金》称《般若心经》,盖得出经之由矣。

　　《莲经》内《观音普门品》,其所说偈语,不但理胜,即于本教中亦大有阐扬。昔李文正公初见某禅师,问:"如何是黑风吹其船舫飘堕罗刹鬼国?"师不即对。文正忿然不悦,复詈声而问。师曰:"即此便是黑风吹其船舫飘堕罗刹鬼国。"文正于言下大悟。盖人一恶念生,即见诸恶趣，如刀山、枷钮、毒咒之类是也。唯念观音之力，即生善念。善念生者，恶念即灭。恶念灭者，恶趣亦灭。其言何等圆妙！虽吾宣尼老师而在，犹当北面，世欲轻议之者，何耶？

《四十（三）[二]章经》极为浅俗，而世共宗尚之，以为佛之所说，不知何谓！

经云："无有一善从懒惰懈怠中得，无有一法从骄慢自恣中得。"

又云："若以法眼观，无俗不真；若以世眼观，无真不俗。"

心禅师曰："若不见性，则祖师密语，尽成外书；若见性，则魔说狐禅，皆为密语。"

教中五千四十八部，只是一句。若会得时，即如六祖只"应无所住，而生其心"一句，便能悟入。及其既悟，则此一句亦便应舍。若会不得时，则无论五千四十八部，虽五万四千，亦何益于大教耶？

《法藏碎金》云："世间俗士，而为名利缠缚，嗜欲缠缚，其身不得自在，小乘人为空缠缚，法缠缚，其心不得自在。唯大乘人免此二缠缚，谓之解脱，身心俱自在，得出世之乐，名曰涅槃。"

晁文元曰："百骸导引，贵乎动久。久必和柔，此道家之妙用也。一心检摄，贵乎静久，久必凝明，此禅家之妙用也。"

文元又云："我愿以无所住心，退藏于密，令人不可窥测。如季咸善相，不能相壶丘子末后之相。又如大耳三藏得他心通，不能观慧忠国师末后之心。"此语殊有妙解。

文元又云："一念照了，一念之菩提也。一念宴息，一念之涅槃也。"亦是切近功夫。

尝疑《庄子》与佛氏，其理说到至处时，有相合者。晁文元之论内典，亦常与《庄子》相出入。盖因晋时诸贤，最深于《庄子》；又喜谈佛。而诸道人皆与之研核论难，寻究宗极。夫理到至处，本无不同，而出经者又诸道人也。盖佛之出世，虽在庄子前，而佛经之入中土，在庄子后，则假借以相缘饰，或未可知也。

唐宋诸公如李文正、黄山谷，于教中极有精诣处。白太傅、苏端明，只是个脱洒。然脱洒却是教中第一妙用。

黄山谷《与王子飞书》云："人固与忧乐俱生者也。于其中有简择取舍，以至六凿相攘，日寻干戈。古之学道，深探其本，以无诤三昧治之，所以万事随缘，是安乐法。读书万卷，谈道如悬河，而不知此，所谓书肆说铃耳。子茂遂羸顿如此，亦是胸中不浩浩耳。密师温克，盖得其兄范公江海之一勺耳，恨公不识范公也。"

山谷《与廖宣叔书》云："见所惠简，喜承体力渐胜，所论忧患无种，夺人生理，诚如来示。夫利衰毁誉，称讥苦乐，此八物，无明种子也。人从无明种子中生，连皮带骨，岂有可逃之地？但以百年观之，则人与我及彼八物，皆成一空。古人云：'众生身同太虚，烦恼何处安脚？'细思熟念，烦恼从何处来？有益于事，有益于身否？八风之波，渺然无涯，而以百年有涯之生，种种计较，欲利恶衰，怒毁喜誉，求称避讥，厌苦逐乐，得丧又自有宿因，决不可以计较而得。然且猿腾马逐，至于澌尽而后休，不可谓智也。所欲知近道之涂，亦穷于是。"

黄山谷谈禅，极有透彻处，一时诸人皆不能及。如《答茂衡通判书》云："不犯灵叟，无不可为。若沉滞寂空，不恤世谛，则为不回心钝罗汉，殊无用处也。"此语甚有妙解。即《诸尊宿语录》中，恐亦不可多得。

苏长公在惠州，与参寥书曰："自省事以来，亦粗为知道者。但道心数起，数为世乐所移夺，恐是诸佛知其难化，故以万里之行相调伏耳。"则庶乎能自药其病者也。比世之讳疾者何如？

晦堂和尚尝问山谷以"吾无隐乎尔"之义。山谷诠释再三，晦堂终不然其说。时暑退凉生，秋香满院，晦堂问曰："太史闻木犀香乎？"山谷曰："闻。"晦堂曰："吾无隐乎尔。"山谷乃服佛氏之教，只是将机锋触人，最易开悟。若吾儒，便费许多辞说。

黄山谷言："儒者常论佛寺之费，盖中民万家之产，实生民谷帛之蠹，虽余亦谓之然。然自余省事以来，观天下财力屈竭之端，国家无大军旅，勤民丁赋之政，则蝗旱水溢，或疾疫连数十州，此盖生人之共业，盈虚有数，非人力所能胜者邪！然天下之善人少，不善人常多，王者之刑赏以治其外，佛者之祸福以治其内，则于世教岂小补哉！而儒者尝欲合而轧之，是真何理哉？"

卷之二十二

释　道　二

　　白太傅云:"夫开士悟入,诸佛知见,以了义度无边,以圆教垂无穷,莫尊于《妙法莲华经》,凡六万九千五百五言;证无生忍,造不二门,住不可思议解脱,莫极于《维摩经》,凡二万七千九十二言;摄四生九类,入无余涅槃,实无得度者,莫先于《金刚般若波罗蜜经》,凡九千二百八十七言;坏罪集福,净一切恶道,莫急于《佛顶尊胜陀罗尼经》,凡三千二十言;应念顺愿,愿生极乐土,莫疾于《阿弥陀经》,凡一千八百言;用正见,观真相,莫出于《观音普贤菩萨法行经》,凡六千九百九十言;诠自性,认本觉,莫深于《实相法蜜经》,凡三千一百五言;空法尘,依佛智,莫过于《般若波罗蜜多心经》,凡二百五十八言。是八种经,具十二部,合一十一万六千八百五十七言,三乘之要旨,万佛之秘藏,尽矣。"

　　白太傅《与济法师书》曰:"昨者顶谒时,不以愚蒙,言及佛法。或未了者,许重讨论。今经典间未谕者,其义有二,欲面问答。恐彼此卒卒,语言不尽,故粗形于文字,愿详览之。敬伫报章,以开未悟,所望所望。佛以无上大慧,观一切众生,知其根性,大小不等,而以方便智说方便法,故为阐提说十善法,为小乘说四谛法,为中乘说十二因缘法,为大乘说六波罗蜜法,皆对病根,救以良药,此盖方便教中不易之典也。何以若为小乘人说大乘法,心则狂乱,狐疑不信,所谓无以大海内于牛迹也? 若为大乘人说小乘法,是以秽食置于宝器,所谓彼自无创,勿伤之也? 故《维摩经》总其义云:'为大医王,应病与药。'又《首楞严三昧经》云:'不先思量而说何法,随其所应而说法',正是此义耳。犹恐说法者不随人之根性也。故又《法华经戒》云:'若但赞佛乘,众生没在罪苦不能信。是法破法不信故。'如此非独虑说者不能救病，亦惧闻者不信，没入罪苦也。则佛之付嘱岂不丁宁也。何则？《法王经》云：‘若定根基，为小乘人说小乘法，为阐提人说阐提法，是断佛性，是灭佛身，是说法人当历百千万劫，堕诸地狱，从佛出世，犹未得出。若生人中，缺唇无舌，获如是报。何以故？众生之性，即是佛性。从本已来，无有增减。云何于中分别病药？’又云：‘于诸法中，若说高下，即名邪说。其口当破，其舌当裂。何以故？一切众生，心垢同一垢，心净同一净。众生若病，应同一病，众生须药，应同一药。若说多法，即名颠倒。何以故？为妄分别拆善恶法、破一切法故，随基说法断佛道故。’此又了然不坏之义也。又《金刚经》云：‘是法平等，无有高下，是名阿耨多罗三藐三菩提。’又《金刚三昧经》云：‘皆以一味道终，不以小乘无有诸杂味，犹如一雨润。’据此后三经，则与前三经，义甚相戾也。其故何哉？若云依《维摩诘》谓富楼那云：‘先当入定，观此人心，然后说法。’又云：‘不观人根，不应说法。’夫以富楼那之通慧，又亲奉如来为大弟子，尚未能观知人心，而后说法乎？设使观知人心，若彼发小乘心，而为说大乘法，可乎？若未能观彼心，而率己意说，又可乎？既未能观，与默然不说，又可乎？若云：依义又依语，则上六经之义序相违反，其将孰依乎？若云：依《了义经》，则三世诸佛，一切善法，皆从此六经出，孰名为《不了义经》乎？况诸经中，与《维摩》、《法华》、《首楞严》之说同者，非一也，与《法王》、《金刚》、《金刚三昧》之说同者，亦非一也，不可遍举。故于二义中，各举三经。此六经，皆上人常所讲读者，今故引以为问，必有甚深之旨焉。今且有人忽问法于上人，上人或能观知其心，或未能观知其心，将应病与药而为说耶？将同一病一药而为说耶？若应病与药，是有高下，是有杂味，即反《法王》等三经之义，岂徒反其义，又获如上所说之罪报矣！若同一病一药为说，必当说大乘，大乘即佛乘也。若赞佛乘，且不随应心，且不救病，即反《维摩》等三经之义。岂徒反其义，又使众生没在罪苦矣。六者皆如来语。如来是真语，实语，不诳语，不异语者，今随此则反彼，顺彼则逆此，设有问者，上人其将何法以对焉？此其未谕者一也。又‘五阴’者，色、受、想、行、识是也。十二因缘者，无明缘行，行缘识，识缘名色，名色缘六入，六入缘触，触缘受，受缘爱，爱缘取，取缘有，有缘生，生缘老死病苦忧悲苦恼是也。夫五阴、十二因缘，盖一法也，盖一义也。略言之，则为五；详言之，则为十二。虽名数多少或殊，其于伦次转迁，合同条贯。今五阴中，则色、受、想、行、识相次，而十二缘中，则行、识、色、入、触、受、相缘。一则色在行前，一则色次行后，正序之既不类，逆伦之又不同。若谓佛次第而言，则不应有此杂乱；若谓佛偶然而说，则不当名为因缘。前后不伦，其义安在？此其未谕者二也。上人耆年大德，后学宗师，就出家中，又以说法而作佛事，必能研精二义，合而通之。仍望指陈，著于翰墨。"

苏东坡《胜相院经藏记》云："有大比丘惟简，号曰宝月，修行如幻三摩钵提，在蜀成都大圣慈寺故中和院，赐名胜相。以无量宝黄金、丹砂、琉璃、真珠、旃檀、众香，庄严佛语及菩萨语，作大宝藏，涌起于海，有大天龙背负而出，及诸小龙纠结环绕，诸化菩萨及护法神镇守其门，天魔鬼神各执其物，以御不祥。是诸众宝及诸佛子，光色声香，自相磨激，璀璨芳郁，玲珑宛转，生出诸相，变化无穷，不假言语，自然显见，苦空无我，无量妙法。凡见闻者，随其根性，各有所得。如众饥人，入于太仓，虽未得食，已有饱意。又如病人，游于药市，闻众药香，病自衰减。更能取米，作无碍饭，恣食取饱，自然不饥。又能取药，以疗众病，众病有尽，而药无穷，须臾之间，无病可疗。以是因缘，度无量众。时见闻者，皆争舍施，富者出财，壮者出力，巧者出技，皆舍所爱及诸结习，而作佛事，求脱烦恼浊恶苦海。有一居士，其先蜀人，与是比丘，有大因缘。去国流浪，在江淮间，闻是比丘作是佛事，即欲随众舍所爱习。周视其身，及其室庐，求可舍者，了无一物，如焦谷芽，如石女儿，乃至无有毫发可舍。私自念言：'我今惟有无始已来结习口业，妄言绮语，论说古今是非成败。以是业故，所出言语，犹如钟磬，黼黼文章，悦可耳目。如人善博，日胜日负，自云是巧，不知是业。今舍此业，作宝藏偈，愿我今世，作是偈已，尽未来世，永断诸业。客尘妄想，及诸理障，一切世间无取无舍，无憎无爱，无可无不可。'时此居士，稽首西望，而说偈言：

我游众宝山，见山不见宝。岩谷及草木，虎豹诸龙蛇。虽知宝所在，欲取不可得。复有求宝者，自言已得宝，见宝不见山，亦未得宝故。譬如梦中人，未尝知是梦。既知是梦已，所梦即变灭。见我不见梦，因以我为觉。不知真觉者，觉梦两无有。我观大宝藏，如以蜜说甜。众生未谕故，复以甜说蜜。甜蜜更相说，千劫无穷尽。自蜜及甘蔗，查梨与橘柚，言甜而得酸，以及咸、辛、苦。忽然反自味，舌根有甜相，我尔默自知，不烦更相谕。我今说此偈，于道亦云远，如眼根自见，是眼非我有。当有无耳人，听此非舌言。于一弹指间，洗我千劫罪。”

黄山谷《普觉禅寺转轮藏记》云：“法界门中，无孤单法，起则全起。古人陈迹，无坏灭性，用则日新。惟去本之日远，不知法所从来，遂令色像峥嵘，心目流转。故说法者滥于邪师，听法者穷乎不信耳。普觉禅师楚金，既作经藏，以书抵山谷道人曰：‘我初住普觉，破屋数十楹耳。不知何人，蚕食吾垣，地阙东北，茅塞吾道，蛇行东西。赖外护之力，皆复厥初。今四垣平直，松竹行列，道出正南，会于四达之衢。由上漏下湿，至于风雨寒暑而不知；由食时乞饭，至于日膳百人而不溷。末后以檀施之余，建运华转轮经藏。百工神奇，轮奂一新。化出幻没，耀人心颜。佛事庄严，自谓惬当。然或讥谤，以谓大老翁当为十方衲子兴法之供养，安用作此机械，随俗娇夸耶！于山谷意如何？’山谷曰：‘妙德法界，不容一尘。普贤行门，不剩一法。吾闻转轮藏者，权舆于双林大士，可谓浅深随量，巧被三根。今使在俗处廛，不知文字性相者，舍所积藏，灭悭贪垢，布净信种，随此轮转，示世间生起所因所作饶益，被讥谤者，亦知之矣。若乃此离垢轮圆机，时示诸衲子，转者谁转？止者谁止？负荷含藏，承谁恩力？一念正真，权慧具足，若能如是观者，即绝众生生死流转，即具普贤一切行；不如是观，虽八万四千宝目遍入五千四十八卷，字字照了虎观水磨，竟是何物？常坐不动道场，即此以为佛事。善知识、诸［衲］子，回心与未回心，堪入生死与不堪入生死，根器成熟与未成熟，法之供养，更于何求？’普觉老欣然曰：‘我今有六十衲子坐夏，而山谷道人为转此法轮，省老翁无量葛藤。幸为我书之，以告来者。’”

余观诸尊宿话头，载在《传灯录》与《五灯会元》者，其机锋虽甚利，而于心性元无干涉。然禅家以此为妙用，盖只是要将这个东西拨得圆转,通无滞碍,则一有所触,便能悟入。古人于此处得力甚多。

昔谢康乐有言:"生天应在灵运前,成佛定在灵运后。"盖生天成佛,原是二事。其勤布施,积功行,是欲生天者也。若加澄练之功,明心见性,直下作佛,是欲成佛者也。然见性之后,难道全无功行,便能成佛? 万行具足,而于心性了无所见,即得生天。则是二者,亦互相为用。故佛家有顿、渐二宗,言顿悟、渐修也。康乐自恃慧解,以为必能顿悟,纵或知得,亦只是初地之慧耳。若既定之慧,岂康乐之所敢望者哉! 故康乐欲入白莲社,惠远尚不许之,而遽欲成佛,其欺人也甚矣!

今世方士,大率创为性命双修之说以哄人,而士大夫往往信之。夫佛氏以寂灭为乐,固不待论,即道家亦有"一具臭骨头,如何立功课"之语? 盖此身乃四大假合,毕竟归于空寂。经云:"四大各离,今者妄身,当在何处?"不知今世人要将此臭皮囊,放在何处去?

昔何次道在瓦官寺,礼拜甚勤。阮思旷语之曰:"卿志大宇宙,勇迈终古。"何曰:"卿今日何故忽见推?"阮曰:"我图数千户郡,尚不可得。卿乃图作佛,不亦大乎!"今之士大夫,皆欲官至卿寺,积财巨万,然后兼修性命,寿至数百岁,享尽世间之福。临了又做活佛。其志之大,岂不又万万于何次道哉! 然世岂有是事? 不如裴晋公言"鸡猪羊蒜,逢着便吃;生老病死,符到便行。"盖深得达生之理。

佛家以经、论、律为三藏,今录在藏中者,虽最浅近,如律仪之类,亦皆可观。若道家则自老子《道德》、《庄子》、《列子》之外,其他可观者,惟《清净经》、《定观经》、《赤文洞古经》、《黄庭内景经》、《玉枢经》,短简者四五种而已。又有《大洞玉经》,载在《真诰》中,大率亦《黄廷内景》之类,总四十九章,极为深秘,文亦简古。其他皆芜秽冗杂,不足观矣。而道家遂以《老》、《庄》各家传注与诸子诸方书凑成五千四十八卷,以配佛藏。夫达磨东来,不立文字,盖言愈简则理愈精,又何必以五千四十八卷为哉!

文皇帝在藩,闻乌思藏有尚师哈立麻者,异僧也。永乐初,遣中官侯显赍书币往迎,五历寒暑,丙戌十二月乃至。车驾躬往视之,无拜跪礼,合掌而已。上宴之华盖殿,赐金百两,银千两,彩币法器不可胜纪。寻赐仪仗,与群王同,封为"万行具足十分最胜圆觉妙智慧善普应佐国演教如来大宝法王西天大善自在佛",领天下释教,赐印诰及金银、纱彩、币织、金珠、袈裟、金银器皿、鞍马,其徒封拜有差。五年春二月庚寅,命于灵谷寺启建法坛,以荐皇考皇妣。尚师率天下僧伽,举扬普度大斋科十有四日。上伸诚孝,下反幽爽,自藏事之始,至于竣事,卿云天花,甘雨甘露,舍利祥光,青鸾白鹤,连日毕集。一文桧柏,生金色花,遍于都城。金仙罗汉,变现云表,白象青狮,庄严妙相。天灯导引,幡盖旋绕,亦既来下。又闻梵呗空乐,自天而降。群臣上表称贺。学士胡广等献《圣孝瑞应歌颂》。自是,上潜心释典,作为佛曲,使宫中歌舞之。永乐十七年,御制佛曲成,并刊佛经以传。九月十二日,钦颁佛经至大报恩寺。当日夜,本寺塔现舍利光,如宝珠。十三日现五色毫光,庆云奉日,千佛观音菩萨罗汉,妙相毕集。续颁佛经、佛曲,至淮安给散。又现五色圆光,彩云满天,云中现菩萨罗汉,天花宝塔,龙凤狮象,又有红鸟白鹤,盘旋飞绕。礼部行翰林院撰表往北京称贺,上甚喜悦。明年五月十六日,命礼部尚书吕震、右副都御史王彰赍奉诸佛世尊如来菩萨尊者名称歌曲,往陕西河南颁给,神明协应,屡现庆云圆光宝塔之祥,在京文武衙门上表庆贺,上益喜悦。知皇心之与佛孚也。中宫因是益重佛礼僧,建立梵刹,以祈福者,遍南京城内外云。

　　佛氏证果,止于三乘,而道家所从入者,其门甚多,世传有三千六百家,盖剑术、符水、服金丹、御女、服日精月华、导引、辟谷、搬运、飞精、补脑、墨子服气之类皆是,不可以一途限也。总之,大道惟一而已,其余则谓之仙,纵或得成,亦只是幻,佛氏之所甚不取者。经云:离幻即觉,亦无渐次。如是修行,则能永离于幻。乃知佛家之觉,正照幻之慧灯,破幻之法剑也。今人以幻为觉,则是认贼为子,其去大道,不知几万由旬矣。

卷之二十三

文

　　孔子曰："言之不文，其行不远。"陈思王曰："富贵有时而尽，荣乐止乎其身。二者必至之常期，唯文章为不朽。"文章之于人，岂细故哉！夫子又曰："质胜文则野，文胜质则史。文质彬彬，然后君子。"今之为文者，其质离矣。夫去质而徒事于文，其即太史公所谓"务华绝根"者耶？善乎，皇甫百泉之言曰："寄兴非远，而鏧悦其辞；持论不洪，而枝叶其说。以此言诗与文，失之千里矣。"其今世学文者之针砭耶？余偶有所见，随笔记之，知不足以尽文之变也。得一卷。

　　古今之论文者，有魏文帝《典论》、陆机《文赋》、挚虞《文章流别论》、任昉《文章缘起》、刘勰《文心雕龙》、柳子厚《与崔立之论文书》，近代则有徐昌毂《谈艺录》诸篇，作文之法，盖无不备矣。苟有志于文章者，能于此求之，欲使体备质文，辞兼丽则，则去古人不远矣。

　　《春秋》以后，文章之妙，至庄周、屈原，可谓无以加矣。盖庄之汪洋自恣，屈之缠绵凄婉，庄是《道德》之别传，屈乃《风》、《雅》之流亚，然各极其至。若屈原之《骚》，同时如宋玉、景差，汉之贾谊、司马相如，犹能仿佛其一二。庄之《南华经》，后人遂不能道其一字矣。至如庄子所谓"嗜欲深者天机浅"，屈子所谓一气孔神于中夜存，又能窥测理性，盖庶几闻道者。盖古人自有卓然之见，开口便是立言，不若后人但做文字。

　　世变江河，盖不但文章以时而降，至于人品、语言，以今较古，奚啻天壤。且如《李斯传》中载赵高与李斯辨难诸语，即典籍中，亦岂多见？夫以始皇之雄杰盖世，李斯佐之，以削平六国，去封建而郡县天下，欲愚黔首，以绝天下之口，故焚弃典籍，一切以吏为师，巡游观采，几遍天下，一时莫敢与之异议。虽皆霸者之事，本无足采，然不可不谓之奇矣。赵高以一宦竖，而言辞辨难与斯角胜，斯亦似为之少屈。今载在《李斯传》中，不知与《史记》增多少光采。后世非但史才不及古人，即欲以此等语言载之史传中，亦何可复得耶？

李斯从始皇巡游，其诸山刻石，殊简质典雅，如三句一韵，皆自立体裁，不事蹈袭。盖自《雅》、《颂》之后，便有周宣王《石鼓文》；石鼓之后，便有李斯诸山刻石。

《庄子》云："文灭质，博溺心"，此谈文之最也。唯文不灭质，博不溺心，斯可以言作家矣。然世岂有是人哉？

古人文字自好，非后人所及。如《吴越春秋》伍员谏伐齐云："譬犹盘石之田，无立其苗。"甚为古雅，胜《左传》语。

信乎，文章因世代高下。如徐淑，一妇人耳，其《答夫秦嘉书》曰："虽失高素皓然之业，亦是仲尼执鞭之操也。"其辞有讽有刺，微婉而深切。又云："今适乐土，优游京邑。观王都之庄丽，察天下之珍妙，"得无目玩意移，往而不能出耶。又《报嘉书》云："素琴之作，当须君归。明镜之鉴，当待君还。未奉光仪，则宝钗不列也。未侍帷帐，则芳香不发也。"可谓怨而不伤。乃知汉世有此等妇人，使今世文士亦何能及此耶！

杨升庵云："汉人文章，远非后代可及。"如小说类华峤《明妃传》云："丰容静饰，光明汉宫；顾影徘徊，耸动左右。"伶玄《飞燕外传》云："以辅属体，无所不靡。"郭子横《丽娟传》云："玉肤柔软，吹气胜兰。不欲衣缨拂之恐体痕也。"此等皆唐人所不能道，无论后代。

古人文章，皆有意见，不如后人专事蹈袭模仿。余于古人文章中，如沐并终制。袁粲《妙德先生传》、徐勉《与子书》、王僧虔《诫子书》、苏沧浪《与京师亲旧书》诸篇，集文者既不当入选，然有意见，非漫然而作者，余皆编入《语林》注中，读者当细求之，裴子野《雕虫论》，力言晋、宋以降作文之弊，其略曰："悱恻芳芬，靡曼容与。蔡应等之俳优，杨雄悔为童子，深心主卉木，远致极风云，其兴乖，其志弱。荀卿有言：'乱代之徵，文章匿采。'斯岂近之乎？"

挚虞《文章流别论》曰："假象过大，则与类相远；遣词过壮，则与事相违；辨言过理，则与义相失；靡丽过美，则与情相悖。"可谓切中今时作文之弊矣。

李华曰："文章本乎作者，而哀乐系乎时。本乎作者，《六经》之志也，系乎时者，乐文、武而哀幽、厉也。有德之文信，无德之文诈。皋陶之歌，史克之颂，信也；子朝之告，宰嚭之词，诈也。夫子之文章，偃、商得焉。偃、商没而仮、轲作，盖《六经》之遗也，屈平、宋玉哀而伤，靡而不远，《六经》之道遁矣。沦及后世，力足者不能知之，知之者力或不足，则文义浸以微矣。"杨升庵谓华之论文，简而尽，韩退之与人论文诸书，远不及也。

萧颖士曰："《六经》之后有屈原、宋玉，文甚雄壮，而不能经。贾谊文辞最正，近于治体。枚乘、相如亦环丽才士，然而不近《风》《雅》。杨雄用意颇深，班彪识理，张衡宏旷，曹植丰赡，王粲超逸，嵇康标举，左思诗赋有《雅》、《颂》遗风，干宝著论近王化根源，此后复然无闻焉。近日惟陈子昂文体最正。"

杨升庵曰："汉兴，文章有数等：蒯通、随何、陆贾、郦生，游说之文，宗《战国策》；贾山、贾谊，政事之文，宗《管》、《晏》、《申》、《韩》；司马相如、东方朔，谲谏之文，宗《楚词》；董仲舒、匡衡、刘向、杨雄，说理之文，宗经传；李寻、京房，术数之文，宗谶纬；司马迁，纪事之文，宗《春秋》。呜呼盛矣。"

杨升庵曰："孔子云：'辞达而已矣。'恐人之溺于修词，而忘躬行也。今世浅陋者，往往借此以为说。如《易传》、《春秋》，孔子之特笔，其言玩之若近，寻之益远，陈之若肆，研之益深，天下之至文也，岂止达而已哉。譬之老子云'美言不信'，而《五千言》岂不美耶！其言'美言不信'者，正恐人专美言，而不信也。佛氏自言'不立文字'，以绮语为罪障，如《心经》'六如偈'之类。后世谈空寂者，无复有能过之矣。予尝谓汉以上，其文盛，三教之文皆盛。唐宋以下，其文衰，三教之文皆衰。宋人语录，去荀、孟何如？犹《悟真篇》比于《参同契》，《传灯录》比于《般若经》也。"

杨升庵云："苏东坡不喜韩退之《画记》，谓之《甲乙帐簿》，此老千古卓识，不随人观场者也。"

自汉以后诸人，不复立言著书，但为文章。然必如枚叔《七发》、相如《封禅文》、东方朔《答客难》、杨雄《解嘲》、《剧秦美新》、班固《典引》、《答宾戏》、曹子建《七启》诸篇，闳深伟丽，方可谓之文章，至于后世碑传序记，乃史家之流别耳。

唐人如李百药《封建论》、崔融《武后哀册文》、柳子厚《贞符》、韩昌黎《进学解》，犹是文章之遗，此后不复见矣。

唐人之文实，宋人之文虚；唐人之文厚，宋人之文薄。

唐人如任华之诗，樊宗师、杨夔、刘蜕之文，纵做得甚妙，亦只是野狐坏道。

苏东坡才气浩瀚，固百代文人之雄。然黄山谷之文，蕴藉有趣味，时出魏晋人语，便可与坡老并驾，而其所论读书作文，又诸公所未到。余时出其妙语，以示知者。

山谷之文，时有高胜语。如韩幹《御马图跋尾》云："盖虽天厩四十万匹，亦难得全材。今天下以孤蹄弃骥，可胜叹哉！"只二十五字耳，然中有许多感慨，而劲洁可爱。

山谷文如《赵安国字序》、《杨概字序》二篇，似知道者，岂寻常求工于文词者可得窥其藩篱哉！其他如《训郭氏三子名字序》、《王定国文集序》与《小山集序》、《宋完字序》、《忠州复古记》，皆奇作也。

山谷之文，只是蕴藉有理趣，但小文章甚佳，若较之苏长公《司马文正公行状》及《司马公神道碑》、《富郑公神道碑》、《醉白堂记》诸作，规模宏大，法度严整，山谷遂瞠乎其后矣。

欧阳公《燕喜亭记》，中间何等感慨，何等转换，何等顿挫！当迥在宋时诸公之上，便可与韩昌黎并驾。欧阳公晚年审定平生所为文，用思甚苦，夫人止之曰："何自苦如此！当畏先生嗔耶？"公笑曰："不畏先生嗔，却畏后生笑。"此亦名言。

曾南丰文，严正质直，刊去枝叶，独存简古。故宋人之文，当称欧、苏，又曰欧、曾。

东坡云："作文如行云流水，初无定质，但常行于所当行，常止于不可不止，文理自然，姿态横生。孔子曰：'言之不文，其行不远。'又曰：'辞达而已矣。'夫言止于达意，则疑若不文，是大不然。求物之妙。如系风捉影，能使是物了然于心者，盖千万人而不一遇也，况能使了然于口与手乎？是之谓'辞达'。词至于能达，则文不可胜用矣。"

山谷云："章子厚尝为余言：'《楚词》盖有所祖述。'余初不谓然。子厚遂言曰：'《九歌》盖取诸《国风》，《九章》盖取诸二《雅》，《离骚经》盖取诸《颂》。'余闻斯言也，归考之，信然。顾尝叹息斯人妙解文章之味，其于翰墨之林，千载一人也，但颛以世故废学耳。惜哉！"

山谷云："东坡文章妙天下，其短处在好骂。"尝见衡山亦言："近来陆贞山最会做文字，但开口便要骂人，亦是一病。"

山谷云："作文自造语最难，老杜作诗，韩退之作文章，无一字无来处。盖后人读书少，故谓韩、杜自作此语耳。古之能为文章者，真能陶冶万物，虽取古人之陈言入于翰墨，如灵丹一粒，点铁成金也。文章最为儒者末事，然索学之，又不可不知其曲折，幸熟思之。至于推之使高如泰山之崇，如垂天之云，作之使雄壮如沧江八月之涛，崛如海运吞舟之鱼，又不可守绳墨，令俭陋也。"

黄山谷云："观杜子美到夔州后诗，韩退之自潮州还朝后文章，皆不烦绳削而自合矣。"

苏子瞻云："李太白、韩退之、白乐天诗文，皆为庸俗所乱，可为太息。"

南宋之诗犹有可取，文至南宋，则尖新浅露，无一足观者矣。

今人作文，动辄便言《史》、《汉》。夫《史》、《汉》何可以易言哉？昔人谓韩昌黎，力变唐之文，而其文犹夫唐也，欧阳公力变宋之文，而其文犹夫宋也，岂至我明，而便能直追《史》、《汉》耶？盖我朝相沿宋、元之习，国初之文，不无失于卑浅。故康、李二公出，极力欲振起之。二公天才既高，加发以西北雄俊之气，当时文体为之一变，然不过为我朝文人之雄耳。且无论韩昌黎，只如欧阳公《丰乐亭记》，中间何等感慨，何等转换，何等含畜，何等顿挫。今二公集中，要如此一篇，尚不可得，何论《史》、《汉》哉！

朱凌溪尝言："康对山谓'《范增论》后数句，忙杀东坡'。盖以峻快斩截为着忙也。此亦有见，但不免溺于一偏。缘康之文，全学《史记》之纡徐委曲，重复典厚，而不知峻快斩绝，亦《史记》之所不废，如

《韩信传》'任天下武勇'以下，载'我以其车，一节，可见东坡于此等得之，康见之熟，遂以为忙，不知《史记》为文，如右军作字，欧师其劲，颜师其肥，虞师其匀圆，各成一体，皆可取法，不可以己好典重纡徐，而遂轻峻快斩绝也。"凌溪此言，可谓善求古人之文矣。

南人喜读书，西北诸公则但凭其迅往之气，便足雄盖一时，惟崔后渠一生劬书，最号该博。然为文宗元次山，不免有晦涩之病。

吕沃洲有意事功，且有文章，自言初进道时，即讨巡边差，盖欲观西北形势，又欲访关中诸公也。既遍历口外，后到武功，首访康对山。一日近暮，命有司治盘榼，携往对山家，与之夜坐，因与谈文。对山极称钱鹤滩《陆贾新语序》，绝叹服，以为不能加。

徐昌毂之文，不本于六朝，似仿佛建安七子之作，出典雅于藻蒨之中，若美女涤去铅华，而丰腴艳冶，天然一国色也。苟以西北诸公比之，彼真一伧父耳。

《今言》中载：世宗皇帝《加太祖成祖徽号册文》，浅陋之极，似村学堂中小学生初学作表者之语。一时当制，不知何人？其陋如此！尝观潘晟作《曹公九锡文》，几乎与训诰同风矣。唐时各朝徽号册文，亦皆古雅。若常、杨当制，尤为典重。所谓以文章华国，莫大于此。既处清华之地，独不思少效古人分毫，以无负朝廷委任之重耶。

诰敕起于六朝，然其来甚远，肇自舜命九官，与命羲仲、和仲之词。后《君奭》、《君牙》、《蔡仲之命》，皆其遗制也。此是皇帝语，即所谓口代天言者，古人谓之训词。唐时独称常、杨、元、白。今观其诰敕中，皆有训饬戒励之言，犹有训诰之风。至宋陶毂，已有依样画葫芦之讥矣。后王介甫、苏子瞻最为得体。余观今世之诰敕，其即所谓"一个八寸三帽子，张公带了李公带"者耶。

六朝之文，以圆转流便为美，苟过于晦涩，失其本色矣。

弘治、正德以前之文，杨东里规模永叔，李西涯酷类子瞻，各自成家，皆可领袖一时。要之，均为不可废者。

《李空同集》中，如《家谱》、《大传》、《黄尚书传》、《康长公墓碑》、《河上草堂记》、《徐迪功集序》诸篇，极为雄健，一代之文，罕见其比。

康对山之文，天下慕向之，如凤毛麟角。后刻集一出，殊不惬人意。前见槐野先生，尝语及之。槐野云："对山之文，甚有奇者。编次之人将好者尽皆删去，不知何故？即余所见而集中不载者，亦无下数十篇。余归华州，当为寻访续刻以传。"后槐野归，不久，即有地震之祸。对山之奇文，遂湮没不传。可叹，可叹！

槐野先生之文与诗，皆宗尚空同，其才亦足相敌，但持论大高，而气亦过劲。人或以此议之。若《孙忠烈传》与《白洛原墓碑》诸篇，便可度越康、李，与古人争驽矣。

近时如偃师高苏门、关中乔三石，其文皆宗康、李，然能更造平典，虽曰大辂，始于椎轮。层冰由于积水，亦由其禀气和粹，正得其平耳。

沈石田不但画掩其诗，其文亦有绝佳者。余尝见其有《化须疏》一篇，用事妥切，铸词深古，且字字皆有来处。即古人集中，亦不可多得，何况近代。今世后进好轻诋前辈，动辄即谈《史》、《汉》，然岂能有此一字耶？今录于左方。

化 须 疏 有序

兹因赵鸣玉髭然无须，姚存道为之告助于周宗道者，于其于思之间，分取十鬣，补诸不足，请沈启南作疏以劝之。疏曰：

伏以天阃之有刺，地角之不毛，须需同音，今其可索，有无以义，古所相通。非妄意以干，乃因人而举。康乐著舍施之迹，崔谌传插种之方。惟小子十茎之敢分，岂先生一毛之不拔？推有余以补也，宗道广及物之仁；乞诸邻而与之，存道有成人之美。使离离缘坡而饰我，当楫楫击地以拜君。把镜生欢，顿觉风标之异；临流照影，便看相貌之全。未容轻拂于染羹，岂敢易拈于觅句。感矣荷矣！珍之重之。敬疏。

东桥甚重祝枝山文，其所作《观云赋》，盖手书以赠东桥者。东桥每遇文士在坐，即出之展玩，甚相夸诩。然文实不佳，余最不喜之。盖祝枝山之文，其天才非不过人，但既鲜识见，又无古法，终未尽善。其为黄美之作《烟花洞天赋》，倾动一时，大率皆此类也。今刻集已行于世，然文价顿减，终实不可掩也。

东桥又称唐六如《广志赋》，即口诵其《赋序》数十许语。言赋甚长，不能举其辞。序托意既高，而遣词亦甚古，当是一佳作。今吴中刻《六如小集》，其诗文清丽，独此赋下注一"阙"字，想其文遂不传矣。

衡山之文，法度森严，言词典则，乃近代名作也。观诸公之以文名家者，其制作非不华美，譬之以文木为椟，雕刻精工，施以采翠，非不可爱。然中实无珠，世但喜其椟耳。

卷之二十四

诗　　一

诗有"四始"，有"六义"，今人之诗，与古人异矣。虽其工拙不同，要之，"六义"断不可阙者也。苟于"六义"有合，则今之诗犹古之诗也；"六义"苟阙，即古人之诗何取焉？余观孔子所定《三百篇》，虽淫奔之辞，犹存之以备法鉴，则其所去者，正所谓于六义有阙者是也。况六义者，既无意象可寻，复非言筌可得。索之于近，则寄在冥邈；求之于远，则不下带衽。又何怪乎！今之作者之不知之耶？然不知其要，则在于本之性情而已。不本之性情，则其所谓托兴引喻，与直陈其事者，又将安从生哉？今世人皆称盛唐风骨。然所谓风骨者，正是物也。学者苟以是求之，则可以得古人之用心，而其作亦庶几乎必传。若舍此而但求工于言句之间，吾见其愈工而愈远矣。自二十四以至二十六，共三卷。

诗以性情为主，《三百篇》亦只是性情。今诗家所宗，莫过于《十九首》，其首篇《行行重行行》，何等情意深至！而辞句简质，其后或有托讽者，其辞不得不曲而婉然，终始只一事，而首尾照应，血脉连属，何等妥贴？今人但模仿古人词句，饾饤成篇，血脉不相接续，复不辨有首尾。读之终篇，不知其安身立命，在于何处。纵学得句句似曹、刘，终是未善。

诗苟发于情性，更得兴致高远，体势稳顺，措词妥贴，音调和畅，斯可谓诗之最上乘矣。然岂可以易言哉！

"婉畅"二字，亦是诗家切要语。盖畅而不婉，则近于麄，婉而不畅，则入于晦。

选诗之中，若论华藻绮丽，则称陈思、潘、陆，苟求风力遒迅，则《十九首》之后，便有刘祯、左思。

诗家相沿，各有流派。盖潘、陆规模于子建，左思步骤于刘桢，而靖节质直，出于应璩之百一，盖显然明著者也。则钟参军《诗品》，亦自具眼。

诗自左思、潘、陆之后，至义熙、永明间又一变矣，然当以三谢为正宗。盖所谓芙蓉出水者，不但康乐为然，如惠连《秋怀》、玄晖"澄江净如练"等句，皆有天然妙丽处。若颜光禄、鲍参军雕刻组绣，纵得成道，亦只是罗汉果。

谢灵运诗，如"扬帆采石华"、"挂席拾海月"，终是合盘。

颜光禄诗虽佳，然雕刻太过，至如《五君咏》，托兴既高，而风力尤劲，便可与左太冲抗衡。

永明以后，当推徐、庾、阴、何。盖其诗尚本于情性，但以其工为柔曼之语，故乏风骨，犹不甚委靡。若梁元帝、简文帝、刘孝绰，后至杨素、孙万寿诸人，则颓然风靡矣。陈伯玉出，安得不极力振起之哉。

徐孝穆所编《玉台新咏》，虽则过于绮丽，然柔曼婉缛，深于闺情，殊有风人之致，校之《香奁集》与《彤管遗编》之类，奚啻天壤。

山谷云："嵇叔夜诗，豪壮清丽，无一点尘俗气，凡学作诗者，不可不成诵在心。想见其人，虽沉于世故者，暂得揽其余芳，便可扑去面上三斗俗尘矣。何况深其义味者乎！"

山谷云："谢康乐、庾义城之诗，于炉锤之功，不遗力也。然陶彭泽之墙数仞，谢、庾未能窥者。盖二子有意于俗人赞毁其工拙，渊明直寄焉耳。"

山谷云："久不观陶、谢诗，觉胸次幅塞。因学书尽此卷，觉沉濯生于牙颊间也。"

唐初虽相沿陈、隋委靡之习，然自是不同。如王无功《古意》、李伯药《郢城怀古》之作，尚在陈子昂之前，然其力已自劲挺。盖当兴王之代，则振迅激昂，气机已动，虽诸公亦不自知也。孰谓文章不关于气运哉？

唐人诗如王无功《山中言志》云："孟光倘未嫁，梁鸿正须妇。"王维《赠房琯》云："或可累安邑，茅斋君试营。"是皆直言其情，何等真率？若后人，便有许多缘饰。

世之言诗者,皆曰盛唐。余观一时如王右丞之清深,李翰林之豪宕,王江陵之俊逸,常徵君之高旷,李颀之沉着,岑嘉州之精炼,高常侍之老健,各有其妙,而其所造,皆能登峰造极者也,然终输杜少陵一筹。盖盛唐之所重者,风骨也。少陵则体备风骨,而复包沈、谢之典雅,兼徐、庾之绵缛,采初唐之藻丽,而清深、豪宕、俊逸、高旷、沉着、精炼、老健,盖无所不备,此其所以为集大成者欤?

今世所传《六家诗选》,是唐人所选者。有《搜玉小集》,不著撰人姓名。殷璠有《河岳英灵集》,元结有《箧中集》,高仲武有《中兴间气集》,芮廷章有《国秀集》,姚合有《极玄集》,终是唐人所选,尚得当时音调,与后人选者不同。

王荆公有《唐人百家诗选》,余旧无此书,常思一见之。近闻朱象和有抄本,曾一借阅。其中大半是晚唐诗。虽是晚唐,然中必有主,正所谓六艺无阙者也,与近世但为浮滥之语者不同。盖荆公学问有本,固是堂上人。

皎然《诗式·取境篇》曰:"或云诗不假修饰,任其丑朴,但风韵正,天真全,即名上等。"予曰:"不然。"无盐阙容而有德,曷若文王、太似有容而有德乎? 又云:"不要苦思。苦思则丧自然之质。"此亦不然。夫不入虎穴,焉得虎子? 取境之时,须至难至险,始见奇句。成篇之后,观其气貌,有似等闲不思而得,此高手也。有时意静神王,佳句纵横,若不可遏,宛如神助。不然,盖由先积精思,因神王而得乎此,是诗家第一义谛,学者必熟玩之,当自有得。

卢藏用作《陈子昂集序》云"道丧五百年,而有陈君",予因请论之。司马子长《自序》云:周公卒五百岁,而有孔子,孔子卒五百岁,而有司马公。逐来年代既遥,作者无限,若论笔语,则东汉有班、张、崔、蔡,若但论诗,则魏有曹、刘、王、傅,晋有潘岳、陆机、阮籍、卢谌,宋有谢康乐、陶渊明、鲍明远,齐有谢吏部,梁有柳文畅、吴叔庠,作者纷纭,继在青史,如何五百之数,独归于陈君乎? 藏用欲为子昂张一尺之罗盖,弥天之宇,上掩曹、刘,下遗康乐,安可得耶? 子昂《感寓》三十首,出自阮公《咏怀》。《咏怀》之作,难以为俦。子昂曰:"荒哉穆天子,好与白云期。宫女多怨旷,层城闭蛾眉。"曷若阮公"三楚多秀士,朝云进荒淫。朱华振芬芳,高蔡相追寻。一为黄雀哀,涕下谁能禁?"此序或未湮沦,千载之下,当有识者,得无抚掌乎?

夫诗人作用,势有通塞,意有盘礴。势有通塞者,谓一篇之中,后势特起,前势似断,如惊鸿背飞,却顾俦侣。即曹植诗云"浮沉各异势,会合何时谐? 愿因西南风,长逝入君怀"是也。意有盘礴者,谓一篇之中,虽词归一旨,而兴乃多端,用识与才,蹂践理窟,如卞子采玉,徘徊荆岑,恐有遗璞。且其中有二义,一情一事。事者如刘越石诗曰"邓生何感激,千里来相求。白登幸曲逆,鸿门赖留侯。重耳用五贤,小白相射钩。苟能隆二伯,安问党与仇"是也。情如康乐公"池塘生春草"是也。抑由情在言外,故其辞似淡而无味,常手览之,何异文侯听古乐哉? 谢氏传曰:吾尝在永嘉西堂作诗,梦见惠连,因得"池塘生春草",岂非神助乎?

夫五言之道,唯工惟精。论者虽欲降杀齐梁,未知其旨。若据时代,道丧几之矣。沈约诗,诗人不用此论,何也? 如谢吏部诗"大江流日夜,客心悲未央",柳文畅诗"太液沧波起,长杨高树秋",王元长诗"霜气下孟津,秋风度函谷",亦何减于建安耶? 或以建安不用事,齐梁用事,以定优劣,亦请论之。如王筠诗"王生临广陌,潘子赴黄河",庾肩吾诗"秦皇观大海,魏帝逐飘风",沈约诗"高楼切思妇,西园游上才",格虽弱,气犹正,远比建安,可言体变,不可言道丧。大历中,词人多在江外,皇甫冉、严维、张继素、刘长卿、李嘉祐、朱放,窃占青山白云,春风芳草,以为己有。吾知诗道初丧,正在于此,何得推过齐梁? 作者迄今,余波尚寝。后生相效,没溺者多。大历末年,诸公改辙,盖知前非也。如皇甫冉《和王相公玩雪诗》:"连营鼓角动,忽似战桑乾。"严维《代宗挽歌》:"波从少海息,云自大风开。"刘长卿《山鸲鹆歌》:"青云杳杳无力飞,白露苍苍抱枝宿。"李嘉祐《少年行》:"白马撼金珂,纷纷侍从多。身居骠骑幕,家近滹沱河。"张继素《咏镜》:"汉月经时掩,胡尘与岁深。"朱放诗:"爱彼云外人,来取涧底泉。"已上诸公,方于南朝张正见、何胥、徐摛、王筠,吾则无间然矣。

又曰:三同之中,偷语最为钝贼。如萧何定汉律令,厥罪不书,应为鄫侯,务在匡佐,不暇采诗,致使弱手无才,公行劫剥,若许贫道片言可折，此辈无处逃刑。其次偷意，事虽可罔，情不可原。若欲一例平反，诗教何设？其次偷势，才巧意精，若无朕迹。盖诗人阃域之中，偷狐白裘之手，吾亦赏俊，从其漏网。

《诗式》云："其作用也，放意须险，定句须难。虽取由我衷，而得若神表。"

"诗有二要：要力全而不苦涩，要气足而不怒张。"此语皆切中诗家肯綮。古今论诗，无有能出其右者。作诗者当深味之。

古之论诗者，有钟嵘《诗品》，又有沈约《品藻》、惠休《翰林》、庾信《诗箴》，见《诗式》中。

李空同曰："王子云：'诗有六义，比兴要焉。夫文人学子，比兴寡而直率多，何也？出于情寡而工于词多也。夫途巷蠢蠢之夫，固无文也，乃其讴也，咢也，呻也，吟也，行呫而坐歌，食咄而寤嗟。此唱而彼和，无不有比焉兴焉，无非其情也。斯足以观义矣。'"

杨升庵谈诗，真有妙解处，且援证该博，今取数篇附录于后。

杨升庵曰："刘勰云：'四言正体，雅润为本；五言流调，清丽居宗。'钟嵘云：'四言文约易广，取效《风》《雅》，便可多得，每苦文繁意少，故世罕习焉。'刘潜夫云：'四言尤难，《三百篇》在前故也。'叶水心云：'五言而上，世人往往极其才之所至。而四言诗，虽文词巨伯，辄不能工。'合数公之说论之，所谓易者，易成也；所谓难者，难工也。方元善取韦孟讽谏云：'谁谓华高，企其齐而；谓谁德难，厉其庶而。'以为'使经圣笔，亦不能删'。过矣，此不过步骤《河广》一章耳。余独爱公孙乘《月赋》：'月出皎兮，君子之光。君有礼乐，我有衣裳。'张平子《西京赋》：'岂伊不虔，思于天衢。岂伊不怀，归于粉榆。天命不慆，畴敢以愉。'汉碑《唐扶颂》：'如山如岳，嵩如不倾，如江如河，澹如不盈。'其句法意味，真可继《三百篇》矣。或问：《唐夫人乐府》何如？曰：'是直可继《关雎》，不当以章句摘也。'曰：'然则曹孟德"月明星稀"，嵇叔夜"目送归鸿"何如？'曰：'此直后世四言耳。工则工矣，比之《三百篇》，尚隔寻丈也。'"

杨升庵《诗话》曰："《修文殿御览》载李陵诗云：'红尘蔽天地，白日何冥冥。微阴盛杀气，凄风从此兴。招摇西北指，天汉东南倾。嗟尔穹庐子，独行如履冰。短褐中无绪，带断续以绳。泻水置瓶中，焉辨淄与渑？巢父不洗耳，后世有何称。'"此诗《古文苑》止有首二句，注云："下缺。当补入，以传好古者。"《修文殿御览》一书，今亦不传，不知升庵何从得此。

孔欣《乐府》云："相望狭路间，道狭正踟蹰。辍步相与言，君行欲焉如？淳朴久已散，荣利迭相驱。流落尚风波，人情多迁渝。势集堂必满，运去庭亦虚。竞趣尝不暇，谁肯顾桑枢。未若及初九，携手归田庐。躬耕东山畔，乐道读玄书。狭路安足游，方外可寄娱。"杨升庵称其高趣可并渊明，余谓其格调虽与渊明不叶，然其兴寄迥出于六朝诸人之上矣。

晋释惠远《游庐山诗》云："崇岩吐气清，幽岫栖神迹。希声奏群籁，响出山溜滴。有客独冥游，径然忘所适。挥手抚云门，灵关安足辟？留心叩玄扃，感至理弗隔。孰是腾九霄，不奋冲天翮。妙同趣自均，一悟超三益。"此诗世罕传，《弘明集》亦不载，独见于庐山古石刻中。

杨升庵云："唐人诗主情，去《三月篇》近，宋人诗主理，去《三百篇》远。匪惟作诗，其解诗亦然。如唐人闺情云：'袅袅庭前柳，青青陌上桑。提笼忘采叶，昨夜梦渔阳。'即《卷耳》诗首章之意也。又曰：'莺啼绿树深，燕语雕梁晚。不省出门行，沙场知近远？'又曰：'渔阳千里道，近于中门限。中门逾有时，渔阳常在眼。'又曰：'梦里分明见关塞，不知何路向金微。'又曰：'妾梦不离江上水，人传郎在凤皇城。'即《卷耳》诗后章之意也。若如今《诗传》解为托言，而不以为寄望之词，则《卷耳》之诗，乃不若唐人作闺情之正矣。若知其为思望之词，则诗之寄望深，而唐人浅矣。若使诗人九原可作，亦必印可此说耳。"

杨升庵云："《古乐府》：'暂出白门前，杨柳可藏乌。欢作沉水香，侬作博山炉。'李白用其意，衍为《杨叛儿歌》，曰：'君歌《杨叛儿》，妾劝新丰酒。何许最关情，乌啼白门柳。乌啼隐杨花，君醉留妾家。博山炉中沉香火，双烟一气凌紫霞。'《古乐府》：'朝见黄牛，暮见黄牛，三朝三暮，黄牛如故。'李白则云：'三朝见黄牛，三暮行太迟。三朝又三暮，不觉鬓成丝。'《古乐府》云：'郎今欲渡畏风波。'李白云：'郎今欲渡缘何事？如此风波不可行。'《古乐府》云：'春风复多情，吹我罗裳开。'李反其意云：'春风复无情，吹我梦魂散。'古人谓李诗出自乐府，信矣。其《杨叛儿》一篇，即《暂出白门前》之郑笺也，因其拈用，而古乐府之意益显，其妙益见。如高僧拈佛祖语，信口道出，无非妙理。岂生吞义山，拆洗杜甫者比哉！"

李端古《别离诗》云："水国叶黄时，洞庭霜落夜，行舟问商贾，罕在枫林下？此地送君还，茫茫似梦间。后期知几日，前路转多山。巫峡通湘浦，迢迢隔云雨。天晴见海峤，月落闻津鼓。人老自多愁，水深难急流。清宵歌一曲，白首对汀洲。与君桂阳别，今君岳阳待。后事忽差池，前期日空在。木落雁嗷嗷，洞庭波浪高。远山云似盖，极浦树如毫。朝发能几里，暮来风又起。如何两处愁，皆在孤舟里。昨夜天月明，长川寒且清。菊花开欲尽，荠菜拍来生。下江帆势速，五两遥相逐。欲问去时人，知投何处宿？空令猿啸时，泣对湘潭竹。"杨升庵云："此诗《端集》不载，《古乐府》有之，但题曰'二首'，非也。其诗真景实情，婉转惆怅，求之徐、庾之间且罕，况晚唐乎？大历已后，五言古诗可选，唯端此篇，与刘禹锡《捣衣曲》、陆龟蒙《茱萸匣中镜》、温飞卿《悠悠复悠悠》四首耳。今徐崦西家印《五十家唐诗》活字本，《李端集》亦有此诗，但仍分作二首耳。"

杨升庵云："东坡有诗曰：'论画以形似，见与儿童邻。作诗必此诗，定知非诗人。'言画贵神，诗贵韵也。然其言有偏，非至论也。晁以道《和公诗》云：'画写物外形，要物形不改。诗传画外意，贵有画中态。'其论始为定。盖欲以补坡公之未备也。"

六朝初唐之诗，其落句可观而诸集不载者，聊出之，以存其概。

陆季览《咏桐》："摇落依空井，生死若为心。不辞先入爨，唯恨少知音。"

许圉师《咏牛应制》："逸足还同骥，奇毛自偶麟。欲知花迹远，云影入天津。"

陈述《咏美人照镜》："插花枝共动，含笑靥俱生。衫分两处彩，钏响一边声。就中还妒影，恐夺可怜名。"

赵儒宗《咏龟》："有灵堪托梦，无心解自谋。不能著下伏，强从莲上游。"

陈昭经《孟尝君墓》:"泉户无关吏,鸡鸣谁为开?"

许倪《咏破扇》:"蔽日无全影,摇风有半凉。不堪鄣巧笑,犹足动衣香。"

黄叔度《看王仪同拜》:"春花舒汉绶,秋蝉集赵冠。浮云生羽盖,明月上银鞍。"

徐伯药《赋得班去赵姬升》:"今日持团扇,非是为秋风。"

裴延《隔壁闻妓》:"徒闻管弦切,不见舞腰回。赖有歌梁共,尘飞一半来。"

裴延《咏剪花》:"花寒未聚蝶,色艳且惊人。悬知陌上柳,应妒手中春。"

唐怡《述怀》:"万事皆零落,平生不可思。唯余酒中趣,不减少年时。"

神迥《怀欧阳山人严秀才》:"鸦鸣东牖曙,草秀南湖春。"神迥,疑一诗僧也。

吴兴妓童《赠谢府君》:"玉钗空中堕,金钿行处歇。独泣咏春风,长夜孤明月。"

沈炳《长安少年行》:"泪尽眼方暗,脾伤耳自聋。"

范洒《心诗》:"乔木耸田园,青山乱商邓。"

刘曼才《述怀》:"百年未过半,万事良可知。无益昆仑壤,空绕邓林枝。"

李君武《咏泥》:"椒涂香气溢,芝封玺文生。色逐黎阳紫,名随蜀道青。一丸封汉塞,数斗浊秦泾。不分高楼妾,持况别离情。"

周若水《赠江令公》:"东海一朝变,南冠悲独归。何当沾露草,还湿旧臣衣。"

章玄同《流所赠张锡》:"黄叶因风下,甘从洛浦限。白云何所为,还出帝乡来。"

严羽卿论诗,以为当如"水中之月,镜中之花",此诗家妙语也。又引禅家"羚羊挂角,香象渡河"等语,正以见作诗者当不落理路,不着言筌,学诗者诚不可不知此意。然观王右丞《辋川别业》与《积雨辋川庄作》、李颀《题璿上人山池》诸篇，皆从实地说，何曾作浮滥语？今人则全无血脉，一句说向东，一句说向西，以为此不落理路，不着言筌，语即水中月，镜中花也，此何异向痴人说梦？而羽卿数语，无乃为疑误后人之本耶？

元杨仲弘所选《唐音》，小时见其盛传，然格律甚卑，但音调清亮，可备初学讽咏而已。

近世选唐诗者，独高棅《唐诗正声》，颇重风骨，其格最正。

近时皇甫百泉《解颐新语》，不但文字藻丽，而诠品亦精确，可为诗家指南。

黄五岳作古诗评六十三首，亦非近代人语，当求之唐以上耳。

五岳《赏陆士衡》："照之有余晖，揽之不盈手。"余谓此二句有神助，五岳亦有神解。

卷之二十五

诗　　二

　　唐时隐逸诗人，当推王无功、陆鲁望为第一。盖当武德之初，犹有陈、隋之遗习，而无功能尽洗铅华，独存体质，且嗜酒诞放，脱落世事，故于情性最近。今观其诗，近而不浅，质而不俗，殊有魏晋之风；陆鲁望则近于里巷风谣，故皆有讽有刺，而不求工于言句之间，可谓尽善，世称秦隐君。余则以为隐君有意于作诗，去二君远甚。尝欲集无功之诗，与《笠泽丛书》并刻以传，恨力不能也。

　　沈、宋始创为律，排比律法，稳顺声势，其铸词已别是一格矣。然观其五言古诗，大率以五言律诗句用之。夫律诗句不可用于古诗中，犹古诗句不可用于律诗中也。故五言律虽工，而五言古诗终输陈拾遗一等。

　　王右丞五言有绝佳者，如《瓜园》、《赠裴十一迪》、《纳凉》、《济上四贤咏》诸篇，格调既高，而寄兴复远，即古人诗中亦不能多见者。今选诗者俱不之取，独以《西施咏》之类入选，此不知何谓？

　　韦左司性情闲远，最近《风》、《雅》。其恬淡之趣，亦不减陶靖节。唐人中五言古诗有陶、谢遗韵者，独左司一人。

　　五言绝句，当以王右丞为绝唱；七言绝句则唯王昌龄、李太白、刘宾客擅场，余不逮也。

　　风人推柳仪曹骚雅，去屈、宋不远，然亦只是仿佛其体格耳。及观刘宾客诸赋，虽不规模《骚》、《雅》，然议论超卓，铺写详赡，而铸词亦自平典，当出仪曹之上。

　　余最喜白太傅诗，正以其不事雕饰，直写性情。夫《三百篇》何尝以雕绘为工耶？世又以元微之与白并称，然元已自雕绘，唯讽谕诸篇，差可比肩耳。

初唐人歌行,盖相沿梁陈之体,仿佛徐孝穆、江总持诸作,虽极其绮丽,然不过将浮艳之词模仿凑合耳。至如白太傅《长恨歌》《琵琶行》、元相《连昌宫词》,皆是直陈时事,而铺写详密,宛如画出。使今世人读之,犹可想见当时之事。余以为当为古今长歌第一。

黄山谷《跋刘宾客柳枝词》云:"刘宾客《柳枝词》,虽乏曹、刘、陆机、左思之豪壮,自为齐梁《乐府》之将领也。"

又云:"刘梦得《竹枝》九首,盖诗人中工道人意中事者,使白居易、张籍为之,未必能也。"

中唐已后之诗,唯王建最为浅俗。《文苑英华·寄赠》内,建诗自《上武元衡相公》后十四首中间,如"脱下脚衣先得着,进来龙马每教骑"等句,此似今相礼者白席之语,麤糟鄙俚,宋元人所不道者,何足以点唐诗哉?

张籍长于乐府,如《节妇吟》等篇,真擅场之作,其七言律亦只是王建之流耳。如《早朝寄白舍人严郎中》云:"烛暗有时冲石柱,雪深无处认沙堤",此是何等语?

杨升庵《诗话》云:"李益有《乐府杂体》一首,云:'蓝叶郁重重,蓝花石榴色。少妇归少年,光华自相得。爱如寒烟火,弃若秋风扇。山岳起面前,相看不相见。春至草亦生,谁能无别情。殷勤展心素,见新莫忘故。遥望孟门山。殷勤报君子。既为随阳雁,勿学西流水。'此诗比兴,有古乐府之风,或云非益诗,乃人代霍小玉寄益之作也。"

且无论晚唐,只如中唐人诗,如"月到上方诸品静,身持半偈万缘空"之句,兴象俱佳,可称名作。若"庐岳高僧留偈别,茅山道士寄书来。燕知社日辞巢去,菊为重阳冒雨开"。如此等句,细味之亦索然者,而世传诵以为佳,何耶?岂承袭既久,亦世之耳鉴者多也!

唐人小说云:"杜牧之在牛奇章幕中,每夜出狭斜痛饮,酣醉而归,奇章常令人潜护之。及牧之还朝,奇章戒以节饮,勿复轻出为言。牧之初犹抵饰,奇章命出报帖一箧示之,皆每夜街吏所报杜书记平善帖子。杜始愧谢。"余尝疑牧之虽有才藻,然浮薄太甚,奇章似待之太过。及观其《少年行》云:"豪持出塞节,笑别远山眉。"其风流豪侠之气,犹可想见。及观其《罪言》与《原十六卫》诸文,则知牧之盖有志于经略，或不得试，而轻世之意，顾托之此耶？ 则奇章之爱才，未为过也。

齐梁体自盛唐一变之后，不复有为之者。至温、李出，始复追之。今观温飞卿《西州曲》"单衫杏子红，双鬓鸦雏色"之句，及李义山《无题》云："八岁偷照镜，长眉已能画。十岁去踏青，芙蓉作裙衩。十二学弹筝，银甲不曾卸。十四藏六亲，悬知犹未嫁。十五泣春风，背面秋千下。"《无题》云："照梁初有情，出水旧知名。裙衩芙蓉小，钗茸翡翠轻。锦长书郑重，眉细恨分明。莫近弹棋局，中心最不平。"《咏月》云："池上与桥边，难忘复可怜。帘开最明夜，簟卷已凉天。流处水花急，吐时风叶鲜。姮娥无粉黛，只是逞婵娟。"《咏荷花》云："都无色可并，不奈此香何。瑶席乘凉设，金羁落晚过。回衾灯照绮，渡袜水沾罗。预想前秋别，离居梦棹歌。"《效江南曲》云："郎舡安两桨，侬舸动双桡。扫黛开宫额，裁裙约楚腰。乖期方积思，临醉欲拚娇。莫以采菱唱，欲羡秦台箫。"又《效徐陵体赐更衣》云："密帐真珠络，温帏翡翠装。楚腰知便宠，宫眉正斗强。结带悬栀子，绣领刺鸳鸯。轻寒衣省夜，金斗熨沉香。"此作杂之《玉台新咏》中，夫孰有能辨之者？

罗隐诗虽是晚唐，如"霜压楚莲秋后折，雨催蛮酒夜深酤"，亦自婉畅可讽。

杨升庵云："女侍中，魏元义妻也；女学士，孔贵嫔也；女校书，唐薛涛也；女进士，宋女娘林妙玉也；女状元，王蜀黄崇嘏也。崇嘏，临邛人，作诗上蜀周庠，庠首荐之，屡摄府县吏事，剖决精敏，胥徒畏服。庠欲妻以女，嘏以诗辞之曰：'一辞拾翠碧江湄，贫守蓬茅但赋诗。自服蓝衫居郡掾，永抛鸾镜画娥眉。立身卓尔青松操，挺志坚然白璧姿。幕府若容为坦腹，愿天速变作男儿。'庠大惊，具奁嫁之。传奇有《女状元》、《春桃记》，盖黄氏也。"

黄山谷云："元祐初，与秦少游、张文潜论诗，二公初不谓然。久之，东坡以为一代之诗当推鲁直，二公遂舍其旧而图新。方其改辕易辙，如枯弦敝轸，虽能成声，而疏阔迭宕，不满人耳。少焉，遂能使师旷忘味，钟期改容也。"

宋初之诗，刘子仪、杨大年诸人皆学李义山，谓之西昆体。然义山盖本之少陵也。当时犹具体而微，至神宗朝，苏东坡、黄山谷、王半山、陈后山诸公出，而诗道大备。东坡、山谷专宗少陵，半山稍出入盛唐，后山则规模中唐，简质可尚。

南宋陈简斋、陆放翁、杨万里、周必大、范石湖诸人之诗，虽则尖新，太露圭角，乏浑厚之气。然能铺写情景，不专事绮缛，其与但为风云月露之形者，大相迳庭，终在元人上。世谓元人诗过宋人，此非知言者也。

元人诗，昔人独推虞、范、杨、揭，谓之四大家。盖虞道园、范清江、杨仲弘、揭曼硕四人也。四人之诗，其格调具在，固不可不谓之大家，但乏思致，求其言外之趣，则索然耳。余于元人中，独取张外史、倪云林二人之诗。外史寓迹于黄冠，住杭州开元宫登善院，又往来于华阳洞曲林馆中，盖葛稚川、陶真白之流也。昔人谓其善谈名理，尝见其古诗数首，大率似阮嗣宗《咏怀》，其趣溢出于言句之外，其即所谓名理者耶？余爱而录之，以俟知者。昔阮光禄道《白马论》，以为正索一解人亦不可得，此不可与不知者道也。

"不爱昆冈玉，不爱江汉珠。爱己有苍璧，有之利有余。吾生为我有，其利当何如？论爵不足贵，论富不能逾。达生命之情，顺生以自娱。"

"荆人有遗弓，索之将奚为？且荆人遗之，乃荆人得之，孔子闻之曰：'去其荆可耳。'老聃闻则曰：'去其人可矣。'天下有至公，孔聃得其理。天地且弗有，莫知其所始。"

"墨子叹染丝，所叹一何长。染于苍则苍，染于黄则黄。奚独染丝然，染国在所当。有染如伊、皋，禹、汤称圣王。殷纣染恶来，既染国亦亡。染士如孔、聃，死久道弥光。"

"鲁君聘颜阖，逾垣避使者。我非恶富贵，君胡独不舍。全生以为上，迫生以为下。当知得道人，治国其土苴。"

"虞人百里奚，所鬻五羊皮。有得其说者，乃是公孙枝。献诸秦穆公，四境不足治。贤者倘不遇，后世谁当知。"

"昔者齐桓公，往见小臣稷。一日凡三至，欲见且弗得。骜爵固轻主，骜霸亦轻士。大夫纵骜爵，骜霸吾敢尔。所以终见之，不为从者止。谁云内行缺，论霸亦可矣。"

"桓公遇宁戚，饭牛中夜起。赐之以衣冠，一说境内理。再说为天下，桓公以师事。卫与齐不远，安用疑客子。不患有小恶，所患亡大美。且人固难全，用长当若此。"

"业烦则无功，礼烦则不庄，令苛则不听，禁多则不行。国人逐狡兔，因之杀子阳。严刑无所赦，适见召乱亡。"

"齐有善相狗，假买取鼠者。数年不取鼠，畜之不如舍。相曰'实良狗，志在獐麋鹿。欲观取鼠能，请桎其后足。'桎足乃取鼠，淹尔骥骜气。安得忘言徒，喻此鸿鹄志。"

"燕雀争善处，处在大屋下。姁姁甚相乐，子母得相哺。一朝灶突决，火炎屋栋毁，燕雀色不变，不知祸及己。人臣私聚敛，迷国坏纲纪。孰谓斯人智，不如燕雀耳。"

右张外史古诗十首，余尝得一挂轴，乃倪云林作小楷书之者，书学大令，亦妙绝。每意绪不佳，即取出悬之，吟讽数回，觉形神俱畅。

张贞居《独酌》一首，乃陈谷阳手书者。诗曰："静极忽不惬，掩书曝前轩。荣木樊四维，时禽托孤园。群物方趋功，吾衷恒晏然。本乏超世才，偶脱区中缘。妙理寄浊醪，嘉名爱灵仙。从吾所好耳，富贵须何年。"此诗若置之陶、韦集中，当无愧色。

倪云林，无锡人，名瓒，字元镇。家饶于财，所居有清閟阁、云林堂，备萧洒幽深之致。性不喜见俗人，遇便舍去，盖出尘离垢之士也。遭元末之乱，遂弃家，乘扁舟，飘然于五湖三泖之间。其诗法韦苏州，思致清远，能道不吃烟火食语。昔人言韦苏州鲜食寡欲，爱扫地焚香而坐，云林实类之，盖不但其诗之酷似而已。

元人最称杨铁崖。其才诚为过人，然不过学李长吉。其高者，近李供奉，终非正脉。

袁潜翁，名介，字可潜，即海叟之父。其先自蜀来，占籍华亭。可潜元末为府掾，以诗名。子凯，世其学，遂卓冠当代。可潜诗世传其《检田吏》一篇。"有一老翁如病起，破衲褴裰瘦如鬼。晓来扶向官道傍，哀告行人乞钱米。时予捧檄离江城，解后一见怜其贫，倒囊赠与五升米，试问'何故为贫民？'老翁答言'听我语，我是东乡李千五。家

贫无本为经商，只种官田三十亩。延祐七年三月初，卖衣买得犁与
锄。朝耕暮耘受辛苦，要还私债及官租。谁知六月至七月，雨既绝无
潮又竭，欲求一点半点雨，不啻农夫眼中血。滔滔黄浦如沟渠，田家
争水如争珠。数车相接接不到，稻田一旦成沙涂。官司八月受灾状，
我恐征粮吃官棒。相随邻里去告灾，十石秋粮望全放。当年隔岸分
吉凶，高田尽荒低田丰。县官不见高田旱，将谓亦与低田同。文字下
乡如火速，勒我将田都首伏。只因嗔我不肯首，尽把我田批作熟。太
平九月早开仓，主首贫乏无可偿。男名阿孙女阿惜，逼我嫁卖赔官
粮。阿孙卖与运粮户，即日不知在何处。可怜阿惜犹未笄，嫁向湖州
山里去。我今年纪七十奇，饥无口食寒无衣，东求西乞度残喘，无由
早向黄泉归。'旋言旋拭腮边泪，予亦羞惭汗沾背，'老翁老翁勿复言，
我是今年检田吏。'"此篇质直，似《木兰诗》，其有关时事，则少陵《石
壕吏》、白太傅讽谕之类也。海叟诗格调虽高，亦只是诗人之雄耳。
苟以六义论之，较之家公，恐不得擅出蓝之誉。

　　杨铁崖将访倪云林，值天晚，泊舟于滕氏之门。滕乃宋学士元发
之后，富而礼贤，知为铁崖，延请至家。铁崖曰："有紫蟹醇醪，则可。"
主人曰："有。"铁崖入门，主人设盛馔，出二妓侑觞，且命伎索诗。铁
崖援笔立成，曰："飒飒西风秋渐老，郭索肥时香晚稻。两螯盛贮白璃
瑶，半壳微含红玛瑙。忆昔当年苏子瞻，较脐咄咄论团尖。我今大嚼
不知数，况有醇醪如蜜甜。"此诗颇豪宕可爱。

卷之二十六

诗　　　三

　　松江袁景文_凯，其古诗学《选》，七言律与绝句宗杜，格调最正，故李空同、何大复称其为我朝国初诗人之冠。近有以高太史为过之者，高比袁稍阔大，然不能脱元人气习。若论体裁，终是袁胜。

　　杨铁崖选《大雅集》，独取海叟《咏蚊》一首。诗末云："东方日出苦未明，老夫闭门不敢行。"盖言元政酷虐，王室如毁，而小人贪残如蚊蚋，嘬人脂血。至我明革命，人若可以少安矣。然明而未融，蚊蚋尚未尽去，故闭门而不敢行。似有讥切圣祖之意。此首集中不载。

　　袁海叟尤长于七言律，其《咏白燕诗》，世尤传诵之。而空同以为《白燕诗》最下最传，盖以其咏物太工，乏兴象耳。

　　朱凤山选海叟诗为《在野集》，如《白燕诗》"故国飘零事已非"，改作"老去悲来不自知"；《闻笛诗》"雨声终日过闲门"，改作"羽声随处有闲门"，殊失海叟之意，正苏长公所谓为庸俗人所乱者耶？凤山名岐凤，是举人，能诗，有才名，亦刻有小集。尝见其一联云："嗜酒杨雄甘寂寞，忍贫原宪厌繁华。"亦似可诵。

　　我朝如杨东里、李西涯二公，皆以文章经国，然只是相沿元人之习。至弘治间，李空同出，遂极力振起之。何仲默、边庭实、徐昌毂诸人，相与附和，而古人之风几遍域中矣。律以古人，空同其陈拾遗乎？

　　李西涯当国时，其门生满朝。西涯又喜延纳奖拔，故门生或朝罢，或散衙后，即群集其家，讲艺谈文，通日彻夜，率岁中以为常。一日，有一门生归省，兼告养病还家。西涯集同门诸人饯之，即席赋诗为赠。诸人中独汪石潭才最敏，诗先成。中有一联云："千年芝草供灵药，五色流泉洗道机。"众人传玩，以为绝佳。遂呈稿于西涯。西涯将后一句抹去，令石潭重改。众皆愕然。石潭思之，亦终不复能缀。

众以请于西涯，曰："吾辈以为抑之此诗绝好，不知老师何故以为未善？"西涯曰："归省与养病是二事。今两句单说养病，不及归省，便是偏枯。且又近于合盘。"众请西涯续之。西涯即援笔书曰："五色宫袍当舞衣。"众始叹服。盖公于弘治、正德之间为一时宗匠，陶铸天下之士，亦岂偶然者哉！

世人独推何、李为当代第一，余以为空同关中人，气稍过劲，未免失之怒。张大复之俊节亮语，出于天性，亦自难到，但工于言句，而乏意外之趣，独边华泉兴象飘逸，而语亦清圆，故当共推此人。

顾尚书东桥好客，其坐上常满；又喜谈诗。余尝在坐，闻其言曰："李空同言作诗必须学杜，诗至杜子美，如至圆不能加规，至方不能加矩矣。"此空同之过言也。夫规矩，方圆之至，故匠者皆用之，杜亦在规矩中耳。若说必要学杜，则是学某匠，何得就以子美为规矩耶？何大复所谓"舍筏登岸"，亦是欺人。

东桥一日又语客曰："何大复之诗虽则稍俊，然终是空同多一臂力。"

马西玄《游西山诸寺》古诗十余首，其清警藻绚，出何、李上。今所刻行一小本，乃胡可泉校定者。其全集有诗六本，文四本，王槐野以此见托，恨余贫薄，尚未能入梓。余受二公之知最深，倘数年未死，终当了此一事。此百世大业，若使其湮灭不传，则负二公者多矣。

我朝文章，在弘治、正德间可谓极盛。李空同、何大复、康浒西、边华泉、徐昌穀，一时共相推穀，倡复古道。而南京王南原、顾东桥、宝应朱凌溪，则其流亚也。然诸人犹以吴音少之。稍后则有亳州薛西原蕙、祥符高子业叔嗣、广西戴时亮钦、沁水常明卿伦、河南左中川国玑、关中马西玄汝骥诸人。薛西原规模大复，时出入初唐，而过于精洁，失其本色，便觉太枯。高子业是学中唐者，故愈淡而愈见其工耳。马西玄极重戴时亮，二公皆工初唐故也。左国玑、常明卿宗李翰林，皆"翩翩欲度骅骝前"者也。他如王庸之教、李川甫濂，则空同门人，樊少南鹏、戴仲鹖冠、孟望之洋，则大复门人，譬之孔门，其田子方、荀卿之流欤？

余在衙门时，每坐堂后，槐野先生必请至后堂，闲讲半日。偶一日，出一卷展视，乃顾东桥、文衡山、蔡林屋、王雅宜诸人之作。盖许石城与诸公游，故得其所书平日之作，装成此卷，求槐野作跋语。槐野逐句破调，无一当其意者。盖此老学杜，余尝听其论诗，必要有照映，有开合，有关楗，有顿挫，而南人唯重音调，不甚留意于此。若近时吴下之作，不复有首尾矣。使槐野见之，又当何如耶？

都南濠小时，学诗于沈石田先生之门。石田问近有何得意之作，南濠以《节妇诗》首联为对。其诗曰："白发贞心在，青灯泪眼枯。"石田曰："诗则佳矣，然有一字未稳。"南濠茫然，避席请教。石田曰："尔不读《礼经》乎？经云：'寡妇不夜哭。'何不以'灯'字为'春'字。"南濠不觉叹服。

沈石田诗有绝佳者，但为画所掩，世不称其诗。余家有其画二幅，上皆有题。其一七言者云："幽居临水称冥栖，蓼渚沙坪咫尺迷。山雨忽来苏溜细，溪云欲堕竹梢低。檐前故垒雌雄燕，篱脚秋虫子母鸡。此处风光小韦杜，可能无我一青藜。"此诗情景皆到，而律调亦清新。今之作诗者，岂容易可及？画学黄子久，亦甚佳。今质在朱象玄处。

吴中旧事，其风流有致足乐咏者。朱野航乃荐门一老儒也，颇攻诗，在篠嵒王氏教书。王亦吴中旧族，野航与主人晚酌罢，主人入内。适月上，野航得句云："万事不如杯在手，一年几见月当头？"喜极发狂，大叫扣扉，呼主人起，咏此二句。主人亦大加击节，取酒更酌，至兴尽而罢。明日，遍请吴中善诗者赏之，大为张具，征戏乐留连数日。此亦一时盛事也。

余至姑苏，在衡山斋中坐，清谈尽日。见衡山常称"我家吴先生"，"我家李先生"，"我家沈先生"，盖即匏庵、范庵、石田，其平生所师事者，此三人也。一日，论及石田之诗，曰："我家沈先生诗，但不经意写出，意象俱新，可谓妙绝。一经改削，便不能佳。今有刻集，往往不满人意。"因口诵其率意者二三十首，亹亹不休。即余所见，石田题画诗甚多，皆可传咏，与集中者如出二手。乃知衡山之论不虚也。

衡山尝对余言："我少年学诗，从陆放翁入门，故格调卑弱，不若诸君皆唐声也。"此衡山自谦耳。每见先生题咏，妥贴稳顺，作诗者孰能及之？今人作诗，如咏一物，撇了题目，不知说到甚处去。又一句说上天，一句说下地，都不辨有首尾，亦无血脉。动辄即言："此盛唐也。""此中唐也。"而见者同声和之，乃知觅一堂上人，正自不易。

钱同爱字孔周，其家累代以小儿医名吴中，所谓"钱氏小儿"者是也。同爱少美才华，且有侠气，与衡山先生最相得。衡山长郎寿承，即其婿也。同爱每饮，必用伎，衡山平生不见伎女，二公若薰莸不同器，然相与一世，终不失欢。余箧中所藏衡山一画，乃赠同爱者。上题云："团坐清谈麈尾长，墨痕狼藉练裙香。水亭纨扇歌杨柳，春院琵琶醉海棠。王谢风流才子弟，齐梁烟月锦篇章。豪华岂是泥沙物？好在挥书白玉堂。"盖写同爱之风流，宛如画出。而衡山才情美丽，当亦不减宋广平矣。

徐髯仙，豪爽迭宕人也。数游狭斜，其所填南北词，皆入律。衡山题一画寄之，后曰："《乐府》新传《桃叶渡》，彩毫遍写薛涛笺。老我别来忘不得，令人常想秣陵烟。"盖亦有所取之也。

衡山最喜评校书画，余每见，必挟所藏以往，先生披览尽日。先生亦尽出所畜，常自入书房中，捧四卷而出。展过，复捧而入，更换四卷。虽数反不倦。一日，早往，先生手持一扇，语某曰："昨晚作得一诗，赠君读罢。"某曰："恨无佳轴，得老先生书一挂幅，甚好。"先生曰："昨偶有人持绢轴求书，甚好。当移来写去。即褙一轴补还之可也。"遂又书一挂幅，诗曰："高天厚地千年句，虹月沧江百里舟。君似南宫抱深癖，我于东野欲低头。苍苔白石柴门迥，寂昼清阴别院幽。自笑子云甘落寞，故人麁粝肯淹留。"后题云："元朗自云间来访，兼载所藏古图书见示。淹留竟日，奉赠短句。""高天厚地"乃孟东野诗中语也。

熊轸峰名宇，字元性，长沙人也。性高简，能文，攻诗，为松江守。有《郡斋赏牡丹诗》。尝忆得其上半首，云："和风湛露万人家，栏槛当门一树遮。正忆桑麻沾细雨，更添珠玉对名花。"词既妙丽，况正是做大守的说话。又尝作绝句二首赠余。其一曰："文章如画界，中有支天山。觉我道区明，经纬恢儒寰。"其二曰："文章如白璧，春露围玉兰。与子共雕琢，泽物脉溥溥。"手书郑重。其所以属望于某者甚厚，常恨志业不遂，终无以报先生矣。此亦郡中故事，漫识之。

熊轸峰在任时，适聂双江亦以御史升苏州太守。双江偶以公事来松，二公同举进士，又同年中最有才望者。轸峰设席于白龙潭款之，遂相与讲学，各赋近体一章，双江诗曰："重阳曾此坐探禅，回首风烟又五年。霜醉高枫秋入树，云垂香稻晚肥田。应惭白发虚琴鹤，偶系黄花泛酒船。共笑此生真浪迹，息机焉得诸鸥前？"轸峰诗曰："不悟良知定悟禅，临潭讲学自当年。静涵龙德光腾汉，早事春农玉满田。吹帽最怜忧国士，濯缨旋理泛江船。金兰更接同心侣，千载风雩云影前。"二诗皆清新警拔，且中间有无限理趣。后有作志者，亦可备郡中一故事。

严介老之诗，秀丽清警，近代名家，鲜有能出其右者。作文亦典雅严重。乌可以人而废之？且怜才下士，亦自可爱。但其子黩货无厌，而此老为其所蔽，遂及于祸，又岂可以子而废其父哉。

余尝至南京，往见东桥。东桥曰："严介溪在此，甚爱才，汝可往见之。"尔时介溪为南宗伯，东桥即差人持帖子送往。某赍一行卷，上有诗数十首。此老接了，即起身作揖过，方才看诗。至《咏牛女》"情随此夜尽，恩是隔年留"等句，皆摘句叹赏。是日遂留饭。后壬子年至都，在西城相见，拳拳慰问，情意暖然。后亦数至其家，见其门如市，而事权悉付其子，可惜，可惜。

余在都，见双江于介老处认门生。余问之，双江曰："我中乡举时，李空同做提学，甚相爱。起身会试，往别之。空同曰：'如今词章之学，翰林诸公严惟中为最，汝至京，须往见之。'故我到京，即造见，执弟子礼。"今已几四十年矣。

唐六如尝作《怅怅词》，其词曰："怅怅莫怪少时年，百丈游丝易惹牵。何岁逢春不惆怅？何处逢情不可怜？杜曲梨花杯上雪，灞陵芳草梦中烟。前程两袖黄金泪，公案三生白骨禅。老去思量应不悔，衲衣持钵院门前。"此诗才情富丽，亦何必减六朝人耶。

王雅宜之诗，清警绝伦，无一点尘俗气，真所谓天上谪仙人也，所欠者沉着耳。中道而夭，未见其止，惜哉！

黄五岳、皇甫百泉之诗，格调既正，辞复俊拔。黄掌写精深，皇甫思致渊永，余以为徐迪功之后，当共推此二人。世复有异同者，正杜少陵所谓"不觉前贤畏后生"者耶！

余赴官南馆，京师诸公赠行诗不下数十首，唯董浔阳五言律三首最工，今录出以示谈艺者。其一曰："执戟余方倦，摛词尔独雄。人分两都别，官为陆沉同。长路多秋草，虚堂急暮虫。更怜他夜月，清影隔江东。"其二曰："载笔新供奉，承恩旧帝京。离宫通秘署，江水切蓬瀛。待问称书府，高谈谢墨卿。迩来闻纸贵，知尔赋初成。"其三曰："行行远送将，此去羡仙郎。作吏真成隐，之官却到乡。千峰在城阙，一水限河梁。别后凭谁寄，秋蕙岁岁芳。"

余友朱射陂曰藩最工诗，但平生所慕向者刘南坦、杨升庵二人，故喜用僻事，时作险怪语。余戊午年致仕，南都诸公押衡山"莺"字韵诗见赠，射陂后一联云："烟灌野阴滋畎蕙，宫城曙月响山莺。"其前一句余不能解，盖有所本，必非杜撰语，但余偶不能省耳，终是欠妥。其七言律之学温、李者，可称入律。

莺字韵诗，独许石城一联云："买得曲池堪斗鸭，种成芳树好藏莺。"殊有雅思。

嘉靖中火灾后，朝廷将鼎新三殿，令两京各衙门官出银助工。时朱射陂为主客正郎，尝作一诗云："五云深处凤楼开，中外欣欣尽子来。敢谓鹭鸶能割股，愿同鹦鹉可消灾。司空惯见如无物，村仆何知叹破财！安得黄金高北斗，即教三殿丽蓬莱。"虽则戏调之辞，然有讽有谕，切中事情，其即所谓六义无阙者耶？

余见衡山有《饮酒诗》一首，曰："晚得酒中趣，三杯时畅然。难忘是花下，何物胜尊前？世事有千变，人生无百年。唯应骑马客，输我北窗眠。"余爱其有雅致，绝似白太傅。

余寓居姑苏时，尝过皇甫百泉小饮。百泉次日作诗来谢，中一联云："瓮非邻舍酒，脍是故乡鱼。"后己巳年，余移家归松，王玉遮来访，泊舟河下。酒半，作诗赠余，舟中自取一轴书之，对客挥洒立就，中一联云："门柳旧五树，江鲈新四腮。"夫二诗摹写皆可谓极工，但中间稍有不同，而体貌殊别。乃知诗家作用，变出幻入，不可以神理推，不可以意象测。情景日新，由人自取。巧者有余，拙者不足，盖若由于天授。苟所受有限，终不能以力强也。

余尝至阊门，偶遇王凤洲在河下。是日，携盘槅至友人家夜集，强余入坐。余袖中适带王赛玉鞋一只，醉中出以行酒。盖王脚甚小，礼部诸公亦常以金莲为戏谈。凤洲乐甚，次日，即以扇书长歌来惠，中二句云："手持此物行客酒，欲客齿颊生莲花。"盖不但二句之妙，而凤洲之才情，亦可谓冠绝一时矣。

杨升庵云："长安大市有两街，街东有'康昆仑琵琶'，号为'第一手'，谓街西必无己敌也，遂登楼弹一曲新翻调《绿腰》。街西亦建一楼，东市大诮之。及昆仑度曲，西楼出一女郎，抱乐器，亦弹此曲，移入《枫香调》中，妙绝入神。昆仑惊骇，请以为师。女郎遂更衣出，乃庄严寺段师善本也。翌日，德宗召之，大加奖异。争令昆仑弹一曲。段师曰：'本领何杂？兼带邪声。'昆仑惊曰：'段师，神人也。'德宗令授昆仑，段师奏曰：'且请昆仑不近乐器十数年，忘其本领，然后可教。'诏许之。后果穷段师之艺。朱子《答人论诗书》曰：'来书谓漱六艺之芳润，良是。但恐旧习不除，渣秽在胸，芳润无由入耳。'"近日有一雅谑，可证此事。有一新进，欲学诗，华容孙世其戏谓之曰："君欲学诗，必须先服巴豆、雷丸，下尽胸中程文策套，然后以《楚词》《文选》为泠粥补之，始可语诗也。"士林传以为笑。

尝对孙季泉极称黄质山淳父之诗，季泉曰："吾亦见其诗，时有省眼句。"

近日镇江一庠友来松，乃邬佩之之子。佩之以诗名家，其子亦有文。余款之饭，见其扇头有细书诗数首，取视之。中有一联云："匣有鱼肠堪借客，世无狗监莫论才。"余极爱之，以为近代之诗亦难得如此者。后题名曰"陆君弼"。后访之，陆乃江都人，欧仑山弟子也。

吾友徐长谷见诗文之佳，则曰："此人肚内有丹。"又尝见语云："公肚中曾结过丹。凡有语言，便与人不同。"此虽见诮，然长谷此言自是正法藏中第一妙诀也。学者若悟得，便是如来高足弟子。然举此一大公案告人，无一人肯信。今人遍身穿着罗绮，光怪夺目，然肚中不曾有饭，何论于丹。

昆山顾茂俭妹，乃雍里方伯之女，皇甫百泉之甥也。嫁孙金宪家为妇，甚有才情。尝有《春日诗》云："春雨过春城，春庭春草生。春闺动春思，春树叫春莺。"余谓此诗可置《玉台新咏》中。

　　嘉定一民家之妇，平日未尝作诗，临终书一绝与其夫，曰："当时二八到君家，尺素无成愧枲麻。今日对君无别语，免教儿女衣芦花。"亦凄婉可诵。此二事，殷无美说。

　　世有一诗谜云："佳人佯醉索人扶，露出胸前白玉肤。走入帐中寻不见，任他风水满江湖。"乃贾岛、李白、罗隐、潘阆四人名也。

卷之二十七

书

孔子曰："游于艺。"又曰："吾不试，故艺。"古称六艺，书其一也。盖自庖牺氏作书契，以代结绳之政，书其肇于此矣。其后仓颉造字，而天雨粟，鬼神泣，则以其泄天地之秘也。然使当时无文字，则后世无《六经》矣。其所系不甚大哉！书法自篆变而为隶，隶变而为楷，楷变而为行草，盖至晋而书法大备。晋人书，世已罕见，即唐临晋帖，世已称为奇宝矣。故宋黄长睿最号博古，然自以为不能别晋人书，但断自唐以下而已。而米南宫讪笑之，随所至之处即扁"宝晋斋"，盖为长睿也。今唐人之迹已自难得，唯宋以下诸公，世或有其书。余家宋人书亦有数十种，今皆卖去，不复存矣。兹以古人评书其灼然有见者出之。

书家自史籀之后，即推李斯小篆。观诸山刻石皆大书，而作细笔，劲挺圆润，盖尽去皮肉而筋骨独存，此书家之最难者也。至蔡中郎作大篆，则稍兼肉矣。唐时称李阳冰。阳冰时作柳叶，殊乏古意；间亦作小篆，然不见有劲挺圆润之意，去李斯远矣。南唐徐鼎臣始为玉箸，骨肉匀圆，可谓尽善。元时有吾子行，国初则周伯琦，宗玉箸，似乎少骨，而吾松朱孟辨实为过之。

宪、孝朝李西涯与乔白岩用小篆，徐子仁宗玉箸，皆入妙品。此篆书之流派也。

夫八分书之流传于世者，独蔡中郎《夏承碑》。盖言用篆之二分，兼隶之八分，是于二者之间，别构一体。《夏承碑》正用此也。其圆匀苍古，可谓绝妙，后亦无有能继之者矣。

卫恒《四体书序》曰："上谷王次仲善隶书，始为楷法。汉灵帝好书，时多能者，而师宜官为最，甚矜其能。每书，辄焚其札。梁鹄乃益为版，而饮之酒。候其醉，而窃其札。鹄卒以攻书为比部尉。后依刘表。荆州平，魏公募求鹄。鹄惧，自缚诣门。署军假司马，使在秘书，以勤书自效。公尝悬着帐中，及以钉壁玩之，谓胜宜官。鹄字孟皇，安定人。魏宫殿题署皆其书也。"

隶书当以梁鹄为第一。今有《受禅》、《尊号》二碑，及《孔子庙碑》，皆是孔庙碑，是陈思王撰文，梁鹄书，亦二绝也。盖承中郎之后，去篆而纯用隶法，是即隶书之祖也。今世人共称唐隶，观史维则诸人之笔，拳局蠖缩，行笔太滞，殊不足观。至元则有吴叡、孟思褚、夅士文，皆宗梁鹄，而吾松陈文东为最工。至衡山先生出，遂迥出诸人之上矣。近时有徐芳远，亦写隶书，其源出于朱协极，此是一种恶札也。

正书祖钟太傅，用笔最古，至右军稍变遒媚，如《黄庭经》、《乐毅论》，皆神笔也。此后历唐、宋，绝无继者。惟赵松雪与文衡山小楷，直追右军，遂与之抗行矣。

余家有松雪小楷《大洞玉经》，字如蝇头，共四千八百九十五字，圆匀遒媚，真可与《黄庭》并观。余常呼为"墨皇"，每移至衡山斋中，即竟日展玩。在南京，因囊中空乏，有人以重赀购去。至今时在梦寐也。

王僧虔云："变古制今，惟右军领军尔。不尔，至今犹法钟、张也。"《书断》云："王献之变右军行书，号曰'破体书'。"由此观之，世称"钟、王"不知王之书法已非钟矣。又称"二王"，不知献之书法，已非右军矣。自卫伯玉父子擅行草之妙，其后王右军得法于卫夫人，遂集书家之大成。至其子大令，与右军抗行，所谓"翩翩欲度骅骝前"也。此外如庾征西、王世将、王领军，至宋世萧子云，以及僧智永，大率宗尚右军，皆晋法也。至唐，则各自成家，区分派别，而晋法稍变矣。

《谈苑醍醐》云："梁武帝造寺，令萧子云飞白大书一'萧'字。至今存焉。李约竭产，自江南买归东洛，建一小亭以玩，号曰'萧斋'，见《尚书故实》。《书苑》载约作《萧字赞》云：'抱素日洁，含章内融。逸疑方外，纵在矩中。'又宋荣咨道以五十万钱买虞世南《夫子庙碑》旧本，见《山谷文集》，此庄子所谓真好也。"

宋时维蔡忠惠、米南宫用晋法，亦只是具体而微。直至元时，有赵集贤出,始尽右军之妙,而得晋人之正脉。故世之评其书者,以为上下五百年,纵横一万里,举无此书。又曰:自右军以后,唐人得其形似,而不得其神韵;米南宫得其神韵,而不得其形似。兼形似神韵而得之者,惟赵子昂一人而已。此可为书家定论。

唐人书,欧阳率更得右军之骨,虞永兴得其肤泽,褚河南得其筋,李北海得其肉,颜鲁公得其力,此即所谓皆有圣人之一体者也。其后徐季海则师褚河南,张从申则宗李北海,柳公权则规模颜鲁公,而去晋法渐远矣。

"今之鄙陋者,于所好无如饮食,犹秤薪数米,况肯轻财贵文,如古人乎!"余谓升庵此论固当。然秤薪数米,是不欲暴殄天物,犹可言也;至有积财巨万,犹日夜营求不已,若见古人之迹,弃之不啻敝屣者,又不知何如也!

王绍宗善书,《与人书》云"鄙人书翰无工者,特由水墨积习,恒精心率意,虚神静思以取之"。此诚得书家三昧者矣。杨升庵云:"虞永兴亦不临写,但心准目想而已。"然此可与上智道,若下学,必须临摹。唐太宗云:"卧王濛于纸中,坐徐偃于笔下,则可以嗤萧子云矣。"然后知临摹之益大矣。宋人惟蔡忠惠、米南宫晋法也。若苏长公,则从褚河南、徐季海来,黄山谷专学颜鲁公。苏长公,世评其书为纯绵裹铁,若方之徐,则苏有神韵,山谷较之颜,觉力稍不逮。

袁裒云:"右军用笔,内撅而收敛,故森严而有法。大令用笔,外拓而开扩,故散朗而多姿。"

山谷言:"右军笔法如孟子言性,庄周谈自然,从说横说,无不如意。非复可以常理待之。"

山谷云:"大令草法殊逼伯英,淳古少可恨,弥觉成就尔。所以论书者,以右军草入能品,而大令草入神品也。余以右军父子草书比之文章,右军似左氏,大令似庄周,由晋以来,难得脱然都无风尘气。似二王者,惟颜鲁公、杨少师,仿佛大令耳。鲁公书,今人随俗多尊尚;少师书,口称善而腹非也。欲深晓杨氏书,当如九方皋相马,遗其玄黄牝牡,乃得之。"

东坡《书唐氏六家书后》云:"永禅师书,骨气深稳,体兼众妙,精能之至，反造疏淡，如观陶彭泽诗，初若散缓不收，反覆不已，乃识其奇趣。欧阳率更书，妍紧拔群，尤工于小楷，高丽遗使购其书，高祖叹曰：'彼观其书，以为魁梧奇伟人也。'此非知书者。凡书象其为人，率更貌寒寝，敏悟绝人；观其书，劲崄刻厉，正称其貌耳。褚河南书清远萧散，微杂隶体。古之论书兼论其平生，苟非其人，虽工不贵也。河南固忠臣，但有潜杀刘洎一事，使人怏怏然。余尝考其实，恐刘洎末年褊忿，实有伊霍之语，非潜也。张长史草书，颓然天放，略有点画处，而意态自足，号称神逸。今世称善草者或不能真、行，此大妄也。真生行，行生草，真如立，行如行，草如走。未有未能行、立而能走者也。今长安犹有长史真书《郎官石柱记》，作字简远，如晋、宋间人。颜鲁公奇秀独出，一变古法，如杜子美诗，格力天纵，奄有汉、魏、晋、宋以来风流。后之作者，殆难复措手。柳少师书本出于颜，而能自出新意，一字百金，非虚语也。其言'心正则笔正'者，非独讽谏，理固然也。世之小人，字虽工，而其神情终有睢盱侧媚之态，不知人情随想而见，如韩子所谓窃斧者乎？抑真尔也？然至使人见其书而犹憎之，则其人可知矣。"

东坡论书，云："大字难于结密而无间，小字难于宽绰而有余。"

山谷云："欧阳率更书，所谓直木曲铁法也。如甲胄，有不可犯之色，然未能端冕而有德威也。"

山谷言：尝论近世三家书云：王著如小僧缚律，李建中如讲僧参禅，杨凝式如散僧入圣。

余平生所见法书，唯董中峰家永师《千文》为第一，衡山跋尾亦以为观智永《千文》，凡数本，皆在此本下。其子都事君出以见示。其次张明崖都宪家所藏《赵模行草初唐人诗数首》，王凤洲廉使家《虞永兴哀策文》，皆神物也。

山谷独称杨少师书，余所藏有少师《韭花帖》墨迹，亦神物也。今在朱司成家。

山谷云："鲁公《寒食问行期》、《为病妻乞鹿脯》、《从李大夫乞米》三帖，皆与王子敬可抗行也。"

山谷云："心能转腕，手能转笔，书字便如人意。"

王氏书法，以为如锥画沙，如印印泥，盖言锋藏笔中，意在书前耳。

王初寮履道云："评东坡书者众矣，剑拔弩张，犊奔狼抉，则不能无，至于尺牍狎书，姿态横生，不矜而妍，不束而庄，不轶而豪。萧散容与，霏霏如零春之雨；森疏掩敛，熠熠如从月之星；纡徐婉转，缅缅如抽茧之丝，恐学者所未到也。"

山谷云："古人虽颠草，皆四停八当，凡书字偏枯，皆不成字。所谓失一点如美人眇一目，失一戈如壮士折一臂。"

山谷云："尝评米元章书，如快剑斫阵，强弩射千里，所当穿彻，书家笔势，亦穷于此。然似仲由未见孔子时风气耳。"余谓元章过于姿媚，如丰肌美妇，神采照人，所乏者骨气耳。而山谷比之仲由，此不可晓也。

山谷跋《范文正公帖》云："范文正公书，落笔痛快沈着，极近晋宋人书。往时苏才翁书法妙天下，不肯许一世人，惟称文正公书与《乐毅论》同法。少时得此评，初不谓然，以谓才翁傲睨万物，众人皆侧目，无王法，必见杀也。而文正待之甚厚，爱其才而忘其短也。故才翁评书，少曲董狐之笔耳。老年观此书，乃知用笔实处，是其最工。大概文正妙于世故，想其钩指回腕，皆入古人法度中。今士大夫喜书，当不但学其书法，观其所以教戒故旧亲戚，皆天下长者之言，深爱其书，则深咏其义，推而涉世，不为吉人志士，吾不信也。"

杨诚斋跋《米南宫帖》云："万里学书最晚，虽遍参诸方，然袖手一瓣香，五十年来未拈出。今得此帖，乃知李密未见秦王耳。"

山谷云："顷见苏子瞻、钱穆父论书，不取张友正、米芾，初不谓然。及见郭忠恕叙字源，乃知当代二公，极为别书者。"

自唐以前，集书法之大成者，王右军也。自唐以后，集书法之大成者，赵集贤也。盖其于篆、隶、真、草，无不臻妙。如真书，大者法智永，小楷法《黄庭经》，书碑记师李北海，笺启则师二王，皆咄咄逼真。而数者之中，惟笺启为尤妙。盖二王之迹见于诸帖者，惟简札最多。松雪朝夕临摹，盖已冥会神契，故不但书迹之同，虽行款亦皆酷似。乃知二王之后，便有松雪，其论盖不虚也。

郝陵川论书云："太严则伤意，太放则伤法。"又云："心正则气定，气定则腕活，腕活则笔端，笔端则墨注，墨注则神凝，神凝则象滋。无意而皆意，不法而皆法。"元人评书画皆精当，远过宋人。

元人自松雪而下，世称鲜于《困学书》，然颇有俗气。邓善之亦是晋法，但欠熟圆。唯康里子山书从大令来，旁及米南宫，工夫亦到，其神韵似可爱。

元人中，余最喜张贞居、倪云林二人之书。盖贞居师李北海，间学素师，虽非正脉，然自有一种风气。云林师大令，无一点俗尘。

三宋者，宋克、宋广、宋璲也。克字仲温，号南宫生，姑苏人。其书专工章草。广字昌裔，松江人，书学素师，兼善行草，亦入能品。璲字仲珩，乃潜溪学士之次子，官中书舍人。其书宗康里子山，亦可称入室者。尝见其书《玉兔泉联句诗》。玉兔泉在南京应天府儒学中。

吾松在胜国与国初时，善书者辈出。如朱沧洲、陈谷阳，皆度越流辈。《书史会要》中评朱沧洲为风度不凡，陈谷阳为富于绳墨。余以为陈谷阳出于沧洲之上远甚。盖朱诚有风度，亦兼善四体书，但不如陈之法度精密耳。余尝有陈谷阳书一卷，四体书皆备。其正书一段，酷似欧率更。行草则渐逼大令，篆书亦入格。又有其书疏头二通，全学松雪，极疏爽可爱。又尝见其章草书《竹笔格赋》一篇，在舍弟家，殊有古意，出宋仲温上。世评谷阳书为八宝中之水晶，又以为得书法于三宋，此皆不知书妄为此谈耳。

国初诸公尽有善书者，但非法书家耳。其中惟吾松二沈，声誉籍甚，受累朝恩宠。然大沈正书效陈谷阳，而失之于软，沈民望草书学素师，而笔力欠劲；章草宗宋克，而乏古意。此后如吾松张东海，姑苏刘廷美、徐天全、李范庵、祝枝山、南都金山农、徐九峰，皆以书名家，然非正脉。至衡山出，其隶书专宗梁鹄，小楷师《黄庭经》，为余书《语林序》，全学《圣教序》，又有其《兰亭图》上书《兰亭序》，又咄咄逼右军。乃知自赵集贤后，集书家之大成者，衡山也。世但见其应酬草书大幅，遂以为枝山在衡山上，是见其杜德机也。枝山小楷亦臻妙，其余诸体虽备，然无晋法，且非正锋，不逮衡山远甚。

衡山之后，书法当以王雅宜为第一，盖其书本于大令，兼之人品高旷，故神韵超逸，迥出诸人之上。

近来人又大喜法帖。夫二王之迹所仅存者，惟法帖中有之，诚为可宝，但石刻多是将古人之迹双钩下来，背后填朱，摩于石上，故笔法尽失，所存但结构而已。若展转翻勒，讹以传讹，则并结构而失之。故惟《淳化》祖帖与宋拓《二王帖》为可宝，其余皆不足观。况近时各处翻刻，大费楮墨，可笑可笑。

旧法帖中，惟太清楼刻实为至宝，盖因徽宗留意文翰，而蔡京工书，故摹勒皆精，远在祖帖之上。

余独爱宋拓唐人碑，盖李北海、颜鲁公诸碑，皆亲手书丹，是黄仙鹤、伏灵芝致石，必是当时精于刻者，与填朱上石者不同。昔某法师对苏许公云："贫道塔铭但得三郎文（苏颋也），五郎书（苏诜也），六郎致石，可以无憾。"则知古人勒石，最所慎重。或言李北海书皆自刻石，所言黄仙鹤、伏灵芝，假托耳。

杨升庵云："宋太宗刻《淳化帖》，命侍书王著择取。著于章草诸帖，形近篆籀者皆去之，识者已笑其俗。其所载索靖二帖，'脉士处农姬业掌稷'犹有古意，'及计来东言展有期'则但行草而已。《东书堂帖》又去其前而存其后，此所谓至言不出俗言胜耶？孙过庭论'书必傍通'云：'篆俯贯八分，包括章草，涵咏飞白，必如是而后为精艺也。不然，则刻鹄图龙，竟惭真体；得鱼获兔，犹吝筌蹄，未免凡近耳。'"

近有祖帖一本，亦佳，因无银锭纹，遂以为未加银锭时所拓。然祖帖是选枣木之精者刻成，即加银锭，非岁久木裂，始加之也。况纸墨又不甚旧，此须以法眼辨之。愧余凡俗人，不能别识也。今世士大夫若遇《定武兰亭》，虽残缺者，当不惜以重赏购之。然《兰亭》之刻甚多，宋时已有百余种，故古称《兰亭》为聚讼，不可不详辨也。

山谷云："《兰亭禊饮叙》二本，前一本是都下人家用《定武》旧石摹入木板者，颇得笔意，亦可玩也。一本以门下苏侍郎所藏唐人临写墨迹刻之成都者，中有数字，极瘦劲不凡。东坡谓此本乃绝伦也。然此本瘦字时有笔弱骨肉不相宜称处，竟是常山石刻优尔。"

唐人小楷有欧率更《化度寺碑》、虞永兴《破邪论》、薛稷《杳冥君碑》、张长史《郎官石柱记》、颜鲁公《麻姑仙坛记》。

颜鲁公小字《麻姑仙坛记》，此正东坡所谓小字宽绰而有余者也。盖自大令以下，赵集贤以上，八百年间，唯可容萧子云、颜鲁公二人，觉《仙坛记》奇古遒逸，实过萧子云。

唐人书推欧、虞、褚、薛。今欧率更有《九成宫帖》、《虞恭公碑》、《皇甫府君碑》，褚有《孟法师碑》、《圣教序》、《三龛像记》，虞有《天子庙堂碑》，独《孟法师》世已罕得见。无锡秦汝立家有一宋拓本，书带隶法，褚帖中当为第一。

余最爱颜鲁公书，多方购之，后亦得其数种。如《元鲁山碑》，乃李华撰文，鲁公书丹，李阳冰篆额，世所称三绝者是也。《茅山碑》，今亦毁于火，余家所藏乃国初时拓者。《东方朔画像赞》、《家庙碑》、《中兴颂》、《八关斋会记》、《李抱玉》与《臧怀恪碑》、《宋文贞公碑阴记》、《多宝寺塔碑》数种。《多宝塔》正所谓最下最传者。盖鲁公书妙在嶒劲，而此书太整齐，失之板耳。

苏、黄独不称李北海，至赵松雪出，其写碑专用北海书。北海有《岳麓寺碑》、《云麾将军碑》，有二本，一李琇，一李昭道也，皆妙。其《法华寺》与《莎罗树》，则后人翻刻者耳。

自唐以后，宋、元人无一好石刻，虽苏、黄诸刻，亦不见有佳者。赵集贤学李北海书，未入石者皆咄咄逼真，可谓妙绝；但一入石，便乏古意。此不知何理。

赵集贤与人写碑，若非茅绍之刻，则不书。亦以此人稍能知其笔意耳。

卷之二十八

画　　一

余小时即好书画，以为此皆古高人胜士，其风神之所寓，使我日得与之接，正黄山谷所谓能扑面上三斗俗尘者也。一遇真迹，辄厚赀购之，虽倾产不惜。故家业日就贫薄，而所藏古人之迹亦已富矣。然性复相近，加以笃好，又得衡山先生相与评论，故亦颇能鉴别。虽不敢自谓神解，亦庶几十不失二矣。余家法书如杨少师、苏长公、黄山谷、陆放翁、范石湖、苏养直、元赵松雪之迹，亦不下数十卷，然余非若收藏好事之家，盖欲真有所得也。今老目昏花，已不能加临池之功，故法书皆已弃去，独画尚存十之六七，正恐肋力衰惫，不能遍历名山，日悬一幅于堂中，择溪山深邃之处，神往其间，亦宗少文卧游之意也。然亦只是赵集贤、高房山、元人四大家及沈石田数人而已，盖惟取其韵耳。今取古人论画之语，与某一得之见，著之于篇。

夫书画本同出一源。盖画即六书之一，所谓象形者是也。《虞书》所云"彰施物采"，即画之滥觞矣。古五经皆有图，余又见有《三礼图考》一书，盖车舆、冠冕、章服、象服、褕狄、笲褵之类，皆朝廷典章所系。后世但照书本、言语想象为之，岂得尽是！若有图本，则仪式具在，按图制造，可无舛错。则知画之所关，盖甚大矣。

陈思王《画赞序》曰："盖画者，鸟书之流。"昔明德马后美于色，厚于德，帝用嘉之。尝从观画，过舜庙，见娥皇、女英，帝指之，戏后曰："恨不得如此者为妃。"又前见陶唐之像，后指尧曰："嗟乎，群臣百僚恨不得为君如是。"帝顾而笑。故夫画所见多矣。古人之画，如顾恺之作《孝经图》、《列女图》，阎立本作《职贡图》，马和之作《毛诗国风图》，诸人所作《旅獒图》、《瑞应图》、《历代帝王像》、《历代名臣像》诸画，岂可谓之全无关于政理，无裨于世教耶？

董卣《广川画跋》盖不甚评画之高下，但论古今之章程仪式，可谓极备。若天子欲议礼制度考文，则此书恐不可缺。

《宣和博古图》所载钟、鼎、彝、卣、卮、匦、簠、簋、登、豆、上尊、中尊之属，极为详备。其大小尺寸，容受升合，与夫花纹款识，无不毕具。三代典刑所以得传于世者，犹赖此书之存也。夫徽宗好古，不免有玩物丧志之失，然其致北狩之祸者，实由信任小人，使童、蔡秉政，以致天下汹汹，其祸本实不在于此也。而能使后世博古之士得见三代典刑，实阴受其惠。浅见薄识之士，遂以此为口实，可笑可笑。

古人论画有"六法"，有"三病"。盖六法即"气韵生动"六者是也，而三病则曰"板"，曰"刻"，曰"结"。又以为"骨法用笔"以下五者可学，如其气韵必在生知，固不可以巧密得，复不可以岁月到，默契神会，不知然而然。其论"用笔得失"，曰："凡气韵本乎游心，神采生于用笔，意在笔先，笔周意内，笔尽意在，像应神全。夫内自足，然后神闲意定，神闲意定，则思不竭，而神不困也。"此段虽只论画，颇似《庄子》轮扁斫轮语。

论画者又云："夫画特忌形貌采章，历历具足，甚谨甚细，而外露巧密。夫谨细巧密，世孰不谓之为工耶？然深于画者，盖不之取。正以其近于三病也。"

世之评画者，立"三品"之目，一曰"神品"，二曰"妙品"，三曰"能品"。又有立"逸品"之目于"神品"之上者。余初谓"逸品"不当在"神品"上，后阅古人论画，又有"自然"之目，则真若有出于"神品"之上者。其论以为失于自然而后神；失于神而后妙；失于妙而后精；精之为病也，而为谨细。自然为上品之上，神为上品之中，妙为上品之下。精为中品之上，谨细为中品之中。立此五等，以包六法，以贯众妙，非夫神迈识高，情超心慧者，岂可议乎知画！呜呼，夫必待神迈识高，情超心慧，然后知画，宜乎历数百代而难其人也。

昔宗少文尝云：老疾俱至，名山恐难遍历，凡五岳名山，皆图之于室，曰："惟当澄怀观道，卧以游之。"又曰："举琴动操，欲令众山皆响。必如此，然后可以言知画。"然世岂复有此等人哉！

余观古之登山者，皆有游名山记，纵其文笔高妙，善于摩写，极力形容，处处精到，然于语言文字之间，使人想象，终不得其面目，不若图之缣素，则其山水之幽深，烟云之吞吐，一举目皆在，而吾得以神游其间，顾不胜于文章万万耶！

世人家多资力，加以好事，闻好古之家，亦曾畜画，遂买数十幅于家。客至，悬之中堂，夸以为观美。今之所称好画者，皆此辈耳。其有能稍辨真赝，知山头要博换，树枝要圆润，石作三面，路分两岐，皴绰有血脉，染渲有变幻，能知得此者，盖已千百中或四五人而已。必欲如宗少文之澄怀观道，而神游其中者，盖旷百劫而未见一人者欤！

今人皆称顾、陆之笔，然此特晋、宋间人耳。余家乃有汉人画，此世之所未见，亦世之所未知者也。其画非缣非楮，乃画于车螯壳上，此是姑苏沈辨之至山东卖书买回者。闻彼处盗墓人，每发一墓，则其中不下有数十石。其画皆作人物，如今之春画，间有干男色者。画法与《隶释》中有一碑上所画之人，大率相类。其笔甚拙，顾陆尚有其遗意，至唐则渐入于巧矣。夫车螯者，蜃也。雉入大水为蜃，雉有文章，故蜃亦有文章。登州海市，即蜃气也。但不知墓中要此物何用？余观北齐邢子才作《文宣帝哀册文》云"攀蜃辂而雨泣"，王筠《昭明太子哀策文》曰"蜃辂峨峨"，江总《陈宣帝哀策文》云"望蜃绋而攀标"，齐谢朓《敬王后哀策文》云"怀蜃卫而延首"，则知古帝王墓中皆用之。盖置于柩之四旁，以防狐兔穿穴。其画春情，亦似厌胜，恐蛟龙侵犯之也。

余见车螯上所画，谓是汉人之迹，且云其画法甚拙，顾、陆尚有其遗意，至唐则渐入于巧矣。后见王应麟言：曾子固《跋西狭颂》，谓所画龙鹿、承露人，嘉禾、连理之木。汉画始见于今。邵公济谓汉李翕、王稚子、高贯方墓碑，刻山林人物。乃知顾恺之、陆探微、宗处士辈，尚有其遗法。至吴道玄绝艺入神，始用巧思，而古意稍减矣。观此，则画家相沿，一定而不易，善鉴者可以望而知其年代之先后矣。

杨升庵云：按王象之《舆地绝胜碑目》载：夔州临江市丁房双阙，高二丈余，上为层观飞檐，车马人物。又刻双扉。其一扉微启，有美人出半面而立，巧妙动人。又《云阳县处士金延广母子碑》，初无文字，但有人物，皆汉画之在碑刻者，不止如应麟所云而已。然谓美人但出半面，即能动人，孰谓汉人之画专于拙邪？盖藏巧于拙，此其所以非后世所能及也。

刘子玄曰：张僧繇画《群公祖二疏图》，而兵士有着芒屦者；阎立本画《昭君图》，妇女有着帷帽者。夫芒屦出于水乡，非京华所有，帷帽起于隋代，非汉宫所作。以此言之，画非博古之士，亦不能作也。

昔人之评画者，谓画人物则今不如古，画山水则古不如今。此一定之论也。盖自五代以后，不见有顾虎头、陆探微、张僧繇、吴道玄、阎立本，五代以前不见有关仝、荆浩、李成、范宽、董北苑、僧巨然。

余尝见梁思伯箧中有王摩诘《演教图》，此是王府中物，托其装潢，故携以自随。是设色者，人物山水，无不臻妙。

近又见顾砚山家《女史箴》，是顾虎头笔，单是人物，女人有三寸许长，皆有生气，似欲行者。此神而不失其自然，正所谓上之又上者欤？且绢素颜色如新，盖神物必有护持之者。

苏东坡云："诗至于杜子美，文至于韩退之，书至于颜鲁公，画至于吴道子，而尽古今之变，天下之能事毕矣。道子画人物，如以灯取影，逆来顺往，旁见侧出，横叙平直，各相乘除，得自然之数，不差毫末。出新意于法度之中，寄妙理于豪放之外，所谓游刃余地，运斤成风，盖古今一人而已。余于他画或不能必其主名，至于道子望而知其真伪也。"

东坡云："郭忠恕不仕放旷，遇佳山水，辄留旬日，或绝粒不食。盛夏暴日中无汗，大寒凿冰而浴，尤善画，妙于山水、屋、木，有求者，必怒而去。意欲画，即自为之。郭从义镇岐下，延止山亭，设绢素粉墨于坐。经数月，忽乘醉，就图之一角，作远山数峰而已。"

苏东坡《书蒲永昇画后》云："古今画水，多作平远细皱。其善者不过能为波头起伏，使人至以手扪之，谓有洼隆，以为至妙矣。然其品格，特与印板水纸争工拙于毫厘间耳。唐广明中，处士孙位始出新意，画奔湍巨浪，与山石曲折，随物赋形，尽水之变，号称神逸。其后蜀人黄筌、孙知微皆得其笔法。始知微欲于大慈寺寿宁院壁作湖、滩、水、石四堵，营度经岁，终不肯下笔。一日仓皇入寺，索笔墨甚急，奋袂如风，须臾而成。作输泻跳蹙之势，汹汹欲崩屋也。知微既死，画法中绝五十余年。近岁成都人蒲永昇，嗜酒放浪，性与画会，始作活水，得二孙本意。自黄居寀兄弟、李怀衮之流，皆不及也。王公富人，或以势力使之，永昇辄嘻笑舍去。遇其欲画，不择贵贱，顷刻而可。尝与余临寿宁院水，作二十四幅。每夏日，挂之高堂素壁，即阴风袭人，毛发为立。永昇今老矣，画亦难得，而世之识真者亦少。如往时董羽，近日常州戚氏画水，世或传宝之，如董、戚之流，可谓死水，未可与永昇同年而语也。”

东坡云："李伯时所画地藏，轶妙而造神，能于吴道玄之外，探顾、陆古意。"

黄山谷云："往时在都下，驸马都尉王晋卿时时送书画来作题品，辄贬剥，令一钱不直。晋卿以为过。某曰：'书画以韵为主。足下囊中物无不以千金购取，所病者韵耳。'收书画者观余此语，三十年后，当少识书画矣。"

余家有《维摩问疾》一小幅，《定光佛》一小卷，皆唐人笔也。观其开相之神妙，描法之精工，染渲之匀圆，着色之清脱，种种臻妙，虽宋初诸家，恐亦未必能到。

古人之论书画者，在唐则有张彦远《法书要录》、《名画记》，张怀瓘《书估》、《画估》；在宋则有《宣和书谱》、《画谱》，郭忠恕有《字源》，荆浩有《山水诀》，郭熙有《画理》，米元章有《书史》、《画史》，黄长睿有《东观余论》，李方叔有《德隅斋画品》，董卣有《广川书跋》、《广川画跋》，又有《图画闻见志》、《画继》、《五代名画评》、《益州名画评》等书。而近代则有周草窗《云烟过眼录志》、《志雅堂杂抄》，陶南村《书史会要》，夏彦文《图绘宝鉴》。皆可以资书画家之考索辨博者也。

宋初承五代之后，工画人物者甚多，此后则渐工山水，而画人物者渐少矣。故画人物者，可数而尽。神宗朝有李龙眠，高宗朝有马和之、马远；元有赵松雪、钱舜举，吾松张梅岩尊老亦佳；我朝有戴文进。此皆可以并驾古人，无得而议者。其次如杜柽居、吴小仙，皆画人物。然杜则伤于秀媚，而乏古意，吴用写法，而描法亡矣。

尝疑马远画其声价甚重，而世所流传之迹，虽最有名者，亦不满余意。但曾见其画《星官》一小帧，有十二三个道士，着道服，立于云端，似有朝真之意。云是钩染，其相貌威严中具清逸之态，衣折亦奇古，当不在马和之之下。则知远盖长于人物者。

画之品格，亦只是以时而降。其所谓少韵者，盖指南宋院体诸人而言耳，若李、范、董、巨，安得以此少之哉！

卷之二十九

画　　二

　　元人之画，远出南宋诸人之上。文衡山评赵集贤之画，以为唐人品格，倪云林亦以高尚书与石室先生、东坡居士并论，盖二公神韵，最高能洗去南宋院体之习。其次则以黄子久、王叔明、倪云林、吴仲圭为四大家。盖子久、叔明、仲圭皆宗董、巨，而云林专学荆、关，黄之苍古，倪之简远，王之秀润，吴之深邃，四家之画，其经营位置，气韵生动，无不毕具。即所谓六法兼备者也。此外如陈惟允、赵善长、马文璧、陆天游、徐幼文诸人，其韵亦胜。盖因此辈皆高人，耻仕胡元，隐居求志，日徜徉于山水之间，故深得其情状。且从荆、关、董、巨中来，其传派又正，则安得不远出前代之上耶！乃知昔人所言，一须人品高，二要师法古，盖不虚也。

　　余家所藏赵集贤画，其《醉道图》是临范长寿者，上有诗题，真可与唐人并驾，惜破损耳。其《天闲五马图》，临李龙眠，真妙绝，精神完整，且是大轴，至宝也。又有《秋林曳杖图》，一人曳杖，逍遥于茂树之下。其人胜韵出尘，真是其兴之所寄。有画《梅花》一幅，是学杨补之者，兼得梅之标格。其他如《大士像》二轴，《竹石》一幅，皆有神韵，非画工所能到也。

　　衡山评画，亦以赵松雪、高房山、元四大家及我朝沈石田之画，品格在宋人上，正以其韵胜耳。况古之高人，兴到即着笔涂染，故只是单幅，虽对轴亦少。今京师贵人，动辄以数百金买宋人四幅大画，正山谷所谓以千金购取者，纵真未必佳，而况未必真乎！

　　元人又有柯丹丘九思，台州人，槎芽竹石全师东坡居士。其大树枝干，皆以一笔涂抹，不见有痕迹处。盖逸而不逸，神而不神，盘旋于二者之间，不可得而名，然断非俗工所能梦见者也。

余家有倪云林所作《树石远轴》，自题云："尝见常粲《佛因地图》，山石林木皆草草而成，迥有出尘之格，而意态毕备。及见高仲器郎中家张符水《牛图》，枯柳岸石，亦率意为之，韵亦殊胜。石室先生、东坡居士所作树石，政得此也。近世惟高尚书能领略之耳。余虽不敏，愿仿象其高胜，不敢盘旋于能妙之间也。其庶几所谓自然者乎。"

夫画家各有传派，不相混淆。如人物，其白描有二种；赵松雪出于李龙眠，李龙眠出于顾恺之，此所谓铁线描；马和之、马远则出于吴道子，此所谓兰叶描也。其法固自不同。画山水亦有数家；关仝、荆浩，其一家也；董源、僧巨然，其一家也；李成、范宽，其一家也；至李唐，又一家也。此数家，笔力神韵兼备，后之作画者，能宗此数家，便是正脉。若南宋马远、夏圭，亦是高手。马人物最胜，其树石行笔甚遒劲；夏圭善用焦墨，是画家特出者，然只是院体。

云林尝自题其《画竹》云："以中每爱余画竹，余之竹聊以写胸中逸气耳，岂复较其是与非，叶之繁与疏，枝之斜与直哉？或涂抹久之，他人视以为麻为芦，仆亦不能强辨为竹，真没奈览者何。但不知以中视为何物耳？"

倪云林《答张藻仲书》曰："赞比承命，俾画陈子桱《剡源图》，敢不承命唯谨。自在城中，汨汨略无少清思。今日出城外闲静处，始得读剡源事迹，图写景物曲折，能尽状其妙趣，盖我则不能之，若草草点染，遗其醯黄牝牡之形色，则又非所以为图之意。仆之所谓画者，不过逸笔草草，不求形似，聊以自娱耳。近迁游偶来城邑，索画者必欲依彼所指授，又欲应时而得，鄙辱怒骂，无所不有，冤矣乎，讵可责寺人以不髯也。是亦仆自有以取之耶？"观云林此三言，其即所谓自然者耶？故曰"聊以写胸中逸气"耳。今画者无此逸气，其何以窥云林之廊庑耶？

其不在画院者，在正德间则有开化时俨，号晴川，徽州有汪肇，号海云，其笔皆在能品，稍优于院中人。

苏州又有谢时臣，号樗仙，亦善画，颇有胆气，能作大幅。然笔墨皆浊，俗品也。杭州三司请去作画，酬以重价，此亦逐臭之夫耳。

王叔明，洪武初为泰安知州。泰安厅事后有楼三间，正对太山。

叔明张绢素于壁，每兴至，即着笔，凡三年而画成，傅色都了。时陈惟允为济南经历，与叔明皆妙于画，且相契厚。一日胥会，值大雪，山景愈妙。叔明谓惟允曰："改此画为雪景，何如？"惟允曰："如傅色何？"叔明曰："我姑试之。"即以笔涂粉，然色殊不活。惟允沉思良久，曰："我得之矣。"为小弓，夹粉笔，张满弹之，粉落绢上，俨如飞舞之势，皆相顾以为神奇。叔明就题其上曰：《岱宗密雪图》。自夸以为无一俗笔。惟允固欲得之，叔明因缀以赠。陈氏宝此图百年。非赏鉴家不出。松江张学正廷采，好奇之士，亦善画，闻陈氏蓄此图，往观之。卧其下两日不去，以为斯世不复有是笔也。徐武功尤爱之，曰："予昔亲登泰山，是以知斯图之妙。诸君未尝登，其妙处不尽知也。"后以三十千归嘉兴姚御史公绶。未几，姚氏火，此图遂付煨烬矣。

西湖飞来峰石上佛像，是胜国时杨琏僧所琢也。下天竺后壁是王叔明画，其剥落处，近时孙宰子补之。方棠陵为秋官郎，虑囚江南，归省过杭，索笔题之曰："飞来峰，天奇也。自杨总统琢之，天奇损矣。叔明画，人奇也，自孙宰子补之，人奇索矣。此二者，乃山中千载不平之疑案。予法官也，不翻是案，何以服人？"棠陵，郑少谷之友也，凡江南山水佳处，皆有题咏。

吾松善画者，在胜国时莫过曹云西。其平远法李成，山水师郭熙。盖郭亦本之李成也。笔墨清润，全无俗气。张梅岩画尊老，得吴道子笔法，任水监画马，有龙眠遗意。此三人传派最正，可称名家。其他如《图绘宝鉴》所载沈月溪，则未尝见其迹。张可观学马远，张子政学黄大痴，笔墨皆是，但不化耳。朱孟辨、张以文画山水亦好，然只是游戏，未必精到。章公瑾，世谓之章腊阄。

国初士人，犹有前辈之风，都喜学画。顾谨中《经进集》有自题《画竹诗》，其后朱孔易、夏以平、金文鼎、顾应文之辈，世亦有其画，然笔墨皆浊。其去前代诸公，不啻数十尘矣。

我朝列圣，宣庙、宪庙、孝宗，皆善画，宸章晖焕，盖皆在能妙之间矣。

我朝特设仁智殿，以处画士。一时在院中者，人物则蒋子成，翎毛则陇西之边景昭，山水则商喜、石锐、练川、马轼、李在、倪端、陈遇、季昭，苏州人；钟钦礼，会稽人；王谔廷直，奉化人；朱端，北京人。然此辈皆画家第二流人，但当置之能品耳。

我朝善画者甚多，若行家当以戴文进为第一，而吴小仙、杜古狂、周东村其次也。利家则以沈石田为第一，而唐六如、文衡山、陈白阳其次也。戴文进画尊老，用铁线描，间亦用兰叶描，其人物描法，则蚕头鼠尾，行笔有顿跌，盖用兰叶描而稍变其法者，自是绝伎。其开相亦妙，远出南宋已后诸人之上。山水师马、夏者，亦称合作，乃院体中第一手。

石田学黄大痴、吴仲圭、王叔明皆逼真，往往过之，独学云林不甚似。余有石田画一小卷，是学云林者。后跋尾云："此卷仿云林笔意为之，然云林以简，余以繁，夫笔简而意尽，此其所以难到也。"此卷画法稍繁，然自是佳品，但比云林觉太行耳。

衡山本利家，观其学赵集贤设色，与李唐山水小幅，皆臻妙。盖利而未尝不行者也。戴文进则单是行耳，终不能兼利，此则限于人品也。

沈石田画法，从董、巨中来，而于元人四大家之画，极意临摹，皆得其三昧。故其匠意高远，笔墨清润，而于染渲之际，元气淋漓，诚有如所谓诗中有画，画中有诗者。昔人谓王维之笔，天机所到，非画工所能及。余谓石田亦然。

嘉兴姚云东公绶，以甲科为御史，工诗，喜画，善临摹。其临赵松雪、王叔明二家画，墨气皴染皆妙。余有其《夏山图》，乃临王叔明者，可称合作。间写梅道人竹石，亦萧洒可爱。

周东村名臣，字舜卿，苏州人。其画法宋人，学马、夏者，若与戴静庵并驱，则互有所长，未知其果孰先也。亦是院体中一高手。闻唐六如有人求画，若自己懒于着笔，则倩东村代为之，容或有此也。

尝见徐髯仙家有杜古狂所画《雷神》一幅。人长一尺许，七八人攒在一处，有持巨斧者，有持火把者，有持霹雳砧者，状貌皆奇古，略无前所谓秀媚之态，盖奇作也。髯仙每遇端午，或七月十五日，则悬之中堂，每诧客，曰："此杜柽居《辋川图》也。"

陶云湖名成，字孟学，扬州人，曾中乡举。其画兔子、坡草、菊花，皆妙绝一时，谓之草圣。若树石则都是邪气，不足观矣。余尝在淮安朱子新家见其画一墨鸭，亦殊胜，乃知云湖盖长于写生者。云湖是朱射陂外祖。

余友文休承是衡山先生次子，以岁贡为湖州教官。尝为余临王叔明《泉石闲斋图》，其皴染清脱，墨气秀润，亦何必减黄鹤山樵耶！

文五峰德承，在金台客舍，为余作《仙山图》。余每日携酒造之，看其着笔是大设色，学赵千里者，其山谷之幽深，楼阁之严峻，凡山中之景，如水碓、水磨、稻畦之类，无不毕备，精工之极，凡两月始迄工。

王吉山逢原，是南原参政之子，美才华，能书。初不闻其善画，尝见其作《松坞高士》以赠东桥先生，亦是大设色，乃规模赵集贤者。作大山头，下有长松数株，一人趺坐其下。虽无画家蹊径，然自疏秀可爱。盖其风韵骨力，出于天成也。

开化时俨，号晴川，以焦墨作山水人物，皆可观。同时徽州有汪海云，亦善画，墨气稍不及时，而画法近正，是皆不失画家矩度者也。如南京之蒋三松、汪孟文，江西之郭清狂，北方之张平山，此等虽用以揩抹，犹惧辱吾之几榻也。

余前谓国初人作画，亦有但率意游戏，不能精到者，然皆成章。若近年浙江人如沈青门仕、陈海樵鹤、姚江门一贯，则初无所师承，任意涂抹，然亦作大幅赠人，可笑可笑！

卷之三十

求　　志

余好读古人书，盖上下二千年之间，凡古人之事，大略已参错于胸中矣。非徒欲夸多斗靡，以矜眩于世也，一遇奇节伟行之士，与其言之可以垂世立训者，则觉毛骨森爽，而形神为之超越者，是岂外铄我哉！亦合之于心而有合也。夫二千年之中，其贤士大夫，何止数万？然余之所慕悦者，则不出此数人耳。故尽摭之，著于篇，以观余志之所向云。

溯观人物之盛，莫过于春秋，然尚混成，不见锋锷。独程婴既立赵武，乃辞诸大夫，谓赵武曰："昔下宫之难，皆能死，我非不能死，我思立赵氏之后。今赵武既立，为成人，复故位，我将下报赵宣孟与公孙杵臼。"赵武啼泣，固请无死，婴曰："不可，彼以我为能成事，故先我死。今我不报，是以我事为不成矣。"遂自杀。独此一事渐觉发露，有以开战国节侠之风。

太史公作四君与刺客诸传，独信陵君、荆轲二传更觉精采。盖以信陵事有侯嬴、朱亥，荆轲事则有田光、樊於期、高渐离辈故也。盖义烈所激，自能动人。故虽以陶渊明之闲淡，而其咏荆轲之诗，则曰："惜哉剑术疏，奇功遂不成。其人虽已没，千载有余情。"则其意之所感，固以远矣。夫死盖有重于丘山，有轻于鸿毛者，何哉？彼重则此轻也。呜呼，人生处世，谁则无死？苟以大运校之，若多活数十年，禽息视肉，即数十年犹旦暮耳。今以天下之大，一日之中，死人何下数万，皆烟消渐灭，然此数子者，常在天地间，虽千载之下，犹有生气，则其于生死轻重何如哉！

战国之后，独魏晋人亦能轻死。如史称夏侯太初格量弘济，临斩东市，颜色自若，举动无异；嵇中散临刑，顾日影弹琴，曰："《广陵散》

绝于今日矣。"此二人能不怛死，可谓异矣。余观其与战国人轻死虽同，然各有所主。战国人本出义侠，魏晋人则因其深于《老》《庄》，识理透彻，能达死生之本故耳。

战国人才，当以鲁仲连为第一。盖以虎狼之秦，天下震慑，其帝业垂成，而鲁连以片言折之，其事遂寝。则其片言之力，威于六国数百万众矣，而能使文武之业犹存一线，则鲁连之功也。及平原君以千金为寿，则曰："所以贵于天下士者，能为人排难解纷而无所取也。即有所取，是商贾之事，吾不忍为之。"终身不复见。后以复聊城之功，齐欲爵之，遂逃隐海上。盖其于弛张去就之间，无毫发可议。又其言皆本大义，切当情实，非若苏、张以浮言动人。盖虽战国策士，而其事近正，迥出诸人之上，一时无与为比。苏子瞻之论范蠡曰："使蠡之去如鲁连，则去圣人不远矣。"盖亦深许之也。后代唯孔北海嘲哂曹操，言皆近正而俶傥奇逸，颇为近之。太史公以鲁连与邹阳同传，失其类矣。

余尝谓古今豪杰，独范蠡、东方朔二人耳。东方朔能嘲哂帝王，范蠡则玩弄造化矣。今二人皆载在《列仙传》。

《风俗通》曰："东方朔乃太白星精，黄帝时为风后，尧时为务成子，周时为老子，在越为范蠡，在齐为鸱夷子皮。"言其变化无常也。余又闻东方朔是岁星之精。岁星东方，木星也。朔托生于东方，或者岁星为是。

苏东坡曰："春秋以来，用舍进退，未有如范蠡之全者。"又曰："子胥、种、蠡皆人杰，而杨雄，曲士也，欲以区区之学，疵瑕此三人，此儿童之见。"又以为"范之贤，岂聚敛积实者？何至耕于海上，父子力作，以营千金，屡散而复积，此何为者哉？"盖以此深不满之。余谓子瞻聪明绝世，事事见得明透，独此一节，亦为老范瞒过。盖蠡既建奇功于世，遂弃去，自处以天下之至鄙至贱者，而以神奇出之。故三致千金，再分散与贫交疏昆弟，以略见其端绪耳。后听子孙，修业而息之，遂至巨万，盖以见鄙贱之事，苟出以神奇，则鬼神不得持其权。正以见其玩弄造化处。而以为蠡真聚敛积实者，宁不为蠡所笑耶！

一日与莫云卿同看《须贾谇范雎》杂剧，余曰："雎以一徒隶徒步至秦,立取卿相,其远交近攻之策,大率秦取天下,十分皆其谋也。及功成之日,蔡泽以一言动之,则去相位,如脱敝屣,是可不谓豪杰哉!"余即发口,云卿亦同声言曰:"焉知非范雎见秦之少恩,不可以共患难,使人激蔡泽来代已,以为避祸之计耶?"乃知有识者,其所见不大相远。

范蠡载西施以去越,东方朔在长安以千金买少妇,岁中辄易去,司马相如使文君当垆,身着犊鼻,涤器于市中,二人皆慢世也。有人赏井丹高洁,王子敬云:"不如长卿慢世。"子敬但知长卿慢世,而不知范蠡、东方朔,其慢世之雄者乎!

后世张子房、诸葛亮似范蠡,然二人本于儒术,便觉不同。子房杂出于黄、老,故其后辟谷一事,尤为近之,然不如范之去得奇怪,令人不可以意见测识。武侯则纯是儒者,故终始于"鞠躬尽瘁,死而后已"之二言,惜哉!

余谓三代以后之人,莫有过于韩信者。盖其初见汉高之时,其仓卒数语,而定汉之业,皆不出此,与孔明初见先主于隆中,其问对之言,大率相类。然孔明忒仔细,终是韩信气魄大。

张子房博浪之椎,殊为孟浪。后遇圯上老人,以足取履,折挫其气,始能隐忍,以就功名。若韩信跨下之辱,安然受之,盖非有所养,亦只是能见事自度,终有所成,不欲徒死耳。

《史记》于《韩信世家》中,其平生阵法,如囊沙背水、木罂渡军、拔赵帜立汉赤帜诸事,一一详载,无有遗者。盖古来用兵未有如信之神异莫测者,太史公委曲如此,盖重之也。战国时唯孙膑斩庞涓一事,差可与信比肩,余皆不逮也。

韩信既封齐王,返淮阴,即召向所辱二少年出其跨下者,用以为二都尉,其与李广因霸陵尉"故将军"之言,一复将,即诛之,其量之大小,盖不侔矣。史谓李广之死,天下士大夫知与不知,皆为流涕,然则于信又当何如哉!

汉高之得天下,十分皆信之力也。初以陈兵出入而夺王,后以一舍人告变,即斩于钟室,此实千古不白之冤,至今人犹痛之。凡言功高而受祸,必以韩侯为口实。

余所不满于韩信者,独不荐用李左车与杀钟离昧二事而已。然信之于汉,君臣之分已定矣,故宁卖友以从君,无宁背君以从友,至是亦乌得不杀哉!其失在于始之受之耳。盖度其势,既无终庇之理,则当谢去之,使之北走胡,南走越,以灭口可也。夫既已受之矣,受而杀之,不已甚乎。

孔北海、嵇中散、谢康乐三人之死,皆有关于天下大义,世不知之,使三人之志不白于天下。聊为辨而著之。夫曹操、司马懿、刘裕,皆世之英雄也。方举大事,当录用名士,以收人心,岂肯杀一豪杰,而自取天下疵类耶?故祢衡者,乃一浮薄小儿,以操诛之,如杀孤豚耳,然犹必假手于黄祖,况北海议论英发,海内所宗,盖操之所望而震焉者也,而遂甘心焉者,何哉?盖谋人之国,必先诛锄异己者。北海忠义素著,必不为操用,操固已度之审矣。苟临事而北海一伸大义于天下,则人将解体,而操之事去矣。故不若先事而诛之耳。今观郗虑、路粹之奏,如所谓"父之于子,本为情欲,子之于母,如寄物瓶中",此皆儿童之言,乃以此诬衊大贤,纵献帝可欺,操不畏天下后世乎?嵇叔夜名重一时,尤司马昭之所最忌者也。方叔夜当刑之时,太学生徒二千余人。乞留康为太学师,况叔夜乃心魏室,使叔夜而在,则昭之异图,叔夜率二千人倡之,所谓虽张空拳,犹可畏也。昭乌得而忍之哉!谢康乐之死,亦以声名太盛,且知不为己用故也。然则北海死于汉,中散死于魏,康乐死于晋。盖显然明著者也。世但以为此三人者,皆以语言轻肆,举动狂佚,遂以得罪。呜呼,岂足以知三人者哉!

苏东坡云:"孔文举以英伟冠世之资,师表海内,意所予夺,天下从之,此人中龙也。而曹瞒阴贼险狠,特鬼蜮之雄者耳,其势决不两立。非公诛操,则操害公,此理之常也。而前史乃谓公负其高气,志在靖难,而才疏意广,讫无成功。此盖当时奴婢小人论公之语。公之无成,天也,使天未欲亡汉,公诛操,如杀狐兔,何足道哉?世之称人豪者,才气各有高卑,然皆以临难不惧,谈笑就死为雄。操以病亡,子孙满前而咿嘤涕泣,留连姜妇,分香卖履,区处衣物,平生奸伪,死见真性。世以成败论人,故操得在英雄之列,而公见谓才疏意广,岂不悲哉!操平生畏刘备,而备以公知天下有己为喜。天若祚汉,公使备,备诛操无难也。予读公所作《杨四公赞》,叹曰:'方操害公,复有一鲁国男子慨然争之,公庶几不死。'"

阮嗣宗、陶渊明与叔夜、康乐同时,盖此四人才气志节,无一不同,然而二人死,二人不死。盖嗣宗、渊明,所谓自全于酒者也,然比干死,箕子佯狂,并称三仁,亦何害其为同耶?

曹公为人,佻易无威重。好音乐,倡优在侧,常以日达夕。被服轻绡,身自佩小鞶囊,以盛手巾细物。时或冠帕帽以见宾客。每与人谈论,戏弄言词,尽无所隐。及欢悦大笑,至以头没杯案中,肴膳皆沾污巾帻。余尝与赵大周闲论,偶及之,大周曰:"狮子是我西方之兽,终日跳掷,无一刻暂休。盖其猛烈之气,不得舒耳。故与之球,以消耗其气。此兽遂终日弄球,忘其跳掷。曹公之举动轻躁,亦是其胸中猛烈之气,不得舒也。"其亦可谓善论古人者矣。

唐人以白太傅为广大教化主;苏端明自言:"上可以陪玉皇大帝,下可以陪悲田院乞小儿。"此二人者,于人无所不容,其柳下惠之颜阂欤? 然苏稍露锋锷,不及太傅混然无迹,故苏公屡遭磨折,正为是耳。余观白太傅与元微之。自少即以意气相许,盖石交也。后元作相,使千方刺裴晋公,事已有端,然晋公不疑。太傅后为绿野堂之上客,李卫公与牛奇章以维州之议不合,互相排摈,后遂有牛、李之党。太傅与奇章义分至厚,然终不入牛党,李卫公亦不深忌之者,亦以其心之素信于人也。庄子曰:"忘我易,忘人难。忘人易,使人忘我难。使人忘我易,兼忘天下难。兼忘天下易,使天下兼忘我难。"盖必我之忘人者尽,而后能使人忘我,积而至于天下兼忘,则尽天下而无我,亦无人矣。是可以易言哉。苏公岂不知忘我,但恐未能尽耳。昔者南荣趎将南见老子,赢粮,七日七夜至老子之所。老子曰:"子何与人偕来之众也?"南荣趎惧然顾其后,老子曰:"子不知吾所谓乎?"盖苏公一举动,一谈谐,与之俱者,实繁其徒。或者苏公欲忘之,而自有不能尽者耶!

韩魏公见书疏中有攻人隐恶者,皆手自封记,不令人见。文潞公以唐介劾奏罢相,介亦贬谪。后潞公召复相,即上疏云:"介所言,皆深中臣罪,召臣不召介,臣不敢行。"又韩魏公喜营造,所临之郡,必有改作,宏敞雄深,称其度量。乃知此二公以天下为度者也。今世凡建事功,励名行者,无代无之,但不见有许大人耳。

刘道原尝著书自讼曰:"平生有二十失:佻易卞急,遇事辄发,狷介刚直,忿不思难,泥古非今,不达时变,疑滞少断,劳而无功,高自标置,拟伦胜己,疾恶太甚,不恤怨怒,事上方简,御下苛察,直语自信,不远嫌疑,执守小节,坚确不移,求备于人,不恤咎怨,多言不中节,高谈无畔岸,臧否品藻,不掩人过恶,立事违众,好更革,应事不揣己度德,过望无纪,交浅而言深,戏谑不知止,任性不避祸,论议多讥刺,临事无机械,行己无规矩,人不忤己,而随众毁誉,事非祸患,而忧虞太过,以君子行义,责望小人。非惟二十失,又有十八蔽:言大而智小,好谋而疏阔,剧谈而不辩,慎密而漏言,尚风义而龌龊,乐善而不能行,与人和而好异议,不畏强御而无勇,不贪权利而好躁,俭啬而徒费,欲速而迟钝,暗识强料事,非法家而深刻,乐放纵而拘小礼,易乐而多忧,畏动而恶静,多思而处事乖忤,多疑而数为人所欺,事往未尝不悔,他日复然,自咎自笑,亦不自知其所以然也。"观刘道原"二十失"、"十八蔽",余实似之,盖十有其六七矣。乃知天之生人,其性之相类有如此者。

黄山谷言:"东坡先生道义文章,名满天下,所谓青天白日,奴隶亦知其清明者也。心悦而诚服者,岂但中分鲁国哉。士之不游苏氏之门,与尝升其堂而畔之者,非愚则傲也。当先生之弃海滨,其平生交游多讳之矣,而王周彦万里致医药,以文字乞品目,此岂流俗人炙手求热、救溺取名者耶? 盖见其内而忘其外,得其精而忘其粗者也。"

茶有蜜云龙者,极为甘馨,宣和中甚重之。廖正一,字明略,晚登苏门,子瞻大奇之。时黄、秦、晁、张号"苏门四学士",子瞻待之厚,每来,必令侍妾朝云取蜜云龙,家人以此知之。一日,又命取蜜云龙,家人谓是四学士,窥之,乃明略也。

山谷《跋司马温公文潞公书》曰:"温公,天下士也。所谓左准绳,右规矩,声为律,身为度者也。观此书,犹可想见其风采。余尝观温公《资治通鉴草》,虽数百卷,颠倒涂抹,讫无一字作草。其行己之度盖如此。"

　　山谷见王介甫《字说》，极口赞之。有人闻之，笑曰："直是怕他。"又山谷于荆公诗句字法，每称誉不容口。余见其集中《跋荆公惠李伯牖钱帖》云："荆公不甚知人疾痛疴痒，于伯牖有此赙恤，非常之赐也。及伯牖以疾弃官，归金陵，又借官屋居之，间问其饥寒。以释氏论之，似是宿债耳。"盖深中介甫之膏肓也。然荆公之文章字法，辉映宇宙，亦岂可终掩。

　　山谷《跋赠俞清老诗》："俞清老旧与庭坚同学，才性警敏，无所不能。喜事而多闻，白头不倦。谈谐戏弄，则似优孟、东方朔之为人。然资亦辩急，少不当其意，使酒呵骂，又似灌夫、盖宽饶。以是忿恫，欲祝发着浮图人衣，曰：'免与俗子浮沉。'予曰：'公能少自宽，俗子安能为轻重？'去而与祝发者游，其中虽有道人，亦如沅江九肋鳖尔。与俗子为伍，方自此始。"

　　山谷云："俞秀老、清老，皆江湖扁舟，不能受流俗人拘忌束缚者也。往在金陵，见与荆公往来诗颂，言皆入微，道人喜传之。清老往与余共学于涟水。其傲睨万物，滑稽以玩世，白首不衰。荆公之门，盖晚多佳士云。"

　　山谷《与俞清老书》云："米黻元章在扬州，游戏翰墨，声名籍甚。其冠带衣襦，多不用世法，起居语默，略以意行，人往往谓之狂生。然观其诗句合处，殊不狂。斯人盖既不偶于俗，遂故为此无町畦之行以惊俗耳，清老到场，计元章必相好，然要当以不鞭其后者相琢磨，不当见元章之吹竽，又建鼓而从之也。"

　　苏、黄二公之言，有可以立训者，亦余志之所在也。谨摭而著之篇。

　　苏长公云："得蜀公书，知佳健。家兄书云：每去辄留食，食倍于我辈，此大庆也。频得潞公手笔，皆详悉精好。富公必时见之，闻其似四十许人，信否？君实固甚清安，得此数公无恙，差慰人意。"

　　山谷云："古人有言：'天下有名丘五，其二在河南，其三在河北。'涉乎陈、卫、淮、晋之郊，所见碌碌诸丘，遂以为足以当之。恐不免为大方之家所笑耳。"

　　山谷云："士生于世，可以百为，唯不可俗。俗便不可医也。"

"尺璧之阴,常以三分之一治公家,以其一读书,以其一为棋酒,公私皆办矣。"

"士朝而肄业,昼而服习,夜而计过,无憾而即安。此古人读书法也。"

"柳下惠与乡人处,袒裼裸裎而不辱。盖其胸中视一世人特鸣吠耳,何足与之论轻重厚薄耶?仰观青天行白云,万事不置。非公高明,语不及此。"

"物之成坏相寻,如岁之寒暑。有人而恶暑喜寒,世必以为狂疾人。至于乐成而忧败,则谓之有智,可不可乎?"

"人生岁衣十匹缣,日饭两杯,而终岁苶然疲役,此何理耶?男女缘渠侬堕地,自有衣食分齐,所谓'诞置之隘巷,牛羊腓字之',其不应冻饿沟壑者,天不能杀也。今蹙眉终日者,正为百草忧春雨耳。青山白云,江湖之水湛然,可复有不足之叹耶?"

盖余上下二千余年间,而其所取者不过鲁仲连、范蠡、东方朔、孔北海、嵇中散、阮嗣宗、谢康乐、陶靖节、白太傅、苏东坡、黄山谷十余人而已,他如程婴、信陵君、荆轲、范雎、韩信、曹公辈,虽非余志之所在,然其气之所感,千载之下,犹使人志意激烈,昔孔北海犹友太史子义,而此数人者岂尽在子义下哉!

张思光言:"不恨我不见古时人,唯恨古时人不见我。"此语殊当人意。余小时为天台王石梁、长沙熊轸峰、南都顾东桥、关中马西玄所知,直以古人期之。今余虽志业不遂,然其意识颇谓英博,或庶几不愧古人。然此数公者,今皆下世,恨不得使一见之耳。

老莱谓子思曰:"子性清刚而傲不肖,不可以事君。子不见齿刚惟坚固,是以相磨,舌柔顺,是以不敝。"子思曰:"吾不能为舌,故不可事君。"

常枞有疾,老子问之,曰:"先生疾甚,无遗教以语弟子乎?"枞曰:"过乡里而下车,子知之乎?"老子曰:"非为其不忘故也。"枞曰:"嘻,是已。过乔木而趋,子知之乎?"老子曰:"非为其敬老耶?"枞曰:"是已。"张口曰:"吾舌存乎?"曰:"存。""吾齿存乎?"曰:"亡。"舌存于柔,齿亡于刚,枞曰:"是已,天下之事尽矣。"

卷之三十一

崇　　训

文潞公致仕归洛，入对，时年八十矣。神宗见其康强，问："卿摄生亦有道乎？"潞公对："无他，臣但能任意自适，不以外物伤和气，不敢做过当事，酌中恰好即止。"上以为名言。

胡文定语杨训曰："人家最不要事事称意，常有些不足处才好。若人家事事足意，便有些不好事出来。"亦消长之理然也。

陈元用家极富厚，性喜聚书，而不置产业。或问之，元用曰："有好子孙，不必置庄田，以彼必能自置也。若子孙不贤，虽与庄田，必不能守，置之何益？"

大抵观人之术无他，但作事神气足者，不富贵即寿考。凡人作十事，能一一中理，无可议者，已自难得，况终身作事中理耶？其次莫若观其所受，此最切要。升不受斗，不覆则毁，此物理之不可移者。

温公耆英真率会约

　序齿不序官。

　为具务简素。

　朝夕食，各不过五味。

　菜果脯醢之类，各不过三十器。

　酒巡无筭，深浅自斟，主人不劝，客亦不辞。

　逐巡无下酒时，作菜羹不禁。

　召客共用一简。客注可否于字下，不别作简。

　或因事分简者，听。

　会日早赴，不待促。

　违约者，每事罚一巨觥。

朱晦翁尝泛言交际之道，曰："先人有杂录册子，记李仲和之祖与包孝肃同读书一僧舍，每出入，必经由一富人门，二公未尝往见之。

一日富人俟其过门,邀之坐。二公托以他事,不从。他日复招饮,意甚勤。李欲往,包公正色语曰:'彼富人也,吾徒异日或守乡郡,今妄与之交,岂不为他日累乎?'竟不往。后十余年,二公果相继典乡郡。"晦翁因嗟叹前辈立己接人之严,盖如此。

元丰中,王荆公乞罢政,神宗未许。公唤老僧化成卜一课,更欲看命。化成曰:"三十年前与公看命,今仕至宰相,复何问?"公曰:"但力求去,上未许。且看旦夕便去得否?"化成曰:"相公得意浓时,正好休。要去在相公,不在上。不疑何卜。"公怅然叹服,去意遂决。

韩魏公在相府时,家有女乐二十余辈。及崔夫人亡后,一日尽厚遣之。同列皆劝公且留之,以为暮年欢。公曰:"所乐能几何,而常令人心劳。孰若吾简静之为乐也。"

伊川与韩持国泛舟于颍昌,有一官员上书谒见大资,却是求知己。伊川云:"大资居位却不求人,乃使人倒来求己。"持国曰:"求荐章,常事也。"伊川曰:"只为曾有人不求者不与,来求者却与,遂致人如此。"持国叹服。

许鲁斋曰:"巨子执威权,未有无祸者。岂唯人事,在天道亦不许。夫月,阴魄也,借日为光,与日相远则光盛,犹臣远于君则声名大,威权重;与日相近则光微,愈近愈微。臣道、阴道,理当如此。大臣在君侧而擅权,此危道也。古人举善荐贤,不敢自名,欲恩泽出于君也。刑人亦然,恩威岂可使出于己。使人知恩威出于己,是生多少怨敌,其危亡可立待也。故月、星皆借日以为光,及近日却失其光。"此理殊可玩索。

或问夏忠靖公原吉曰:"量可学乎?"公曰:"某幼时有犯者,未尝不怒,始忍于色,中忍于心,久则自熟,殊不与人较。某何曾不自学来。"又曰:"处有事,当如无事;处大事,当如小事。若先自张惶,则中便无主矣。"

林和靖云:"张饱帆于大江,骤骏马于平陆,天下之至快,反思则忧。处不争之地,乘独后之马,人或我嗤,乐莫大焉。"

又曰:"费千金为一瞬之乐,孰若散而活冻馁者几千百人。处眇躯以广厦,何如庇寒士于一厘之地乎?"

"古之孝弟力田，行著于州里党族，名闻于朝，故命之以官。其临民也，安得不岂弟？其从事也，安得不服劳？其处己也，安得不廉？其事上也，安得不忠？后之人强记博识，专于缉缀，有不知父子兄弟之伦者，有不知稼穑之艰难者，盗经典子史，为取富贵之筌蹄，故忠义日薄，名节日衰。此无他？去古既远，无成周宾兴之法耳。"观和靖之言，则知在宋之时已自如此矣。

司马温公曰："凡诸卑幼，事无大小，毋得专行，必咨禀于家长。"又曰："凡子受父母之命，必藉记而佩之，时省而速行之。事毕则返命焉。或所命有所不可行者，则和色柔声，具是非利害而白之，待父母之许，然后改之。若不许，苟于事无大害者，亦当曲从。若以父母之命为非，而直行己志，虽所执皆是，犹为不顺之子，况未必是乎！"

蔡虚斋云："韩魏公称司马文正公曰：'大忠大义，充塞天地，横绝古今。当与有志之士同有执鞭之愿。'呜呼，丈夫岂不在自立哉？魏公何如人也，其于温公又为前辈，而推重温公如此，温公所自立何如哉。"

《鹤林玉露》云："大率近习畏宰相，则为盛世，宰相畏近习，则为衰世。"

古人云：仲尼孝子、延陵慈父，其葬骨肉，皆微薄矣，非苟为俭，诚便于体也。德弥厚者葬愈薄，知愈深者葬愈微。丘垄弥高，发掘必速，此古人之诇戒也。

《景行录》云："观朝夕起卧之早晏，可以卜人家之兴替。"

《绿雪亭杂言》云："或问浦江郑氏家范如何？"愚曰："卓哉雍睦之义，岿然薄俗之灵光也。胡可及哉。"曰："斯义也，古有之乎？"愚曰："周时一夫受田百亩，仰事父母，俯育妻子，不过数口而已，未闻合族而食也。诸侯大夫之家，立宗子以统族人，使之联属昭穆，不至涣散而已，亦未闻合族而食也。"或曰："先王胡为不以此义训天下？"愚曰："先王盖虑其势或有难行也，情或有不顺也。是故以势言之，世远则祖宗祧庙，情乖则兄弟阋墙。夫妻且有脱辐之隙，妇姑不免反唇之讥，矧族之人，亲尽服尽而情尽，犹涂人耶，苟欲其聚于一门之内，而饔飧之，能保无矛盾冰炭者乎？将一一绳之以家训，则法非官府，人有悖心。以情言之，夫既合族而食矣，则凡饮食诸需，悉制于长族者。孝子之养亲也，欲每食必有酒肉；将彻，必请所与，可专遂乎？慈母之爱孩提也，欲以梨栗而止啼，可专遂乎？卑幼之厚亲友也，欲以杯酒而合欢，可专遂乎？将人人各遂其愿，则家政差池，莫之统纪。夫势有难行，情有不顺，是以先王不敢强之也。即有能然者，则褒嘉之，宠锡之，表厥宅里，以树风声。夫岂鄙夷其义，而莫之训耶？或曰："然则，古礼有合族以食之礼，如何？"愚曰："非此之谓也。古者世禄之家，合族而食者，以服世降一等：齐衰一年，四会食；大功一年，三会食；小功一年，再会食；缌麻一年，一会食。服尽，则不及焉，非概族而会食也。"

韩魏公尝云："临事若虑得是，札定脚做，更不得移，成败则任他，方可成务。如琦孤忠，每赖鬼神相助，幸而多有成。"

韩魏公平日谓："成大事在胆。"未尝以胆许人，往往自许也。

韩魏公曰："阅人多矣，久而不变为难。"

薛文清公《从政录》曰："士之气节全在上之人奖激，则气节盛。苟乐软熟之士，而恶刚正之人，则人务容身，而气节消矣。"

当官不接异色人最好，不止巫祝尼媪宜疏绝，至于匠艺之人，虽不可缺，亦当用之以时，不宜久留于家，与之亲狎。皆能变易听闻，簸弄是非。儒士固当礼接，亦有本非儒者，或假文辞，或假字画以媒进，一与之款洽，即堕其术中。如房琯为相，因一琴工黄庭兰出入门下，依倚为非，遂为相业之玷。若此之类，能审察疏绝，亦清心省事之一助。

《读书录》云："凝重之人，德在此，福亦在此。"

须要有包含，则有余，发露太尽，则难继。

势到八九分即已，如张弓然，过满则折。

闻事不喜不惊者，可以当大事。

小事易动，则大事可知；大事不动，则小事可知。

安重深沉者，能处大事，轻浮浅率者不能。

处事了不形于言，尤妙。

尝见人寻常事处置得宜者，数数为人言之，陋亦甚矣。古人功满天地，德冠人群，视之若无者，分定故也。

治小人，向他人声扬不已，不惟增小人之怨，亦见其自小。

人当大着眼目，则不为小小者所动。如极品之贵，举俗之所歆重，殊不知自有天地来，若彼者多矣，吾闻其人亦众矣，是又足动吾念耶？惟仁义道德之君子，虽愿为之执鞭可也。

章枫山先生云："处顺境而乐之者易，处逆境而乐之者难。若曾点之浴沂，邵雍之击壤，皆顺境也。惟床琴于浚井之日，弦歌于绝粮之余，以至捉衿肘见，而歌商声，箪食瓢饮，而不改其乐，乃为境之逆，而乐之真耳。岂人所易及哉！"

杨升庵云："有问予：'颜子不改其乐，所乐何事？'予曰：且问子：'人不堪其忧，所忧者何事？'知人之所忧，则知颜子之所乐矣。传曰：'古有居岩穴而神不遗，末世有为万乘而日忧悲。'此我辈文字禅，不须更下一转语也。"

卷之三十二

尊　　生

古人论保养云："安乐之道,惟善保养者得之。"《孟子》曰："我善养吾浩然之气。"太乙真人曰："一者,少言语,养内气;二者,戒色欲,养精气;三者,薄滋味,养血气;四者,咽精液,养脏气;五者,莫嗔怒,养肝气;六者,美饮食,养胃气;七者,少思虑,养心气。人由气生,气由神住。养气全神,可得真道。"凡在万形之中,所保者莫先于元气。摄养之道,莫若守中实内,以陶和将护之方,须在闲日,安不忘危。圣人预戒,老人尤不可不慎也。春、秋、冬、夏,四时阴阳,生病起于过用。五脏受气,盖有常分,不适其性,而强云为,用之过耗,是以病生。善养生者,保守真元,外邪客气,不得而干之。至于药饵,往往招徕真气之药少,攻伐和气之药多,故善服药者,不如善保养。康节先生诗云："爽口物多终作疾,快心事过必为殃。知君病后能服药,不若病前能自防。"郭康伯遇神人,授一保身卫生之术,云:但有四句偈,须是在处受持。偈云："自身有病自心知,身病还将心自医。心境静时身亦静,心生还是病生时。"郭信用其言,知自护爱,康强倍常年,几百岁。

古人《饮食调治方》云："主身者神,养气者精,益精者气,资气者食。食者,生民之天,活人之本也。故饮食进则谷气充,谷气充则气血盛,气血盛则筋力强。故脾胃者,五脏之宗也,四脏之气皆禀于脾,故四时皆以胃气为本。"《生气通天论》云："气味,辛甘发散,为阳;酸苦通涩,为阴。"是以一身之中,阴阳运用,五行相生,莫不由于饮食也。若少年之人,真元气壮,或失于饥饱,或多食生冷,以根本强盛,未易为患。其高年之人,真气耗竭,五脏衰弱,全仰饮食,以资气血。若生冷无节,饥饱失宜,调停无度,动成疾患。凡人疾病,未有不因八邪而感。所谓八邪者，风、寒、暑、湿、饥、饱、劳、逸也。为人子者，得不慎之！若有疾患，且先详食医之法，审其疾状，以食疗之。食疗未愈，然后命药，贵不伤其脏府也。凡百饮食，必在人子躬亲调治，无纵婢使慢其所食。老人之食，大抵宜其温热熟软，忌其粘硬生冷。每日晨朝，宜以醇酒，先进平补下元药一服，女人则平补血海药一服。无燥热者，药后仍食羊臂粟米粥一杯压之，五味、葱薤、鹑臂等粥皆可。至辰时，服人参平胃散一服，然后次第以顺四时软熟饮食进之。食后引行一二百步，令运动消散。临卧时，进化痰利膈人参半夏丸一服。尊年之人，不可顿饱，但频频与食，使脾胃易化，谷气长存。若顿令饱食，则多伤满。缘衰老人肠胃虚薄，不能消纳，故成疾患。为人子者，深宜体悉。此养老人之大要也。日止可进前药三服，不可多饵。如无疾患，亦不须服药，但只调停饮食，自然无恙矣。

太乙真人《七禁》，其六曰："美饮食，养胃气。"彭鹤林耟云：夫脾为脏，胃为腑。脾胃二气互相表里。胃为水谷之海，主受水谷，脾为中央，磨而消之，化为血气，以滋养一身，灌溉五脏。故修生之士，不可以不美其饮食。所谓美者，非水陆毕备，异品珍羞之谓也。要在于生冷勿食，坚硬勿食，勿强食，勿强饮。先饥而食，食不过饱；先渴而饮，饮不过多。以至孔氏所谓："食饐而餲"，"鱼馁而肉败不食"等语，凡此数端，皆损胃气，非惟致疾，亦乃伤生。欲希长年，此宜深戒。而亦养老奉亲，与观颐自养者之所当知也。

《食治方》云：凡饮，养阳气也；凡食，养阴气也。天产动物，地产植物，阴阳禀质，气味浑全。饮和食德，节适而无过，则入于口，达于脾胃，入于鼻，藏于心肺。气味相成，阴阳和调，神乃自生。盖精顺五气以为灵，若食气相恶，则伤其精。形受五味以成体，若食味不调，则伤其形。阴胜则阳病，阳胜则阴病，所以谓安身之本，必资于食。不知食宜，不足以存生。古之别五肉、五果、五菜，必先之五谷。以夫生生不穷，莫如五谷，为种之美也。苟明此道，安腑脏，资血气，悦神爽志，平疴去疾，何待于外求哉。孙真人谓：医者先晓病源，知其所犯，以食治之。食疗不愈，然后命药。陈令尹书食治之方，已备续编，糜粥之法，已详此卷。所编诸酒、诸煎、诸食治方，有草木之滋焉。老人平居服食，可以养寿而无病，可以消患于未然，临患用之，可以济生而速效也。

"食后将息法"云：平旦，点心讫，即自以热手摩腹，出门庭，行五六十步，消息之。中食后，还以热手摩腹，行一二百步，缓缓行，勿令气急。行讫，还床偃卧，颗苏煎枣，啜半升以下。人参、伏苓、甘草等饮。觉似少热，即以麦门冬、竹叶、茅根等饮，量性将理。食饱，不宜急行及走，不宜大语，远唤人，嗔喜。卧觉，食散后，随其所业，不宜劳心力。腹空，即须索食，不宜忍饥。生硬粘滑等物，多致霍乱。秋冬间，暖裹腹。腹中微似不安，即服厚朴、生姜等饮。如此将息，必无横疾。

《养性篇》云：鸡鸣时起，就卧床中，导引讫。栉漱，即巾，正坐，量时候寒温，吃点心饭若粥。若服药，先饭食。服药吃酒，消息讫，入静室烧香诵经，洗雪心源，息其烦虑。良久事了，即出。徐徐步庭院散气。地湿即勿行，但屋下东西步，令气散。家事付与儿子，不宜关心。平居不得嗔叫用力，饮酒至醉，并为大害。四时气候和畅之日，量其时节寒温，出门行三二里及三百二百步为佳，量力行，但令气乏喘而已。亲故相访，间同行出游，百步或坐，量力谈笑，才得欢通，不可过度耳。人性非合道者，焉能无闷？须畜数百卷书，《易》、《老》、《庄》等第一。勤洗浣，以香沾之身，数沐浴，令洁净，则神安道胜也。左右供使之人，得清净子弟，小心少过谦谨者，自然事闲，无物相恼，令人气和心平。凡人不能绝嗔，若用无理之人，易生嗔怒，妨人导性。

太医孙君昉，字景初，自号四休居士。山谷问其说，四休笑曰："麄茶淡饭饱即休，补破遮寒暖即休，三平二满过即休，不贪不妒老即休。"山谷曰："此安乐法也。夫少欲者，不伐之家也；知足者，极乐之国也。四休家有三亩园，花木郁郁。客来煮茗，谈上都贵游人间可喜事。或茗寒酒冷，宾主皆忘。其居与余相望，暇则步草径相寻，故作小诗，遗家僮歌之以侑酒茗。诗曰：'太医诊得人间病，安乐延年万事休。'又曰：'无求不着看人面，有酒可以留人嬉。欲知四休安乐法，听取山谷老人诗。'"

山谷《四印》云："我提养生之四印，君家所有更赠君。百战百胜，不如一忍。万言万当，不如一默。无可简择眼界平，不藏秋毫心地直。我肱三折得此医，自觉两踵生光辉。团蒲日静鸟吟时，炉薰一炷试观之。四休四印，老少富贫，普同受用。”

“论玄关一窍”云：“天地相去，八万四千里。自天以下三万六千里，应三十六阳候；自地以上三万六千里，应三十六阴候。所谓天上三十六，地下三十六，中间一万二千里，乃阴阳都会之处，天地之正中也。人身心肾相去，八寸四分，自心以下，三寸六分，属阳。自肾以上，三寸六分，属阴。中间一寸二分，乃水火交媾之处，人身之规中也。虚闲空洞，内藏玄元之气，乃元神所居之穴，即所谓真土也。外则应两眼，所以眼为飞土。人生则此神存，故目光明；人死则此神去，故目光灭。百姓日用而不知。此之一窍，乾坤不能喻其大，日月不能喻其明。倘能识此，搅黄河为酥酪，变大地作黄金。将见神灵则气清，气清则欲寡，欲寡则性正，性正则情忘，情忘则心死。故心死神方活，神全心自闲。”

《明道杂志》云：“刘几，洛阳人。年七十余，精神不衰，体干清健，犹剧饮。予素闻其善养生，因问之。几曰：‘我有房中补导之术，欲授子。’予曰：‘方因小官，家惟一妇，何地施此？’然见几每一饮酒辍，一嗽口，虽醉不忘。因此可以无齿疾。哺后食少许物辄已。几有子婿陈令，颇知其术，曰：‘煖外肾而已。’其法以两手掬而煖之，默坐调息，至千息，两肾融液如泥，瀹入腰间，此术至妙。”

回回教门善保养者，无他法，惟煖外肾，使不着寒。见南人着夏布裤者，甚以为非，恐凉伤外肾也。云：“夜卧当以手握之，令煖，谓此乃生人性命之本根，不可不保护。”此说最有理。

陈书林云：“余司药市。仓部轮差诸君，请米受筹，乡人张成之为司农丞，监史同坐。时冬严寒，余一二刻间，两起便溺，问曰：‘何频数若此？’答曰：‘天寒，自应如是。’张云：‘某不问冬夏，只早晚两次。’余诮之曰：‘有导引之术乎？’曰：‘然。’余曰：‘旦夕当北面。’因暇叩请，荷其口授曰：‘某先为李文定公家婿。妻弟少年，遇人有所得，遂教小诀：临卧时，坐于床，垂足，解衣，闭气，舌柱上腭，目视顶门。仍提缩谷道。以手磨擦两肾腧穴，各一百二十次，以多为妙。毕即卧，如是三十年，极得力。'归禀老人，老人行之旬日，云：'真是奇妙。'亦与亲旧中笃信者数人言之，皆得效。"

东坡云："扬州有武官侍真者，官于二广十余年，终不染瘴。面色红腻，腰足轻快。初不服药，唯每日五更起坐，两足相向，热磨涌泉穴无数，以汗出为度。"欧公平生不信仙佛，笑人行气。晚年云：数年来足疮一点，痛不可忍。有人传一法，用之三日不觉失去。其法垂足坐，闭目，握固，缩谷道，摇颭为之。两足如气球状，气极即休；气平，复为之。日七八，得暇即为。乃般运捷法也。文忠痛己即废，若不废，常有益。又于《王定国书》云："摩脚心法，定国自己行之，更请加工不废。每日饮少酒，调节饮食，常令胃气壮健。"

其穴在足心之上，湿气皆从此入。日夕之间，常以两足赤肉更次，用一手握脚指，一手磨擦。数目多时，觉足心热，即将脚指略略动转，倦则少歇。或令人擦之亦得，终不若自擦为佳。陈书林云："先公每夜常自擦至数千，所以晚年步履轻便。仆性懒，每卧时只令人擦至睡熟即止。亦觉得力。乡人郑彦和自太府丞出为江东仓，足弱不能陛辞。枢管黄继道教以此法，逾月即能拜跪。雪人丁邵州致远，病足半年，不能下床。遇一道人，亦授此法，久而即愈。今笔于册，用告病者，岂曰小补之哉。"

《明道杂志》云："世言'眉毫不如耳毫，耳毫不如老饕'。此言老人饕餮嗜饮食，最年老之相也。此语未必然。某见数老人，皆饮食至少，其说亦有理。内侍张茂则，每食不过麓饭一觳许，浓腻之物，绝不向口。老而安宁，年八十余卒。茂则每劝人必曰：'且少食，无太饱。'王晢龙图造食物必至精细，食不尽一器。食包子不过一二枚耳。年八十卒。临老尤康强，精神不衰。王为余言：'食取补气，不饥即已。饱生众疾，至用药物消化，尤伤和也。'刘几秘监，食物尤薄，仅饱即止，亦年八十而卒。刘监尤喜饮酒，每饮酒，更不食物，啖少果实而已。循州苏侍郎每见某，即劝令节食。言食少即脏气流通而少疾。苏公贬瘴乡累年，近六十，亦康健无疾，盖得此力也。苏公饮酒不饮药，每与客食，未饱已拾匕箸。"

东坡《治脾节饮水说》云："脾能母养余藏，养生家谓之黄婆。司马子微著《天隐子》，独教人存黄气，入泥丸，能致长生。太仓公言：'安谷过期，不安谷不及期。'以此知脾胃全固，百疾不生。近见江南一老人，年七十三，状貌气力如四五十人。问其所得，初无异术，但云：'平生习不饮汤水耳。常人日饮数升，吾日减数合，但只沾唇而已。脾胃恶湿。饮少胃强，气盛液行，自然不湿。或冒暑远行，亦不念水。'此可谓至言不烦。周曼叔比得肿疾，皆以利水药去之。中年以后，一利一衰，岂可□乎？当及今无病时，力养胃气。若土能制水，病何由生？向陈彦升云：'少时得此疾，服当归、防己之类，皆不效。服金液丹，灸脐下，乃愈。'此亦固胃助阳之意。但火力外物，不如江南老人之术。姜桂辣药，例能胀肺，多为肿媒，不可服。"

　　邝子元由翰林补外，侘傺无聊，遂成心疾。每疾作，辄昏愦如梦，或发谵语。或言真空寺有老僧，不用符药，能治心疾。子元往叩之。僧曰："相公贵恙起于烦恼，烦恼生于妄想。夫妄想之来，其几有三：或追忆数十年前荣辱恩仇，悲欢离合，及种种闲情。此是过去妄想也。或事到眼前，可以顺应，却乃畏首畏尾，三番四覆，犹豫不决。此是见在妄想也。或期望日后富贵荣华，皆如其愿；或期望功成名遂，告老归田；或期望子孙登庸，以继书香；与夫一切不可必成、不可必得之事。此是未来妄想也。三者妄想，忽然而生，忽然而灭，禅家谓之幻心。能照见其妄，而斩断念头，禅家谓之觉心。故曰不患念起，惟患觉迟。此心若同大虚，烦恼何处安脚？"又曰："相公贵恙，亦原于水火不交，凡溺爱冶容，而作色荒，禅家谓之外感之欲。夜深枕上思得冶容，或成宵寐之变，禅家谓之内生之欲。二者之欲，绸缪染着，皆消耗元精。若能离之，则肾水自然滋生，可以上交于心。至若思索文字，忘其寝食，禅家谓之理障；经纶职业，不告劬勋，禅家谓之事障。二者之障，虽非人欲，亦损性灵。若能遣之，则心火不至上炎，可以下交于肾。故曰尘不相缘，根无所偶。返流全一，六用不行。"又曰："苦海无边，回头是岸。"子元如其言，独处一室，扫空万缘，静坐月余，心疾如失。

卷之三十三

娱　老

余小时好饮，然力不胜酒，饮辄醉，辄复有酒失。至年近四十，而有幽忧之疾，盖濒于不起矣。遂弃去文史，教童子学唱。每晨起，即按乐至暮。久之，遂能识其音调。又酒中好与人谈谐，性复疏诞悁忿，喜面刺人过，亦时时以此得罪。虽不至如灌夫、盖宽饶，亦几希有孔文举、苏子瞻之风矣。今年在桑榆，既志隳业废，复不能操奇赢之术，块然闲居，无以自娱。况饮酒、听曲、谈谐，此三者又其夙业也，故聊复寓兴于此。然观古之达人，亦多有好是者，故备录之，聊以自况，且以自警。若余之饮酒、听曲、谈谐，能如此数公，则可谓不负此三者矣。

古人琴称琴道，酒称酒德，诗称诗思。昔刘向有《琴道》三篇，刘伯伦有《酒德颂》。夫谓之曰道，曰德，曰思，古人盖有深意也。

古人又言："浊醪有妙理。"夫曰妙理，即所谓酒德者，非耶？其造酒之法，则谓之《酒经》，其事则谓之"酒政"。故苏长公有《酒经》，世亦有《酒经》，一帙只五六板，是抄本，不著撰人姓名。

饮酒亦古人所重。诗曰："既立之监，复佐之史。"汉刘章请以军法行酒。唐饮酒则有《觥录事》。今世既设令官，又请一人监令，正诗人"复佐之史"之意也。

大凡饮酒，或起坐，或迁席，或喧哗，或沾洒淋漓，或攀东指西，与人厮赖，或语及财利，或称说官府，或言公事，或道人短长，或发人阴私。此十者，皆酒之辱也。今席上人有出外解手者，即送一大杯谓之望风钟。乃因起坐而行罚，亦古人之遗意也。今世之饮酒者，大率有此十失。遇坐客有一于此，便当舍去。

余处南京、苏州最久，见两处士大夫饮酒，只是掷色。盖古人亦用骰子，唯松江专要投壶、猜枚。夫投壶即开起坐喧哗之端矣。然恐昔日祭征虏之雅歌，投壶未必如是。猜枚乃藏阄、射覆之遗制，既损闲心，而攘臂张拳，殊为不雅。

东江先生一饮必百杯，然未尝见其醉。每尽一杯，则于手背旁一埒，恐其有余沥也。故至终席，卓上与盘中无一点沾湿。今存斋先生一饮亦必百杯，亦竟日不起坐，杯中不剩余沥。大率与东江同。然存斋平居，无客不饮，东江每夜与诸子团坐话家常，必欲尽量。东江但吃小杯，存斋虽连浮数十大白，亦不动色，其量似优于东江。东江之色稍严，存斋则竟日欣欣，甚得酣适之趣。此皆德人，盖深于酒德者也。

余交知中，称善饮者，则有宝应朱射陂子价、南都许石城仲贻、姑苏袁吴门鲁望、太仓王凤洲元美、上海朱醉石邦宪。每饮，必竟日，恬愉畅适，所谓令人欲倾家酿者也。

苏州黄质山淳父，虽不甚大饮，然每至相知之家，即呼酒，引满数杯，兴尽即止。盖深得酒中之趣者也。

余自号酒隐，又称酒民。人问曰："子不大饮，何忽有此号？凡人有强之酒者，必推量窄。子何乃以虚声自苦耶？"余曰："不然。盖尽余之量，可得三升。苟主人恶劝，强以三大觥，则沉顿死矣。若任吾之适，持杯引满，细呷而徐釂之，则自以为醒醐沆瀣，不是过也。则是可饮三升而醉二参，孰谓余非酒民哉！"

存斋先生常言："元朗酒兴甚高，苦无量耳。"昔苏长公自言："饮酒终日不过五合，然喜人饮酒。见客举杯徐引，则予胸中为之浩浩焉，落落焉。酣适之味，乃过于客。"则天下之好酒，亦无在余上者。今余每日午间饮十杯，至夜复饮十杯，则是每日可得一升。然五日之中，未尝有无燕席者。若席上对客，听曲、谈谐，尽余之量，可饮六十杯。是一日可得三升矣。三升之后，则胸中之浩浩落落，与酣适之味，乃在我而不在客矣，其胜苏公不甚远耶！朱文石最好客，最喜人饮酒，最好唱曲，最好谈谐。其得酒之趣，乃过于余。然竟一日但尽五合，正与苏长公对，亦只是看人之浩浩落落者也。聊奉一噱。

东坡《书东皋子传后》云："予饮酒，终日不过五合，天下之不能饮，无在予下者。然喜人饮酒，见客举杯徐引，则予胸中为之浩浩焉，落落焉，酣适之味，乃过于客。闲居未尝一日无客，客至未尝不置酒，天下之好饮亦无在予上者。常以为人之至乐，莫若身无病而心无忧，我则无是二者矣。然人之有是者接于予前，则予安得全其乐乎？故所至常蓄善药，有求者则与之。而尤喜酿酒以饮客。或曰：'子无病而多蓄药，不饮而多置酒，劳己以为人，何也？'予笑曰：'病者得药，吾为之体轻，饮者困于酒，吾为之酣适。盖专以自为也，岂真为人哉！'东皋子待诏门下省，日给酒三升，其弟静问曰：'待诏乐乎？'曰：'待诏何所乐？但美酝三升可恋耳。'今岭南法不禁酒，予既得自酿，月用米一斛，得酒六斗。而南雄、广、惠、循、梅五太守间，复以酒遗予。略计其所获，殆过于东皋子矣。然东皋子自谓'五斗先生'，则日给三升，救口不暇，安能及客乎？若予者，乃日有二升五合，入野人道士腹中矣。东皋子与仲长子光游，好养性服食，预刻死日，自为墓志。予盖友其人于千载，或庶几焉。"

孔文举《难曹公禁酒书》曰："酒之为德久矣。古先哲王，类帝禋宗，和神定人，以齐万国，非酒莫以也。天垂酒星之耀，地列酒泉之郡，人著旨酒之德。尧不千钟，无以建太平，孔非百觚，无以堪上圣。樊哙解厄鸿门，非豕肩钟酒，无以奋其怒；赵之厮养东迎其主，非引卮酒，无以激其气。高祖非醉斩白蛇，无以畅其灵；景帝非醉幸唐姬，无以开中兴。袁盎非醇醪之力，无以脱其命；定国不饮酒一斛，无以决其法。故郦生以高阳酒徒，著功于汉；屈原不餔糟啜醨，取困于楚。由是观之，酒何负于政哉！"

刘公荣云："今年田得八百斛秫，尚不了曲糵事。"又自言："胜公荣者，不可不与饮；不如公荣者，不可不与饮；如公荣者，又不可不与饮。故终日饮而不休。"余曰："此人大呆。有美酒，何不留之以浇阮嗣宗胸中礧魂，乃与此顽钝人沃浑肠浊肺耶！"

王佛大忱言："三日不饮酒，觉形神不相亲。"

王光禄蕴言："酒正使人人自远。"

王卫军荟言："酒正自引人着胜地。"此三言者，正所谓酒德，所谓妙理也。

王子猷看竹曰："何可一日无此君。"余谓"子猷大不解事，竹岂足以当此？"余每对酒，辄曰："何可一日无此君！"

陈暄曰："宁可千日不饮，不可一饮不醉。"此妄言也。余每一日无酒。即觉皮中肉外，焦渴烦闷。然日日酩酊，亦殊为聩聩。唯逐日饮少酒，过五日则一大醉，正得其中。

陶渊明《饮酒诗》曰："道丧向千载，人人惜其情。有酒不肯饮，但顾世间名。所以贵我身，岂不在一生！一生复能几？倏如雷电惊。鼎鼎百年内，持此欲何成？"

王无功《五斗先生传》曰："有五斗先生者，以酒德游于人间。有以酒请者，无贵贱皆往往必醉，醉则不择地斯寝矣，醒则复起饮也。常一饮五斗，因以为号焉。先生绝思虑，寡言语，不知天下之有仁义厚薄。忽焉而去，倏然而来。其动也天，其静也地，故万物不能萦心焉。尝言曰：'天下大抵可见矣。'生何足养？而嵇康著论；途何为穷？而阮籍恸哭。故昏昏默默，圣人之所居也。遂行其志，不知所如。"

白太傅《卯时酒诗》曰："佛法赞醍醐，仙方夸沆瀣。未如卯时酒，神速功力倍。一杯置掌上，三咽入腹内。煦若春贯肠，暄如月炙背。岂独肢体畅，仍加志气大。当时遗形骸，竟日忘冠带。似游华胥国，疑反混元代。一性既完全，万机皆破碎。半醒思往来，往来吁可怪。宠辱忧喜间，惶惶二十载。前年辞紫闼，今岁抛皂盖，去矣鱼返泉。超然蝉离蜕，是非莫分别。行止无疑碍，浩气贮胸中。青云委身外，扪心私自语。自语谁能会，五十年来心，未如今日泰。况兹杯中物，行坐长相对。"已上三篇，非止言酒，兼见理性。

种明逸至性嗜酒，尝种秫自酿，曰："空山清寂，聊以养和。"苏东坡云："神胜功用，无捷于酒。"

叶少蕴言："旧得酿法，极简易，三日辄成，色如潼醴，不减玉友。每晚凉，即饮三杯，亦复盎然。读书避暑，固是佳事，况有此酒，忽记欧公诗，有'一生勤苦书千卷，万事消磨酒十分'之句。慨然有当于心。"

苏子美豪放不羁，好饮酒。在外舅杜祁公家，每夕读书，以五斗为率。公深以为疑,使子弟密觇之。闻子美读《汉书·张良传》至"良与客狙击秦始皇,误中副车,抚掌曰:'惜乎,击之不中!'"遂引满一大白;又读至"良曰:'始臣起下邳,与上会于留,此天以与陛下。'"又抚案曰:"君臣相遇,其难如此!"复举一大白。公闻之,大笑曰:"有如此下物,一斗不足多也。"

东坡《酒经》曰:"南方之氓,以糯与粳,杂以卉药,而为饼嗅之香。嚼之辣,揣之枵然而轻,此饼之良者也。吾始取面而起肥之,和之以姜液,蒸之使十裂,绳穿而风戾之,愈久而益悍,此曲之精者也。米五斗以为率,而五分之,为三斗者一。为五升者四。三斗者以酿,五升者以投。三投而止,尚有五升之赢也。始酿以四两之饼,而每投以二两之曲,皆泽以少水,取足,以散解而匀停也。酿者必瓮按而井泓之,三日而并溢,此吾酒之萌也。酒之始萌也,甚烈而微苦。盖三投而后平也。凡饼烈而曲和,投者必屡尝而增损之,以舌为权衡也。既溢之三日乃投。九日三投,通十有五日而后定也。既定,乃注以斗水。凡水,必熟而冷者也。凡酿与投,必寒之而后下。此炎州之令也。既水,五日乃笃,得二斗有半,此吾酒之正也。先笃半日,取所谓赢者为粥,米一而水三之,揉以饼曲,凡四两。二物并也,投之糟中,熟搦而再酿之。五日,压得斗有半,此吾酒之少劲者也。劲、正合为四斗。又五日而饮,则和而力,严而不猛也。笃绝,不旋踵而粥投之,少留则糟枯,中风而酒病也。酿久者,酒醇而丰,速者反是。故吾酒三十日而成也。"

黄山谷书《安乐泉酒颂后》云:"荆州公厨,酒之尊贵者,曰'锦江春',其色味如蜀中之小蜂蜜,和柘浆饮之,使人淡闷,所谓厚而浊,甘而哕者也。士大夫家喜作绿豆曲酒,与米瓷同色,然使人饮之,心兴轰轰,害人眠食。所谓清而薄,辛而螫者也。诚使公私之酒合去四短,合用四长,则为佳酝矣。大概'锦江春'以米入浆,不待味极酸而炊,故但甘而不辛,又用曲少,故不能折甘味。其浊则不待醅熟而榨耳。菉豆曲投水太多,又不以麦蘖折其辛故也。若斗取六升,岂有薄哉!"

东江先生《傍秋亭杂记》,论酒云:"内法酒,总名长春。有上用甜苦二色,给内阁者以黄票,学士以红票,余白长行。内上用'金茎露',孝庙初始有其方,与'太禧白',皆内臣监酿,光禄不得预。'太禧'色如烧酒,彻底澄莹,酽厚而不腻,绝品也。'金茎露'清而不冽,醇而不腻,味厚而不伤人,李文正公以为才德兼备之君子云。"

天下之酒,自内法外,若山东之"秋露白",淮安之"绿豆",括苍之"金盘露",婺州之"金华",建昌之"麻姑",太平之"采石",苏州之"小瓶",皆有名,而皆不若广西之滕县,山西之襄陵为最。滕县自昔有名,远不易致。襄陵,十年前始入京师,据所见,当为第一。

松江酒旧无名。李文正公尝过朱大理文徵家,饮而喜之,然犹为其所诒,实苏州之佳者尔。癸酉岁,予以馈公,公作诗二首,于是盛传。凡士大夫遇酒之佳者,必曰此松江也,而实不尽然。盖永嘉、绍兴有绝佳相类者,予尝以乡法酿于京师,味佳甚,人以为类襄陵云。

杨恽《与孙会宗书》曰:"家本秦也,能为秦声。妇赵女也,雅善鼓琴。奴婢歌者数人。酒后耳热,仰天而歌呜呜,曰:'田彼南山,芜秽不治。种一顷豆,落而为萁。人生行乐耳,须富贵何时?'"

谢安石云:"年在桑榆,正赖丝竹陶写,恒恐儿辈觉损欣乐之趣。"

桓子野每闻清歌,辄唤奈何。谢公闻之,曰:"子野可谓一往有深情。"唯深于情者,然后知此。王夷甫言:"情之所钟,正在我辈。"

韩持国立朝刚正,宋神宗谓之强项人也。然性喜声乐,遇极暑辄求避,屡徙不如意,则卧一榻,使婢执板缓歌,不绝声,展转徐听,或颔首抚掌,与之相应,往往不复挥扇。

范德孺名纯粹,乃文正公第三子也,喜琵琶。暮年,苦夜不得睡,家有琵琶、筝二婢,每就枕,即杂奏于前,至寝乃得去。

赵子固清放不羁,好饮酒,醉则以发濡酒,歌古乐府,自执红牙以节曲。

白太傅言:"洛城内外六七十里间,凡观寺丘墅有泉石花竹者,靡不游,人家有美酒鸣琴者,靡不过,有图书歌舞者,靡不观。"

又云:"每良辰美景,或雪朝月夕,好事者相过,必先为之拂酒罍。饮既酣,乃自援琴,操宫声,弄秋思一遍。若兴发,命家僮调法部,合奏《霓裳羽衣》一曲。若欢甚,又命小妓歌《杨柳枝》新词十数章,放情自娱,酩酊而后已。”

白太傅有《府酒》五绝,其《辨味》一首云:“甘露太甜非正味,醴泉虽洁不芳馨。杯中此物何人别,柔旨之中有典刑。”其《谕妓》一首云:“烛泪夜沾桃叶袖,酒痕春污石榴裙。莫辞辛苦供欢宴,老后思量悔杀君。”观二诗,白傅之风流可想见矣。

白太傅《醉戏诸妓》诗曰:“席上争飞使君酒,歌中多唱舍人诗。不知明日休官去,逐我东山去是谁?”

白太傅《花前叹》,内一句云“容坐唱歌满起舞”,则知古人不但用官伎,虽刺史亦与伎女列坐。

白太傅与牛相公乞筝,牛侑以一诗,落句云:“但愁封寄去,魔物或惊禅。”白答曰:“任教魔女弄,不动是禅心。”古人风流调笑,其乐如此。

牛思黯有能筝者,白傅戏之曰:“何时得见十三弦,待取无云有月天。愿得金波明似镜,镜中照出月中仙。”

白太傅诗曰:“古人唱歌兼唱情,今人唱歌惟唱声。欲说向君君不会,试将此语问杨琼。”今安得此辈而与以论曲哉!

白傅集有《与牛家妓乐雨夜合宴》之诗,牛是奇章公也,风流宰相谢安之后,复有此人。

裴令公送白傅马戏,赠以诗曰:“君若有心求逸足,我还留意在名姝。”下注云:“盖用爱妾换马事。”意亦有所属也。白答之曰:“安石风流无奈何,欲将赤骥换青娥。不愁便送东山去,临老何人与唱歌?”

山谷有《和白太傅何处难忘酒》三首,后系以数语,云:“乐天不溺于酒,而寓之酒,故寄大梦于杯杓,而宛然道德规矩。彼无乐天之志,而欲从事于酒者,皆仲尼叩胫之宾也。”昔人谓苏公嬉笑怒骂皆成文章,余谓山谷启口出言,皆有理趣,盖非谬语也。

冯道与赵凤同在中书,凤有女,适道仲子。以饮食不中,为道夫人谴骂。赵令婢长号。知院者来诉,凡数百言,道都不答。及去,但云:“传与亲家翁,今日好雪。”

山谷《与人书》云:“承谕,小李数问动静,想瑯琊不见问也。一嘑。”小李疑是一角妓,瑯琊亦角妓之王姓者。

"琅琊秀惠清歌,常有出蓝之声,比得数新曲,恨未得亲教当耳。鄂渚亦有二三子,可与娱。每至尊前,未尝不怀英对也。"山谷欲亲自教,当想亦似深于律吕者。

"秋月晴彻,颇得浅斟低唱之乐否?恨不见小妆与嫦娥争辉耳。"

东坡最好谑,观其与刘贡父嘲调之言,余载在《语林·排调篇》中。盖几乎虐矣。《山谷集》中与人书尺,时有谑语。余爱其雅而旨也,故摭之以著于篇。

东坡一帖云:"王十六秀才遗拍板一串,意余有歌人,不知其无也。然亦有用。陪傅大士唱《金刚经》耳。"字画奇逸,如欲飞动。山谷作小楷书其下,曰:"此拍板以遗朝云,使歌公所作《满庭霜》,亦不恶也。然朝云今为惠州土矣。"

山谷《与赵都监帖》:"所寄尺六观音纸,欲书乐府,似大不类。如此乐府卷子,须镇殿将军与大夫娘对引角盆高揭万年欢,乃相当也。"

文王割烹,武王饪鼎,叔旦举而荐之,管蔡不食,谁能强之。

山谷《书自作草后》:"余往在江南,绝不为人作草。今来宜州,求者无不可。或问其故,告之曰:'往在黔安园,野人有以病来告者,皆与万金良药。有刘荐者谏曰:'良药可惜以啗庸人。'笑而应曰:'有不庸者,引一个来。'闻者绝倒。"

《与俞洪范帖》云:"所论上党风俗可病,何时不然。八风与四威仪,动静未尝相离也。虽古之元圣大智,有能立于八风之外者乎?欲断此事,当付之党进。党在许昌,有说话客请见,问说何事?曰:'说韩信。'即杖之。左右问其故,党曰:'对我说韩信,对韩信亦说我矣。'即公不闻,洗耳而已。"

卷之三十四

正　俗　一

　　夫国之政理，未尝不始乎治，而卒乎乱。世之习俗，未尝不始乎厚，而卒乎漓。苟常乱常漓，则将何所底止乎？呜呼！然未有极而不反者。即三代质文之变，大率亦犹是也。今习俗已甚漓矣，所赖祖宗法度严密，天子明圣，故未至于乱耳。然习俗、政理，未有不相因者，则漓者，乱之渐也。苟必待乱而后反，其伤必多。故余窃有深惧焉。然大祸之来，行将自及，则诸君可无惧哉。传曰："贤者作法，愚者制焉。"故群倡而力挽之，固所望于贤者耳。

　　古人以右为尊，至中古则尚左矣。记曰："吉事尚左，凶事尚右。"故《老子·偃武章》曰："夫佳兵不祥之器，故有道者不处。"君子居则贵左，用兵则贵右，偏将军居左，上将军居右。言以丧礼处之，则凡平居燕会，其揖逊拜跪之礼，皆当以左为尊，无疑也。今世南北之礼不同，凡客至，相见作揖，南方则主人让客在东边，是右手，北方则主人让客在西边，是左手。人但怪南北不同，而竟不穷其故。盖古人初见必拜，先令人布席南方，人东，西布席，则宾当就东，主当就西。盖一堂之中，东是左，西是右，则是正以左为尊也。北方人北向布席，比肩而拜，则宾当在西，主当在东，亦以左为尊也。今南人不知布席之由，北向作揖，亦让客在东手，则是尚右。处以凶事，失礼甚矣。余考古人冠婚之礼，主人出肃客，则宾由西阶入，主由东阶入，岂有方肃客而处客以卑，自处以尊之礼乎？则又可以证升堂作揖，必当让客在西手者为是也。

　　今之卑幼见尊长，亦皆推让尊长在东手，此初学小生最不知礼者。盖卑幼作揖，尊长但当在上面还揖，或主人谦损，降立在侧边答之，卑幼只当北面向上作揖可也。若必推在东手，则是比肩而立，以敌体待尊长矣。其可谓之知礼乎？余尝谓："唯制礼者，然后能用礼。唯定律者，然后能用律。"此言盖不虚也。

余见人家子弟，凡所以事其父兄者，皆以客礼相待。每遇生朝或节序，则陈盛筵以享之，如待神明。及享毕，即弃去若刍狗矣。此所谓斯须之敬，以待乡人可也，古人不如此。盖事父兄，不可一时去心，虽蔬食菜羹，苟适于口，亦必荐进。盖无旦无暮，每食入口，必念其亲故也。若能如此，则虽鰕菜，过于五鼎，不能如此，则虽五鼎，亦何足道！人家子弟，不可不知。

尝一日访东桥，值其在息园，与其弟、横泾王子新三人吃饭，即请余至息园中同坐。是时横泾已老，病不胜酒矣。少顷，横泾辞去，送至槛外，命一童子曰："看七老爹出门。"东桥入坐，横泾迳去。近来士夫家兄弟皆送迎，是以客礼相待，恐亦未是。

吕汲公大防在相位，其兄大忠自外郡代还，相与坐东府堂上。夫人自廊下降阶趋谒，以二婢掖持而前。大忠遽曰："宰相夫人不须拜。"汲公解其意，叱二婢使去。夫人独拜于赤日中，尽礼而退。大忠略不顾劳，人服其家法之严。今士人略得进步，则纵其妇陵忽舅姑矣，何况伯氏。史称大忠、大防与弟大临同居相切磋，论道考礼，冠婚丧祭，一本于古。关中言礼学者，推吕氏。如此等礼，今世士大夫亦不可不知。

宪、孝两朝以前士大夫，尚未积聚。如周北野佩，其父舆，为翰林编修。北野官至郎中，两世通显，而其家到底只如寒士。曹定庵时中，其兄九峰时和举进士，有文章。定庵官至宪副，弟时信亦京朝官，与李文正结社赋诗，门阀甚高。其业不过中人十家之产。他如蒋给事性中、夏宪副寅、许金宪璘，致仕家居，犹不异秀才时。至正德间，诸公竞营产谋利，一时如宋大参恺、苏御史恩、蒋主事凯、陶员外骥、吴主事哲，皆积至十余万，自以为子孙数百年之业矣。然不五六年间，而田宅皆已易主，子孙贫匮，至不能自存。宋大参即余外舅家，得之目击者，此四十年间事耳。然此十万之业，子孙纵善败，亦安能如是之速？盖若天怒而神夺之然。然一时有此数家，或者地方之气运耶？或诸公之遗谋未善耶？皆不可晓也。

人见当时数家之事，有问于余者。余戏语曰："此病已在膏肓，非庸医所了。吾昔饮上池水，或庶几能知之。"盖吾松士大夫，一中进士之后，则于平日同堂之友，谢去恐不速。里中虽有谈文论道之士，非唯厌见其面，亦且恶闻其名，而日逐奔走于门下者，皆言利之徒也。或某处有庄田一所，岁可取利若干，或某人借银几百两，岁可生息若干；或某人为某事求一覆庇，此无碍于法者，而可以坐收银若干，则欣欣喜见于面，而待之唯恐不谨。盖父兄之所交与，而子弟之所习闻者，皆此辈也，未尝接一善人，闻一善言，见一善行。夫一齐人之傅，尚不能胜众楚人之咻，况又无一齐人之傅乎？吾恐子弟虽有颜、闵之资，欲其从善，难矣。诸公皆读书晓事，此亦理之易见者也，何昧昧若此？太史公所谓利令智昏，何异白日攫金于市中者耶？

或问晋朝重门阀，而王、谢子弟皆贤，何也？余曰：王谢门中唯有王仲祖、刘真长、许玄度、支道林诸人往来，不闻有此等客。

吾松士大夫家燕会，皆不令子侄与坐，恐亦未是。顷见顾东桥每有燕席，命顾茂涵坐于自己卓边，东江每燕，亦令顾伯庸坐于卓边，不另设席。今存斋先生家三子皆与席，衡山每饭，必有寿承、休承。皇甫百泉、许石城二家，其二郎亦皆出坐，与客谈谐共饮。盖儿子既已长成，岂能绝其不饮？若与我辈饮，则观摩渐染，未必无益，不愈于与群小辈喧哄酗酒耶？昔王右军与谢太傅修禊兰亭，而大令兄弟与谢车骑皆在。阮嗣宗为竹林之游，其子阮瞻亦欲与。嗣宗曰："仲容已与，卿不得复尔。"若使仲容不在，则瞻亦把臂入林矣。故晋室士大夫子弟皆贤，正为此也。

松江士大夫子弟不甚读书。昔黄山谷云："四民皆有世业，士夫家子弟能知孝弟忠信，斯可矣。然不可令读书种子断绝，有才气者出，便足名世矣。"今世父兄非不知教子弟，非不知学正，恐多财为累耳。则财之为害，可胜言哉！

练兼善常对书太息曰："吾老矣，非求闻者，姑下后世种子耳。"士夫积财，无非为子孙之计。然古人有云："贤而多财，则损其志，愚而多财，则益其过。"又黄山谷言："男女缘渠侬堕地，自有衣食分齐。其不应冻饿沟壑者，天不能杀也。"此皆万金良药，士大夫不可不知。

余小时见人家请客，只是果五色，肴五品而已。惟大宾或新亲过门，则添虾、蟹、蚬、蛤三四物，亦岁中不一二次也。今寻常燕会，动辄必用十肴，且水陆毕陈；或觅远方珍品，求以相胜。前有一士夫请赵循斋，杀鹅三十余头，遂至形于奏牍。近一士夫请袁泽门，闻淆品计百余样，鸽子、斑鸠之类皆有。尝作外官，囊橐殷盛，虽不费力，然此是百姓膏血，将来如此暴殄，宁不畏天地谴责耶！然当此末世，孰无好胜之心？人人求胜，渐以成俗矣。今存斋先生至家，极力欲挽回之，时时举以告人，亦常以身先之。然此风分毫不改，虽曰世道渐漓，然他处犹知敬信前辈，有善言亦必听从，独吾松之人，坚于自用，虽仲尼复生，亦末如之何也已。

东坡云："到黄，廪食既绝，痛自节俭，日用不得过百五十。每月朔便取四千五百钱，断为三十块，挂屋梁上。平旦用画叉挑取一块，即藏去叉，仍以大竹筒别贮用。不尽者，以待宾客。"据东坡所言如此，自计吾辈一日之课，岂能及东坡十分之一？每日当用钱十五文足矣。

昔司马文正公每日就寝时，自计一日之为，若与其所奉果足相当，则帖然而卧；稍有不及，则终夕不自安。今之士大夫每日饱饫肥甘，不知临卧时亦曾打算一遭否？

杨君谦《七人联句记》，虽位次亦皆明载，列成图样。王古直、徐栗夫南面坐，陈一夔、王存敬北面坐，侯公绳左边侧坐，赵栗夫右边侧坐，杨君谦坐侯公绳下，则主人也。乃知前辈燕会，真率如此。今士夫非南面不坐，非专席不居，其礼虽甚隆，而情实不洽，且乏雅致。余生而疲贱，岂敢为时俗之倡，但出之以见前辈风范耳。

果山增高楪架，盖起于近时，三十年前所无也。然亦只是松江用，南京、苏、杭至今未有果山，极无谓增高。即《诗》之所谓"于豆于登"，是仿佛登豆而为之者。盖古人席地而坐，《诗》言"或授之几"者，乃是优老，用以依凭。而殽品实置于地上，恐泥土沾污，故设登豆，且欲使稍高，以便匕箸耳。今殽品已摆在卓上，不知要此物何用？增此一段繁文，又加一番虚费，始作俑者，其无后乎！

我家与东江先生有姻连，其第五孙子登，余妹婿也。记得小时至东江家，见燕客，常用六角银杯。后东江身后，其家分析，诸孙行酒，皆用瓦器。余问之，云："东江止有银杯二十四只，皆是此样。次子伯庸分十二只，冢孙子龙分十二只，余诸孙皆不及。"夫官至尚书不可谓不尊，然酒器止此，亦可称清白之风矣。近年以来，吾松士夫家所用酒器，唯清河、沛国最号精工。沛国以玉，清河以金。玉皆汉物，金必求良工，访古器仪式打造，极为精美。每一张燕，粲然眩目。余意以为更得一二陶匏，杂厕其间，少存古意，尤为尽善。然二者较之，终是玉胜。

尝与陆五湖醉饮甚畅，余语五湖曰："小时不知事，尝买古玉杯数件。后游南都，客囊渐罄，尽卖与朱文石家。夫老年饮酒，必须畅适，若留心照管酒杯，是增一大不乐也。奈何欲快人之目，而自取不乐哉！"五湖闻之，抚掌称快。

尝访嘉兴一友人，见其家设客用银水火炉、金滴嗉。是日客有二十余人，每客皆金台盘一副，是双螭虎大金杯，每副约有十五六两。留宿斋中，次早用梅花银沙锣洗面。其帷帐衾裯，皆用锦绮。余终夕不能交睫。此是所目击者。闻其家亦有金香炉，此其富可甲于江南，而僭侈之极，几于不逊矣。

松江是天下大府，华亭亦是剧县，其讼狱之繁多，钱粮之浩大，上司文移之庞杂，山积波委，日勤职业，犹惧不逮。士大夫正当相体，以时进见，使郡县先生得尽心民事，庶可以仰承朝廷委任之重。况华亭乡官，今已十倍于前矣。使府县诸公日有送迎之劳，则于公事不无少妨耶！古称豳民风俗之厚，其诗曰："曰杀羔羊，跻彼公堂。称彼兕觥。"盖古人一受长养之恩，则于岁终，必欲少伸其图报之私。而君臣如父子，暖然相亲于一堂之中，其厚也何如？今乡士夫皆郡县邑子也，既受其覆庇，含育之恩，而一无所报，于心安乎？亦当于岁终，刲羊持酒，拜献于公堂，以伸一念之爱敬，而郡县先生亦必受之，盖所以通上下之情也。今郡县先生既一切不受，而士大夫亦聊以应一时之故事，皆非实情相与，徒费一番扰攘，上下俱失矣。

近来上司出巡，其起身后，乡官俱进府县谢劳。余见前辈未尝有此，不知起于何时。或倭寇犯境，上司为地方而来，郡县先生亦与上司区画地方之事，故去后礼当谢劳。若地方无警，而抚按出巡，但纠察百司，查处钱粮，乃举朝廷章程也，与乡士夫有何干涉？又进府县搅扰一番，无乃太烦渎耶！

卷之三十五

正　俗　二

余辛酉自南都归，壬戌年寓居苏州。袁太冲过苏，来见访，语余曰："近县公新生一子，方在孩抱，偶出痘疹。吾起身时，在县前经过，见乡官进县问安，黄伞亦有六七顶。"此亦近来事也。

第一，郡县大夫要正士风，激厉志节。昔子游为武城宰，夫子问曰："汝得人焉尔乎？"子游对曰："有澹台灭明者，非公事，未尝至于偃之室。"盖凡士君子，养得自重，一出去便能与朝廷干事。此在郡县先生少加之意耳。若以不见者为高，无故而数至公庭之人，稍加厌薄，则士风可立振矣。

近日士大夫家居，皆与府县讨夫皂。虽屡经禁革，终不能止。或府县不与，则谤议纷然。此是蔑弃朝廷纪纲也。尝见各衙门见任官，其所谓直厅者，乃看守衙门之人，而柴薪银则给与各官募倩夫皂以备身银者也。虽台省大臣，亦不过十人。见任且然，而况家居者耶？故虽元老致仕，朝廷优贤，始有岁拨人夫之命，然止是二人，必有旨然后许拨，其余则安得滥用。今每人要皂隶二名，轿夫四名，直伞一名，每人总七名。若有五十乡官，则是又添一处兵饷矣。夫同是朝廷百姓，谁敢擅役一人？故府县不得辄与，乡官亦不得辄受。

朱晦庵晚年居考亭，便于野服，榜一帖于客位云："荥阳吕公尝言：京洛致仕官与人相接，皆以闲居野服为礼，而叹外郡或不能然。其旨深矣。某衰朽无状，虽幸叨误恩，许致其仕。前此或蒙宾客不鄙下访，初未敢遽援此例，便以老大自居。近缘久病，艰于动作，屈伸俯仰，皆不自由，遂不免遵用旧京故俗，辄以野服从事。然而上衣下裳，大带方履，比之凉衫，自不为简。其所便者，但取束带足以为礼，解带可以燕居，免有拘绊缠绕之烦，脱着疼痛之苦而已。切望深察，恕此病人，且使穷乡下邑，得以复祖宗盛时京都旧俗。其美如此，亦补助风教之一端也。至于筋骸挛缩，转动艰难，迎候不时，攀送不及，区区之意，亦非敢慢，并冀有以容之，为大幸也。"

《双槐岁钞》云："韩襄毅雍既平大藤峡，其威甚张。时广州太守吴中聘、教授王文凤修郡志，襄毅闻之，命以所得诸公书简附入。然志中但题为《贺都御史韩雍平两广书》，其中大司马王公称'竑拜书复都宪永熙知己阁下'，大宗伯姚公称'夔顿首都堂永熙年兄阁下'，少司徒薛公称'远百拜奉书永熙都宪年兄'行台邢太守称'侍生宥百拜奉书都堂先生执事'，顺德钱大尹称'乡生浦端肃奉复总督巡抚都堂阁下'。按薛、邢皆琼州人，钱又属吏，未尝有所诮也。相去未久，乃有治生、晚生与门下、台下诸称，平交或号而不字，官尊齿邵则系以翁，或称老先生，不一而足，岂亦文盛之会哉。"

《双槐岁钞》云："中原、西北士大夫长幼之礼甚严，年长者每呼姓名，饮酒献酬，幼者必跪，初不计贵贱也。山西雍宪副世隆泰，性气廉厉，凛不可犯。既贵，便道过家，往访同窗旧友王生。时生已弃士业农矣，遇诸途，谓曰：'雍泰乃念贫贱之交乎？倘不弃，予约期访汝韦曲。'泰敬诺而归。至期，冠带以俟。生布衣觢鞔，背只鸡，持瓢酒至，据正席而坐。泰以兄事之。与饮必跪，生亦直受之不辞。泰后为都宪，巡抚宣府，风度棱峻。参将李杰来见，不与为礼。杰颇不法，即数其罪，呼左右缚杰，使跪庭下，大棍挞之三十。坐是罢官。其宦辙所至，辄有遗爱，人谓与华岳争高。诗云：'柔亦不茹，刚亦不吐。不侮矜寡，不畏强御。'足以当之矣。泰，陕西咸宁人。"

尝闻长老言："祖宗朝，乡官虽见任回家，只是步行。宪庙时，士夫始骑马。至弘治、正德间，皆乘轿矣。"昔孔子曰："以吾从大夫之后，不可徒行也。"夫士君子既在仕途已有命服，而与商贾之徒挨杂于市中，似为不雅，则乘轿犹为可通。今举人无不乘轿者矣。董子元云："举人乘轿，盖自张德瑜始也。方其初中回，因病不能看人，遂乘轿以行。众人因之，尽乘轿矣。"然苏州袁吴门尊尼与余交，其未中进士时，数来下顾，见其只是带罗帽二童子跟随，徒步而来。某以壬辰年应岁贡出学，至壬子年谒选到京，中间历二十年，未尝一日乘轿。

今监生无不乘轿矣。大率秀才以十分言之,有三分乘轿者矣。其新进学秀才乘轿,则自隆庆四年始也。盖因诸人皆士夫子弟,或有力之家故也,昔范正平乃忠宣公之次子,文正公之孙也。与外氏子弟结课于觉林寺,去城二十里。忠宣当国日,正平徒步往来,人不知为范丞相子。今虽时世不同,然亦恐非所以教子弟也。

徐养斋居乡,每过往还之家,见陈设过盛,则愀然不乐,遂不举箸。或劝之,则托辞曰:"吾今日心斋,当茹素也。"里中从公之化,亦稍稍崇俭矣。

今世衣冠中人,喜多带仆从。沈小可曾言:"我一日请四个朋友吃晚饭,总带家童二十人,坐至深夜,不得不与些酒饭。其费多于请主人。"

一日偶出去,见一举人,轿边随从约有二十余人,皆穿新青布衣,甚是赫奕。余惟带村仆三四人,岂敢与之争道,只得避在路旁,以俟其过。徐老先生轿边多不过十人。

仪真一友人朱荆溪名永年,以岁贡,官至知县。有文,亦能诗。闻仪真读书后辈皆从之讲艺,有游览,必相随以行。故近来真、扬之间,人才亦彬彬可称。吾松绝无此风,故虽科第辈出,然恐尽今之世,欲成就一个名人,终不可得也。

方双江巡抚时,余尚在南京。闻其出巡至柘林,家兄与舍弟同往相见。门上人迳请了舍弟进去,将家兄轿子一把扯出。盖方双江在任,凡乡官进见,皆要分别出身脚色故也。夫未受朝命之前,可论脚色,既受命为京朝之官,则同是朝廷供奉之臣矣。古称王臣虽微,加于诸侯之上,故重王臣,乃所以尊天子也,安得更论脚色耶,双江可谓不知体,家兄岂不知抚台有此条教,则当自量,深藏远避。夫见一巡抚不加益,不见不加损,何栖栖如此,以自取辱耶! 家兄可谓不知分。舍弟与双江同年也,若巡抚是别人,乡官固不敢与抗,既是同年,则有兄弟之义矣,岂不知同年何某有一亲兄,独不假借分毫,而乃辱之至是。古称父母之仇,不共戴天,兄弟之仇不同国。辱及其兄,则己之深仇也。即当毅然不入,而与之遂绝矣。方忿气填膺,何缘复与之坐而笑谈耶? 虽谓之无人道可也。舍弟可谓不知礼。盖一事而三人俱失也。

孙文简以礼部尚书还家时，方双江为太守。文简设席待之，早起身，自供张毕，直待至日夕点灯时，双江始至。文简殊厌倦。既上坐，酒三行后，即称疾发而起。双江大怒，逮其家人，以事罗织，问成充军。后合郡士夫整酒于冯南江家，再三讲解，事始得释。

士大夫族姓，盖水木本源，所关甚重。晋唐以来，专重氏族。如孔至撰《百家类例》，品第海内族姓，以张说为近代新门，不入百家之数者是也。今世所谓郡望，盖本于此，然必当考其所自。如今世王姓者，即谓之太原；何姓者，即谓之庐江，甚非也。盖不知王有二著姓，太原是一族，琅琊另是一族；何亦有二著姓，庐江是一族，东海另是一族。如王浑、王衍、王济、王澄、王述，王承、王濛诸人，太原之王也；王祥、王导、王敦、王羲之、王珣、王俭诸人，琅琊之王也；何充、何准、何求、何点、何胤，庐江之何也；何承天、何长瑜、何逊、何思澄、何子朗，东海之何也。琅琊之王，自王导渡江以后，世居江左。今苏州虎丘山有王珣宅，会稽有王羲之题扇桥，又有羲之兰亭修禊处，则琅琊之王迁徙江南，皆有明证。而太原之王，至于隋末，文中子尚居龙门，则江南何自而有太原之王耶？齐梁时何求、何点兄弟三人，俱好栖隐，今湖州有何山，苏州亦有何山，即其隐居处也。而东海之何，考之史册，不闻其有南徙之迹。则江南之王，皆本之琅琊，江南之何，皆本之庐江，此不待辨而明者也。今江南之王，皆冒太原，而北地之何，更无有一人出于东海者耶？此则承袭之谬也。若误称郡望，则是冒认祖宗，岂细故哉！独王石梁先生，小时见其书郡望，必称琅邪，盖有深识，不同于俗见。某常书东海，因居海上，以地著耳。若书郡望，亦必以庐江为是。他如张姓者，自张华以至张说，世居范阳，亦一郡望也，岂必清河一族哉？要当追源其所自耳。若朱、张、顾、陆，本是吴中四姓，故江南此四家但称中吴或吴郡可也，何必远冒沛国、清河、武陵、河东哉！

李希颜方伯素刚正，顾文僖甚重之。本木华黎子孙，既入中国，曰我木下子也，遂姓李氏。今子姓甚繁，有一孙为道长。近有一士夫之子，亦李姓。其父官至宪副，家产甚厚，资财巨万。父死失势，曲意夤缘，认为一族，称为东门老爹，亦大有所费。若别姓犹可含糊冒认，色目人其可冒认耶？近日其子谋入学，令人代考。事露下狱，百计弥缝，幸而得释。乃知人之行险侥幸，盖亦出自天性也。

松江近日有一谚语，盖指年来风俗之薄，大率起于苏州，波及松江。二郡接壤，习气近也。谚曰："一清诳，圆头扇骨揩得光浪荡；二清诳，荡口汗巾折子挡；三清诳，回青碟子无肉放；四清诳，宜兴茶壶藤扎当；五清诳，不出夜钱沿门跄；六清诳，见了小官递帖望；七清诳，剥鸡骨董会摊浪；八清诳，绵绸直裰盖在脚面上；九清诳，不知腔板再学魏良辅唱；十清诳；老兄小弟乱口降。音扛。"此所谓游手好闲之人，百姓之大蠹也。官府如遇此等，即当枷号示众，尽驱之农。不然，贾谊首为之痛哭矣。

松江十来年间，凡士夫年未四十，即称老翁，奶奶年未三十，即呼太太。前辈未有此，则大为可笑者也。

卷之三十六

考　文

古人云：“校书如拂几上尘”，言旋拂旋有也。余前身或是雕虫所化，每至长夏，置棐几于前荣，横陈一册，朱白不去手，则是日不知有暑。不然，则烦闷欲死。乃知此固其宿业也。又古人言：“误书思之，亦是一适。”苟适其适，又何惮焉。故见者虽或嗤诮之，不置也。昔有韩昶者，昌黎之子也，犹改金根车为金银车，他复何论哉？今世书籍讹舛甚多，偶有所见，则书于册。

《五臣注文选》，中间谬妄极多。如《思玄赋》云：“欻神化而蝉蜕兮，朋精粹而为徒。”盖衡自寓也，言自己之神化若此，而吕向遂真以为蝉之蜕脱，去秽污而以精粹为朋友徒侣。此正苏长公所谓小儿强作解事者。

陈孔璋书云：“有子胜斐然之意。”五臣注云：“子胜，即小子也。”一何浅鄙若此哉！盖因《论语》有“小子狂简，斐然成章”之言，遂附会牵合。然子胜之作小子，不知是何解？又不言有所本否。李善引《墨子》亦恐未是。姑阙疑可也。

《寡妇赋》云：“伊女子之有行，爰奉嫔于高族。”吕延济以为“有行”，谓自修德行，极为可笑。不如李善引《毛诗》“女子有行，远父母兄弟”，混成而切当。

书籍传刻，易至讹舛，亦有经不知事之人妄意改窜者，如王右丞《敕赐樱桃》诗：“总是寝园春荐后，非关御苑鸟衔残。”《文苑英华》本作：“才是。”盖“才”字与下句方有照应，“总”字有何意义？既经俗人一改，遂传误至今。乃知书籍中此类甚多。惜无人为之辨证耳。

韦苏州《滁州西涧诗》有手书，刻在《太清楼帖》中，本作“独怜幽草涧边行，尚有黄鹂深树鸣。春潮带雨晚来急，野渡无人舟自横”。

盖怜幽草而行于涧边,当春深之时,黄鹂尚鸣,始于情性有关。今集本与《选》诗中,"行"作"生","尚"作"上",则于我了无与矣。其为传刻之讹无疑。

《李颀集·寄綦母三诗》:"风流三捴令公香",盖用荀彧事也。荀彧为中书令,好熏香,其坐处常三日香。今徐崦西《五十家唐诗·李颀集》中作"风流三揖令公乡"。盖因不知荀彧事,遂改作"乡"字。然文义不属,又换一"揖"字,可笑可笑。

《五十家唐诗》李颀《题璿公山池》:"片石孤云窥色相,清池皓月照禅心。""孤云"改作"孤峰","皓月"改作"白月"。夫既言片石,又曰孤峰,不免叠床架屋。若"白月",则前无所本,只是杜撰,以启后人换字之端。盖唐诗为庸俗人所改,如此类甚多,其疑误后学,可胜道哉!

杜牧之诗:"远上寒山石迳斜,白云生处有人家。"亦有亲笔刻在《甲秀堂帖》中,今刻本作"深",不逮"生"字远甚。

苏长公《赤壁赋》:"惟江上之清风,与山间之明月。耳得之而为声,目遇之而成色,取之无禁,用之不竭,是造物者之无尽藏也,而吾与子之所共食。"本作食字,有墨迹在文衡山家,余亲见之。今刻本作"适",然适字亦好。或长公自加改窜耶?然不可考也。

綦母潜《题净林寺顶山禅院诗》:"塔影挂清汉,钟声和白云。"集本与诸选诗皆作"和",《河岳英灵集》亦取"钟声和白云"为警句。余初疑钟声如何与白云相和,恐其未稳。后见《文苑英华》作"扣白云",乃知言寺之塔影挂于清汉,钟声出于白云,则是扣于白云之中也。以形容山顶之高殊浑成,胜和字。

初唐诗:"文移北斗成天象,酒递南山作寿林。"今人皆误作"酒近"。盖"移"是活字,"近"是死字,唐人之律甚工,专以字之虚实死活作眼目,岂容以死字对活字?且南山送酒,原是诗意,近字终无意义,必为"酒递"无疑。

张王屋集《唐雅·徐贤妃诗》:"井上天桃偷面色,檐前嫩柳觉身轻。"余曰:"觉"字定误,当是"学"字。盖天桃尚偷其面色,嫩柳犹学其身轻,始有意味。若"觉"字,则索然矣。王屋曰:"是。"遂刻作"学"字。

廋辞,隐语也,世遂讹为庾辞。张王屋一日言:"《汉书》中云:'庾死狱中。'"余曰:非庾死,乃廋死也。《论语》云:"人焉廋哉,人焉廋哉!"《说文》廋字从广义,从叟,声也。如庇、庥、庋、庀之类,皆从广,乃覆蔽隐匿之意。廋死,言人死于狱中,覆蔽隐匿,人莫明其状也。但因庾廋字最相近,叟字臼字笔稍连,中间转笔稍直,便成庾字矣。故此二字易于讹舛。今书籍中甚多,聊为正之。

杨升庵云:"《史记》'庾死狱中'。注不明庾义。按《说文》:束缚捽抴为曳。曳、庾古字通也。"然曳庾字通未知何本? 恐亦杜撰语也。

祝枝山《野记》以对太祖"陛下法之正,东宫心之慈"为刑部郎袁凯语,太祖含怒,口诵此语不止。已而叱凯退。凯知不免,遂佯狂以脱死。又云:某御史,松江人,诈称青盲。其妇与同居校尉通。尉入室,履错然有声。御史已了了,伪问妇何声? 妇曰:"猫儿跳下楼耳。"后居乡,目稍稍称愈。一日,与妇竞。妇喧辨,御史曰:"记得猫儿跳下楼否?"妇悟,遂自经。盖袁凯仕太祖朝为御史,其对太祖"法之正心之慈"者,正凯也。松江不曾别有御史诈盲事,亦不闻有妻自经者。而《野记》误以凯为刑部郎,不言其是松江人,却以别处人事剿入松江某御史下。盖因袁凯事相类,遂牵联误书耳。松江去苏不远,且郡志亦详载,枝山何不考索,而讹舛至此? 乃知记载是一大难事,一有差误,遂使人受千载不白之谤矣。是岂可以易之哉! 且但云某御史,则亦是传闻疑似之言,岂可遽以为实而书之简册耶? 枝山谬妄甚矣,《逸诗》之散见经传者,附载于后。

我无所监,夏后及商。用乱之故,民卒流亡。

淑慎尔止,无载尔伪。

翘翘车乘,招我以弓。岂不欲往,畏我友朋。

俟河之清,人寿几何?

虽有丝麻,无弃菅蒯,虽有姬姜,无弃蕉萃。凡百君子,莫不代匮。

周道挺挺,我心扃扃。讲事不令,集人来定。

礼义之不愆,何惜于人言。

周穆王欲肆其心,周行天下,将皆有车辙马迹焉。祭公谋父作

《祈招》之诗,以止王心。诗曰:"祈招之愔愔,式昭德音。思我王度,式如玉,式如金。形民之力,而无醉饱之心。"

青青之麦,生陵之陂。生不布施,死何含珠?为接其鬓,摩其颊,而以金椎控其颐。徐别其颊,无伤口中珠。

绵绵之葛,在于旷野。良工得之,以为缔绤。良工不得,枯死于野。

浩浩之水,育育之鱼。未有室家,我将安居?

《逸诗》之有其名而其文不传者:

《茅鸱》《河水》《辔之柔矣》

《论语》亦有《逸篇》。东坡云:"'舜不作六器,谁知贵玙璠。'注:'玙璠,鲁国之宝玉也。'《逸论语》载孔子曰:'美哉玙璠,远而望之焕若也,近而视之瑟若也。一则理胜,一则肤胜。'此亦不似后人语。"

《谈苑醍醐》云:"《史记》言:'伯夷、叔齐虽贤,得夫子而名益彰。颜渊虽笃学,附骥尾而行益显。闾巷之人,欲砥行立名者,非附青云之士,恶能施于后世哉!''青云之士',谓圣贤立言垂世者,孔子是也。'附青云',则伯夷、颜渊是也。后世谓登仕为青云,谬矣。试引数条以证之。《京房易占》:'青云所覆,其下有贤人隐。'《续逸民传》:'嵇康早有青云之志。'《南史》:'陶弘景年四五岁,见葛洪《方书》,便有养生之志,曰:"仰青云,睹白日,不为远矣。"'孔稚圭隐居,多构山泉。后阳王往游之,圭曰:'足下处朱门,游紫闼,讵得与山人交耶?'钧曰:'身处朱门而情游沧海,形入紫闼而意在青云。'袁豢《赠隐士庾易诗》曰:'白日清明,青云辽亮。昔闻巢、许,今睹台尚。'阮籍诗:'抗身青云中,网罗孰能施。'合而观之,'青云'岂仕进之谓乎?自宋人用'青云'字于登科诗中,遂误至今不改。"援引精博,其论最当。但所谓"青云"者,盖言其人品之高,如所谓志意薄天云者是也。而谓即《论语》"视富贵如浮云"之旨,则又失之远矣。盖"青云",言其高,浮云,言其薄,何得据以为证耶。

杨升庵《丹铅余录》云:"刘歆言:'三皇象春,五帝象夏,三王象秋,五伯象冬。'邵子《皇极经世》全用之。《孝经纬》引孔子曰:'吾志在《春秋》,行在《孝经》。'以《春秋》属商,《孝经》属参。《皇极经世》以

《易》、《诗》、《书》、《春秋》配春、夏、秋、冬，亦有所祖述也。"余谓升庵精博，近世罕见其俪，然亦有好奇，过于穿凿处。夫孔子以《春秋》属商，《孝经》属参者，盖以子夏有文学，故以《春秋》属之，曾子纯孝，故以《孝经》属之耳。苟如升庵之论，则是以参、商为二星，而以《春秋》、《孝经》分属之，失之远矣。

《丹铅余录》辨"寒鳖"不当作"炮"字，甚是，但不当云"韩国馔用此法"。古字"韩"与"寒"通，或音同而误用耳。盖脍、腾、炙皆言烹饪，不容寒独称地，当是鳖与鸡皆性寒易冻，如今人言冻鳖、鸡冻是也。若云"韩鳖"犹可通，以"鸡寒"为"鸡韩"可乎？又岂一时秦、楚、齐、赵、魏皆不善馔，独韩国能馔鳖，又能馔鸡耶？盖因《文选·五臣注》中旧有此说，升庵误信之也。

《丹铅余录》云："温泉所在，必白矾、丹砂、硫黄三物为之根，乃蒸为暖流耳。夫丹砂、硫黄二物性热，故发为温泉是也。若白矾，本凉物，温泉中安得有矾耶？必是礜石，其性最热。昔王粲从魏武北征，升岭眺望，见一冈不生百草，粲曰：'必是古冢。此人在世服生礜石，死而热气蒸出，致卉草燋灭。'即令凿看，果得墓，有石满莹。《博物志》：'鹤，水鸟也。伏卵时，数入水。卵冷，取礜石围绕卵，以助暖气。'盛弘之《荆州记》曰：'麓山有精舍，舍傍有礜石，每严冬，其上不停霜雪。'又《述征记》曰：'洛水底有礜石，故上无冰。'许氏《说文》收'礜'字，注曰：'毒石也。出汉中。'则知此石合金丹者用之，但须炼熟。此人误服生者耳，则蒸为暖流者，必礜石无疑。"

《丹铅余录》："《左传注》引《司马法》曰：'产城者，攻其所产。'训产城为诸侯之僭侈，取名于产，若生子而渐长大之义。余谓此义亦未为得。盖本文云：'攻其所产。'如其城以稻粱为利，则刈其稻粱；以麻枲为利，则残其麻枲；以水泽为利，则竭其泽；以山木为利，则童其山之类。此皆敌国所利，故攻之也。其义甚明，何必过为穿凿哉。"升庵如此类尚多，余于《丹铅总录》皆标出。后失去此书，今不复能省忆矣。

《丹铅余录》言：今人家称出水窦曰"央沟"，引《荀子》"入其央渎"为证；又《太平御览》引《庄子逸篇》为羊沟。升庵云："羊沟者，不知何解。"余闻羊沟者,羊善触,恐其毁墙,作沟限之,故云。今世俗人又以明沟为阳沟,暗沟为阴沟。

杨升庵云:"白乐天《琵琶行》'枫叶荻花秋瑟瑟',此'瑟瑟'是珍宝名,其色碧,故以影指碧字。"最为赏音。而陈晦伯以"瑟瑟谷中风"正之。夫诗人吟讽,用意不同,白自言色,刘自言声,又岂相妨,而必泥以"萧瑟"之"瑟"字耶?杨又引白"一道残阳照水中,半江瑟瑟半江红"证之,尤为妙绝。

唐明皇《剑门诗》,诸选诗与本集有之,岂升庵俱未之见,而乃得之于剑门石壁上耶!

《郑弘传》第五伦事,本是云母屏风,升庵以为云岳,是何等语?陈晦伯正之,甚当。

《咏怀诗》:"西游咸阳市,赵、李相经过。"颜延之以为赵飞燕、李夫人。李是武帝时,赵是成帝时,二人原不同时,此大谬妄。必以为赵季、李平,亦未为是。盖诗人托兴寓言,或咸阳偶有此二家,贵富豪举,如金、张、程、郑之辈,与之过从耳,岂有游咸阳而经过阳翟之赵、李耶?必求其人,则凿矣。

升庵云:刘表善书。引董北苑语。此大谬。陈晦伯据书断刘德升为是。

《谈苑醍醐》云:"《三国典略》曰:《萧明与王僧辩书》:'凡诸部曲,并使招携,赴投戎行。前后云集,霜戈电戟,无非武库之兵;龙甲犀渠,皆是云台之仗。'唐王勃《滕王阁序》:'紫电清霜,王将军之武库。'正用此事。以十四岁之童子,胸中万卷,千载之下宿儒犹不能知其出处,岂非间世奇才!杜子美、韩退之极其推服,良有以也。"余以为子安才虽美丽,然亦时代不同。盖古人学文之家,此等书皆从幼诵习,今之学者读《四书》本经之外,要读《性理纲目》,何暇及此?亦由上之表率,不逮于古耳。岂独学者之过哉!

《南园漫录》云:"《史记》于项羽为本纪,最见其据实立名。观鸿门之宴,羽东向,范增南向,汉高北向坐,张良西向立,一时之分封王侯,其以人君自处,而众亦尊以为君,可见矣。故《史记》据实而为本纪。至班固始改为列传。"盖太史为项羽作本纪,非尊之也。夫所谓纪者,即通历之纪年也。如不立项羽本纪,则秦既灭之后,汉未得天下之先,数年之历,当属之何人耶? 盖本纪之立,为通历,非为项羽也。共和为政,纪亦不废。项既亡秦,而立楚怀王,杀义帝,杀卿子冠军,分王诸侯,皆羽主之,则安得不为羽立本纪耶? 若班固作《汉书》,所纪之历,皆属汉矣,而项羽之事但载纪耳,则自当作传,安得谓班固为好谀曲笔耶? 南园之无识甚矣。

陆玩拜侍中语,史册与小说俱载,而升庵以为陆抗,何舛错至此!

升庵云:“雨未尝有香,而李贺诗'依微香雨青氲氲',元微之诗'雨香云淡觉微和';云未尝有香,而卢象诗'云气香流水'。”传称“臭味”,盖言气味也,气可以言臭,独不可以言香乎? 故《心经》云:眼、耳、鼻、舌、身、意、色、声、香、味、触、法。鼻是六根之一,香是六尘之一,故鼻之所触,即谓之香。暑天大雨,必先有一阵气味,此非雨香而何? 升庵善吟,独不求作者之意耶? 陈晦伯引《拾遗记》,亦太凿。

梁简文《诗谶》:“雪花无有蒂。”蒂与帝同音。“无蒂”是谶“无帝”也,陈晦伯以为“无弟”,误。

陈晦伯正升庵刘昫《旧唐书》误作刘饷,此必传刻之误耳,升庵未必讹舛至此。

冯少洲编《风雅逸篇》,载《古谚》一卷,集刘梅谷、杨升庵、张邺西诸公所辑而增益之,自谓极备。然如古里语云:“斫檀不谛得系迷,系迷尚可得驳马。”又谚云:“上山斫檀,挈榽先殚。”此二条殊为古雅,然而不载。此见《十三经注疏》中。注疏中如此类尚多,恨不得尽数拈出,以补少洲之缺耳。

冯少洲《风雅逸篇》尝托余删定,其所载《道门》一卷,皆取之《真诰》与《云笈七籖》等书,盖佛经诸偈皆出六朝人之手,犹有可观。道家诸书,皆张君房辈所纂,乃科书之类,极为芜陋,一无足取者,如何一概混入? 余皆削去,今十不存一矣。

郑淡泉《古言》说:“孔庙十哲,当黜冉求、宰我,而进有若、公西赤。”此所谓理会科斗时事,坐无尼父,焉别颜回? 自古相传如此,存之可也,何必校量若此哉? 史鱼、蘧伯玉,亦不必妄生优劣。

《古言》说:“尧舜非生知安行,惟太昊、炎帝、黄帝可以当之。”前古圣人，岂得以分两求之哉。

《古言》说："'原始反终'一条，与'无极''太极'同意，所谓一起一结。"此不知何谓。又以"至诚""至圣"分外德、内道，亦是支离学问。

《木瓜》诗所谓"木瓜"、"木桃"、"木李"，但言其投之薄耳，而淡泉以为今人有以木为果者，酒榼中常用之，岂江西人所谓木荔枝耶？凿矣！

郑淡泉以世言娄江、东江、松江为"三江"者非是，盖以为江必源泉所注，积为巨川，而吴地三江至小，不足为江故也。殊不知凡水之入海者，通谓之江。郑但欲校量水之大小，而不顾经书之文义乎！若必以岷山之江、嶓冢之江、豫章之江为三江，不知此三江与震泽有何相关？而经曰"三江既入，震泽底定"耶？盖震泽受江南七郡之水，若无三江泄之，必至于泛溢为害。故禹凿三大川，导之入海，而震泽始定矣。其义甚显著，郑复何疑，而妄立意见？

《今言》中载列圣陵寝名号：

太祖孝陵　　太宗长陵　　仁宗献陵

宣宗景陵　　英宗裕陵　　宪宗茂陵

孝宗泰陵　　武宗康陵　　世宗永陵

《今言》中，初载诸陵历历，明白可考，则是北狩者裕陵也。至后又云："八月，茂陵北狩。"又云："郕王即位，遥尊茂陵为太上皇。"则以北狩者为宪宗耶？不宜乖舛如此！

近日黄毅所希宪巡下江，刻《五经集注》于苏州府，最是盛事。但不知委之何人，将何处本作式，写完即刻，全不校勘，讹舛太甚。甚至一板中有差六七字者，此书初学习读，所关最重，况他日转相传讹，日甚一日，则于经书亦大有害，不似他书，无大干系也。不知何故，卤莽如此！

《说文》"凡禾之属皆从禾"，独"稽首"稽字不从禾，盖篆文禾字头皆左转，独稽字旁头右转。

《说文》"凡心之属皆从心"，独"博"与"协"字从十，今世人写博、协皆从心，是不知六书之故也。

卷之三十七

词　　曲

　　昔师旷吹律，而知南风之不竞。有人弹琴，见螳螂向鸣蝉，欲其得之也，蔡中郎闻其音，而知有杀心。隋炀帝将幸江都，作翻调《安公子曲》。王令言："知其不反。"唐章怀太子作《宝庆曲》，李嗣真闻而知太子废。古之审音者，其神妙如此。今世律法亡矣，余何能知之？盖因小时喜听曲，中年病废，教童子习唱，遂能解其音调，知其节拍而已。魏文帝《善哉行》内云："知音识曲，善为乐方。"或庶几焉耳。兹以论词曲之语，附载于篇末。

　　古乐之亡久矣，虽音律亦不传。今所存者惟词曲，亦只是淫哇之声，但不可废耳。盖当天地剖判之初，气机一动，即有元声。凡宣八风，鼓万籁，皆是物也。故乐九变而天神降，地祇出，则亦岂细故哉！故曰："声音之道，与政通矣。"佛经亦曰："以我所证，音声为上。"今佛家梵呗，如念真言之类，必和其音者，盖以和召和，用通灵气也。正声之亡，今已无可奈何，但词家所谓九宫十二则以统诸曲者，存之以待审音者出，或者为告朔之饩羊欤。

　　杨升庵曰：《南史》蔡仲熊云："五音本在中土，故气韵调平，东南土气偏陂，故不能感动木石。"斯诚公言也。近世北曲虽郑卫之音，然犹古者总章、北里之韵，梨园、教坊之调，是可证也。近日多尚海盐南曲，士夫禀心、房之精，从婉娈之习者，风靡如一。甚者北土亦移而耽之，更数世后，北曲亦失传矣。

　　金元人呼北戏为杂剧，南戏为戏文。近代人杂剧以王实甫之《西厢记》、戏文以高则诚之《琵琶记》为绝唱，大不然。夫诗变而为词，词变而为歌曲，则歌曲乃诗之流别。今二家之辞即譬之李杜，若谓李杜之诗不工，固不可，苟以为诗必以李杜为极致，亦岂然哉！祖宗开国，尊崇儒术，士大夫耻留心辞曲，杂剧与旧戏文本，皆不传，世人不得尽见。虽教坊有能搬演者，然古调既不谐于俗耳，南人又不知北音，听者既不喜，则习者亦渐少，而《西厢》、《琵琶记》传刻偶多，世皆快睹，故其所知者，独此二家。余家所藏杂剧本几三百种，旧戏文虽无刻本，然每见于词家之书，乃知今元人之词，往往有出于二家之上者。盖《西厢》全带脂粉，《琵琶》专弄学问，其本色语少。盖填词须用本色语，方是作家。苟诗家独取李杜，则沈、宋、王、孟、韦、柳、元、白将尽废之耶？

元人乐府称马东篱、郑德辉、关汉卿、白仁甫为四大家。马之辞，老健而乏滋媚；关之辞，激厉而少蕴藉，白颇简淡，所欠者俊语，当以郑为第一。郑德辉杂剧，《太和正音谱》所载，总十八本，然入弦索者惟《㑇梅香》、《倩女离魂》、《王粲登楼》三本，今教坊所唱，率多时曲。此等杂剧、古词，皆不传习。三本中，独《㑇梅香》头一折《点绛唇》尚有人会唱，至第二折《惊飞幽鸟》与《倩女离魂》内《人去阳台》、《王粲登楼》内《尘满征衣》，人久不闻，不知弦索中有此曲矣。

大抵情辞易工。盖人生于情，所谓愚夫愚妇可以与知者。观十五国风，大半皆发于情，可以知矣。是以作者既易工，闻者亦易动听，即《西厢记》与今所唱时曲，大率皆情词也。至如《王粲登楼》第二折，摹写羁怀壮志，语多慷慨，而气亦爽烈。至后《尧民歌》、《十二月》，托物寓意，尤为妙绝。是岂作调脂弄粉语者，可得窥其堂庑哉！

郑德辉所作情词，亦自与人不同。如《㑇梅香》头一折《寄生草》："不争《琴操》中，单诉你飘零，却不道窗儿外，更有个人孤另。"《六么序》："却原来群花弄影，将我来唬一惊。"此语何等蕴藉有趣。《大石调·初问口》内："又不曾荐枕席，便指望同棺椁？只想夜偷期，不记朝闻道。"《好观音》内："上覆你个气咽声丝张京兆，本待要填还你枕剩衾薄，语不着相。"情意独至，真得词家三昧者也。

郑德辉《倩女离魂·越调·圣药王》内"近蓼花缆钓槎，有折蒲衰草绿兼葭，过水洼，傍浅沙，遥望见烟笼寒水月笼沙，我只见茅舍两三家"。如此等语，清丽流便，语入本色，然殊不秾郁，宜不谐于俗耳也。

王实甫才情富丽，真辞家之雄。但《西厢》首尾五卷，曲二十一套,终始不出一情字,亦何怪其意之重复,语之芜类耶! 乃知金、元人杂剧,止是四折,未为无见。

王实甫《西厢》,其妙处亦何可掩。如第二卷《混江龙》内:"蝶粉轻沾飞絮雪,燕泥香惹落花尘。系春心情短柳丝长,隔花阴人远天涯近。香消了六朝金粉,清减了三楚精神。"如此数语,虽李供奉复生,亦岂能有以加之哉?

《西厢》内如"魂灵儿飞在半天,我将你做心肝儿看待,魂飞在九霄云外。少可有一万声长吁短叹,五千遍捣枕椎床",语意皆露,殊无蕴藉。如"太行山高仰望,东洋海深思渴",则全不成语,此真务多之病。余谓郑词淡而净,王词浓而芜。

王实甫《丝竹芙蓉亭杂剧》,《仙吕》一套,通篇皆本色语,殊简淡可喜。其间如《混江龙》内:"想着我怀儿中受用怕,甚么脸儿上抢白。"《元和令》内:"他有曹子建七步才,还不了庞居士一分债。"《胜葫芦》内:"兀的般月斜风细,更阑人静,天上巧安排。"《寄生草》内:"你莫不一家儿受了康禅戒。"此等皆俊语也。夫语关闺阁,已是秾艳,须得以冷言剩句出之,杂以讪笑,方才有趣。若既着相,辞复浓艳,则岂画家所谓浓盐赤酱者乎? 画家以重设色为浓盐赤酱,若女子施朱傅粉,刻画太过,岂如艳妆素服,天然妙丽者之为胜耶。

王实甫不但长于情辞,有《歌舞丽春堂杂剧》,其十三换头《落梅风》内:"对青铜,猛然间两鬓霜,全不似旧时模样。"此句甚简淡。偶然言及,老顿即称此二句,此老亦自具眼。

《㑇梅香》第三折《越调》虽不入弦索,然自是妙。如《小桃红》云:"是害得神魂荡漾,也合将眼皮开放,你好热莽也。"沈东阳《调笑令》内:"劈面的便抢白俺那病襄王呀,怎生来番悔了巫山窈窕娘,满口里之乎者也,没拦当都喷在那生脸上。唬的那有情人,恨无个地缝藏,羞杀也傅粉何郎。秃厮儿请学士休心劳意攘,俺小姐他只是作耍难当。"止是寻常说话,略带讪语,然中间意趣无穷,此便是作家也。

李直夫《虎头牌杂剧》十七换头、关汉卿散套三十换头、王实甫《歌舞丽春堂》十二换头,在《双调》中别是一调,排名如《阿那忽》、《相公爱》、《也不罗》、《醉也摩挲》、《忽都白》、《唐兀歹》之类,皆是胡语,此其证也。三套中惟十七换头,其调尤叶。盖李是女直人也。十三换头《一锭银》内:"他将《阿那忽》腔儿来合唱。"《丽春堂》亦是金人之事,则知金人于《双调》内惯填此调。关汉卿、王实甫因用之也。

《虎头牌》是武元皇帝事。金武元皇帝未正位时,其叔饯之出镇,十七换头《落梅风》云:"抹得瓶口儿净,斟得盏面儿圆,望着碧天边太阳浇奠,只俺这女直人无甚么别咒愿。则愿我弟兄们早能勾相见。"此等词情真语切,正当行家也。一友人闻此曲,曰:"此似唐人《木兰诗》。"余喜其赏识。

余家小鬟记五十余曲,而散套不过四五段,其余皆金元人杂剧词也,南京教坊人所不能知。老顿言:"顿仁在正德爷爷时,随驾至北京,在教坊学得,怀之五十年。供筵所唱,皆是时曲。此等辞并无人问及。不意垂死,遇一知音。"是虽曲艺,然可不谓之一遭遇哉。

王渼陂欲填北词,求善歌者至家,闭门学唱三年,然后操笔。余最爱其散套中"莺巢湿春隐花梢",以为金元人无此一句。

康对山词迭宕,然不及王蕴藉。如渼陂《杜甫游春》杂剧,虽金元人犹当北面,何况近代。以王兰卿传校之,不逮远矣。

南都自徐髯仙后,惟金在衡鸾最为知音,善填词。其嘲调小曲极妙,每诵一篇,令人绝倒。亦谓散套中无佳者,惟"万种闲愁"最好。余细看之,独"马上抱鸡三市斗,袖中携剑五陵游"二句差胜,乃用晚唐人罗隐诗也,其余芜浅不足观。

《西厢记·越调》"彩笔题诗"用侵寻韵,本闭口,而"眉带远山铺翠,眼横秋水无尘",误入真文韵。如朱仲谊"辞写鸳鸯冢,黄钟,羞对莺花绿窗掩",通篇俱闭口,用韵甚好。

《乐府》辞,伎人传习,皆不晓文义。中间固有刻本原差,因而承谬者,亦有刻本原不差,而文义稍深,伎人不解,擅自改易者。如《两世姻缘·金菊香》云"眼波眉黛不分明",今人都作"眼皮"。一日小鬟唱此曲,金在衡闻唱"波"字,抚掌乐甚,云:"吾每对伎人说此字,俱不肯听。公能正之,殊快人意。"二十换头《尾声》临了一句:"煞强似应底关河路儿远。"余疑"应"字文义不通,思欲正之,终不得其字。一日偶看《太和正音谱》,观关汉卿《侍香金童》内有"雁底关河,马头明月"

之句，盖雁飞无不到，其底下之关河，言甚远也。二十换头亦关汉卿词，盖汉卿惯用此语，其为"雁底"无疑。

老顿于《中原音韵》、《琼林雅韵》，终年不去手。故开口闭口与四声阴阳字，八九分皆是。然文义欠明，时有差处。如马东篱《孤雁汉宫秋》，其双调尾声云："载离恨的毡车半坡里响。""毡"字，他教作闭口，余言"毡"字当开口。他说："顿仁于韵上考索极详。此字从占，当作闭口。"余曰："若是从占，果当作闭口。但此是写书人从省耳。此字原从亶，亶是开口。汝试检毡字正文，无从占者。"渠始信，教作开口。

老顿云：南曲中如"雨歇梅天"，《吕蒙正》内"红妆艳质"，《王祥》内"夏日炎炎"，《杀狗》内"千红百翠"，此等谓之慢词，教坊不隶琵琶筝色，乃歌章色所肄习者，南京教坊歌章色久无人，此曲都不传矣。

余令老顿教《伯喈》一二曲，渠云："《伯喈》曲，某都唱得。但此等皆是后人依腔按字，打将出来。正如善吹笛管者，听人唱曲，依腔吹出，谓之唱调。然不按谱，终不入律。况弦索九宫之曲，或用滚弦花和大和钗弦，皆有定则。故新曲要度入亦易。若南九宫原不入调，间有之，只是小令。苟大套数既无定，则可依而以意弹出，如何得是。且笛管稍长短其声，便可就板，弦索若多一弹，或少一弹，则爭板矣。其可率意为之哉。"

高则诚才藻富丽，如《琵琶记》"长空万里"，是一篇好赋，岂词曲能尽之，然既谓之曲，须要有蒜酪，而此曲全无，正如王公大人之席，驼峰熊掌，肥腩盈前，而无蔬笋蚬蛤，所欠者风味耳。

《拜月亭》是元人施君美所撰，《太和正音谱》乐府群英姓氏亦载此人。余谓其高出于《琵琶记》远甚。盖其才藻虽不及高，然终是当行。其《拜新月》二折，乃隐栝关汉卿杂剧语，他如《走雨》、《错认》、《上路》、《馆驿中》、《相逢》数折，彼此问答，皆不须宾白，而叙说情事，宛转详尽，全不费词，可谓妙绝。

《拜月亭·赏春》、《惜奴娇》，如"香闺掩，珠帘镇垂，不肯放燕双飞"，《走雨》内："绣鞋儿分不得帮和底，一步步提，百忙里褪了根儿。"正词家所谓本色语。

　　南戏自《拜月亭》之外，如《吕蒙正》"红妆艳质，喜得功名遂"，《王祥》内"夏日炎炎，今日个最关情处，路远迢遥"，《杀狗》内"千红百翠"，《江流儿》内"崎岖去路赊"，《南西厢》内"团团皎皎，巴到西厢"，《玩江楼》内"花底黄鹂"，《子母冤家》内"东野翠烟消"，《诈妮子》内"春来丽日长"，皆上弦索。此九种，即所谓戏文，金元人之笔也。词虽不能尽工，然皆入律，正以其声之和也。夫既谓之辞，宁声叶而辞不工，无宁辞工而声不叶。

　　曲至紧板，即《古乐府》所谓趋。趋者，促也。弦索中，大和弦是慢板，至花和弦则紧板矣。北曲中如中吕至《快活三》，临了一句放慢，来接唱《朝天子》，正宫至《呆骨都》，双调至《甜水令》，仙吕至《后庭花》，越调至《小桃红》，商调至《梧叶儿》，皆大和，又是慢板矣。紧慢相错，何等节奏。南曲如《锦堂月》后《侥侥令》，《念奴娇》后《古轮台》，《梁州序》后《节节高》，一紧而不复收矣。

　　清弹琵琶，称正阳钟秀之。徽州查八十有厚赀，好琵琶，纵浪江湖，至正阳访之，持侍生刺投谒。钟令人语之曰："使寻常人来见，则宜称侍生，吾闻查八十以琵琶游江湖，今日来谒，非执弟子礼，我断不出。"查言："吾固闻秀之名，然未见其伎。使果奇，执弟子礼未晚。"钟取琵琶，于照壁后一曲，查膝行而前，称弟子。留处数月，尽钟之伎而归。友人王亮卿，徽州人，有俊才，能诗。尝言：昔年入试留都，闻查八十在上河，往访之。相期饮于伎馆，欲听其琵琶。查曰："妓人琵琶，吾一扫即四弦俱绝，须携我串用者以往。"亮卿设酒于旧院杨家。杨亦世代以琵琶名，酒半，查取琵琶弹之，有一妓女占板。甫一二段，其家有瞎妈妈最知音，连使人来言："此官人琵琶，与寻常不同，汝占板俱不是。"半曲后使女子扶凭而出，问查来历，查云是钟秀之徒弟。此妈妈旧与秀之相处，与查相持而泣，留连不忍别。

卷之三十八

续　　史

我朝名臣,即《言行录》所载诸公,大率皆是矣。但其所载,皆用墓志碑文,以及馈赠序记之语编入,此等皆粉饰虚美之词,且多是套子说话,以之入于史传,后人其肯信之乎? 如李文毅,英宗时为国子祭酒,以厢房前柏树枝柯蔽覆,妨士子肄业,遂剪去数条。王振素忌其刚直,即诬以擅伐孔庙古木之罪,枷于监门。石大用率监生数千人号救请代,幸而获免。但当直书其事,今但取《古穰杂录》云:"王振怒其持儒礼,构以罪。"又取罗伦跋帖语云:"文毅见辱,石大用代死。"观者终不得其始末,岂得谓之实录耶? 若刘忠宣之所经度,皆讦谟定命,远猷辰告,深得雅人之致。余谓:虽房、杜、韩、范,犹当服膺。盖加于众人一等矣。是乌可以不载耶。故摭其实而著之篇。

太宗尝与解缙论群臣,御笔书蹇义等十人名,命各疏于下。十人者,皆上所信任政事之臣,亦多于公善,而具以实对。于义曰:"其资厚重,而中无定见。"于夏原吉曰:"有德有量,而不远小人。"于刘隽曰:"虽有才干,不知顾义。"于郑赐曰:"可为君子,颇短于才。"于李至刚曰:"诞而附势,虽才不端。"于黄福曰:"秉心易直,确有执守。"于陈瑛曰:"刻于用法,好恶颇端。"于宋礼曰:"戆直而苛,人怨不恤。"于陈洽曰:"疏通警敏,亦不失正。"于方宾曰:"簿书之才,驵侩之心。"既奏,上以授仁宗曰:"李至刚,朕洞烛之矣,余徐验之。"

黄福在南京兵部参赞机务,每旦视事,皆襄城伯处分,公不出一语。盖阴相之则多矣。或以为言,公曰:"体当如是。且汝见守备何尝错发落一事也。"

胡俨筮仕,为华亭县学教谕,年尚少,而能以师道自任,劝勉诸生,讲授每至夜分,虽隆寒甚暑不废。

午门外东直房，六部、都察院堂上候朝之所，两门入。惟都察院正官独处一小夹室。近岁，都御史顾公佐，非公事未尝与诸司群坐。

东杨天资明敏，有果断之才。中官有事来阁下议，必问曰："东杨先生在否？"知不在，即回。凡议事，未尝不逊。西杨或执古以断，不可行，已而卒断于东杨，灼然可行而无碍也。每秋，敕文武大臣赴宪台审录重狱，自英国公而下俱逊避，俟二杨先生决之。西杨讯之未尝决，至不可了。东杨一问即决，庶几子路片言折狱之才。众皆叹服。

杨文定在狱中十余年，家人供食，数绝粮。又上命叵测，日与死为邻，愈励志，读书不辍。同难者止之，曰："势已如此，读书何为？"曰："朝闻道，夕死可也。"五经诸子，读之数回。已而得释，晚年遭遇为阁老大儒。朝廷大制作，多出其手，实有赖于狱中之功。盖天玉成之如此。

山云出镇广西。广西总帅府一郑牢者，老隶也，性鲠直敢言。公进之，曰："世谓为将者不计贪，矧广西素尚货利，我亦可贪否？"牢曰："公初到，如一新洁白袍，有一沾污，如白袍点墨，终不可湔也。"公又曰："人云土夷馈送，苟不纳之，彼必疑且忿。奈何？"牢言："居官黩货，则朝廷有重法，乃不畏朝廷，反畏蛮子邪？"公亦笑纳之。公镇广西逾十年，廉操始终不逾。

王抑庵先生典选，遇不如意事，好诵古人诗以自宽。一日，有新得给事中即欲干挠选法者，则曰："偶然题作木居士，便有无穷求福人。"御史有言："吏部进退官不当。"则曰："若教鲍老当筵舞，更觉郎当舞袖长。"要多切中云。

王文端公直在吏部，御史有以画求诗者，公峻拒，不为作诗。所介者实公之故人，言："公于他人多有所作，何独靳是？"乃应之曰："老负此累，公等行当自知耳。"然公尝以诗寄钱塘戴文进索画，且自序："昔与文进交时，尝戏作一联，至是十年而始成之。"临川聂大年题其内曰："公爱文进之画，十年而不忘也。使公以十年不忘之心待天下之贤，则天下岂复有遗才哉！"语亦稍闻于公，公置之不省。后大年举为史官，困于讥诮，卧病逆旅，自度不可起。乃使所亲投诗于公，中二联云："镜中白发难饶我，湖上青山欲待谁？千里故人分橐少，百年公论盖棺迟。"公得诗，泣下曰："大年欲吾铭其墓耳。"明日而大年卒。公为墓志，有曰："吾以大年之才，必能自振，故久不拟荐，而乃止一校官耶。"大年所题之言，固为正论，使隘者闻之，将必以为议己，其孰不加挤也。而公不以为意，至泣而铭其墓，真所谓休休有容者矣。

轩𫐐，天性廉介。初为进士，往淮上催粮。冬寒，舟行忽落水，救出，衣尽湿，得一绵被裹之。有司急为制衣一袭，却之不用，徐待旧衣之干。为浙江按察使，俸资之外，一毫不取。四时着一青布袍，蔬食不厌。与同僚约，三日以米易肉一斤，多不能堪。故旧经过者，留供一饭；至厚者，杀一鸡。僚属见之惊异。忽闻亲丧，次日遂行，僚属尚有未及知者。升副都御史，总理南京粮储，清操愈坚。张都宪素侈纵，设席会诸僚，公独不赴。既而以卓食馈之，亦不纳。

左都御史轩公，持己甚严，遇人无问贤否，悉峻拒之，不与接。居南都，岁时诣礼部拜表，至则屏居一室，撤去侍烛，朝服端坐，寂无一言，待鼓严而出。礼毕，不告于同事者，竟御肩舆而归。同事者闻其来，亦不乐与处，皆避去。平生俊伟之节，惟恃公牍之存，间令吏写数十大册。于纪载之文，一无所好。及卒，修史，有司从其家求公行实，无有也。惟写生卒年月，上送官耳。

广州府知府沈琮，尝为南京兵部武库司主事。武库司典皂隶，凡诸司多属意焉。盖皂有定数，得之多或得之早，皆可觊利耳。一日告予曰："惟利亦可以观人。琮司皂者久，不以动心而干人挠法者，得两公焉，尚书魏公骥、都御史轩公𫐐是已。"

魏公骥为松江教官，汲汲成就人才。诸生在学居者，候一更尽，必携茶往视之。见有书声者，供茶一瓯。至三更，乃携粥以随，尚有诵者，供粥一碗。如此者亦不频数，间一行之。士子感激，笃尚斯文。性好吟咏，臞然若不胜衣。中官王振亦礼重之，呼为先生。赞见，惟帕一方，振亦不较。

魏文靖公在南都，法司因旱恤刑。有王刚恶逆，诉冤，或以其年少欲缓之。公曰："此妇人之仁。天道不时，正此谓也。"狱遂决。翌日而雨。

魏文靖，景泰改元至京，阁老陈公是其考试时所取士也，来见，请曰：“先生虽位冢宰，然未尝立朝，愿少待，事在吾辈而已。”公不从，退谓人曰：“渠将朝廷事为一己事，安得善终。”

时中官王振权倾一时，或邀薛文清拜其门。公正色曰：“安有受爵公朝，而谢恩私室？”李文达亦劝公少贬，公曰：“厚德亦为是言耶？”竟不往。已而遇诸途，众行跪礼，公独不屈。振不悦。会有狱夫实病死，三年，其妾私于人，欲出嫁。妻弗听，遂诬妻魔魅夫死。公辩其冤。都御史王文诣事振，乃诬公出入人罪，系狱当死。人皆危之。公怡然曰：“辩冤获咎，死何愧焉？”手持《周易》，诵读不辍。至覆奏将决，大臣有申救之者，得免。放归田里。公居家六年，闭门不出。

中官金英奉使，道南京。公卿俱饯于江上，独公不往。英至京，言于众曰：“南京好官，惟薛卿耳。”

薛文清公锐志道学，著《读书录》二十卷，多名言。尝曰：自朱子后，性理已明，正不必著书。程明道、许鲁斋皆未尝有所著作，而言道统者必归之。

王忠肃提督辽东军务，总兵以下庭谒，公诘所以失机之由，命左右曳出斩之。再三哀请，得释。于是三军股栗，莫敢不用命。至广宁不逾月，巡边，自山海关直抵开原，高墙垣，深沟堑，五里为堡，十里为屯，烽燧斥堠，珠连璧贯，千里相望。简阅行伍，老弱者更改之，贫穷者赈给之，鳏寡者婚配之，谓边境不可以法律治，词讼无问轻重，量情以布谷粟赎罪。虽人命，亦以物抵偿。公在边十数年间措置，积银万余两，粮数万石，马千余匹，边用充足，器械鲜利，军士饱暖，人乐于战。所举总兵参将，如施聚、焦礼辈，皆自众中拔起，为夷狄所惮。

历代笔记小说大观总目

汉魏六朝

西京杂记(外五种) ［汉］刘歆 等撰　王根林 校点

博物志(外七种) ［晋］张华 等撰　王根林 等校点

拾遗记(外三种) ［前秦］王嘉 等撰　王根林 等校点

搜神记·搜神后记 ［晋］干宝 陶潜 撰　曹光甫 王根林 校点

世说新语 ［南朝宋］刘义庆 撰　［梁］刘孝标注　王根林 标点

唐五代

朝野金载·云溪友议 ［唐］张鷟 范摅 撰　恒鹤 阳羡生 校点

教坊记(外七种) ［唐］崔令钦 等撰　曹中孚 等校点

大唐新语(外五种) ［唐］刘肃 等撰　恒鹤 等校点

玄怪录·续玄怪录 ［唐］牛僧孺 李复言 撰　田松青 校点

次柳氏旧闻(外七种) ［唐］李德裕 等撰　丁如明 等校点

酉阳杂俎 ［唐］段成式 撰　曹中孚 校点

宣室志·裴铏传奇 ［唐］张读 裴铏 撰　萧逸 田松青 校点

唐摭言 ［五代］王定保 撰　阳羡生 校点

开元天宝遗事(外七种) ［五代］王仁裕 等撰　丁如明 等校点

北梦琐言 ［五代］孙光宪 撰　林艾园 校点

宋元

清异录·江淮异人录 ［宋］陶毂 吴淑 撰　孔一 校点

稽神录·睽车志 ［宋］徐铉 郭彖 撰　傅成 李梦生 校点

贾氏谭录·涑水记闻　〔宋〕张洎 司马光 撰　孔一 王根林 校点

南部新书·茅亭客话　〔宋〕钱易 黄休复 撰　尚成 李梦生 校点

杨文公谈苑·后山谈丛　〔宋〕杨亿口述、黄鉴笔录、宋庠整理　陈
　　师道 撰　李裕民 李伟国 校点

归田录(外五种)　〔宋〕欧阳修 等撰　韩谷 等校点

春明退朝录(外四种)　〔宋〕宋敏求 等撰　尚成 等校点

青琐高议　〔宋〕刘斧 撰　施林良 校点

渑水燕谈录·西塘集耆旧续闻　〔宋〕王辟之 陈鹄 撰　韩谷 郑世刚
　　校点

梦溪笔谈　〔宋〕沈括 撰　施适 校点

麈史·侯鲭录　〔宋〕王得臣 赵令畤 撰　俞宗宪 傅成 校点

湘山野录 续录·玉壶清话　〔宋〕文莹 撰　黄益元 校点

青箱杂记·春渚纪闻　〔宋〕吴处厚 何薳 撰　尚成 钟振振 校点

邵氏闻见录·邵氏闻见后录　〔宋〕邵伯温 邵博 撰　王根林 校点

冷斋夜话·梁溪漫志　〔宋〕惠洪 费衮 撰　李保民 金圆 校点

容斋随笔　〔宋〕洪迈 撰　穆公 校点

萍洲可谈·老学庵笔记　〔宋〕朱彧 陆游 撰　李伟国 高克勤 校点

石林燕语·避暑录话　〔宋〕叶梦得 撰　田松青 徐时仪 校点

东轩笔录·嬾真子录　〔宋〕魏泰 马永卿 撰　田松青 校点

中吴纪闻·曲洧旧闻　〔宋〕龚明之 朱弁 撰　孙菊园 王根林 校点

铁围山丛谈·独醒杂志　〔宋〕蔡絛 曾敏行 撰　李梦生 朱杰人 校点

挥麈录　〔宋〕王明清 撰　田松青 校点

投辖录·玉照新志　〔宋〕王明清 撰　朱菊如 汪新森 校点

鸡肋编·贵耳集　〔宋〕庄绰 张端义 撰　李保民 校点

宾退录·却扫编　〔宋〕赵与时 徐度 撰　傅成 尚成 校点

桯史·默记　〔宋〕岳珂 王铚 撰　黄益元 孔一 校点

燕翼诒谋录·墨庄漫录　〔宋〕王栐 张邦基 撰　孔一 丁如明 校点

枫窗小牍·清波杂志　〔宋〕袁褧 周辉 撰　尚成 秦克 校点

四朝闻见录·随隐漫录　〔宋〕叶少翁 陈世崇 撰　尚成 郭明道 校点

鹤林玉露　〔宋〕罗大经 撰　孙雪霄 校点

困学纪闻　［宋］王应麟 撰　栾保群 田松青 校点

齐东野语　［宋］周密 撰　黄益元 校点

癸辛杂识　［宋］周密 撰　王根林 校点

归潜志·乐郊私语　［金］刘祁　［元］姚桐寿 撰　黄益元 李梦生
　　校点

山居新语·至正直记　［元］杨瑀 孔齐 撰　李梦生 庄葳 郭群一
　　校点

南村辍耕录　［元］陶宗仪 撰　李梦生 校点

明代

草木子(外三种)　［明］叶子奇 等撰　吴东昆 等校点

双槐岁钞　［明］黄瑜 撰　王岚 校点

菽园杂记　［明］陆容 撰　李健莉 校点

庚巳编·今言类编　［明］陆粲 郑晓 撰　马镛 杨晓波 校点

四友斋丛说　［明］何良俊 撰　李剑雄 校点

客座赘语　［明］顾起元 撰　孔一 校点

五杂组　［明］谢肇淛 撰　傅成 校点

万历野获编　［明］沈德符 撰　杨万里 校点

涌幢小品　［明］朱国祯 撰　王根林 校点

清代

筠廊偶笔 二笔·在园杂志　［清］宋荦 刘廷玑 撰　蒋文仙 吴法源
　　校点

虞初新志　［清］张潮 辑　王根林 校点

坚瓠集　［清］褚人获 辑撰　李梦生 校点

柳南随笔 续笔　［清］王应奎 撰　以柔 校点

子不语　［清］袁枚 撰　申孟 甘林 校点

阅微草堂笔记　［清］纪昀 撰　汪贤度 校点

茶余客话　［清］阮葵生 撰　李保民 校点

檐曝杂记·秦淮画舫录 〔清〕赵翼 捧花生 撰 曹光甫 赵丽琰 校点

履园丛话 〔清〕钱泳 撰 孟斐 校点

归田琐记 〔清〕梁章钜 撰 阳羡生 校点

浪迹丛谈 续谈 三谈 〔清〕梁章钜 撰 吴蒙 校点

啸亭杂录 续录 〔清〕昭梿 撰 冬青 校点

竹叶亭杂记·今世说 〔清〕姚元之 王晫 撰 曹光甫 陈大康 校点

冷庐杂识 〔清〕陆以湉 撰 冬青 校点

两般秋雨盦随笔 〔清〕梁绍壬 撰 庄葳 校点